食得咸鱼抵得渴
Sweet

林不答 著

上 册

青岛出版集团 | 青岛出版社

图书在版编目（CIP）数据

食得咸鱼抵得渴 / 林不答著. —— 青岛：青岛出版社, 2025. —— ISBN 978-7-5736-3283-8

Ⅰ.I247.5

中国国家版本馆CIP数据核字第2025SP1278号

SHI DE XIANYU DI DE KE
食得咸鱼抵得渴
林不答 著

策　　划	崔　悦
责任编辑	刘萍萍
特约编辑	崔　悦
责任校对	王子璠
插　　图	茶叶蛋
装帧设计	王晶璎
出版发行	青岛出版社（青岛市崂山区海尔路182号）
本社网址	http://www.qdpub.com
邮购电话	18613853563
照　　排	梁　霞
印　　刷	天津明都商贸有限公司
出版日期	2025年8月第1版　2025年8月第1次印刷
开　　本	32开 (880mm×1230mm)
印　　张	15
字　　数	361千
书　　号	ISBN 978-7-5736-3283-8
定　　价	65.00元（全2册）

编校印装质量服务电话　4006532017　0532-68068050

编校印装质量服务

目录

上册

第一章	台风天	1
第二章	500 天纪念	69
第三章	夏天的风	123
第四章	敢爱敢做	169
第五章	愚　民	205

目录

下册

第六章　破金身　　　　　　237

第七章　神　明　　　　　　287

第八章　第一场春雨　　　　329

第九章　种番茄　　　　　　355

第十章　我其实爱你　　　　383

第十一章　失而复得　　　　423

番外一　收番茄　　　　　　447

番外二　尽　兴　　　　　　457

番外三　亏　欠　　　　　　467

第一章

台风天

毕业答辩结束后，向斯微去夏威夷玩了一圈才回国。疫情管控已经放松了一年多，甚至新开通了洛杉矶直达凤城的航线，她第一次不用在东城转机，直接落地家乡。

向斯微在加州看了五年海，回凤城后居然一点儿也不腻，趁着今年入夏晚，太阳还不毒，每天凌晨两三点就起床，陪着爸爸收完前一晚撒的网，干脆就不回屋，在沙滩上待一天。她抱着电脑，上午不晒的时候抓紧时间写脚本；中午吃完饭，抽两个小时和凤城文旅局的工作人员沟通，锲而不舍地争取一个合作机会；下午则卡着纽约的上班时间对航空公司进行邮件轰炸，要求他们按购票界面所宣传的数额赔付延误补偿。

向斯微是闲不下来的，键盘噼里啪啦地响，海滩上一天难得出现几个游客，走过时都要向她投来视线。

凤城的海很蓝，却并不怎么吸引游客，大概是天气太闷，海岸线太崎岖，而且海风的气味太腥的缘故。

向斯微就这么宅了快一周，爸爸看她的眼神一天比一天愁。向志杰大概很想问她找了哪儿的工作？什么时候去单位报到？怎么好好的一个海归博士，一回国就在家混吃等死呢？不工作的话，那她怎么也不结婚呢？她快30岁了，身边都没见过男人。但他一直是个木讷寡言的男人，从小到大都只知道按需给钱，很少管她。这几年更是因为她自己出钱留学,他大概觉得自己没资格过问她的事,所以话越发少了。

向斯微本想好好地和他聊一聊,但一想到自己暂时不打算找工作,就觉得这事很难跟向志杰解释清楚——说她不上班也能养活自己一辈子。他怎么可能会信?恐怕他到现在还在担心她出国的钱是给人当小三得来的呢。

这么一想,向斯微就打退堂鼓了,开始考虑离开凤城的事。

可这事也愁人。

她还没想好要去哪个城市——论情论理似乎都该是东城,她从高中到本科毕业再到工作,在东城待了八年多,她的大部分同学好友也都在那里。可说不清为什么,她居然有些犹豫。

机票一直没有买,房子也看了几十套,她有好几套心仪的,都迟迟没下定决心,便错过了。

每次和中介视频通话,视频里的中介都急得没了好脸色,将手机凑到脸上问她:"向小姐,你到底想要什么样的嘛?!前天那两套你不是很喜欢吗?为什么又不要了啊?"

向斯微也很想知道为什么,只好尴尬地笑笑:"有点儿贵。"

又纠结了几天,向斯微收到闺密孟杳的微信,孟杳说自己在粤城取景,回程前有一中午的空闲取道凤城,喊她请客吃饭。

这道外力一推,向斯微终于收拾好自己的箱子,跟爸爸说要去东城工作了。

向志杰黑黢黢的脸上终于有了颜色,微笑起来,皱纹显得更深了:"好的,你去吧。"

向斯微每次看到他这样的表情都觉得不是滋味,犹疑了几秒,支吾道:"你在家里有钱用……"

话没说完,因为她看见了向志杰的动作。

他从松垮的polo衫口袋里拿出磨掉皮的黑色钱包,刚打开到一半,听见她的话,动作僵住了。他连指甲都变得全黑了,又黑又厚的指甲盖儿上有一条一条的竖棱,他的手指在钱包上摩挲了两下,又讷讷地收了回去。

父女俩一时都没有说话。半晌,向斯微笑着"呀"了一声:"我身上没现金了!我想吃火车站的河粉,那家店到现在都不让使用微信支付,真烦人。阿爸,你给我点儿现金嘛。"

向志杰看着她,没有笑,但脸上密密的皱纹仍然像刀刻的一样深。"现在的年轻人出门都不带现金……万一手机没电了呢……"他低声嘟囔了几句,又把手伸进口袋里拿出钱包。

向斯微看他从钱包里头拿出薄薄的一沓纸币,有两三千元吧,是崭新的、挺括的票子。

她接了,将光滑的纸面捏在手里,嬉皮笑脸:"我阿爸真阔!"

向志杰半天憋出一句:"身上还是要带点儿现金。"

向斯微"嗯嗯"地应下,拖着箱子转身走了。

向斯微和孟杳约在火车站,就是那家河粉店。这家店河粉的味道一直很好,也早已经开通线上支付。

孟杳提前说过,自己的男朋友江何也在,向斯微虽然没有意见,但拖着箱子走进去的时候,还是一脸不爽地说:"怎么哪儿都有你啊?"

没等江何还嘴,她走到桌边,看见江何身边还坐着一个人。

她愣了一下,看向裴澈,不咸不淡地道:"什么时候来的?"

江何嗤笑一声，用胳膊肘轻轻地捅了一下裴澈："你怎么比我还遭嫌弃？"

向斯微觑了他一眼，本想说一句"别给自己贴金"，却听见裴澈淡淡地回江何："所以我说我们俩单独去吃。"

江何语塞，看了看裴澈，又看了看向斯微，很难相信这俩人在谈恋爱。之前孟杳告诉他的时候，他就不相信，要不是年初裴澈破天荒地发了个朋友圈，海边照片里露出女生的裙角，隐晦地秀了把恩爱，他还坚持认为孟杳是在诓他。

但江何无意窥探朋友怎么谈恋爱，心里纳闷儿了一秒也就过去了，正要抬屁股给新情侣让座，向斯微已经挨着孟杳在对面坐了下来。

"……"

孟杳拿了两份菜单，一份给向斯微，一份推到对面给江何和裴澈："点菜吧，看看吃什么。向斯微说这家店开了20年了，味道很好。"

江何把菜单往裴澈那儿一推，对孟杳说："你帮我点吧，你吃什么，我就吃什么。"

孟杳白了他一眼："懒不死你。"

江何咧嘴一笑，还挺骄傲。

他贱兮兮地同孟杳拌了两句嘴，才发现那份菜单放在裴澈面前，裴澈翻都没翻。

"你不点？"他扭头问。

"吃过了，不饿。"裴澈淡淡地道。

江何晓得他毛病多，口腹之欲也淡，因此不意外，只是翻了翻菜单："这不是还有挺多菜吗？"

正在点菜的人眼皮不自觉地往上掀，极迅速地扫了对面一眼，又垂下去，波澜不惊。

"鲜虾河粉，三份。

"葱爆蛏子。

"炸豆腐。

"香煎马头鱼。

"清炒荷兰豆。

"就这些吧。"

向斯微流畅地点完菜，果然听见孟杳一拍掌："都是我想吃的！"

"要不说咱们俩能玩到一块儿呢，这几个菜我从小吃到大都不腻。"向斯微对自己的点菜技术一向很得意，她总是能用最少的钱点到最合适的好吃的。

两个人相视一笑，便开始聊这没见的半年里的许多事。大多事情她们都在微信上聊过了，却还是要见面再对上那么一对，越聊越开心，完全不管对面的两个男人。

江何还时不时地插两句嘴刷刷存在感，裴澈就完全是一副闲适模样，一壶茶慢慢地喝，也不怎么参与他们的话题，只是偶尔搭两句话。大概是因为他这个人天生气质就冷，所以大家反而很习惯他这样。他自己看起来也不局促、不窘迫，静静地在一旁坐着。

菜被端上来后，向斯微和孟杳大快朵颐，连挑剔的江何也夸这家店的口味确实不错，喊裴澈试试，裴澈尝了一块炸豆腐后就搁下了筷子。江何无奈，也懒得管他了，爱吃不吃，还要拿他做垫背去给自己正名，向孟杳讨公道："你看他，还觉得我挑食？"

孟杳嘴里鼓鼓囊囊的，懒得同他说话。闺密连心，向斯微抬起头替她骂了一句："有病！"

江何气不打一处来,却听见裴澈低低地笑了一声。他既莫名其妙又不爽地扭头:"这你也笑?!"

孟杳和向斯微吃完继续聊,一直聊到高铁快发车,江何无可奈何地催她们:"你们俩就见这最后一面是吧?"

向斯微无语地指着他问孟杳:"非他不可吗?"

孟杳做思考状:"嗯……好像也不是。"

江何急了,作势要拦腰把孟杳扛走,孟杳忙起了身,背起巨大的相机包。

临走前,江何问裴澈:"你几号回?"

这家伙这两年忙得很,天南海北地出差,看起来,裴老爷子是彻底不打算放过他了。自从去年他跟家里摊牌而裴爷爷病倒入院后,他似乎就接受了成为接班人的命运。"裴澈"的名字渐渐出现在一些商业杂志上和电视访谈节目中,他也没有让任何一个人失望,无论是寄大希望于他的人,还是等着看热闹的人。

年初,他做主研发的一款智能音箱甚至抢了江序临同期推出的竞品的风头,短短一季已经成了市占率70%的产品。这是小江总第一次被人从嘴里抢到肉吃。

江何还打电话过去嘲笑自家弟弟,但江序临不是输不起的人,倒是挺认真地问他:"裴哥还好吗?"

江何没回答,他回答不了。依他看,当然是不好的,但还能怎么样呢?他们都知道,裴澈是他们这群人里最特殊的——裴家唯一的孙子,裴爷爷殷切盼着长大的,还能怎么样呢?

"不确定。"裴澈抬眸,"要见个朋友,过两天吧。"

江何不再说什么,牵着孟杳走了。孟杳还回身冲向斯微摆摆手:"回东城约!"

"约!"向斯微将胳膊肘搭在旁边的椅背上,也很豪气地挥挥手,声音响亮极了。

再回头,向斯微对上裴澈淡淡的目光,扬起笑来:"不是说很忙?"

裴澈没答,问:"去哪儿?我送你。"

"约了朋友。"向斯微起身背了包,正要伸手,桌下的行李箱已经被裴澈推走。她看着他大步走远的颀长背影,停了两秒,才提步跟上。

他们到地下停车场,上了车,向斯微拿他的手机导航输入了目的地,裴澈才确定她是真的有朋友要见。

他不咸不淡地笑了一声,听见她问:"真的吃过了?"

"没有。"

向斯微一点儿也不意外。她知道他是锦衣玉食长大的,怕是这辈子都没在这种用一次性餐具的路边餐馆里吃过饭。就刚刚那一壶茶,入口前,他恐怕做了许多心理建设,也真难为他。

"你住哪家酒店?"她又问。

裴澈报了他常住的一家酒店的名字。那是一家全国连锁的高星级酒店,裴家是股东,因此他在那家酒店里有固定套房,也有专用配车。

"那可以叫厨师做了送到房间,那个你吃的。"向斯微一边低头回微信一边说,她是真的约了朋友,打算在离开凤城前把相熟的老朋友都见一见。

裴澈盯着她的侧脸看了一会儿,什么都没说,从扶手箱里拿了房卡递给她。

向斯微自然地接过，然后放进包里："晚上你来接我吗？"

"看情况。"裴澈说，"要去见个朋友。"

"行，那我到时候给你发微信。"

向斯微和朋友们约在初中时就常去的地方，汽车还在路上行驶的时候，向斯微就看见了人，摁下车窗同他们挥手打招呼。

裴澈看见了五个人，三男两女。他们应该都是向斯微的初中同学，可看上去年纪都比她大不少，尤其是男生，个个都哈着腰，挺着小肚子走路。他们听见声音，回过头来，发现是向斯微，便立马从门口走到路边来迎接。

"好久不见！"安全带还没解开，向斯微便探出头和他们打招呼。

裴澈侧身，替她摁下卡扣，另一只手握着安全带，缓缓地放了。

向斯微这才发现自己没解开安全带，扭头笑了声："我都忘了。"

裴澈也笑了笑。

"好久不见，你又变漂亮了啊！"窗外传来一道男声，裴澈坐回驾驶座上，扫了他一眼。

向斯微开玩笑地说："别说假话了，我可胖了10斤！"

"那也是漂亮的！"另一个男生笑呵呵的，老同学聚会，恭维一下女生风姿更胜当年似乎是必经流程。

向斯微下了车，坐久了腿酸，她在原地蹦跶了两下，又跺了跺脚。

女生比男生眼尖，一早就关注到驾驶座上那个气质不俗的男人，待向斯微下了车才敢贴耳朵小声问："斯微，这是……？"

向斯微的目光这才移到裴澈身上，"啊"了一声，应道："我男朋友。"

五个人明显愣了，两个女生甚至没忍住，轻轻"哇"了一声，那三个男生则很明显地开始仔细打量裴澈，几秒后，他们的目光不约而同地锁定在了他手上的那块江诗丹顿手表上。

裴澈扭头冲他们一笑："你们好。"

他气质卓然，哪怕和颜悦色，也有一种生人勿近的矜傲。五个人便只是稍稍地点了点头，没敢同他继续说话。

"哎！你们可别盯着他啊，他今天有事，下回再请你们吃饭。"向斯微挽着两个女生的胳膊往KTV里走，同裴澈摆了摆手："拜拜，结束了给你发消息！"

裴澈冲她点点头。

他们六个人走远了，裴澈隔着车窗看见向斯微那雀跃的小脑袋，她一会儿挽着这个女生的胳膊，一会儿靠着那个女生的肩，还越过那个女生拍了拍另一个男生的背，热情又大方。

她的朋友非常多，他早就见识过了。

不仅在凤城，在旧金山、纽约、波士顿，他们去过的几座城市，他都知道她有五湖四海、形形色色的朋友。也因为和她在一起，他被迫和很多人打了招呼，虽然大部分人在他说出"你们好"之后，都不会再来主动攀谈。

但这对于他来说已经是前所未有的新奇经历。

可望着后视镜里他们热热闹闹一行人越来越小的身影，裴澈忽然发觉这新奇里也有矛盾之处。

他这辈子最讨厌的就是复杂的人际关系，过去二十几年，他最熟练的一件事就是游离和拒绝。裴家那样盘根错节的亲戚关系，他从来不记谁是谁，反正要打招呼的时候，别人自然会先向他自报家门。他的朋友更是一只手就数得过来,除了少数的几个人,大部分人的脸在他的脑海里都是模糊的。

可他居然和向斯微这样复杂热闹、朋友多到微信都装不下的人交往了,并且关系很稳定。

裴澈仔细一算:是不是已经有一年多了?这个时间让他心中一惊。

向斯微和朋友们在包间里一边唱一边聊近况,果盘吃掉了三份。五个朋友,四个做了父母,剩下一个也在备孕,因此滴酒不沾。向斯微很久没回家,这会儿才对自己的年纪有了实感——28岁,在凤城,有个学龄前的孩子是正常情况,一胎上小学,二胎上幼儿园的也不少。

"你男朋友真帅……不是凤城人吧?"有个女生问,眼里闪着八卦的精光。

向斯微心道:看吧,裴澈看上去就不是凤城的人。

她点点头,没多解释。

"是不是在美国认识的?他手上戴的那块表可值一套豪宅了啊!向斯微,厉害啊,金龟婿!"有男生夸她,语气还挺真挚的,并没有什么酸酸的弦外之音。

可向斯微不大愿意听这样的话,扯扯嘴角:"假的啦。"

几个人一愣,两个女生分不清她说的是真还是假,只好尴尬地笑;三个男生倒是交换了个眼神,统一意见——怪不得,戴江诗丹顿的人怎么可能就开一辆普通奥迪?

聚会结束,只有向斯微和另一个男生喝了酒。朋友们见她脸红了,便好心地要帮她打电话喊男朋友来接。

向斯微其实没醉，只是有点儿头晕，听到他们这样说，立马清醒了，摆摆手，自己掏出手机给裴澈发微信。

他说过自己不一定有空，她得先问问："我结束啦，你那边结束了吗？"

消息发出去5分钟，没人回。包间里已经有人站起来了。

向斯微拿起包："他没回消息，可能在忙。我打车回去，走吧！"

一个男生提出送她，向斯微想问问他家住哪儿，不顺路就算了。忽然手机响了一下，裴澈回复了："还在那个KTV？"

"嗯。"

"现在过去，等我半个小时。"

向斯微把消息给朋友们看，让他们先走。朋友们都欲言又止，大概想说——半个小时，送你回去都早到了，干吗喝了酒还一个人在这等着？

又是假表，又是这怠慢的态度，他们八成觉得她遇人不淑了。

向斯微笑着说头晕，刚好歇会儿，朋友们也不好说什么，叮嘱了几句，便先行离开了。

而向斯微自己在红皮沙发上坐下，很认真地思考另一个问题——凤城市区小得可怜，裴澈上哪儿应酬去了，要开车半个小时才到？

哦，她想到了，可能是郊区——凤城郊区还是有很多山清水秀的地方，许多高级的茶舍、酒店之类的开在那儿。以裴澈那样的性格，也喜欢那种地方。

裴澈来的时候，她都快睡着了，包间门被推开，走廊上格外充足的冷气猛地灌进来，冷得向斯微缩了缩肩。

她微微睁开眼,看见他,微笑起来:"这么快?"

裴澈脚步微顿。他在酒店里看了一下午海,收到她的微信消息后,拖了15分钟才出发,用了5分钟到这里,总共20分钟,比他说的时间短,但绝对说不上快。

可向斯微从不介意这个。

他走到她面前,微微俯身,用手背贴在她的脸颊上:"喝了多少?"

"两瓶。"向斯微指了指茶几上的啤酒瓶,这时才发现原来自己没喝完,还剩半瓶,笑起来,"你坐下,一起喝嘛。"

她往旁边挪了挪屁股,却因为坐得太久,牛仔短裤下的半截大腿贴在皮质沙发上,挪动的时候发出一声涩响。她感觉到裴澈贴在她脸上的手顿了一顿,还没说话,他就牵起她的手说:"回去了。"

他的手很热。

向斯微哼了一声,赖着不动:"你嫌弃我。"

裴澈愣了一下才反应过来她在控诉什么,失笑道:"我不喝酒。"

哦,是的,向斯微想起来了,却还是不想动,抬头看着他。他有一双多情的桃花眼,温柔得和他本人的性格南辕北辙。在包间里昏黄闪烁的灯光的映照下,她总觉得这是一种不必言说的邀请。

她借着他手中的力霍然站起来,仰头咬住了他的唇。

裴澈没防备,瞬间被她推倒在沙发上,唇舌已经下意识地开始回应她。大手抚摸到她冰凉的大腿上时,他才醒过神儿来,向斯微却还在到处点火。他的手其实也舍不得从她身上离开,按在她的腰上,被她瘦削的胯骨硌到,才唤回了理智,将她推远:"向斯微。"

向斯微不回应他。她向来不管他的。

裴澈咬牙:"别发疯。"

向斯微这才停下来，用潮湿的眼看他，有点儿不满，好像还有点儿嫌弃他。

裴澈被她这一眼扫过，什么也没说，直接将手臂一横，搂住她的腰，把人拐起来往外走。向斯微惊呼一声，他就这么一手拐着她，一手推开门，听到外头有脚步声，她慌忙从他的手臂下挣脱出来。

裴澈垂眸，将那不满的一眼还给她。

向斯微一跺脚："回酒店！"她说完，便雄赳赳气昂昂地出了包房。

房门"砰"的一声合上，向斯微便被裴澈按在柜子上，手扣住手，膝盖锁住腿，四肢都被禁锢，只有嘴巴偶得空闲，发出难以抑制的声音。

向斯微并不难受，相反，她非常喜欢这种感觉。每一次裴澈这样做，她都觉得很新奇，想要尖叫。

那么情绪淡漠的一个人，在这件事上却非常贪婪直接，不大开大合不尽兴。所以他不会和她在逼仄的包间里乱来，也拒绝矮小的沙发。他喜欢 king size（特大号）的床，喜欢整面的落地窗，喜欢空旷房间铺到头的巨大地毯。他们仅有的几次在浴室都是应她的强烈要求，还是在他洛杉矶的那处别墅里，那一整间浴室从里到外，有她两个卧室那么大。

许久没见，两个人都很急躁，疾风骤雨般泄了心里的火，歇下来聊天儿，可没说几句又忍不住缠在一起。等向斯微彻底筋疲力尽，已经是一个多小时后，洗过澡后，她被裴澈抱进次卧干净的大床上盖上被子。她忽然想起一件事，因此强撑着没有睡，等裴澈洗完澡，裴澈出了一身的汗，洗完澡，她感觉到他轻手轻脚地躺进被窝。她快撑不住了，昏昏欲睡地说："我们好像交往500天了欸。"

她今天误触到App的日期提示，发现已经交往400多天了，被这个数字吓了一跳。大概是因为他们长期不在一个地方，向斯微并没有觉得时间已经过了那么久。

裴澈沉默了几秒，方才还沉重沙哑的声音已经恢复清澈："嗯，想怎么过？"

向斯微还没想呢，事实上，他们一周年纪念日也没过，那时她被三个DDL（deadline，最后期限）夹击，裴澈给她发信息，她只能一边赶项目一边和他视频通话。过了大半个月她才想起来，忍着肉疼买机票，偷偷飞回国给裴澈惊喜。那时忙得焦头烂额的裴澈也确实很惊喜，十分不负责任地取消了一下午的行程，然后将手机关机，跟着她去滑雪。

她现在也没什么想法，于是先问："你有空吗？"

裴澈愣了一下，他不确定自己是否有空。他问："几号？"

向斯微被问住了，她只记住了今天好像是第476天，没看第500天具体是几号。她有些不好意思，毕竟是她先提的这个话题，结果她都没做好功课。她尴尬地沉默了几秒，将酸痛的手慢慢地从被子里往外挪，想去看一眼手机。

"我看一下……"

裴澈却握住她的手腕，将她的手拉回来，翻了个面，扣进怀里。"明天再看，睡觉。"他的下巴在她的头顶蹭了蹭。

向斯微被他搂在怀里，没说话了。明天看也行，反正不急，她真的快睁不开眼皮了。就要睡着的时候，她好像听见裴澈说了一句什么。她昏昏沉沉的，不知道自己听到的对不对，也不知道自己有没有问回去。

她只闻到他身上的雪松香，就贪婪地坠进了美梦里。

等向斯微醒来的时候，裴澈已经换好了衣服，坐在床边用 iPad（平板电脑）看新闻。她一睁开眼就看见他，还没出声，他就似有所感地回头，冲她微笑："早。"

向斯微有点儿害羞，将半张脸埋进被子里，哑着嗓子说："早。"

裴澈俯身过来亲了亲她的额头："我要走了，给你叫早餐，可以躺一会儿再吃。"

向斯微愣了一下："几点的飞机？"

裴澈说："差不多要去机场了。"

向斯微看着他，轻声道："那我醒得真巧。"

她坐起来，看见他的眼镜盒放在床头柜上，伸手帮他拿过来，取出眼镜递给他。

裴澈习惯性地接过戴上，又想到待会儿乘飞机，不需要看东西，还是取了下来，待会儿再戴。

向斯微看着他，又有些心痒。大早上的，他西装革履，戴着银边眼镜，分明是在故意勾引人。她腾地一下起身，跪在床上，拉住他的领带，膝行至他面前吻他。

她亲得潦草，手上作乱的动作却十分不客气，不一会儿就把他的领带、衬衫弄得一团糟。

裴澈有分寸，只和她闹到这里，在她还想去解他的皮带的时候牢牢地制住了她，退后两步。

他一边面无表情而动作利落地整理衣服，一边问她："几号回东城？"

"还没买票。"向斯微垂眸，瞥到手机，伸手拿过来。

"买了发给我，我去接你。"

"嗯。"

裴澈走出卧室，向斯微听到万向轮在地毯上滚动的声音。那声音经过门口的时候，她朝外头喊了句："是6月28号！"

裴澈又推开了卧室的门："什么？"

向斯微觉得他应该是临时要走，很着急，不然他昨天就会告诉她。可看他现在的表情，似乎又不是很急，刚刚她那样闹他，他也没有表现出一丝焦虑或不耐烦——这个人的脸上从来没有这种表情。

她笑着重复了一遍："第500天，是6月28号，你有空吗？"

裴澈顿了顿，似不确定，几秒后才道："我提前安排，空出时间。"

"嗯，快走吧。拜拜。"向斯微又滑回被子里。

裴澈轻轻地带上了卧室门，几秒后，她听见了大门合上的闷响声。

向斯微又在床上赖了好一会儿，越发觉得腰酸背痛，真不知道自己刚刚哪儿来的力气蹦起来闹裴澈。

她躺着看手机，手机仍然停留在日期计数器的界面上。

如果不是他们俩在一起的日子太好记，而她又恰好在那之后的半个月受一个同学的邀请，下载了他为交作业而开发的这款简单App，她和裴澈大概谁也不会相信他们居然已经交往500天了。

他们过的上一个纪念日是第44天。那天她从苏梅岛参加完朋友的婚礼回到学校，裴澈也刚好到旧金山出差，他们一起吃饭。而她前几天刚下了这个App，作为谈资拿出来给他看，才发现刚好是第

44天。

"发发发啊！"向斯微迷信地避开了另一种说法。

裴澈配合她："是不是说明我们俩在一起就会发财？"

向斯微笑说："你不一定，但我跟你在一块儿，财运总会变好的吧，裴赌神？"

裴澈高中的时候有个外号叫"赌神"，据说是因为他用他家司机的账号炒股，直接给对方挣出一部新车。

向斯微突然想到这件事，就随口问他是不是真的，裴澈嘴角挂着一抹笑，澄清道："那是假的，我没有挣到一部车，最多只够他还半年房贷吧。"

当然，裴澈其实认为挣到一部车并不难，时间问题而已。只是他用司机账号炒股的事很快就被爷爷发现，然后那个在家里做了很多年的司机被炒掉了，而爷爷给他单独开了账户，打进去丰厚的本金给他"锻炼"。

但裴澈很快失去了兴趣。

向斯微说了句"好吧"，没有追问，反正她也只是开玩笑而已。

裴澈看着她，等了会儿，开口："那天你怎么会突然问我？"

向斯微立刻明白他问的是什么，扬起笑来："那你为什么会答应呢？"她将问题抛了回去，狡黠一笑，直指他明知故问。

她提出交往并不是一时冲动，但那么突然地开口确实有激素作祟的原因。不过裴澈那天可正常得很，居然就那么答应了，这才是应该意外的。

裴澈没有思考就回答了她："你很漂亮，性格也很有意思。"

托这张脸的福，他讲这种信口哄人的话居然都显得很正经。但向斯微还是撇了撇嘴，不留情面地拆穿他的客套话："我漂亮？我漂亮的话，高中三年你都不认识我？"

向斯微对自己的容貌有很客观的认知，她的身高有一米七，皮肤白皙，笑起来有两个梨涡，有这样的先天条件打底，当然不会丑，她也很愿意说自己是个漂亮姑娘。

但裴澈看过无数漂亮女孩，演员、超模、舞蹈家都是他家里的客人，这句"你很漂亮"从他的嘴里说出来，实在是很客套。或者他也不是客套，眼神骗不了人，向斯微相信他眼里的自己是极美的。但她想听裴澈的说法。

裴澈静静地看了她一会儿，纠正措辞："你那天很漂亮。"

向斯微"扑哧"一声笑了，骄傲地点点头："我那条裙子确实很好看。"她猜到他喜欢国风盘扣的设计，那一阵她也特别喜欢。

裴澈看着她明亮的眸子在烛光的映照下更加灵动，雀跃着慧黠的生命力。他恋爱经历贫乏，但也知道一般男朋友把"你很漂亮"改口成"你那天很漂亮"女朋友是要生气的。可瞧瞧，向斯微完全不会，甚至很喜欢他的回答，多有意思。

他敛敛嘴角，将问题抛回去："所以那天你为什么会忽然找我？"

向斯微眨眨眼："我问你的时候不就说了吗？"

"蓄谋已久？"裴澈重复那天她说的关键词。

"当然。"向斯微大大方方地承认她对他的"不轨"用心，如同那天晚上她大大方方地走到他面前问他："裴澈，你有没有女朋友？"

裴澈点点头，仍然对她的坦荡感到受用。

可向斯微说他高中的时候不认识她，实在是不太客观。

他怎么可能不认识她？就算他们俩事实上是从来没说过话的陌

生同学，但共同好友可不少。

或多或少地，裴澈听说过这位"斗士"。

"斗士"的名字是他的好友沈趋庭给她取的——在其目睹了高二运动会上向斯微如何凶猛地完成100米跨栏之后。

十三中运动会原本是没有跨栏项目的，后来也没有，但那一年伦敦奥运会，举国期待的刘翔在预赛中退赛，许多观众意难平，其中就包括十三中当时的体育部主任——一个狂热的田径迷。大概想在年轻人里燃起中国田径的星星之火，他主张在那年的运动会上加上男女跨栏项目，甚至自掏腰包设立了跨栏专项奖金，冠军有1000块钱，亚军和季军也有大几百块钱。

裴澈不参加运动会，也从来不关心这类事情。但他还是被迫知道了，因为沈趋庭那会儿在追的女生是广播站的干事。

比赛那天，沈趋庭自然也去观战了。等他回来，一边从冰箱里拿水喝，一边感叹："太拼了，太拼了！那个是孟杳的朋友吧，太拼了！顽强啊！"

裴澈其实大致能猜到那场比赛会是什么状况。跨栏不是普通的跑步，不是撒丫子往前跑就行，没有经过一定训练的人很难顺利跨过栏架。

听沈趋庭的描述，现场情况也确实如他所料，大部分女生都跑两步，停一下，抬腿带倒一个栏架，再跑两步，再停一下，再抬腿带倒下一个栏架。只有田径队的两名队员勉强跨过了前半段，但后面体力不支，也开始摆烂了。

裴澈抬眸问："那你激动什么？她全跨过了？"

"没有！"沈趋庭灌了一口气泡水，摆摆手，"但她全带倒了呀！"

"……"

"除了田径队一个女生得了冠军，她是唯一一个带倒所有栏架跑到终点的，另一个田径队的都没她快。"沈趋庭由衷地感叹，"真的牛，其他人差不多到第五、六个栏架那儿就累了，她还在跨！"

裴澈无法理解这种行为牛在哪儿。

"我还拍了照。"沈趋庭把进门搁在玄关柜上的单反拿出来给他看，"你还别说，十个栏架倒在地上，整整齐齐的一列，挺好看的。"

"……"裴澈没有兴趣，起身走了。

沈趋庭看着他白得跟鬼一样的皮肤，嫌弃地撇了撇嘴："你真的是没一点儿体育精神……"

从那天起，沈趋庭就给向斯微起了一个充满体育精神的外号——斗士，向斗士。

他脱口而出的用词其实是"斗牛"，说向斯微往前冲的样子跟头牛一样，被江何嫌弃地喷了一声："那是个女的！"

沈趋庭愣了一下，改口："那就斗士吧，斗士！"

裴澈也只记住了"斗士"，很长一段时间都不知道向斯微的本名叫什么。但他知道了向斗士是凤城户籍，千里迢迢来东城上高中，但还得回凤城高考，任谁也无法理解的反向高考移民；他也知道向斗士不太喜欢他们几个，沈趋庭满怀敬意地去和她套近乎，被她递了一袋子垃圾，说让他们积点儿德吧。

江何说是因为总有人看他们打球，刚好就聚集在斗士那个靠窗座位旁边，导致斗士不仅不得安宁，而且总要清理窗台上的垃圾。

沈趋庭纳闷儿："她们班不换座位？"

"不换。听说是她们班主任呕心沥血定下来的座位，掐灭了所有早恋可能的完美方案。"江何说着都觉得好笑。

沈趋庭更乐："天真，早恋还掐得灭？"

裴澈当时也没忍住笑：这位斗士是什么倒霉蛋啊！

后来他们高风亮节地换了地方打球。但斗士那个靠窗的座位仍然是块风水宝地，一到体育课就有人蹲在窗下偷懒。

据说向斗士天天跟孟杏吐槽他们，江何、沈趋庭偶尔还会和她拌两句嘴，多数时候被她怼得毫无还嘴之力。对此，裴澈毫不关心——愤青倒霉蛋嘛，也不是多么新鲜。

他真正记住向斯微的名字是因为另一个人。

高中三年，裴澈待得最多的地方不是教室，而是自己在校外的那间公寓以及实验楼的竞赛教室。

他早就确定了要出国，参加数学奥赛对他来说其实没什么用，但他踏踏实实地在集训队里待了三年。最主要的原因是集训队人少。除了全队一起上课的时候，两人一组，独享一间教室。大部分时候两个人都闷头解题，一整天都不会有人和他说一句话。

和裴澈一组的是一个男生，叫游川，话比他还少，乍一看显得木讷，但解题思路堪称"险峻"，常常一句话能叫裴澈回去琢磨半天。

裴澈挺喜欢这个队友的。

两个人渐渐相熟，裴澈知道了游川的姐姐在校外开托管班，可以包饭也可以包住宿，后来又听他说有个女生帮他姐姐揪住一个扒手，挽回了3000多块钱的损失，自己脸上挂了彩。他姐姐带着他去诊所给人送感谢饭，她说不用谢，但是以后红烧肉能不能不放糖，把他姐听得一愣，最后还是答应了。

游川说："我那天好像看到她跟一个朋友还有江何一起吃饭，你是不是也认识?"

裴澈大概猜到了:"叫什么名字?"

"向斯微。"

"不认识。"

游川"哦"了一声,并不意外———一起集训这么久,除了江何、沈趋庭,裴澈好像不认识任何人,他怀疑裴澈其实到现在都没记住自己的名字。

"那个女生……蛮有韧劲儿的。"游川由衷地赞叹了一句,"也很热心。"

裴澈不知怎么的,想起沈趋庭形容她,先是"顽强"和"有拼搏精神",后来是"暴躁""脾气不好"。现在游川说"有韧劲"和"热心",取个交集,看来"有拼搏精神"和"有韧劲儿"是真的。

沈趋庭还挺会起名,那个倒霉蛋原来真是个斗士。裴澈好笑地想。

但裴澈仍然不认识她。他零零散散地听说了一些关于她的好玩的事,记住了她的外号和真名,甚至知道了她有一种斗士的性格,但对她的脸还很陌生,一直到他高中毕业、大学毕业,都还是陌生的。

"斗士"之名和一张圆润白皙的脸真正重叠起来,就是在去年情人节那一天。

去年情人节,江何、孟杳组局,喊朋友们去湖城泡温泉。

裴澈本来不想去的。他过年前跟家里摊牌,表明无意接手裴家的任何一桩生意,表姐裴澜舒心了不到一个月,爷爷忽然中风住院,醒来后做的第一件事就是死死抓住他的手腕不放。那时他的意识甚至还没完全恢复,浑浊的眼睛半睁着,一动不动地盯着裴澈,射出蚕丝一样的精光,将裴澈从头到脚裹成了一个茧。

江何发微信过来的时候,裴澈在公司开了一整天的会,刚刚和裴澜结束一场与公司业务关系不大的莫名其妙的争辩,脑子里什么都没有。

回办公室灌下整杯冰水,他回复江何:"没空。"

江何直接打电话过来:"你爷爷怎么样了?"

"稳定了。"裴澈说。

"挺多人的,你真不来?我一个朋友开的酒店,环境不错。换换心情。"江何把应邀的人名给他报了一遍。

"不去。"裴澈疲惫地道。

电话那头儿的人沉默了,江何大概想劝他,又无从劝起。裴澈不想扫兴,另起话题:"你跟沈趋庭两对,孟杳那个朋友一个人,不尴尬?"

"向斯微还会感到尴尬?"江何无奈地笑了一声,"她才是主角,有她在,孟杳怎么会理我?"

"滚蛋。"裴澈不想听他明里暗里地秀恩爱。

对话中的那一点儿沉重就此揭过,江何挂了电话,没再问他要不要去。

第二天裴澈照例去医院看爷爷,却在病房门口被两个西装保镖拦住。裴澈觉得荒唐,正想要质问他们,突然听见病房里传来裴澜的声音。

不知说了什么,祖孙俩笑得很开心。裴澜笑着说:"小澈今天好像不来了,说是有事情要忙。"

"什么事情？"爷爷止了笑。

"没说欸，我从公司来的，没有看见他。"裴澜声音平稳，像是无意中提及。

爷爷叹了口气，闷闷地说："那就是有别的事情吧，明天我问问……"

裴澜沉默了，没有再说话。

裴澈听明白了，在病房门口站了几秒，转身离开。

这几年裴澜与他针锋相对，他并没有当回事。他一向佩服自己的这位表姐，哪怕她的很多人生选择他并不敢苟同。但今天看她使这种幼稚的小把戏，他心里反而觉得轻松了一点儿，至少比跟她在会议上吵两个小时的架来得好。

裴澈走出医院，坐在车里，本想问问助理今天的行程安排，却迟迟没有动。

阳光太好了，透过风挡玻璃洒在他的脸上。他眯了眯眼。

他一边转动方向盘，一边联系江何："地址发给我。"

裴澈一个人开车的时候总是忘记车速，到了湖城竹林，坐下喝完两盏茶，就收到交管局的短信，说他刚刚有一段路速度飙到了150码，严重超速。

酒店老板老罗无意中瞥见他的手机界面，没忍住，大声说了一句："150？！"

裴澈被他的大嗓门儿一惊，还没回神，就听见笑盈盈的一声："什么150？"

来人是个身材高挑儿的姑娘，圆圆的一张脸，拎着一兜子草莓，一边吃一边走进屋来。明明背着光，她的脸上还是白白净净的，颊侧有两个浅浅的梨涡，看了让人觉得心里敞亮。

裴澈认得孟杳和胡开尔，那么根据排除法，这就是那位"斗士"了。但他心中还是犹疑了一秒——记忆中，十三中窗台边的那个身形并没有这么高，这一张大方随和的笑脸，也丝毫不见沈趋庭说的暴躁与傲慢。

老罗跟她显然也不熟，愣了一下，正要当客人招呼，这姑娘就大方地自报了家门："哦，我叫向斯微，是孟杳的朋友。"

老罗觉得自己身为主人，有些失职，尴尬地笑了两声，找补道："知道，知道！这么漂亮的姑娘，你一来我就问老江了！"

向斯微哈哈一笑："我就当真话听了！"

她的目光依次从老罗那儿来到裴澈这里。裴澈察觉到，便礼貌地颔首："向小姐。"

向斯微问："待会儿去亭子那里烧烤，你们去吗？"

老罗摆手："我有事进城一趟，你们玩。"

向斯微又看向裴澈。

裴澈起身："有什么东西需要我拿吗？"

向斯微摇摇头，手腕一伸，把那一兜子草莓递到他面前："吃草莓吗？很甜。"她说着，将自己手里剩下的那半个丢进嘴里，伸手到兜子里又拿了一个。

那草莓个头儿真大，躺在她的手心里，几乎占了她半个手掌。鲜亮的红与纯净的白，赏心悦目的配色。

草莓的香甜气味淡淡地萦绕在鼻尖，裴澈忽然觉得刚刚那两盏茶有些涩口，伸手从她的手心里拿了草莓："谢谢。"

"不客气。"向斯微笑了笑，转身先走了。

裴澈看着走在前头的人，她穿着一件白色的中式呢子大衣，大衣里头应该是条裙子,冬天的竹林尤其阴冷,她却露了一截小腿在外头。且她不觉得冷似的,脚步轻快,没见丝毫瑟缩。

裴澈心里忽然无厘头地想:抗冻也是斗士的精神之一吗?这个念头刚冒出来,他正意外于自己的像个碎嘴子似的内心戏,就看见向斯微蹦进亭子里,跺跺脚,矫健地往炉火旁凑,号了一嗓子:"冻死我了!"

裴澈脚步停住,笑了一下才继续走。

他得出结论——斗士也是怕冷的。

江何在生火,沈趋庭准备食材,各种肉类、海鲜都有,十分丰富。但这两个人空有花钱买东西的本事,真要动起手来,少爷秉性暴露,烧炭、烤串都十分生疏,三个女生等了半天,也没见开张的迹象。

向斯微冷眼旁观了半天,受不了了,上前一步,挤开沈趋庭:"出来玩,带你们还不如带块叉烧!"

沈趋庭平时那么多话的一个人,被她这么斥了一句,居然不敢说话,可怜巴巴地看向自己的未婚妻胡开尔,想求个公道。哪知胡开尔对向斯微有天然好感,十分欣赏地表示赞同:"就是!一点儿也不顶用!"

两个女生火力全开地吐槽江何和沈趋庭,可向斯微自己似乎也没有经验,挤开沈趋庭,抢了主厨位置,5分钟后烤出一把焦黑胜炭的牛肉串。

沈趋庭"哈"了一声,阴阳怪气地将原话奉还:"带你们还不如带块叉烧!"

向斯微:"……"

她也不气馁,白了沈趋庭一眼,弯腰默默地拿了一把新的肉串,刷上油,仔仔细细地烤制起来。

她正专注着呢,忽然闻见一阵肉香,余光里出现一把烤串。她一抬头,裴澈不知什么时候站在了长方形烤炉的另一端,且默默地烤出了一把成色极佳的牛油串。

"试试吧。"他把烤串递出来,大家一人几串分了。

"哧……哧哧哧,香!"沈趋庭被烫得龇牙咧嘴,还是一口撸下五粒牛油,满嘴喷香,激动得给裴澈竖大拇指。

"你还有这手艺呢?"见孟杏吃得香,江何也意外地看了一眼裴澈。

裴澈勾唇笑了一下:"我也没想到。"

向斯微吃完最后一粒牛油,不得不承认,确实挺香的。火候刚好,牛油脆而不焦,她一口咬下去,奶香味在口腔中蔓延。

她又抬眼看了看裴澈,一边继续翻烤自己手里的肉串,一边低头说:"突然想起来,以前十三中科技节,好像有人发明过自动烤肉机。"

她用词模糊,好像记不清了。但事实上她记得很清楚——

说是"发明",倒也不准确,在向斯微的印象中,那时候市面上已经有可以自动计时、翻面、旋转的烤肉锅具,像是进阶版的烤鸭炉。

但那次科技展上,她还是被那两只安在烤炉两端的机械手惊艳了,虽然没能排队尝到肉串,但至少在造型上,那两只机械手很有未来感,像是正儿八经的"高科技"。

她那时看着展台下的介绍卡片,心想:这个发明者以后一定是位很厉害的科学家。

听她提起,江何笑了一声,用手肘拱了拱裴澈:"说你呢。"

裴澈又烤好了一大把五花肉串，递给大家分，脸上没有表情："不太记得了。"

沈趋庭手疾眼快地给胡开尔抢了三串，自己吃着一串，津津有味地道："别谦虚了，那时候学校那么多活动，你也就乐意参加个科技节。"

"我记得我还没尝到！好多人排队。"江何回忆着，笑了声，"你说说你，一天天神龙见首不见尾的，那些女孩子怎么还愿意追着你呢？"

裴澈专注地烤串，抬眸扫了一眼孟杳："别谦虚，追你的更多。"

江何"啧"了一声："你别给我找事啊！"说着，他瞄了一眼孟杳。

向斯微难得没借机奚落江何，倒是接着刚刚的话茬儿，闲聊似的说："机器人烤肉，会比我们烤的好吃吗？"

沈趋庭揶揄她："那得看跟谁比吧。跟您比，也用不着机器人啊！"

向斯微："……"

大家开起玩笑来，向斯微没再多话。

几分钟后，裴澈递出烤好的第三把烤串，看了看向斯微，说："我觉得应该会更好吃，毕竟机器人稳定，不会烤煳或者烤不熟。"

向斯微愣了一下才反应过来他在回答自己刚刚的问题，笑了笑："是吗？那下次我要尝尝。"

裴澈说："现在还有仿生机器人，用作家庭厨师的那种。而且它们不仅可以按前置程序的设定做菜，还可以自主学习，完成一些个性化的操作。"

向斯微眼睛一亮："那我以后一定要攒钱买一个！"

裴澈笑了笑，低头烤第四把肉串。

一中午下来，江何和沈趋庭不断地被姑娘们嫌弃，倒是裴澈，既擅长烤肉，又任劳任怨，一直默默地在烤炉边上待着，自己没吃几口，只专注地盯着炭火上的东西，好像烤肉是件多么有趣的事情似的。

下午，姑娘们去泡温泉，沈趋庭被胡开尔支去跑步减肥，江何鬼鬼祟祟地没了人影，裴澈把手机关机，待在茶室里，难得清闲，开始研究老罗珍藏的那些茶叶。

灶上的陶炉沸腾了许多次，他独自尝了一盏又一盏新茶，喝到嘴里只剩下涩味，忽然有点儿想念中午那个香甜清爽的味道。

可他在屋里环视一圈，也没看见有水果——大概是她自己带的吧。

裴澈没找到，也就算了，看到外头的天已经黑了下来，他将茶具一一收了，打算回屋睡觉。

今天是情人节，朋友们是成双成对来的，当然各自有安排，他不过是来蹭个清闲，不至于这时候没有眼力见儿。

坐久了，西裤上出现了褶皱，他用手拂了拂，刚起身，就看见向斯微走进来。

她这会儿连外头那件呢子大衣都脱了，里头穿的果然是条裙子，苎麻料子的白裙，看起来很单薄。

虽然屋里开了暖气，但南方的湿冷是往骨头里钻的，她穿这么一件薄裙子肯定不够。裴澈想问她不冷吗，又觉得自己多管闲事，现在大冬天光腿的女孩子多了去了，她们乐意——成年人还能把自己冻死不成？

于是他只冲她点了点头，打过招呼后想走，却见她直直地往自己面前来。

她笑容大方，不见丝毫闪躲退缩，走到他面前，问——

"裴澈，你有女朋友吗？"

裴澈小时候被亲妈嫌弃，说她自己生了个面瘫，别的小朋友会哭会笑的，他干什么都没反应。后来他又被爷爷夸，说这是泰山崩于前而色不变，有大将之风，到底是裴家的孩子。

他自己对此没有任何评价。有人爱笑就有人不爱笑，有人爱哭就有人不爱哭，他不明白这有什么必要分出个好坏高低。

直到现在，他看着向斯微大方的笑容，有一瞬间的凝滞，这才感受到母亲和爷爷所言非虚。

向斯微这样语出惊人，他应该惊讶的，或者至少是错愕。

可裴澈也不知道自己为什么不觉得惊讶，平静地回答："没有。"

向斯微仍然在笑，只是笑容远不如刚刚那么大方，露出犹疑与紧张："那……你想谈个恋爱吗？"

裴澈看着她："你和我吗？"

"嗯。"

"为什么？"裴澈依照这件事应有的逻辑问，"你为什么想和我谈恋爱？"

他以为这个问题很难回答，可向斯微居然舒展了笑意："我想知道机械手烤肉是不是真的比人烤的好吃。"

裴澈愣了一下。

向斯微笑眯眯地摆了摆手："开个玩笑。我算是智性恋啦，一直想跟会发明机器人的人谈恋爱，你可以当成我蓄谋已久。"

这话说得像信口跑火车，可她的语气自然大方，竟让裴澈很愿意相信。

他点点头，有半分钟没说话，向斯微的脸上也不见方才的犹疑试探，她始终笑着，耐心地等他回答。

而他看着她深色的眼瞳，忽然问："你还有草莓吗？"

向斯微愣了一下："有。"

裴澈摊开手掌："那谈吧。"

向斯微又愣了两秒，然后忽地抓住他伸出的手，将他往外带："我去拿给你！"

那天晚上，裴澈和向斯微在她的房间里分食完一兜草莓。裴澈终于还是开口问她："这么冷为什么还要穿裙子？"

向斯微满不在意地说："好看呗。"

裴澈将自己的羽绒服披在她的身上，才发觉这高挑儿的姑娘被这么一裹，也就是小小的一只，棉花团子似的。

吃完草莓，裴澈起身回自己的房间，向斯微也没有留他，只是在送他出门时，靠在门框上问："你是我用一兜草莓收买来的男朋友了吗？"

草莓已经吃完了，裴澈却仍然闻到一股甜香，仿佛那味道并不是来自水果，而来自她。

他微笑："是，女朋友。"

裴澈原本的计划是让自己喘一会儿气，所以回到房间后，他应该把手机开机，去回复必然会出现的短信和邮件，弥补被他耽搁了一天的工作。

可他回到房间，看了一眼床头的手机，决定再给自己一晚上的空闲。

他躺在床上，睡不着，也不觉得累。

草莓的甜香和向斯微那张白皙圆润的脸交替出现。裴澈想，他的生活已经全无秩序了，而在这打破秩序的桩桩件件的意外事件里，笑着走到他面前的向斯微是唯一称得上有意思的一件。

温泉之旅后，向斯微直接回了老家凤城，五天后又从凤城回东城，再转机飞往美国。这五天里，他们发短信联系，但并不频繁。向斯微会主动告诉他到家了、做了什么、吃了什么，而他回复自己没去过凤城，本意是想挑起话题，让两个人继续聊下去，但大概是他制造话题的技巧实在太生硬，向斯微并不热络，没介绍太多。

回东城后，向斯微提前半天给他发短信，告知她要回学校并附上航班信息，裴澈看到短信时，已经是航班起飞前三小时。

他忽然觉得这不对，于是取消了剩下的会议，独自开车去机场。

路上，他遇到了江何的车，江何还打电话来问。他本想直说，又考虑到这种事似乎不应该单方面宣布，于是改口说自己去出差。

电话挂断，他看到了向斯微一秒前发来的新短信："我以为你没空来。"

他略感躁郁的心无端地静了下来。也是静下来后，他才意识到自己刚刚有些气躁。

到了机场，他没管那么多，随便买了张国际航班票，过安检进候机厅。

裴澈在巨大的玻璃幕墙下找到了向斯微。那是整个候机厅里唯一能照到阳光的地方，向斯微就站在隆冬那一点儿被折射过的阳光里，身上包裹得严严实实，戴着毛茸茸的帽子和围巾，长款羽绒服一直遮到脚踝。

这几乎让裴澈震惊——自己居然能认出她来。

她一边拿手机写着什么，一边时不时地跺跺脚，动来动去的背影像只卡通小熊，这又让裴澈想起五天前，湖城竹林里那么冷，她却穿了裙子。

所以她到底怕不怕冷？

他无端地笑了笑，抬脚走过去。

向斯微正在编辑短信，察觉到头顶有阴影笼下，抬头见是他，明明不该惊讶的，她却不自觉地露出意外的表情："你怎么来了？"

她像被他吓到了似的。

"送你。"裴澈拉她到长椅边坐下。

向斯微笑了笑："我看你没回短信，以为你没空，就坐了孟杳的车。"

"上午在开会，没看到消息。"裴澈顿了一下，问，"怎么不早点儿告诉我？"

向斯微明显一愣，看了看他，像是被问住了。

她支吾两秒，正要启唇，裴澈低声一笑，摇了摇头："看来我们俩都还需要习惯。"

向斯微的提议突兀，他的回答也很临时，可这都不等于冲动，裴澈很清楚。只是他们都需要好好想想恋爱是怎么谈的了，尤其是他自己。

他拿出手机，调出自己的微信二维码，递到向斯微面前。

向斯微反应了一下，笑出声来，一边拿手机一边道："我们怎么忘了这个？"

"嘀"的一声，微信加上，裴澈看了一眼她的头像，是一只凫水的海龟。

"很可爱。"他笑着说。

向斯微"嗯"了一声，也低下头，却蹙了蹙眉，很为难似的："我要礼尚往来，夸你的头像也可爱吗？有点儿夸不出口。"

裴澈的头像似乎是一道星环，但是背景太黑，看上去并不美观。

裴澈笑意放大："倒也不用这么为难。"

向斯微也咯咯笑，眼睛观察他笑到微微皱起的眼角，心想，这个人原来也有称得上"爽朗"的笑声。

裴澈察觉到她的目光，看过去，敛了笑意，语气变得认真："向斯微，我不寻刺激，正常谈恋爱，该干什么我们就干什么。

"异地恋会有点儿困难，但我有时间就会去看你，如果你有时间，也请尽量回国看我。我们多见面，好好恋爱。这一点，你同不同意？"

他们没有再开玩笑，向斯微被他沉静的眸子吸引，专注地看着他。

听他说完，她迟疑地点了点头。

裴澈将她的迟疑看在眼里，皱起了眉，却听到她下一秒问的是——

"你为什么觉得我会不同意？"

裴澈一愣，再次笑出声来，看着她疑惑的表情，没忍住，伸手揉了揉她的脑袋。

让裴澈来选的话，他觉得那才是他们交往的第一天。

向斯微说的第500天是从哪一天开始算的？想到这里，他笑了笑，低头给向斯微发微信："早餐送到了吗？"

向斯微回复得很快："还没有，说等我洗漱完再送过来。"

"嗯，早餐要吃。"裴澈将这条消息发过去，不自觉地勾起唇。

果然，没有几秒，向斯微就拿感叹号砸他："都说了那两次是特殊情况，我没有不吃早餐！"

去年有两次裴澈飞去旧金山看她，正好撞见她为了赶项目熬夜，不吃早餐。这事就被他记在账上了，他总要反复提醒向斯微吃早餐，好像她的生活有多么不规律似的。

裴澈回复："惯犯没有申辩权。"

向斯微回了他一个"被打败"的表情包。

酒店里，工作人员送来洗烘好的她的衣服，向斯微愣了一下，昨晚太沉迷，她都没有注意裴澈是什么时候将那一地狼藉收了送到洗衣房的。工作人员却见怪不怪，微笑道："这是您的衣服，早上烘干熨过就送来了，但还是仓促了些，您要是穿着不舒服，我们也准备了新的。"

向斯微忙摆手："不用，我习惯穿自己的衣服。麻烦你们了。"

她看着自己在 Hollister（霍利斯特）上花 12 美元淘来的、在公寓的集体洗衣机里滚过无数次的牛仔短裤被熨得平平展展，还散发着洗涤剂的淡淡清香，有些哭笑不得。

昨晚消耗太大，向斯微早已饥肠辘辘。客房电话再一次打进来，声音文雅的侍应生问："向小姐，现在给您送餐可以吗？"

总统套房里的奢侈陈设，加上侍应生这道彬彬有礼、态度极佳的嗓音，让向斯微忽然联想到了即将送来的早餐——会有烤得正好的吐司、黄澄澄的煎蛋、点缀着昂贵水果及枫糖烤麦片的酸奶碗，以及香浓的咖啡。

没有一样能勾起她此刻的食欲，她总觉得在凤城这样的好地方吃这些花里胡哨的西餐是暴殄天物。

"不用了，我忽然有事要出门。麻烦了。"

电话那头儿的人显然有些意外，但他的服务意识满分，道："好的，那如果向小姐还有需要的话，请随时联系厨房，我们会在最短的时间内为您重新准备好早餐。"

"好，谢谢。"

向斯微挂了电话，将房卡搁在书房的桌上，背上自己的小挎包出了门。

她现在就去街边吃碗生滚粥。生滚粥用泡了一夜的大米现熬，加上各种新鲜的海鲜，出锅前撒一把葱花儿，她光想想就要流口水了。

凤城街头到处都是生滚粥铺，她没走几步，找到一家热闹的店，便径直在门口的板凳上坐下。生滚粥是现熬的，要等十几分钟，向斯微虽饿，但为了这口美味，只能忍耐一会儿。

她拆了碗筷，抬头看了看天，阴沉沉的，但雨一直没下来。不知今年的台风什么时候来。

生滚粥上了桌，她食欲大动，忍着烫尝了第一口鲜，再慢慢地舀面上的海鲜，吹吹气，缓缓送进嘴里。

她一个人吃也有滋有味，吃到一半，忽然听见有人喊她——

"向斯微？"

向斯微一抬头,看见几步远处有个黑皮肤的男生在打量着自己。她眯眼仔细一看,惊讶道:"陈港生?"

男生咧嘴,笑出了声:"真是你啊!"

向斯微也惊喜:"这么巧!"陈港生是她的初中同学,也是她小时候的邻居。原本她就约了今天和他吃饭的,没想到提早碰上了。

陈港生个子高,如今似乎比小时候更瘦了,穿着洗过了头的白T恤走过来,身上隐约带着一股海风的味道。

"来来来,我也来一份。省得中午再去吃那些东西。"陈港生笑着在她对面坐下了,"你说请我吃日料,我本来就不愿意。"

向斯微笑了:"不愿意你也不说?"

"毕竟是你的心意嘛,我以为你就是想请我吃贵的。怎么好意思拒绝?"陈港生拿着筷子夹走她锅里的一只虾。不用手,光用嘴咬就能把虾壳剥得干干净净——这是凤城人基因里带的技能。

"你还挺看得起自己。"向斯微揶揄他。

陈港生"哧"了一声,没否认。

"蔺姨怎么样?"她问的是陈港生的妈妈蔺婉。虽然几年没见,但向斯微很记挂她,因为疫情回不了国的那三年,她逢年过节都会给蔺婉发消息。

"好着呢。"陈港生吃了虾,又进店里拿了一笼烧麦,往向斯微面前推,"她也记挂你,你有空多去看看她。"

"下午就去。"向斯微说,"你那动物园,现在是什么情况?"

她约陈港生吃饭,除了好友叙旧之外,也是因为陈港生之前联系她,说他盘了个动物园,生意一直不太好,想请向斯微去看看,替他想想办法。

凤城一直没有动物园,这么多年好像也没多少人感兴趣。如今高铁发达，大家想看动物，一个小时就能去邻市，那里有华南最大的动物园。

因此向斯微挺意外的，陈港生从小就很聪明，替他妈算起账来比计算器还快，读书多年从没拿过第二。这么有头脑的人，怎么干这亏本生意？

陈港生说："凤城这么多年都没动物园，也不是人人都有钱跑到外地去看嘛，我就想着做一个，也算是游进了蓝海。"

向斯微哭笑不得，没见过蓝海这么用的。

陈港生埋头喝粥："待会儿带你去看看，你看了就知道了。"

"行。"向斯微应下，又抬头看看天，"希望不要下雨。"

"没事，我看今天这雨下不下来。"陈港生很有把握地说。

他在凤城出生长大，快30年了也没挪过窝，自然心中有数。向斯微也很相信他，点了点头。

马路对面，一辆黑色奥迪停了有一会儿。

导致裴澈航班取消的那场雨最终并没有下下来，而他再一次推迟了工作，在爷爷和裴澜的电话打进来之前关掉了手机。

他不喜欢喝海鲜粥，可是在处理工作和与向斯微一起吃早饭之间，他当然选择后者。他住惯的酒店开在凤城，便入乡随俗，据说做得最好的就是海鲜粥。

但向斯微不缺人陪她喝一碗海鲜粥。

裴澈抬头看了看车窗外的天，并没有雨，然而空气中的水珠好像要爆炸一般拥挤，将空气压得湿热沉闷。

他并不喜欢凤城——不喜欢这里燠热潮湿的天气，不喜欢生食的海鲜，也不喜欢难以听懂的普通话。

就在昨晚,他在进门后那样克制不住自己,将她折腾得气喘吁吁,事后聊天儿,他也难得直言不满,问她:"为什么你们这里这么热?"

向斯微不答,但听明白了他的牢骚,笑着点了点头:"你确实跟凤城不搭。"她抬起洁白的胳膊,拿一件吊带小衫穿上,转头捧起他的脸,目光里淌着幽幽的深情,"我觉得你看起来就是北方人,而且是冷到空气稀薄的那种北。"

裴澈觉得好笑,提醒她:"我是东城人。"东城是正儿八经的南方城市。

向斯微耸耸肩:"看起来嘛!"她态度戏谑,看他的目光多了一分顽劣,流连往下,"你看起来也不像这么能出汗的人呀。"

每场大汗淋漓过后,裴澈的身体就像水洗过一样,仿佛一尊古希腊人体雕塑映在阳光下那么好看。向斯微非常喜欢。随着目光一起描摹他的汗涔涔的身体的是她的手指,沿腰线一路向上滑。

她指尖的水珠摇摇欲坠,被他一齐攥进手心里,刚穿上的小衫又被他扯开,她一点儿也不生气,咯咯地笑着亲他。

那指尖的触感似乎仍然停留在他的腰上,裴澈不动声色地任这股异样的暗流退去,看着街对面的小店外,向斯微吃完起身,正要扫码结账,那个男人腾地一下站起,将她的手腕一挡,自己抢先扫了码。

向斯微被他拦得退后两步,瞪着眼睛说了句什么,那个男人哈哈大笑,二人一并向前走了。

陈港生刚在店里喝了一大碗生滚粥,回到动物园,又煮上了鱼片粥。

向斯微看着他将一大盆剩饭倒进锅里,倒水后搅开,水沸腾后又倒入半盘鱼片。鱼片很快变色,他拿大勺子搅了搅,勺柄又在锅边沿敲了两下,沾在勺子上的那几粒米也悉数掉回锅里,然后关火。

"这么大一锅?"向斯微被那口不锈钢旧锅的体积震惊了。

"明天的一起煮,省得再开火。"陈港生简单解释了一句,回头"啧啧啧"地招呼:"财财儿,来来来。"

向斯微看着那只乌龟慢腾腾地爬到陈港生脚边,他从锅里夹出一块大鱼片,往下一丢,那又乌龟就伸长脖子,将鱼片嘬进嘴里的同时,飞快地缩回了脖子。

"它叫财财?"向斯微迟疑地问。

"财财儿。"陈港生略显艰难地发了个儿化音,"大名招财,小名财财儿。"

"……"

向斯微环顾这个面积其实很可观的动物园,试图在心里再消化一遍陈港生刚刚介绍的现状——

这个动物园是陈港生从别人手里接下来的。前任老板四年前不知受哪位神棍点拨,看到了在凤城开动物园的商机,于是斥巨资租了地,买了各种设备,建了各种景观,引进了天南海北的动物。结果开业没几个月就遇上了疫情。

因此四年后的现在,陈港生接手的这个动物园,除了有面积可观的空地之外,只有一只叫"财财儿"的乌龟、六只因为太久没吃过好东西而满脸冤种样的猴子、一头疑似患了风湿病所以总趴在地上的狮子、两只每天泡在人工湖里不肯动的浣熊,以及一条直径缩水的黄金蟒。

向斯微沉默了好一会儿，终究没忍住，看着陈港生问："你什么时候辞职的？"

陈港生本科在Z大，然后直接保研，毕业前又考上了选调，在凤城福利最好的单位，本该一路安稳高升，不知道他抽了什么风，辞职来干这个。

"早辞了，去年辞的。"陈港生满不在乎，似乎也不想多谈，只是叮嘱她，"你可别跟我妈讲，她到现在都不知道。"

向斯微无语："你从谁手上盘的这个动物园？"

陈港生看了她一眼，没说话。

向斯微知道自己猜对了："老周？"

"嗯。他前年过世了。"陈港生低声道。

印象中，老周缠绵病榻多年，对于他的死，向斯微并不意外，但还是沉默下来，片刻后又问："周谅回来了吗？"

"没有。她在英国，没买到机票。"

向斯微没说什么。

陈港生随了蔺婉，是个仁义又心善的人，小时候街坊四邻都穷，他们母子俩靠陈父的保险金过得稍微宽裕些，总是接济大家。在一天一个鸡蛋都舍不得吃的年代，蔺婉做了好吃的永远往隔壁分大半碗；陈港生几乎给所有邻居当过小工，搬家具、修灯泡，招呼一句就来，连杯水都不讨。

而且陈港生比蔺姨还多几分执拗。老周是他的恩师，周谅又是他念念不忘的初恋，如果是为了老周，他接下这么个动物园的举动，向斯微一点儿也不意外——哪怕不赞同。

向斯微很直接地问："打算怎么办？"

陈港生弯着腰，一只胳膊肘撑在膝盖上，另一只手垂下去，不停地摸着那只乌龟的壳。他说照老周的说法，龟壳盘多了，光滑水亮的，招财。

"现在都不封了，生意能好点儿吧。"他说。

向斯微看着那个被盘得锃亮的龟壳，冷笑一声："半年了，生意好了吗？"

陈港生"啧"了一声，站起来："多大人了，你怎么还这么直接呢？我不是正在铺垫吗，能不能给点儿面子？"

向斯微嘴角一扯，等他铺垫完。

"我想过了，一是咱们动物园目前的动物确实还不够多，也不够吸引人，要是有只熊猫之类的动物，那游客肯定就多了，但国宝咱现在确实不配。我打算弄只孔雀，绿孔雀，也挺拉风的。我有个大学同学，云南人，已经跟他联系了。"

"还有呢？"

"还有……这不就是在求你吗？"陈港生咧嘴一笑，隔着十几年里又黑了三度的皮肤，仍是少年时带着点儿憨意的正直模样，"你能不能帮我策划个直播之类的？或者拍点儿小视频。我研究了半天，现在本地服务想要拉客，还是得靠短视频，流量都在那里，没办法。"

向斯微不意外。她其实能猜到陈港生找她是为了这个，也很乐意用自己的长处帮帮忙。

可问题是，直播和短视频并不是她的长项。

在 140 字的内容时代，向斯微算是个很成功的段子手。人气最高的时候，她能接到六位数的广告。可如今已经不是写段子的时代了，和她同期的几个段子手，要么顺利地游进了图文和视频的红海里，要么转型成了鸡汤作家，畅销书一本接一本，版权费拿到手软。

向斯微本科毕业后在一家广告公司工作了两年，每天加班到凌晨，根本没时间经营账号。等她终于辞职出国读博，短视频早就火起来了，她开始艰难地经营视频账号，却始终不得其法，因此现在已经糊得惨不忍睹，总自嘲是脚部博主。

对于视频创作，她能勉强坚持混口饭吃，却不敢帮陈港生这个忙——万一没帮上呢，岂不是雪上加霜？

"你看过我的视频吗？"向斯微沉默了一会儿，问。

"看过啊。"陈港生理所当然地说，"你在美国拍的vlog（视频日志），每一期我都看了。不是拍得很好吗？"

向斯微不擅长美妆，也不太会做饭，因此大部分视频内容是留学生活的vlog，拍了四年的牛油果开放三明治和无花果燕麦酸奶碗，这个题材还算热门。

向斯微苦笑："你觉得就我那做流水账的功夫，能帮你拉到客？"

会看留学vlog的用户和会刷短视频且对动物园感兴趣的本地居民，重合度显然不高。

陈港生愣了一下："那总比我这个手机都拿不稳的人去拍强吧？"

向斯微没说话。她知道，一方面，照陈港生的脾气，但凡有闲钱、有余力，他都绝不会向她开口；另一方面，他愿意开口的朋友并不多，从前周谅算一个，现在也许只有她了。

"没事，你看呗，要是……"沉默了几十秒钟，陈港生又垂下胳膊去盘乌龟壳了，低着头漫不经心地说。

向斯微的视线跟着他的胳膊往下,没听他说完,她径直道:"那我先做个逛园子的 vlog 呗,反正我下一期就打算拍回国日常。"

陈港生盘乌龟壳的动作顿了一下,抬起头,看着她笑了:"你还真爽快。"

向斯微不敢先领情,嗤笑一声道:"不保证效果啊,我现在很糊。"

"不考虑效果,你怎么舒服怎么来。"陈港生笑得响亮极了,"要饭不能嫌馊。"

"你会不会说话?!"

两个人约好周末向斯微来录 vlog,这几天陈港生先将动物园里外再整饬一番,也给狮子、浣熊们喂两天大餐。

向斯微离开的时候已经到了饭点,两个人早饭都吃得多,也不饿,她也不假客套再请他吃饭。

陈港生跟出来说要送她,向斯微回头看着铁门后的财财儿,竟从一只乌龟的两粒绿豆眼里看出了依依不舍,笑出声来:"就这么大的地方,送什么?进去陪你的招财龟吧。"

陈港生拗不过她,说了两句后回去了。

向斯微抬头看了一眼阴沉沉的天,害怕雨落下来车就不好走了。想到这儿,她拿起手机给裴澈发了条微信:"你到了吗?"

他很忙,一般收到微信没空立即回复,她也不等,收起手机往街口走——那儿好叫车。

她刚迈出两步,突然看见街对面停着一辆眼熟的奥迪。她并不记得车牌号,可不自觉地停顿了半秒,驾驶室的车窗降了下来。

向斯微惊讶地扬了扬眉,愣了几秒才快步穿过马路。

"你怎么在这里？没回东城？"她径直坐进副驾驶室。

"取消了，说可能有台风登陆。"

向斯微点点头，重复刚刚从陈港生那儿得到的判断："今天雨下不来的。"

裴澈"嗯"了一声。

他还没回答她的第一个问题，向斯微等了几秒，扭头看他："你路过这里？"

"我怎么会路过这里？"他似乎觉得她问问题不过脑子，低笑一声，也回看她，看她嘴角精巧的弧度。

他伸手替她理了理额前有些乱的刘海儿："回酒店的时候看到你了，隔着马路不方便叫你，就跟着开过来了。刚在车里开了个会。"

"哦。"向斯微垂眸，看到他搁在中控台上的笔记本，低声嘟囔了句，"你也太惨了，在车里还要开会。"

裴澈笑了笑，手搭回方向盘上，发动车子："饿不饿？"

"还好。"

"我饿了。"裴澈温柔地说，"陪我吃点儿。"

"好。"

裴澈有自己吃得惯的餐厅，向斯微不必给他做推荐。路上她点歌听，这部车子里全是她的歌单。

可旋律进不了耳朵，向斯微看着流动的陈旧街景，总觉得坐不住。

车子驶过酒店的时候，她终于没忍住，扭头开玩笑似的问他："喂，裴澈，你应该不是在跟踪我吧？"

裴澈目光笔直地看着前方，车速均匀平稳，他像没听到她的话一般泰然自若。向斯微看着他英俊的侧脸，不等他回答，自己又觉得不可能："不至于吧，不可能的。"

然后她又扭回了头，好像只是装刁蛮为难他一下。

几秒后，裴澈才低低地笑了两声，带着无奈的意味，似乎在嘲笑她俗套的脑回路。

向斯微没错过他这声配合的笑，扭头继续不讲理："不许笑！"

歌单正播到裴澈喜欢的一首乡村乐，向斯微手疾眼快地切掉，下一首开头就是电吉他的嘶鸣，他嫌吵的那种。

她得意地看着他。

车子刚好驶到亮红灯的路口，裴澈将车平稳地停下，轻轻勾着唇扭头看她，表情既无奈又受用。

向斯微喜欢他这样的表情，笑意不自觉地放大。

裴澈看着她的两个梨涡，笑开了，扭头看着倒数的红灯数字，闲聊似的问她："早餐怎么样？"

躁动的音乐忽然进入舒缓的间奏，向斯微愣了一下。

"我其实没让他们送。"她笑了一下，说，"我馋生滚粥了，就下楼找了个小店吃。"

"好吃吗？"

"当然，我从小就爱吃这个，都吃撑了。"

红灯转绿，裴澈松开刹车，驶了出去。

"但还是可以再陪你吃一点儿的。"向斯微笑眯眯地道。

裴澈也笑："行。"

这天深夜，雨终于还是下了下来——凤城今年的台风也准时登陆了。

向斯微被一声雷惊醒,感觉到腰上横着一条沉沉的胳膊。她微微扭头,看见裴澈面朝她侧躺着,低着头,呼出的气息喷在她的颈窝里,他的膝盖贴着她的小腿,是微微蜷缩着,贴向她的姿势。

向斯微愣了一下,想了想,好像自己从来没在裴澈后面睡着过,所以从来不知道裴澈的睡姿是这样的。在她的想象中,他应该是那种睡得很安稳,甚至姿势很"漂亮"的类型,不会歪着扭着。

现实跟想象有出入,向斯微轻轻地搭住自己腰上的手臂,自己也不知道自己在想什么。可她腰上的手臂倏然收紧,喷在颈窝里的气息更热了,向斯微一愣,听见一道昏沉的声音——

"怕雷?"裴澈靠得更近了,将她整个人搂进了怀里。

"不是,被雷声吵醒了。"向斯微轻声说。

好一会儿没听见回话,耳边的呼吸声恢复了均匀,向斯微这才知道,他原来没醒。

她忍不住轻笑一声,正要闭眼,额角一热,裴澈无意识地吻了吻她。

向斯微的心微微一颤,她翻身抱住了他的腰,将脸埋进他的怀里,才再次睡去。

向斯微再醒来的时候,身边没人,听见书房有声音。她洗漱后走过去,将门轻轻打开一条缝儿,果然看见裴澈在里头开会。

他的眉头轻轻皱着——这人情绪太淡,连厌烦的表情都很淡,她从没见过他真正紧锁眉头,又或者彻底黑脸,只是哪怕这么轻轻地皱眉,也让人觉得他很不开心了。

在一起后,向斯微偶尔试图回想裴澈高中时的样子,无奈记忆模糊,只记得他是江何的好朋友,在学校里很受欢迎,成绩也很好,却很少出现。女生们都说他"高冷""冰山王子"或者"忧郁美男"之类的，都是那几年日韩电视剧里最爱出现的词。

她高中的时候觉得这种人忧郁个屁，不就是装吗？现在她真正认识了他，觉得他确实总不开心，便很通达地想：众生皆苦嘛，也能理解。

她不打扰他，冲他笑了笑，指指厨房的方向，就带上门出去了。

裴澈在冗长的会议上听完裴澜和新上任的市场总监的唇枪舌剑，最终采纳了这俩人都不赞成的第三种方案，强行结束了会议。

会后他又接到爷爷的电话，爷爷问他怎么还在凤城。裴澈心不在焉地看着窗外的雨幕，忽然觉得凤城也有可爱之处——如果他每年都在6月来凤城，是不是就可以趁台风之便顺理成章地得两周清闲？

而且还有向斯微，好像确实挺不错的。

"你笑什么？"爷爷中气不足的声音传来。

裴澈回过神，看着视频里的鹤发老人："没什么。"

"你怎么在凤城待那么久？"裴德安目光如炬，紧紧地盯着他。

裴澈面不改色："前段时间苏杭介绍了一个大学生创业团队，裴澜不方便，我替她过来看看。"

苏杭是裴澜的前夫，这桩婚事由裴德安做主敲定。裴澜当年很顺从地嫁了，前年生下女儿后，又先斩后奏地离了。他们离得痛快，也算体面，裴德安只发了一顿火，之后并没有再说什么。

裴德安不疑有他，但还是"哼"了一声："这时候她晓得不方便？！"

裴澈牵起嘴角笑了笑。裴德安倒从来不怀疑他和裴澜的姐弟感情。公司里任何一个高管都不会相信裴澜舍得让自己手下的人脉资源过他的眼，只有裴德安相信。很难说他相信的是他们姐弟两个，还是他自己作为家长的权威与面子。

裴德安叮嘱他尽快回东城，裴澈淡淡地说台风过了就回。

裴澈走出书房，闻见一阵黄油香。

向斯微已经把早餐做好摆上了桌——法式吐司、荷兰松饼、两份班尼迪克蛋、一壶伯爵茶。

向斯微的西式 brunch（早午餐）做得很好，裴澈扬了扬眉，走过去拉开椅子坐下，清了清嗓子道："拍 vlog 练出来的？"

向斯微瞪他一眼："你嘲笑我！"

裴澈切了一小块松饼放进嘴里，轻轻笑了："你冤枉我。"

向斯微"哼"了一声，并不承认。

"什么时候回东城？"裴澈问。

向斯微觉得他用"回"这个字并不准确，但也不介意，如实道："还没买票，可能要晚一点儿。"

裴澈："嗯？"

"有个朋友——就是昨天动物园那个。"向斯微解释，"他叫我去他的动物园拍拍 vlog，后续反响好的话，可以做两场直播。"

"你去动物园拍 vlog？"

"我也觉得不合适。"向斯微耸耸肩，"但他没有其他资源，病急乱投医吧。我也就帮帮忙。"

裴澈有点儿想问她为什么乐意帮这个忙，又觉得这是废话。向斯微讲义气、重朋友，他一向知道的。

可他更知道向斯微理智客观，头脑清明，昨天他查过那家动物园的信息，前景堪忧，向斯微只会比他更清楚。再努力也多半是白费工夫，那她为什么还愿意帮这个忙？

她和其他同学都是在 KTV 一起聚会，为什么和这个同学是单独见面？裴澈意识到自己想问的原来是这个，可这个问题也是废话。朋友之间当然亲疏有别，这再正常不过。

他放下刀叉，慢慢地喝茶，淡淡地问："不是说过第 500 天吗？"

向斯微自然地回答："还有将近一个月呢。"她觉得动物园的事肯定要不了多久，她当然会尽力，可预计做不到直播那步，vlog 的数据就会差到让陈港生认清现实，另寻法子。

说完，她想了想，问："你是想在东城过吗？"

"那时候我大概率在东城，月底有产品发布会。"裴澈说。

向斯微不意外，点点头："应该没问题，我那时候应该也到东城了。"

她切了一大块松饼放进嘴里，咀嚼的样子像仓鼠。裴澈喜欢看她吃饭，不自觉地就笑了，问："有没有想要的礼物？"

向斯微差点儿噎着，哽了好几秒，吓得裴澈腾地一下站起来扶她，她伸手制止他，自己拍了好几下胸脯，缓了过来："不要了，你送礼物的阵仗好吓人。"

他们交往一年多，中美异地，前大半年又都在慢热地互相了解，所以迄今裴澈只送过她一次礼物——去年七夕，裴澈给她送了辆车。

白色的阿斯顿·马丁直接被司机开到公寓楼下，哪怕加州留学生们见惯了豪车，那阵仗还是引发了一阵围观。

向斯微接到电话后难以置信，做了十几分钟心理准备才敢下楼，穿西装戴手套的司机热情且专业地给她介绍了车子的各项性能，连

· 51 ·

附近哪里有加油站、多远有汽车影院、哪条路不好走都一一解释清楚,而向斯微在许多双眼睛的注视下,只想找个地缝儿钻进去。

她打电话问裴澈,他说自己只是考虑到加州公共交通不方便,所以送她一辆代步车。至于那个司机,应该是汽车公司的附加服务,他并不知情。

向斯微蒙了:谁家好人拿阿斯顿·马丁当代步车?!

几天后放假,向斯微直接把车开去了裴澈在洛杉矶的别墅还给他,然后问他要了另一个礼物——她让他带她去看一场赛车,裴澈就在那里赢了一瓶红酒送给她。

裴澈失笑,再次解释:"我真的只是觉得你需要一辆代步车。"

向斯微看着他:"你自己听听像话吗,阿斯顿·马丁是代步车吗?"

裴澈想问为什么不是?四个轮子,怎么不能代步了?但他识趣,知道和向斯微据理力争是没好处的,她可是在微博上吵架都从无败绩的人。

过了一会儿,他还是问道:"真没有想要的礼物?"

向斯微一时真想不到,想要的东西,自己买得起的,她一般就直接买了;暂时买不起的,她也不会一直记挂着。对她来说,似乎没有什么东西是"想要但又舍不得买"的。向斯微没有"心愿清单",购物车通常都是被清空状态。

"我想到了就告诉你。"她这样说。

"嗯。"

凤城每年一到台风季,航班就要停一周左右的时间。裴澈回不了东城,向斯微也没法儿去动物园拍 vlog,两个人便一起在酒店住下了，书房里的长桌一分为二，裴澈办公很忙，向斯微也有自己的事情要处理。

他们交往这么久，这样日常的相处似乎是第一次。

两个人居然都很适应，工作时不打扰对方，吃饭或休息时一起聊天儿或看一部电影。向斯微不得不感叹时间的神奇，一年多里，他们真正见面的时间也许只有100天，可是日复一日的相处还是让人建立了默契。

最令向斯微意外的一件事是裴澈居然会做饭，而且做得很不错。

她在外求学多年，厨艺也只是勉强及格，能弄出些自己不觉得难吃的东西，做得最好的西式brunch也是为了拍vlog才练出的一点儿技艺。

其实她之前也见过裴澈下厨，简单做碗面、蒸个蛋之类的，他都行。可这次她发现，他竟然会做许多难度极高的中式菜肴。酒店每天送新鲜的食材上楼，短短四五天，向斯微已经尝到了味道绝佳的松鼠鳜鱼、芙蓉肉、响油鳝丝，甚至现在，厨房的炉灶上正在炖一锅佛跳墙。

向斯微倚在门边，看裴澈拿着一把中式大菜刀处理一条鱼，他使得极其顺手，一点儿也不违和。

"你什么时候学的做菜？"她看呆了。

"在英国的时候。"

他本科是在英国读的，同时修了数学和管理两个学位，向斯微知道。她点点头，忽然想到了什么，有点儿抑制不住好奇："是……李舒乔教你的？"

话音一落，向斯微看到裴澈拿刀的手明显一顿。

李舒乔是裴澈的前女友、初恋女友兼娃娃亲。

向斯微熟悉李舒乔甚至比熟悉裴澈更早，因为她的朋友实在不少，这里那里地听了太多八卦。他和他这个前女友似乎有很多故事，二人分手的原因不明，至今李舒乔都没有回国，而裴澈在向斯微之前没有再接触过任何女生。

裴澈在东城最喜欢去的一家咖啡馆价格便宜，饮品也很差劲，但他常常一个人在那儿坐一下午。那是李舒乔高中时常去自习的地方。

裴澈行事低调，多年来唯一一次在社交媒体上出风头是因为给女朋友设计的裙子，他随手画在餐巾纸上，被一个英国设计师转发后上了社交软件热榜。后来那条裙子被他亲自打版做了出来，全世界只有那么一条，李舒乔穿着过了20岁生日。

向斯微从前听这些"事迹"就像听小说似的，后来和裴澈在一起了，她反倒没那么好奇了。

但谈恋爱嘛，坦诚为先。她告诉过裴澈自己的几段恋爱经历，裴澈对这种事似乎没多大兴趣，反应平淡，但也很坦诚地交代了自己唯一的恋爱史。

"交往了10个月，不合适，就分手了。"他说得很简单，似乎也没有遮掩的意思，可向斯微知道这是粉饰太平的说法。她没追问——互相交代情史嘛，到这个程度就差不多了。

那之后她唯一一次对裴澈这段初恋产生好奇，是在他们的第一次，她发现裴澈居然没有经验。那会儿她被他亲得全身瘫软，却见他仍在磨磨蹭蹭，磨蹭得她几乎要发火。等到发现他生疏而缓慢时，她愣了一下，意识到了什么。

波士顿漫天大雪的天气，他们在屋子里热得浑身是汗。借着壁炉幽微的火光四目相对，他从她的眼里看到了来不及遮掩的惊讶，立刻移开了视线。她深深地看着他温柔的眉眼，收敛自己的表情，两手钩住他的脖子，抬起脑袋想吻他，却被他钳住下巴摁回床上。他伸手遮住她的眼睛，绵长的吻与莽撞的撞击同时降临。

那一瞬的诧异和好奇被爆发的情欲吞没，事后，向斯微也没兴趣再问，裴澈的表现让她确信，学习能力比经验更重要。

这是自那之后，向斯微再一次对李舒乔这个人产生好奇。

她是听谁说的来着？李舒乔在伦敦念过蓝带国际学院，厨艺很好。向斯微被裴澈娴熟的厨艺震惊，自然地想到了李舒乔。

裴澈只顿了一瞬，就继续处理手中的鲈鱼，动作利落优雅。

"不想回答？"见他没说话，向斯微问。

"不是。"裴澈立刻否认。他只是有点儿分不开神，他这人容易专注，但处理鱼也并不是那么容易的事。而且，他还有一点儿惊讶。

这是向斯微第一次关心他的前女友，之前她好像太豁达，要不是他主动说，她似乎问都不想问。而且裴澈知道，李舒乔并不是让人毫无探知欲的类型。

但他也渐渐理解了，这就是向斯微的性格。向斯微就是不一样的。他觉得这挺好的，他也并没有想看女朋友吃飞醋、耍性子的恶趣味。难道是因为他们连续几天都在一间屋子里单独相处，她终于产生了一些"寻常"的好奇心？

裴澈轻笑了一声，觉得挺有意思。

"我留学的时候无聊，自己学的。"裴澈说，"她西餐做得很好，中餐一般。"

向斯微点了点头,很自然地想到,如果厚着脸皮分类的话,自己应该也算"西餐做得很好,中餐一般"的类型?

她垂眸看着炉灶上的佛跳墙,问:"这个什么时候能好?"

裴澈终于将鱼处理干净,放到水盆里清洗,他看了一眼壁挂钟:"再炖 100 分钟吧。"

向斯微点点头:"好香。"

裴澈看到她的眼神,笑了,刚洗过的手还没擦干,没忍住伸过去刮了刮她的鼻子。

"你好烦!"向斯微叫道。

裴澈笑出声,又扯了一张纸巾去给她擦。

"你下次教我做这个吧。"向斯微盯着"咕嘟咕嘟"的砂锅,又说。

"喜欢吃?"

"嗯。"

"那常做。"裴澈说。

"行啊。"向斯微笑了。

晚上裴澈又有工作要处理,向斯微把电脑抱到客厅,发布了回国后的第一条 vlog,也是她做视频博主这几年头一回发"无所事事"的内容。几分钟的短视频,把她在老家瘫在海边那几天的日常随便拼接了一下就发出去了,连封面都没选,用的是系统随机的。

向斯微觉得做视频没意思,尝试了四年多都不得其法,不想再钻研了。

在家这么多天,她仔细盘了盘自己手里的钱和资源,读本科那几年她挣得不少，但在凤城的新楼盘买了两套房，再加上她读哲学博士没有申请到全额奖学金，加州四年的开销巨大，和裴澈谈恋爱也不是省钱的事，算下来，手里的存款没剩多少了。好在她很早就有储蓄意识，这么多年的理财收益率不错，钱在手里没贬值。

向斯微读哲学博士纯粹是为了给自己圆梦，那几年挣到了钱，便想过一过无忧无虑、只要读书的生活。而且她念的是科技和文创的交叉领域，学术成果不算显著，国内几乎没有合适的教职提供。她也不想当老师，所以没有考虑过去高校工作。

去年她其实试着参加过校招，然而顶着一个博士学位，进面率却低到她怀疑自己是不是没有将简历投递成功，神经兮兮地刷新了好几天官网。最后的两个offer（录用通知）在校招生里倒也算高薪，可她一了解，都是加班拧螺丝的活儿，投入产出比甚至还不如她每天强迫自己钻研怎么把牛油果水波蛋开放三明治拍得更高级。

已经在某大厂内容平台任总监的学姐姜南对她说——

"你一个博士，来这里干什么？我跟你说，这行已经卷成畸形了，早几年，东城那几所学校随便一个学计算机的就能进大厂，只要没被裁员，现在高低是个leader（领导）。你说我们哪点比你们强？不就是本科毕业就工作，早了几年嘛。

"你卷生卷死要是就为了拿这个offer，那倒不如不读博士。你早几年来，现在肯定比我强啊！

"说实话，你现在拿的offer是不是还不如本科那会儿拿的？你读个博士还给自己读贬值了？没必要嘛。"

向斯微被姜南的大实话说得哭笑不得，两个人聊了许多，向斯微最终决定放弃offer。

她隐约感觉到自己有更想做的事情。

回家的这段时间，向斯微见了许多从前的朋友，他们大多已经成家立业，有一份薪水不高但也不太忙的工作，家里人帮忙在小城里买了新房，早上上班前在楼下吃生滚粥，周末一家人去海边烧烤，偶尔出门旅个游，坐高铁两三个小时能到许多城市——也是很好的生活。

向斯微早早买下的那两套房已经交房，入住率不算很高，但周边配套设施完善，也有烟火气，是凤城条件最好的小区。其中一套是她买给向志杰的，她催了好几次，叫他先搬过去，向志杰不肯，说等她回凤城了一起搬。

向斯微偶尔也动过回凤城的念头。她从15岁离开凤城，这么多年看来看去，始终觉得凤城没有什么不好的地方。

可不知道为什么，这个决定她一直做不下来。那天她独自去那个小区里溜达，也不做什么，就是将两套房都看了看，遇到邻居阿姨和气地打招呼，聊了两句，加上了微信。

邻居阿姨说这小区很不错，住着舒服，向斯微听着便高兴。

精装修的房子已经可以直接入住了，向斯微下单了两台扫地机器人，虽然不住，但也迫切地想享受一把"主人"的感觉。

新视频发布了5分钟，只有寥寥几条弹幕，向斯微不太意外。收回神，不再发呆，她想了想，掏出手机看机票。

裴澈似乎也处理完了工作，走出书房找她："在做什么？"

"看机票。"

裴澈起身，走到她的旁边，果然看见了机票查询界面："几号？"

向斯微看着日历,预计下下周能走,她将几趟时间合适的航班都标记了降价提醒,到时候哪趟便宜就买哪趟。

然后她才抬起头来回答他:"不确定,得给陈港生拍完 vlog。我问问他。"

说着,她低头去找和陈港生的对话框。

裴澈扫了一眼,看到那个头像似乎是海底,深色的蓝。良好的教养使他自觉地走开,不看她的微信。

第二天,台风终于离开了凤城。

向斯微通常都比裴澈起床晚,但早上忽然肚子疼,被疼醒后,她爬起来一看,果然是生理期提前了。

她贴好卫生巾,走出来才发现外头的天晴了,走到阳台上看,地面还没干,但沉重的云已经渐渐散开。她喜欢凤城的湿润空气,站在阳台上惬意地吹了会儿风,然后接到了陈港生的电话,跟她确定拍 vlog 的时间。

向斯微看着透出一点点蓝的天,问:"你觉得今天还会下雨吗?"

"不会了。"陈港生有把握。

"那就今天?"向斯微也不想再拖了,越拖越不愿意离开家了。

"行,要不要我去接你?"

"不用,我打车就行。"

"好,那下午见。"

"嗯,下午见。"

又确定一桩事,向斯微心情不错,在阳台上伸了个懒腰,回身看见裴澈已经起床了,在客厅吧台边喝水。

"早啊。"向斯微笑着对他说。

裴澈愣了一下,少见她起这么早心情还这样好的时候。

"早餐想吃什么?"他放下水杯,也冲她笑。

"都行,我不挑。"向斯微也走过去接了杯水喝。

裴澈见她接的是冷水,皱了皱眉,把接了一半冷水的杯子挪到热水口下。

直到杯壁温热,他才关了饮水机,把水递给她。

"你怎么知道?"向斯微微微有些惊讶。

"你不就是这几天?"裴澈语调平淡地说。

怪不得这几天晚上她蠢蠢欲动,他却很温柔克制,昨晚甚至只是抱着她睡。

向斯微失笑:"你真厉害。"她的经期不算规律,时常提前或延后一两天。

向斯微看着他的淡然模样,心情又好了一些。裴澈的严谨细心和漠然疏离都在恋爱中被使用得恰到好处。

"吃点儿热的?这家酒店的海鲜粥做得不错。"裴澈说着,拿起了客房电话。

向斯微愣了一下,才知道这家酒店还会做海鲜粥。

"好啊。"她笑道。

"我下午就回东城了。"裴澈订完餐后说。

"哦,好的,刚好我下午也要去动物园。"

"我送你?"他用了询问的语气。

"当然好啊,省打车费了。"向斯微有点儿纳闷儿他为什么会用询问的语气,但凡两个人一起出门,他都默认送她的。

裴澈笑着点头,走进卫生间洗漱。

等酒店送来早餐，向斯微果然一口就爱上了这里的海鲜粥，味道不比街边开了十几年的老店差。

她吃得满足，抬头看到对面的裴澈只煮了一壶咖啡喝，忍不住问："你不饿？"

"早上没什么胃口。"

"你真的吃得很少……"她嘟囔——不知道平时的力气都是哪儿来的。

裴澈居然秒懂她的潜台词，被逗笑了，正拿着平板电脑的手放下来，探起身靠近她，张嘴轻轻"啊"了一声。

向斯微立即反应过来，很上道地舀了一勺海鲜粥喂给他，还夹了一只肥美的大虾。

他吃了，坐回位子上，细细咀嚼。

"好吃吗？"向斯微期待地问他。

"不错。"

"那再来一勺？"她说着，又很实诚地舀了一大勺，夹上两粒贝柱要喂给他。

裴澈却端起自己的咖啡，敬谢不敏："你吃。"

"暴殄天物，早知道不给你那只虾了！最大的！"向斯微愤愤地道。

裴澈笑出声来。

吃过午饭后出门，裴澈忽然问她："你这几天就在这里住？"

向斯微愣了一下，点头："我爸以为我已经在东城了，我不能回家住。"她好像有些纳闷儿他为什么突然这么一问，伸手钩了钩他的下巴,"裴总让我住吗?"

裴澈总觉得,如果他不提,她不会住在这里。他抓住她不安分的手:"不知道,你问前台。"

"我说我是裴先生的女朋友,他们肯定让我住。"向斯微笑嘻嘻地道。

"你难道不是?"裴澈觉得有些好笑,"你说你是,听起来倒像假传圣旨。"

向斯微扬扬眉,表示认同,弯腰去找鞋穿。

"你要是一个人住套房害怕,就让他们再开个小点儿的房间。"裴澈猜测向斯微也许是因为害怕才不习惯住在这里。大房间空旷,又在顶楼,打个雷她都吓着了。

向斯微身形顿了顿:"嗯。"

裴澈送她去动物园,路越开越偏僻,拐到那条街,远远地看见陈港生等在门口。

裴澈再次端详了那个男人,个子很高,身材也很挺拔,不太像本地人;皮肤很黑,仿佛没经历过太阳落山一样。

裴澈想,如果是在夜里,他肯定看不见门口有个人。

向斯微捕捉到裴澈的眼神,"扑哧"一声笑道:"是不是被他的黑惊到了?"

裴澈淡淡一笑,不承认自己在评判别人的外貌。

"这几年晒的,他初中的时候还算白净呢!"向斯微乐了。

"看不出来。"裴澈说。

向斯微哈哈大笑,解了安全带跳下车:"走啦!你落地后给我发个微信。"

她转身要走,发现裴澈没回应,反倒一直看着她。

"怎么了?"她走到他的车窗前。

"亲一下。"

没等向斯微反应过来,他从车窗里伸出胳膊揽住她的后脑勺儿,轻轻地吻住她。

很轻柔的一个吻,只是贴着唇微微动,但不短促,好几秒后裴澈才放开她。

向斯微有点儿惊讶,他们之间确实有告别吻的习惯,但裴澈分明也有不在外人面前亲密的习惯。

"你回酒店后也给我发个微信。"裴澈说。

"哦……"向斯微有点儿蒙。

"走了。"裴澈用眼神往陈港生那儿示意,等她走过去了,他也发动车子,掉头离开。

"你这……挺有激情啊。"看着向斯微走过来,陈港生一脸惊讶。他是板正的人,某种程度上和裴澈很像,对"公开亲密"这种行为是不太能接受的。

向斯微只觉得唇上微微发热,心脏跳得比去年情人节向裴澈提出交往邀请时更快。

"那是我男朋友。"她往裴澈离开的方向指了指。

"废话,不是男朋友的话,你们俩能亲嘴?"陈港生无语。

"……"

"走吧走吧,我先拍个乌龟。"向斯微不想再被他揶揄,迈开步子往里走。

陈港生也不是多嘴多舌的人,见她害臊,也就不提了,跟着她,说:"我看到你昨天发的视频了,挺有意思的啊,比你天天拍那些早餐强。"

向斯微嗤笑一声:"数据会教你做人。"

"数据不是挺好的吗?"

"那不叫好,你没概念。"

"我看点赞、评论比你之前发的好多视频都高啊!"陈港生道。

向斯微脚步停住:"啊?"

"我说你昨天发的那个视频,数据挺好的!"

向斯微狐疑地看着他,拿出手机。

她屏蔽了消息提醒,所以径直点开视频页,扫了一眼评论、点赞和弹幕数量,睁圆了眼——数据居然是她平时发的那些视频的两倍。

3分钟,没有调色也没有视角可言的小视频,网友的反馈却尤其好。

她拍自己下飞机后看到戴防护口罩和手套的工作人员,习惯性地摘口罩"啊"了一声,等待被捅,结果人家只是要看一眼她的机票。弹幕的"哈哈哈哈"都快把屏幕淹没了。

她拍向志杰做豆花,撒了细细的红糖粉,评论区为豆花到底该吃甜的还是咸的吵了几十楼。

就连她为了凑数放上去的海边晒太阳的视频,都有重重弹幕在讨论她敲键盘的手速以及MacBook(笔记本电脑)自带键盘的敲击音是不是比大部分机械键盘还好听。

评论区也有人回忆疫情时回国的心酸,有人说小县城的生活真的很好,也有人锲而不舍地为咸豆花的地位而斗争。

向斯微的手指停留在一条评论上："就喜欢这种又短又糙，看了好像没看的视频。"

她久久无语，再次确定，自己确实吃不了拍视频这碗饭。

"我就说数据不错吧！"陈港生笑道。

向斯微把手机收回口袋里，拿出相机和支架："意外而已，不代表我的水平。你别太期待。"

陈港生"啧"了一声："你这人怎么那么爱泼冷水？"

"我要提前给你打预防针。"

向斯微并不认为一则视频的流量上涨能带来什么，除了说明她对视频创作毫无体感可言外，没有任何意义。

但端着价值不菲的相机，看了看自己精心构思的脚本，又看了看财财儿那两只情感丰富的绿豆眼，她忽然改了主意。

"怎么了，有什么问题？"陈港生见状，问道。

向斯微环顾了这个动物园一圈，和冤种猴子及忧伤狮子对了对眼，沉吟几秒，对陈港生说："我这个脚本不行。"

"啊？"陈港生轻轻皱眉，"怎么不行？"

"不符合你这里的气质。"向斯微这几天看了各种探店、旅游、动物园水族馆一日游 vlog，博采众长地学习怎么找角度，怎么和动物互动，怎么把视频拍得生动又高级，吸引游客来打卡，但看来看去，那些都不符合这座动物园的气质。

向斯微的脑子里又闪过刚刚那条评论——"就喜欢这种又短又糙，看了好像没看的视频"。

"我随便拍行吗？"她抬头问。

"行啊！"陈港生愣了一秒，便爽快道，"你觉得怎么好就怎么拍！"

向斯微点点头,"啪"的一声关上电脑,把相机也塞回包里,拿出手机,直接手持着,叉着腰巡视一圈,走到门口,支使陈港生:"财财儿听你的话吧?你让它从门口的亭子里爬出来。"

陈港生完全是蒙的,但仍一一照做,端起饭碗吸引财财儿进了门口的保安亭,在向斯微喊"开始"之后,又吸引它慢吞吞地爬出来。

向斯微跟着它的节奏,渐渐拉近了镜头。

她的脑海里自动为这个画面配上了特效和花字——在编门神招财、喜食肉片粥、盘它的龟壳可以发财。

接下来,按照同样的思路,她拍了旷工造反的金丝猴、在角落里的患过风湿病的狮子、每天在湖里摆烂的浣熊和努力增肌的黄金蟒。每一段视频都不超过10秒,加上一些转场和空镜,她计划把视频时长控制在90秒以内,要多短有多短,要多糙有多糙,主打一个"量子观看"——看了一定像没看。

陈港生费了九牛二虎之力才把那六只金丝猴关回园子里,气喘吁吁地回头看向斯微:"这就没了?"

向斯微收起手机,点头:"没了啊。"

"会不会有点儿短?"

"你这里总共也就这点儿东西。"

陈港生无言,他说让她随便拍,好像也不必随便到这个程度?

向斯微看他欲言又止,解释道:"我想换个思路。而且,就算我拍得很精致很高大上,游客被吸引过来,也只会觉得是诈骗。"

"我觉得现在这样拍,更符合你这个动物园本身的气质。"她眨了眨眼,煞有介事地说。

"什么气质？"

"躺平摆烂的气质。"

陈港生再度无言，但还是点头表示信任，再次重申了自己的态度："要饭不嫌馊。"

"不会说话就闭嘴吧。"向斯微呛他，下意识地想来一句"怪不得你没女朋友"，但想到他那受伤颇深的情史，紧急刹住了车。

陈港生察觉到她的表情变化："干吗？"

"没什么。"向斯微摇摇头，看时间还早，"蔺姨在不在家？我去看看她。"

"她每天都在家看电视，你去就是了。"

"你不跟我一起？"向斯微有些意外。

"我不去了。"陈港生摆手，"她最近总催我相亲，怕了。"

向斯微幸灾乐祸地大笑，背上包走了。

陈港生高中时搬了家，住进了凤城市中心的小区房里。向斯微来得不多，但也还记得路，敲开门看见蔺婉，立刻扑上去给了她一个熊抱。

蔺婉惊喜极了，拉着她关心了好一阵，一会儿夸她漂亮，一会儿又心疼她瘦了，把向斯微逗得止不住地笑。

不过聊着聊着，蔺婉的话题果然又回到了陈港生身上，说他相亲的事。

"我知道他还记挂着周谅，但人家女孩子有出息，出去了就不会再回来。我叫他跟着去，他又不去，你说这样耗着，那不是耽误自己吗？

"人还是要向前看，身边又不是没有好姑娘。

"跟他说了那么多次，没一次听进去了的……"

向斯微听着听着，觉得苗头不对，头皮一紧，果然接下来就听到蔺婉说——

"要是你们俩能在一块儿就好了，多合适……可惜我没有这个福气。"

向斯微只当她是开玩笑："蔺姨，你这话可太吓人了啊！"

蔺婉嗔了她一眼，笑起来，又压低声音："你以为我不晓得？你以前是不是也蛮喜欢阿生的？"

向斯微大惊失色："我什么时候喜欢他了？！"

"你不要不承认啊！"蔺婉笑眯眯地说，"你初中的时候，来我们家写作业。我给你们送水果，看见你瞄阿生的那个眼神，我就知道了。我也年轻过的。"

向斯微其实记得。初中时她看多了台湾偶像剧，有过一些春心萌动的时刻，有过好感的男生少说也有七八个。但稍大些后，她就知道那只不过是少年瞬间的激素在作祟，并不是真的喜欢。

她大大方方地一摆手："唉，我就是喜欢成绩好的啦！"

蔺婉撇嘴："我知道，你现在去大城市了，看不上阿生了。"

向斯微装委屈："你这样说，我可太冤枉了。"

蔺婉笑着叹息："我知道，也没有办法，缘分的事强求不来……"

两个人没聊太久，蔺婉张罗着给向斯微做大餐，向斯微打下手。忙前忙后，一直到天黑，向斯微吃过饭才离开。

第二章
500天纪念

回到酒店，看着空旷的房间，向斯微发了会儿怔。她倒不怕空旷，也不是不喜欢大房子，只是这个房间说到底是一个陌生的住所，没有一个物件是她自己的，她觉得有些不自在。

她打开吧台的灯，一边喝水一边发呆，愣着愣着就想到了裴澈。他落地时给她发了消息，可她回复后，他一直没再回过来，估计又忙得没空看手机。

他现在在做什么呢？

累了一天，向斯微一边拿出手机一边往卧室走，整个人栽倒在床上，手指放在"语音通话"上犹豫了几秒，切换成了视频，可惜没人接。

向斯微猜他还在工作，松开手机，趴在床上昏昏欲睡，压根儿没有起身洗漱的力气。可几秒后忽然铃声大作，她被吓得一个激灵，手在床上摸了半天才摸到手机——果然是裴澈，而且他回拨的也是视频通话。

向斯微愣了一下。

他们之间其实很少视频通话，因为两个人面对镜头都不那么自在。她自己都不知道刚刚为什么鬼使神差地点了视频通话。

不过接通之后，裴澈的表情很自然，看见她没形象地趴在床上，半张脸被乱糟糟的头发遮住，他也只是笑了笑。

"刚到酒店？"他问。

"嗯。"

"怎么这么晚？"裴澈抬起手腕看了一眼手表，"vlog拍得怎么样？"

说到这个，向斯微就想笑："不知道，我随便拍的。就拍了几分钟。"

裴澈明显愣了一下，还没说话，向斯微解释道："我在陈港生那个动物园没待多久，下午去看他妈妈了，顺便吃了个晚饭。"

可这解释更加引人误会，裴澈嘴角的笑意收敛了："是吗？"

向斯微这会儿脑子压根儿不想转，反应也很慢，许久没听见声音，才往屏幕上看了一眼，发现裴澈表情不对，蒙了一下才道："哦，不是我和他一起去看他妈妈，是我自己去的。我跟他妈妈很熟，人家从小就对我很好，和我亲妈差不多。"

裴澈面色稍霁："你自己去看他妈妈？"

"是啊，"向斯微笑了起来，"陈港生说他妈一直催他相亲，他怕了，哈哈哈。"

裴澈也笑："看得出来，你们确实很亲。"

"确实……"向斯微正要和他说说蔺婉的事，忽然眼珠一转，"喂，裴澈，你是不是吃醋了？"

裴澈轻笑一声："这种情况下，我应该有别的情绪？"

向斯微乐了："那确实不应该！而且蔺姨还说希望我做她的儿媳妇呢，她觉得我初中时就喜欢陈港生。"

裴澈没说话。

向斯微开怀极了："但我跟她说了，我只是喜欢成绩好的。"

裴澈笑了笑，捏着自己的眉心："你可以把宾语换成一个更直接的代词。"

向斯微故作沉思状，想不明白似的，支吾半天才说："喜欢……你？"

裴澈的手从眉心放下来，搭着桌沿，人往后靠在椅背上，就那么看着她，嘴角噙着淡淡的笑意。

向斯微好像听见他沉沉地应了个"嗯"，又好像没有。

但这不重要，她看见他的身后，隔着落地窗的东城夜景永远璀璨。

"还在加班？"

"嗯。"

"吃饭没？"

裴澈一时没说话。

向斯微瞪大了眼："你别告诉我，你今天到现在，只喝了早上那一壶咖啡！"

"还有你的那口粥。"

向斯微既震惊又无语："你知道猝死是真实存在的事吧？"

裴澈被她煞有介事的语气逗乐了，笑出声来。

"别笑了，快去吃饭。"向斯微严肃起来，"每次你这样，我都觉得我确实挺有必要加一下邓助理的微信。"

裴澈的助理叫邓宇，照顾他从工作到生活的一应事宜。刚交往的时候，裴澈曾经让向斯微加他的微信，遇到任何事情都可以让他去办，向斯微觉得没有必要，便婉拒了。现在她想想，认识邓助理是很有必要的——至少能预防裴澈猝死。

裴澈扬了扬眉，似乎很意外她会这样说。

"好了，不聊了，你现在立马挂掉电话去吃饭。"向斯微说，"给我拍两张照片，一张吃之前的，一张吃完了的。"

"……"

"别逼我让你直播吃饭。"

"知道了。"

"嗯,我挂了,拜拜。"向斯微嫌他磨蹭,便想自己先挂。

"向斯微。"裴澈却忽然又叫她。

"嗯?"向斯微的手放下来。

"祝你的 vlog 有个好成绩。"他微笑着道。

向斯微莞尔:"谢谢。"

挂了电话,向斯微又在床上躺了十几分钟才艰难地爬起来,洗漱后坐到电脑前,将今天的视频简单剪辑,配上字幕和 BGM(背景音乐),发布。

视频时长 1 分 18 秒,不到她以往视频时长的十分之一。她没有加任何滤镜,BGM 也随便选了平台智能推荐的,只在配字幕的时候花时间琢磨了一下文案。

她给这则又短又糙的视频起了一个在她看来很有"网感"的标题——2023 年,我的家乡有了第一家动物园。

挂断电话后,裴澈靠在椅子上闭目小憩了几分钟,没叫邓宇,自己开车出门吃饭。

公司附近的创意园区里有一家私厨,他习惯在夜晚处理完一切工作后独自去吃点儿东西。通常都会很晚,店里食客散尽,只剩下老板夫妻俩。裴澈也不点菜,一般还剩下什么,他就吃点儿什么。

今天因为向斯微催促,他来得反倒早了一些,店里寥寥的椅子上都坐着客人。老板娘看见他,很意外。裴澈同她点点头,自己找了角落里一个清静的位子坐下。

老板来招待他,裴溦头一次看见这家店的菜单,点了一盅汤、一份小炒时蔬、一份凉拌野菜。

老板也了解他的口味,不再多做推荐,反倒说了句:"今天食欲挺好?"以往他几乎只喝一点儿汤。

裴溦笑了:"嗯。"有人要检查的。

菜上来,一大两小三个碗碟摆在木盘里,裴溦稍稍讲究构图光线,拍了一张照片发给向斯微。

结果她很快回复:"这么好看?你别拿网图糊弄我啊。"

裴溦失笑,想了想,按住语音条直接讲话:"实在不行,我也可以接受直播吃饭……"

语音还没发出去,向斯微又连着发来两条消息:"不对,没有哪个网图全是蔬菜,好吧,不愧是你。"

"快吃快吃!"

裴溦无奈,看着这两行字,又好像能听到向斯微活力十足的声音,他抿抿嘴角,手指上移,取消了发送语音。

时间也不早了,裴溦慢慢吃着饭,店里的食客陆续离开。

那碟凉拌野菜味道很不错,他不自觉地吃了很多,正下筷子夹掉最后一点儿,突然听见音调上扬的一声——

"裴溦?"

裴溦扭头看过去,居然是裴澜。她穿着整套灰粉色的西装,妆容精致,坐在裴溦侧后方的小桌前,看样子也是在独自吃饭。

没等裴溦反应过来,她端上木盘,踩着高跟鞋"嗒嗒嗒"地走到他的对面坐下。

裴溦正要打招呼,目光扫到她餐盘里的菜,愣了一下——小份糙米粥、一碟炒时蔬、一碟拌野菜。

他和裴澜小时候不在一起长大，关系并不亲密，这几年更是尴尬，谈不上有什么姐弟情谊。可总有些天生的东西将他们捆绑在一起。

裴澜显然也发现他们俩的口味惊人地一致，但没什么反应，自顾自地问："这么早吃饭？你不都是十一二点才离开公司吗？"

这话其实说明裴澜一直在关注他的行踪，甚至知道他每天几点离开公司、去哪里吃饭。但裴澈懒得在意，裴澜这样直白轻松地说出来，说明她也不打算遮掩，只是想让他不痛快而已。

"女朋友催。"他说。

裴澜笑笑："凤城那位？"

"嗯。"

"看不出来，你这恋爱倒谈得挺认真的。"裴澜似乎胃口不佳，舀了勺粥，没往嘴里送，又搁回碗里，"不打算让爷爷见，要不让我见见？我还挺好奇的，什么人能管住你，让你老老实实地吃饭。"

裴澈掀起眼帘淡淡地扫了她一眼，没有说话，席间气氛骤冷。裴澜却并不在乎他的眼神，云淡风轻地一笑。

裴澈喝完最后一口汤，又拿起手机，将三个空盘拍给向斯微看。

裴澜新奇地看着他做这些，没再说什么。

"裴澜。"裴澈放下手机，忽然严肃起来，"我知道这两年我们的关系很尴尬，我无法感受到你的委屈和不甘，但我理解它们必然存在。可这是我们俩和爷爷的事，我只能说，我本无此意，我从来不想和你竞争，也永远不会伤害你。"

"我不知道你是不是这样想的，但我必须先把难听的话说在前头。"裴澈冷淡地道，"公司之外，不要干扰我的生活，不要打我身边人的主意。但凡有一次，你知道的，哪怕没有理由，我也可以把你从公司里弄出去——我不介意做一次无耻之徒。"

裴澜明艳的脸色霎时一变,她冷笑道:"是,你当然可以。"

但她很快又大方地笑了起来:"不过你可真想错了,我不会打一个无辜姑娘的主意,跟我们家的人谈恋爱,已经够倒霉了!"

裴澈面色稍沉。

"更何况,你要是真的为了谈个恋爱跟爷爷反目,我难道不是乐见其成?"裴澜摊着手笑道,"我是有别的事情找你帮忙,刚好碰上了,就直接说吧。"

"什么事?"裴澈没想到裴澜还有找他帮忙的一天。

"你是不是有个高中同学叫游川?"

裴澈当然记得游川,整个高中时代,除了江何和沈趋庭,恐怕只有游川称得上是他的朋友。

"是,怎么?"

"他今年从美国回来,我想请他来我这里,负责新的研发工作。"裴澜说,"但这个人好像过于清高,更倾向于接受东大的教职,我和他谈过几次了,都没有说动他。你既然是他的老同学,方不方便和他聊聊?说服他,我欠你一个人情。"

裴澈一直和游川有联系,但两个人性格都内向,联系算不上多密切。裴澈知道游川这些年一直在美国,前几年出国碰上,还一起吃过饭。但他不知道游川已经回来了,并且在求职。

举手之劳,他自然愿意帮,只是面对裴澜,他免不了要先问一句:"让我去劝,你不怕我直接抢人?"

裴澜将胳膊搭在椅子扶手上,明朗一笑:"说实话,我还真不相信你能干出这么无耻的事。"

裴澈一愣,扯了扯嘴角。

"你这算是答应了?"裴澜问。

"我尽量。"

第二天,向斯微是被陈港生的电话吵醒的。

哪怕她并不喜欢这间豪华的总统套房,她也不得不承认,这里的床垫确实有助眠奇效,室内的香薰也很好闻。她终于听到陈港生的来电提醒并且睁开眼的时候,已经快 11 点了。

"你最好是有事。"向斯微的起床气很重。

"这都几点了你还没起?"陈港生先是纳闷儿地嘀咕了一句,而后了然道,"你又没看数据吧?我说你一个内容创作者,怎么数据敏感性比我还低?"

向斯微咬牙:"有事没?"

陈港生被她凶得"啧"了一声:"你昨天发的那个视频,火了!"

"哈?"向斯微彻底睁开了眼。

"自己去看!"

电话挂断,向斯微看着天花板蒙了半分钟才抓起手机点开视频 App 看后台。

红色的消息提醒很醒目,她看到了从业以来最高的转评赞数。

但向斯微一一看过去就发现,这数据说得上"好",尤其是和她自己比;但离陈港生说的"火了"还远着呢,只是勉强挂上了本地热榜。

但向斯微仍然觉得惊喜,她点开视频页,仔细地读弹幕和留言。

反反复复看了十几遍之后,她大致将网友对这则视频的反馈总结为三类:第一类,也是最多的,是满屏幕的"哈哈哈哈",陈港生这座破落动物园的精髓果然在于又穷又惨又好笑,从门神龟到风湿狮子,每只动物都是天生的喜剧演员;第二类,很多人留言自嘲,感觉自己和这里的动物一样颓废躺平、混吃等死，甚至还不如这些动物，毕竟人家躺着就有饭吃；第三类评论最少，大多是凤城本地人，感慨着周边城市全都蓬勃发展，这座小县城保留着沿海最古老淳朴的传统文化，却被遗忘在角落里，这年头儿才有了一座动物园。

向斯微看完这些，心里浮现种种复杂思绪，又似乎隐约找到了可行的思路。

她看着高赞评论"要不改名叫颓废动物园吧，我会很爱"，露出笑容来，伸个懒腰起了床。

早餐仍旧是酒店的海鲜粥，向斯微越吃越爱，不由得想到了裴澈。她给他拍了张照发过去，还难得火热地调情逗他，用语音说了句"好爱你啊"。

不过现在是工作时间，他大概没空看手机。

向斯微见他没回消息，也不等，转头给陈港生打电话商量事情。

"现在才打过来，这么长时间，你不会都在暗爽吧？"陈港生开口就揶揄她。

向斯微很冷静："只是比我之前的数据好，也没好到哪里去，有什么值得暗爽的？"

"……"

"而且数据只是数据，你那个动物园有人去了没？"向斯微更关心这个。

陈港生正坐在保安亭里，四年前就印好的两箱门票，现在仍然毫发无损地摞在桌上。

他甩了甩手里的门票簿，看了一眼园子里刚走进去的一对老夫妻，无奈地笑了一声："有，刚进去两个。老年人，免票。"

向斯微："……"

陈港生倒是没有挫败感,认真地道:"没这么快呢,就算昨晚就刷到你的视频,人也不可能今早就来吧。而且今天是工作日,等几天吧,周末看看。我觉得肯定有效果的。"

向斯微嗤笑:"你倒挺乐观。"

"乐观是必须的,而且我也相信你,你可是有粉丝的人!"陈港生这人天生正直,这种话从他的嘴里讲出来显得特别真诚。

但向斯微还是不太好意思:"别给我戴高帽……"

"这不是鼓励你再接再厉吗?"陈港生说完,忽然想起来,"你还有空继续拍吗?不是要去东城来着?"

"有空。"向斯微应下,心里大致有了想法,"颓废动物园"系列还可以拍个五集左右。

"你要是忙的话就先回东城,不能耽误你的正经工作。我这边有起色了就能想别的办法,万事开头难,你已经帮我开了个很好的头儿了。"

"你怎么那么啰唆?"向斯微不想跟他客气来客气去的,"我今天捋一下思路,过两天去找你拍第二集。"

"行,那我请你吃饭。"陈港生说,"你想吃什么?"

"用不着,我去找蔺姨蹭饭。"向斯微看着日程本,快速地做了安排。

"好吧。"

"嗯。"向斯微挂了电话。

裴澈上午约了两个高层一对一会议,一直到下午2点,又马不停蹄地坐车去东大旁的那家咖啡厅——他和游川约在那里见面。

邓宇将车开得飞快,但裴澈还是迟到了几分钟。

游川已经在等了。裴澈疾步走进去，出声道歉："抱歉，来晚了。"

游川看了一眼时间，笑了出来："就晚了3分钟，不至于道歉吧。"

裴澈坐下后微微喘气，也跟着笑了笑。

比起高中的时候，游川似乎一点儿也没变——穿着一件干净的T恤，仍然清瘦，仍然温和，看起来就是那种会在东大校园里做一辈子研究的人，还挺让人羡慕的。

这让裴澈想起高中那些独自往返于公寓和竞赛楼的日子——他本来已经不再回想那些事了。

游川似乎也在观察他，这很正常，毕竟现在的裴澈已经不是一个普通的竞赛队队员，也不再是他的某一个校友或同侪。

隔着无框眼镜的薄薄镜片，游川打量这位年轻但已声名在外的培安接班人。可他看不出什么变化，裴澈的气质仍然和当年在竞赛队时一样，冷淡中有着令人信赖的沉着。

最终还是游川先开口："你真的是来替裴总当说客的？"

裴澈不知道他为什么看起来有些意外，点头反问："所以你有没有可能被说服？"

游川诚恳地说："说实话，我非常喜欢东大。"他指了指窗外安静的街道，树荫下的光影代表着永恒的校园时代，"你看，学校的环境多好。"

"好吧，但我还是得试一试。"裴澈扯扯嘴角，把点单牌推向他，"毕竟受人之托，忠人之事。"

"当然，我也很想跟你聊聊现在的AI方向。"游川说，"前几个月我买了一台Rado，使用体验绝佳。已经是非常完备的家居服务人了,说实话,我觉得还叫'智能音箱'都不太准确。"

Rado 就是裴澈年初推出的那款智能音箱。

"谢谢。"裴澈举起手机扫码,"吃点儿什么?"

游川无所谓:"随便,这家店的味道就那样。"

裴澈笑了:"你不是很推荐这家店吗?"

游川本科是在东大念的,他后来逢人就推荐这家咖啡厅,说在这儿无论是敲代码还是搞项目效率都出奇地高。有一年寒假裴澈回国,和竞赛队的人聚餐,也是拉大家来这里聊天儿,结果被所有人嫌弃咖啡难喝,除了便宜和环境好外,别无长处。

游川意外地扬了扬眉:"你还真来过?"他确信自己没有向裴澈提过这家咖啡厅,他只会向和他一样经济条件普通又有独处提神需求的同学推荐这里。

裴澈颔首:"咖啡确实足够难喝,但也很提神。"

游川从高中起就默认裴澈是个奇怪的人,因此不再感到意外,也不追问:"那就来杯难喝的咖啡吧。"

裴澈点了单,退出小程序,才看到向斯微中午给他发了微信消息。

他点开对话框,语音条自动播放,一声夹着嗓子的、甜腻腻的"好爱你啊"传了出来。音量不大不小,裴澈听见了,游川也听见了。

裴澈身子僵了半天,根本做不出任何反应,视线仍落在消息界面上,确定这人是向斯微无疑。

席间静了半晌,游川轻咳一声:"女朋友?"

问出口他就有点儿后悔了——听说裴澈他们这样身份的人,身边的女伴一茬儿接一茬儿,这不一定是裴澈的女朋友。

好在裴洌给了肯定的回答:"嗯。"

裴洌缓过神儿来,僵着拇指打字回复向斯微:"中午在开会,没看到消息。"

游川又意外了——裴洌谈起恋爱来,居然是这种风格?

然而裴洌已经放下手机,再抬头时神色如常,仿佛什么也没发生过。

游川觉得尴尬,干笑着说了句:"听起来……年纪蛮小的。"

裴洌的表情快绷不住了,他也想知道向斯微为什么忽然这么夹着嗓子讲话,他一点儿准备都没有!

"没有,和我们同岁。"他清了清嗓子说,"向斯微,你还记不记得?"他知道向斯微高中时在游川姐姐的小食堂里吃饭,但毕竟这么多年过去了,游川未必有印象。

游川却第三次瞪圆了眼:"向斯微?记得啊!她高中的时候天天在我姐那儿吃饭,帮我姐抓过一次扒手后还提意见呢,我姐后来做红烧肉再也不放糖了。"

裴洌笑出声来,不知道为什么,他挺喜欢听别人讲向斗士高中时候的种种"事迹",哪怕翻来覆去就是那么几件事,他也没觉得腻,每回有人提,他都愿意听。向斗士真的是非常精彩的一个人,单枪匹马过得热火朝天。

"我们俩还是校友吧?我有印象。"游川说,"哦,对了,她也在加州念书是不是?有一次同学聚会,我好像见过她。"

裴洌失笑:"看来她挺有名的。"

"确实,她本科时写的段子都很火。"游川笑道,"你们俩怎么在一块儿的?真看不出来!"

这个问题不太好回答,裴洌怔了一下,十分自然地答非所问:

"去年情人节在一起的。"

游川果然被转移了注意力，煞有介事地点点头："啧，浪漫。"

咖啡端上来，两个人一边喝一边聊，裴澈尽职尽责地将裴澜新组建的无人驾驶团队介绍给游川，游川似乎挺感兴趣的，但仍表示倾向于留在学校。

裴澈说："不急，你可以再仔细考虑一下。更现实地说，裴澜舍得花钱，她愿意给出比东大优厚很多的package（打包工资）。"

游川失笑："看得出来。"

裴澈没有多劝，他隐约觉得游川其实主意已定，接受他的邀约过来吃这顿饭，大概只是给他个面子。

"你呢？聊聊你的工作吧。说真的，我对Rado非常感兴趣。"游川兴致勃勃。

裴澈却微笑道："那不是我做的，培安有独立的研发团队。我只是老板，负责给钱。"

"不用这么谦虚吧。我用了半年了，Rado的交互理念和平台支持系统，绝对有很大一部分是你的想法。"游川肯定地说，"我记得高中的时候参加科技节，我做了对机械手，当时你给我的建议就特别有意思！要不然我都没办法参展。"

裴澈愣了片刻，才道："你本来就有参展的实力。"

"说真的，兄弟，再谦虚就没意思了。"

裴澈看他一脸真诚，眼里闪烁着求知若渴的精光，怔了怔，也觉得自己没意思，笑了一声："从哪儿聊起？"

游川将屁股往前一挪，身体前倾，两手搭在桌沿上："那先聊聊你为什么把Rado设计成双系统模式！"

这头儿一开，便一发不可收，裴澈也不自觉地滔滔不绝起来。

等对话终于出现个暂停的当口,他们一看窗外,天都快黑了。

"我晚上还有个讲座。"游川遗憾地看了一眼手表,"下次再聊,我等你时间!"

裴澈欣然应下:"没问题。"

游川先走一步,裴澈独自坐了一会儿,看着夜幕降临,窗外的街道上变得热闹起来,许多学生出来吃晚饭。

他看着那些手挽手的情侣三三两两地停在路边摊前,不知怎么的,突然想到了向斯微和他说过的前男友们,她谈校园恋爱的时候,也会这样吗?

他忽然有点儿遗憾,他们的学生时代有那么大段的重合,可那时他们居然互不相识。

裴澈再次打开手机,果然看见了向斯微的回复:"就知道你没空回消息。"

第二条是:"吃饭没?"

他笑了,直接回电话过去。

"裴总忙完了?"一接通,向斯微就笑嘻嘻地问他。

裴澈一点儿也不喜欢别人叫他"裴总",但这称呼每每由向斯微戏谑地喊出来,又好像挺有意思。

"没忙,和朋友吃饭,聊了一下午。"

向斯微隐约听出他声音虽疲惫,但似乎心情不错,便问:"什么朋友,能让你这么惜字如金的人聊一下午?"

裴澈失笑:"游川,以前也是十三中的,你认识吗?"

电话那头儿沉默了几秒,而后传来向斯微沉吟的声音,她似在回忆:"应该认识,也是东大的吧?"

"嗯，他以前是我在竞赛队的同桌。"裴澈说，"你去年在湖城不是还提到过十三中科技展的机械手，那是他设计的，不是我。当时我是不是没跟你说？"

刚刚经游川一提，裴澈才想起来，向斯微提过的机械手其实是游川的作品。裴澈的高中生活过得寡淡，他对这些事情都不上心，对科技展也只是略有兴趣，因此印象不深。

他记得去年向斯微只是提及此事，但她会不会一直误认为那个机械手的设计者是他？这虽然是件小事，但裴澈还是觉得有必要澄清一下。

电话那头儿，向斯微似乎又在回想，静了好一会儿后才苦恼地说："是吗？我不记得了。"

裴澈有些意外，他记得她当时对那个机械手很好奇。他又无奈又好笑地问："你不是挺感兴趣的吗？问了我好几个问题。"

向斯微的语气变得微妙起来："你猜我追着你问问题是为什么？"

裴澈瞬间明白了过来，轻挑了一下眉道："噢，为什么？"

向斯微"哧"了一声，似乎烦他明知故问："挂了！"

"向斯微。"裴澈偏又叫她。

"干吗？"

裴澈轻咳了一声："你给我发的是什么语音？"

向斯微被他谨慎又扭捏的语气逗笑了："你没听吗？"

"听了。"

"那你说我发的是什么呀？"她又捏着嗓子撒娇了。

裴澈忽然觉得喉咙发干。

"我真挂了，工作呢。"向斯微撩完就跑。

"那你再说一遍,加主语。"裴澈却不肯。

向斯微发现裴澈有时候还真挺直接霸道的,但她才不干呢:"限定福利,哪能说有就有?"

"我想听。"

"就不说!"向斯微没那么好说话,铁了心不遂他意。调情嘛,当然讲究随心随性,她情不自禁地讲出来才勾人呢。

裴澈看着被慌乱挂断的通话界面,嘴角的笑意退不去,心情舒畅地望向窗外。

初夏的夜晚,爱人们手挽着手,在烟火气中缓缓地向校园走去。

周五,向斯微和陈港生约好继续拍摄动物园 vlog。这几天动物园的人流量明显上涨,每天都有至少 20 组游客进场,为了方便拍摄,他们约在早晨。

向斯微艰难地起床,困得连早饭都没有胃口吃。陈港生还过意不去地说给她煮点儿粥,向斯微一摆手,让他别麻烦,赶紧拍。

她打开电脑给他看自己的拍摄计划。"颓废动物园"系列她预计再拍五集,每一集用 90 秒的时间介绍动物园里每一种动物的来历。这些天和陈港生聊下来,向斯微发现这里的每只动物都还挺有故事的,除了那两只浣熊是老周当年雄心壮志、东奔西走申请下来的珍贵品种外,其他的都是被遗弃的"流浪儿"——年迈又患风湿的狮子是老周当年从邻市的动物园低价买来的;蟒蛇是几年前凤城开的一家大型游乐园倒闭后淘汰下来的;最神奇的是那六只猴子,陈港生说它们是自己从山下跑来的,起先只来了一只,天天蹭老周的香蕉吃,大概猴子之间也有社交网络,于是后来又陆陆续续来了好几只。

而且，无论是狮子还是猴子，都特别会"整活儿"，是如今的社交媒体上最受欢迎的那种。那六只猴子很擅长进行自我管理，勤勤恳恳地自己训练自己骑独轮车，各种表演都不嫌累；狮子虽然没有表演意识，但每天都很惆怅，在自己的园子里躺出了各种"忧郁少男"的姿势，能贡献无数表情包；浣熊没有表情，但长相憨态可掬，勉强可作国宝平替；哪怕是最没卖点的黄金蟒也十分温和美丽，至少能贡献传统且稳定的拍照项目。

向斯微想了几天，给每只动物都起了花名，找了特长，打算就按这个搞笑又摆烂的路子拍下去。第一天的 vlog 给了她一些信心，也许这条另辟蹊径的"摆烂"道路真能为陈港生的动物园带来一线希望。

陈港生说信任就是真信任，向斯微的方案他全都无条件同意，除了"要饭不嫌馊"，他还有冠冕堂皇的理由，譬如"专业的事情就交给专业的人去做"。

向斯微依旧不戴高帽："我不是专业的人。"

"至少跟我比你是。"

"那也不是。"向斯微一边调整手持支架，一边说，"给你拍完这个我就不干了，这一行我真玩不转。"

"哈？你是去东城上班的？"陈港生一直以为向斯微去东城是为了更好地发展自己的网红事业。

"不上，我讨厌打工。"向斯微说着，笑了笑，神秘兮兮地看了陈港生一眼，"姐要去创业！"

"创什么业？"

"做文创。"向斯微简略提了一嘴，也不多说，"具体的等我发达了你就知道了。"

"好吧,那你肯定会发达的。"陈港生温厚地说。

"借你吉言啦。"向斯微不自觉地带出一点儿凤城口音。

"肯定的。"

陈港生忘了自己是从什么时候开始有这个信念的,似乎从很早开始,他就坚定地相信向斯微是一个能把自己想做的事全都做到的人。

她小时候说想毫无负担地读书,既不用担心生活费,也不用操心分数不高升不了学的那种,后来她自己挣到了钱,去加州做了五年无忧无虑的学生;她中学时喜欢跟周谅一起看言情小说,说以后要谈一个温润如玉、有书生气的男朋友,陈港生那天一见到裴澈,就知道他是她最喜欢的那种类型;她从小到大跟人吵架都不会输,修炼出了一身不吃亏的本事,到大学却被初恋骂刻薄,向斯微当天就把他写进段子里,收到了10万多的转评赞,一字千金地证明了自己的那句"我的刻薄能挣钱"。

说来奇怪,从小到大自己的朋友、同学那么多,说"优秀",陈港生不会第一个想到向斯微;说"聪明",也不会想到向斯微;同学之间聊到"大佬""神仙""人生赢家"时,他都不会立马对应到向斯微。可只有向斯微让他觉得,她能做到所有她想做到的事。

这个信念直到今天也没有被打破过。所以当自己真的走投无路时,他只能想到向斯微,他当然不认为向斯微会是天降神兵,能化腐朽为神奇,他只是想,如果向斯微觉得这个动物园还能再抢救一下,那么他也应该拿出劲儿再拼一把。

"发什么呆?帮忙和狮子沟通一下,让它摆个骚气一点儿的姿势呗。"向斯微举着支架,回头叫他。

陈港生满脸黑线:"你觉得我能使唤得动狮子?"

"你不是饲养员吗?"

"饲养员,就是字面意思。"陈港生无奈,他是真没办法指挥这只忧伤的风湿狮子,除了每天喂肉的时候,狮子对他有点儿反应,其余时间,他的存在感甚至还不如偶尔飞到它身边的几只蚊子——人家偶尔还动动尾巴赶蚊子呢。

向斯微:"还是财财儿好说话。"

向斯微对动物园有一个刻板印象,她以为里头的动物都是很温驯听话的,让干什么就干什么。现在她才发现,至少在陈港生这里,事实截然相反。

她原本想好了要拍几个镜头,捕捉狮子的哪些表情和动作,以为今天的拍摄也会很快,现在却不得不面对现实,只能举着手机在狮子园外等,等它什么时候乐意翻身了,什么时候扭扭腰了,她立刻推近镜头去抓拍。

这么拍下来,一直到下午,向斯微才攒到足够的素材。虽然累,但也有意外惊喜——她抓拍到狮子走到玻璃前和一个小女孩四目相对的瞬间,整个画面非常有感觉,她自己都忍不住来来回回地看了好几遍。

中午吃的是外卖的牛肉粉,这会儿又饿了,向斯微收起设备,走到保安室,顺走了一个陈港生为浣熊们准备的苹果。

"我本来以为你这活儿最多两天就能拍完,现在看……"向斯微啃了口嘎嘣脆的苹果,有些苦恼地说。

"你在东城那边的事着急?"陈港生问。

"也还好。"向斯微说,"但是创业嘛,跟同学约好了,不能一直让人家单打独斗吧?"

"你要是实在……"

向斯微摆摆手,没让他继续客气,她都想好了,这个动物园vlog她肯定要拍完的。而且她的创业计划也确实还在萌芽阶段,并没有什么急着要做的事情,只是她自己摩拳擦掌,有点儿忍不住了。

"今天是几号?"

"6月16号。"

向斯微想了想,时间应该还充裕,就算一天只能拍一集,五天也就拍完了。她点点头,对陈港生道:"放心吧,我肯定拍完了再走。而且,你是不是该招人了?今天这游客量你就已经招架不住了吧,赶紧招人。"

"正在招呢,我叫了几个朋友先来帮几天忙。"陈港生正开着电脑发布招聘启事。

向斯微笑了:"那我也祝你早日发达咯。"

周末,动物园的客流量陡增,向斯微的账号也涨了许多粉丝,全是冲着凤城这种沿海小城里的"颓废"动物们来的。

人多,向斯微不好挤进去拍视频,但陈港生那里缺人,她也就跟着去帮忙了。她形象好,社交能力又强,于是主要在蟒园吸引游客和黄金蟒合照,累了就在保安亭休息,也跟着养成了"盘龟"的怪癖。

陈港生叫了许多同学、朋友来帮忙,向斯微因此认识了不少人,整个周末过得十分热闹。晚上闭园后,大家坐在一起畅所欲言,给陈港生出了许多稀奇古怪的点子,什么增加互动项目啦,什么再买只老虎啦,什么开发周边产品啦,什么线上线下结合啦,越说越离谱儿,仿佛陈港生已经成了动物园大亨一般。

说到最后，大家都兴奋了，有个兄弟搂着陈港生的肩膀要他"建设家乡""带动就业""把凤城的名号打出去"，陈港生被兄弟的大饼噎得不敢说话，向斯微笑得快背过气去。

也有人对向斯微既好奇又崇拜，夸张地喊她"大网红"，向斯微这种时候也不正经，玩笑着应下，说"洒洒水啦，十几万粉丝而已，各位老板要打广告可以找我"。

有人问她后续是不是和陈港生合作搞动物园的事，向斯微摆手说，自己只是帮忙，过几天就去东城了。

对方觉得可惜，说向斯微的视频拍得真有意思，拍出了凤城人的热闹与闲适，她要是继续拍，动物园肯定会越来越火。

向斯微放松下来，半开玩笑地吹嘘自己："等我到东城创业成功了，就回来找我们陈老板合作。"

陈港生听见了："真的？"

"是啊。"向斯微笑着说，"万一你以后真的要开发周边产品，说不定能合作上。"

陈港生真信了："那行，我学习一下，等人流量上来了，说不定能开个周边商店呢。"

"那祝我们都发财啦，陈老板。"

众人又聊了一会儿，一起抱着财财儿搞怪地拍了几张照片，才散了局。

工作日客流量会降下来，向斯微便计划着明天开始全勤，一天拍一集，一口气把剩下的四集全拍完。

可第二天一起床，她就傻了眼——凤城居然又下起雨来了。

向斯微站在高层露台上看着楼下的榕树，它们似乎都被暴雨砸弯了腰，街边的电动车也被狂风吹得东倒西歪，她的心里瞬间生出一万句脏话想骂。

明明昨天还天空晴朗、万里无云的!

她打开手机看了看天气预报,发现这雨要连着下八天,更觉得心塞了。

陈港生这时候也打了电话过来,等她接通便说:"下雨了。"

"我能看到。"

"还拍吗?"陈港生问。

"拍吧,总不能就拍一集。而且我评论区的预告都放出去了。"向斯微的语气到底有些低沉。

"这雨说是要下七八天,你在东城那边的事才是正事,着急的话就先过去,不要耽误。"

"也没什么正事,我刚开始创业,没什么着急的事,就是……"就是她说好了要和裴澈过500天纪念日的,至少6月28号当天她得在东城吧……

对呀!向斯微福至心灵,6月28号当天她在东城就好了。这边要是实在来不及,她可以再回来。

"就是什么?"

"没什么!"向斯微想通了,"我的预告都放出去了,这个vlog肯定要给你拍完,你不用担心。先等等看吧,雨不大的话,也是可以拍的。"

"好,我这两天也琢磨琢磨怎么再把园里收拾一下。"陈港生说着,又不放心,强调道,"你千万不要为了这件事耽误你自己的正事啊。"

向斯微听了,嗤笑一声:"你放心,我什么时候都不会耽误自己发财。别啰唆了,挂了。"

吃过早饭,向斯微又看了看网友的评论和弹幕,重新整理了一遍接下来四集 vlog 的拍摄和剪辑思路。

趁着午饭时间,她给裴澈打了个视频通话,原以为他不一定会接,没想到不到半秒,那头儿就接通了。

向斯微愣了一下,下意识地捋了捋自己的头发。

裴澈居然坐在餐厅里老老实实地吃饭,向斯微诧异道:"你这么准点吃饭?"明明他只要在公司就像换了个人似的,只知道工作,别的事情一概往旁边放的。

"这不是随时准备着?"裴澈轻笑一声。

"准备什么?"向斯微没听明白。

"有人会检查我吃没吃饭。"裴澈看着她说。

向斯微莫名其妙地被他看得脸热:"我这是……凑巧,这个时间。"

"噢。"裴澈说,"那我也是凑巧,这个时间,在吃饭。"

向斯微:"……"

不和他斗嘴,她说正事,问道:"500 天纪念日,你有安排了吗?"

"我空出时间了。"

"不是,"向斯微笑了一下,"我是问你,有没有安排好我们去干什么?"

裴澈扬眉,有些意外。他并不是没有准备,事实上,恋爱这一年多,他学习了很多,包括约会和纪念日应该干什么——看电影、看话剧、吃特别的晚餐,或者去做一些户外活动,滑雪、登山、骑行、看海、看日出……这些都行,他随时都可以出发。

只是向斯微从不期待他安排什么盛大的活动、精致的约会,更喜欢跟着兴致走,因此他们俩约会从来不提前安排什么,一时兴起,丢下手机去滑雪的时候有过;没有想法,平平无奇地去看场电影然后回家做饭的时候也有过。

"没有,你想干什么?"他这样问。

"也没有什么特别想干的,就是……如果你安排好什么活动就提前跟我说一声——就……不要搞什么惊喜啦。"

"为什么?"裴澈不自觉地皱了皱眉。

"我的时间可能比较紧张,但6月28号当天我肯定在东城!"向斯微知道这并不是什么好消息,因此一边说一边观察裴澈的表情,"我怕你提前安排了去比较远的地方,或者短途旅行什么的,可能就……没办法成行了。"

裴澈听明白了——向斯微之前说很快就回东城,现在要延期了,500天纪念日也只能临时飞过来。

他不知道自己为什么会感到烦躁,明明异地是他们交往以来的常态,而且她已经准备好为了过这个500天纪念日特地飞回来,这明明是一件值得高兴的事。

他舀了一勺汤,又搁回碗里,经过这样一个无意义的动作,他感觉心情平和了些,抬眼问:"在凤城那边有事?"

"也不是什么大事……就是突然又下暴雨了,可能要连着下七八天,我本来计划好的vlog拍不完了。"向斯微解释道,"所以我可能要晚点儿去东城——但6月28号当天,我肯定会先过去一趟。"

她又强调了一遍。裴澈知道她说话算话,也看得出她一点儿都不敷衍这个纪念日,可心底的那点儿烦躁就是压不下去。

沉默了几秒,他问:"你们那个动物园怎么样了?"

"还行,目前有点儿起色了。"向斯微见他神色平和,猜他没有生气——和她预想的一样,他本来就不是那么爱生气的人。

"看到你的朋友圈了,很热闹。"

"哦,那是因为陈港生叫了一堆朋友来帮忙,因为暂时还请不起太多人。"向斯微知道他说的是那天大家一起聊天儿拍的合照,"那些人都挺有意思的,也很仗义,都是无偿帮忙。"

裴澈微笑:"那说明你的那个朋友是个很不错的人。"除了向斯微,还有那么多人愿意帮他。

"是,他人很好的。"向斯微说。

"那只龟……还挺搞笑的。"裴澈似是随意聊起。

"你也觉得?"向斯微却有点儿激动。

"嗯。"裴澈不明白她为什么激动,"两只绿豆眼,但表情很丰富。"

"我也觉得!"向斯微激动地道,"我就觉得它那两只眼睛特别好笑,别看那么小,但感情特别丰富,像表情包似的。他们都不觉得,就我这么觉得!"

裴澈失笑,在这方面,他倒和她成了知己。

"它就是你微信头像的那只龟?"他又问。

"啊?"向斯微愣了一下,"当然不是啊!我的微信头像是海龟,财财儿是纯种陆龟,哪里像了,你什么眼神儿?"

裴澈被她说得一怔,才反应过来——是啊,陆龟、海龟的区别都忘了,是有点儿蠢,他怎么会觉得是同一只呢?

他赧然地垂眼,摇头笑了笑自己:"我可能今天脑袋不太清醒。"

向斯微也笑着看他,还无奈地叹了两口气:"我们裴总是不是太操劳了呀?"

裴澈被她的语气逗得笑出了声,心底的烦躁感似乎减少了点儿,再抬头说:"不急,你先看那边的情况。要是忙,也不用特地飞回来,我也可以过去。"

"但你最近不是很忙吗?"上次他说有产品发布会来着。

"没关系,我看情况。"裴澈淡然地说,"实在不行,我们换一天过也可以。"反正只是个形式,日子还有很多。

向斯微愣了愣,很快展颜:"也行。"

"嗯。"

"那我挂啦?"向斯微说,"你快吃饭,多吃一点儿,不然身体真的会累坏的。"

"嗯……"裴澈沉声道,似乎还有话要说。

向斯微便没挂,等着他。结果他说的是:"凤城暴雨,要是打雷你害怕的话,叫个工作人员上去陪你。"

向斯微忍不住笑了,正要揶揄他小题大做,话到嘴边,不知怎么的,变成了乖乖的一句:"好,我知道了。"

"嗯。"

"你专心吃饭吧,我挂了。"向斯微莞尔。

6月的凤城,雨下起来就不见停。

向斯微原本想着等雨小了也可以勉强拍摄,可一连几天都雷雨阵阵,声势浩大。她不抱希望了,索性将工作提前,远程和姜南碰了几次。

姜南就是那位在她秋招时疯狂输出大实话的本科学姐。

姜南在东城某互联网大厂待了七年,如今步入管理层,却越发倦怠,健康也亮起红灯,一早就有自己单干的想法,可惜始终没有遇到合适的伙伴。

向斯微去年在课上做项目，自己开发了一款卡片式的备忘录App，给姜南这个资深互联网人使用，收集用户反馈。姜南用着非常喜欢，和她多聊了几次，发现向斯微也对内容工具和文创设计感兴趣，而且还专业对口，那时便留了心，邀请向斯微毕业后和她一起做个人文创品牌。

向斯微一直没答应，说要仔细考虑。直到回国后，她在家里待了半个月，这才下定决心，决定去东城和姜南一起创业。

只是她提了个条件——虽说是做文创，但她不想局限于一些小文具的设计制作，仍想继续开发一些轻巧实用的内容工具类App。

姜南听了，一拍掌："我就知道找对了人！我也是这么想的！"

两个人不谋而合，在那通电话里就把品牌名字想好了，哪怕那时候她们的品牌还只是个想法，除此之外什么都没有。

"我喜欢你那个App里的'灵感浮动'功能，要不我们的品牌就叫'灵感浮动'好了。"姜南提议。

向斯微想了想："叫'灵感浮岛'怎么样？'灵感浮动'听起来是个动词，且不够抓耳朵。"

她说得很抽象，姜南却秒懂："有道理。要么就起个名词，要么就选一个炸一点儿的动词。"

向斯微笑了："是这个意思。"

"那就'灵感浮岛'，好听！"姜南拍了板。

姜南雷厉风行，在向斯微还没正式答应她时就已经辞职，这段时间，她盘清楚了两个人手头的资源和各自的专长所在，清晰地分了工——向斯微负责产品开发，她负责营销管理，对外谈合作就两个人一起。

"灵感浮岛"接的第一单是姜南从自己的人脉里拉来的。她有个同事前几年辞职，自己组建了一个小而精的留学服务团队，这几年口碑很好，在整个留学圈里很有名。今年是他们团队成立三周年，他们想设计一套周边送给用户作为纪念。

他们要得不急，说只要在申请季结束前出品就可以。但姜南和向斯微都摩拳擦掌，想要开个好头。更现实点儿说，希望早点儿拿到第一笔订单款，这对她们这个新生团队的良性经营至关重要。

因此向斯微原本打算到东城后才开工，现在却直接远程开干了。毕竟，她们的灵感浮岛连个 logo（标志）都没有呢。

这几天向斯微还没开始和客户对接，先给她们的品牌设计了个 logo，是条黄色的大鱼，露出海面的脊背是绿色的岛，画面简单，但显得生机勃勃，姜南一眼看中，不作二改。

直到 6 月 22 号端午节，凤城的雨还是没停。

向斯微这几天一直没出门，反正因为大雨，陈港生那里没几个游客，也不需要谁帮忙。本来她打算继续窝在酒店里工作的，却接到了蔺婉的电话。

蔺婉让她去家里吃饭，要是平常，向斯微肯定一口答应，今天话到嘴边，她却犹豫了一下。

因为是端午节，她不免想到了自己的亲爹。她跟向志杰说自己早就去东城工作了，这会儿肯定不能回家，不然小老头儿心里指不定怎么瞎想呢。可好好一个传统佳节，她要是连自己的亲爹都躲着不见，去别人家里吃饭，又好像有哪里不对。

向斯微心里有小小的原则，决定"一视同仁"，亲爹那儿不去，那干妈那儿也不能去。

于是她在电话里同蔺婉撒了几句娇，说自己有工作要忙，不过去了。

蔺婉在电话里叮嘱她注意休息,唠叨了许久。

这边应付完,向斯微又给向志杰拨了视频通话。等了好一会儿才接通,向志杰把手机搁在桌上,向斯微从屏幕里只能看到他的下半张脸。

"阿爸,你调一下嘛,我看不到你的脸。"向斯微说。

向志杰愣了一下,又把手机直接拿着举起来,对着自己的脸。

他还是老样子,今天过节,想必也不会给自己做什么好吃的东西吃。以前阿妈在的时候,还会做很讲究的鸳鸯粽。向斯微已经快忘记那个滋味了。

"端午安康。"向斯微笑着说。

"安康的。"向志杰说着,又仔细地看着屏幕里她的脸,"在外面工作怎么样?领导对你好不好?"

向斯微失笑:"很好。"

"那就好。"

他们说到这儿,又没话了,沉默了一会儿,向斯微问:"你吃了栀粿吗?"

向志杰闭着唇沉默了几秒:"没,我又不喜欢吃那个。"

向斯微没话了。她知道向志杰自己是不会过节的,恐怕每个日子对他来说都没什么差别,想劝,又无从劝起。半天,她扯出笑说了一句:"那你吃点儿自己喜欢吃的嘛!"

"我晓得,我饿不到自己的,你放心。"向志杰说。

"那好,你注意身体,我先挂了。"

"嗯,你自己也注意,好好工作,但也不要累到自己。"向志杰努力地弯弯嘴角笑了笑。

他用的手机很差,触屏不灵敏,他也总觉得自己不会挂视频,每次向斯微只好先行挂断。

这么短的一通视频电话打下来,却叫人觉得累极了。向斯微发着呆缓了好一会儿,有点儿提不起精神来,也不想吃饭,在神游状态下拿起手机,不知怎么的,还是点开了和裴澈的消息界面。

端午节,他应该是要回家过节的。向斯微从孟杳和江何那里了解过他的家世,也在网上搜索过他的爷爷,知道他们家大概比书里说的那种"钟鸣鼎食"之家还要夸张些。

她想象着那种"家宴"的场面,猜他大概不方便接视频,便拨了个电话过去。

铃声响了十几秒,电话被挂断了。向斯微愣了一下,还没回过神儿,手机里发来一条新的微信消息:"在家里吃饭,怎么了?"

向斯微的内心"嚯"了一声,看来他家比她想象中更讲规矩。

她回复:"没事,就是过节了,想给你打个电话。"

裴澈回复得极快:"结束后我打给你。"

向斯微:"嗯。"

她以为对话就这样结束了,毕竟裴澈看起来很忙,他却又发了一条微信消息过来:"动物园那边怎么样?"

向斯微:"不太妙,一直在下雨。"

没等他回复,她又发了一句:"我先看看27号、28号去东城的机票。"

裴澈:"不急,再等等看。实在不行也可以推迟。"

向斯微回复了一个"好"字,消息界面安静下来。

虽然这样说,但她还是打开了订票软件,没犹豫太久,订了27号下午去东城的机票,想了想,又在柏悦订了两晚的房间。

她做完这些，心里莫名其妙地松快了些。

她觉得自己是有些过意不去，本来他们并没有那么强的仪式感，非要过什么纪念日，可这500天纪念日是她先提出来的，总不能又是她爽约。

向斯微看着已出票的行程，心情愉快起来，她对自己的守约感到很满意。

裴澈放下手机，正好对上裴澜揶揄的眼神。他没有理会，继续喝自己面前的一盏茶。

席间十分热闹，话题频繁地扯到他身上，哪怕他并不热络，各位认识的、不认识的亲戚也不厌其烦地说他。

裴澈很轻地皱了一下眉。

裴德安不是爱热闹的人，以往年节家宴也只是把他和裴澜叫来而已。从去年开始却变了风格，过年过节，家里总有络绎不绝的客人来捧老爷子的场。

去年除夕，他到阳台躲清净，裴澜跟出来，问他知不知道爷爷这样做是为什么。

裴澈当然知道——裴澜离了婚，他也将近而立之年，裴家两门亲事空悬，爷爷开始着急了。

裴澈那时心情极差，冷冷地刺激她："爷爷更着急的应该是你。"

裴澜毫不在意，反倒点点头："你也不用着急。就算结了婚，也不妨碍你追求爱情——如果你有这个追求的话。我亲身替你试过了，咱们家，只要面上过得去，私下想做什么便做什么，还挺爽的。"

这话让裴澈听起来更觉得厌烦。

是以现在，哪怕对爷爷的意思心知肚明，他也并不配合。他相信爷爷内心清明，不会处处都逼他。

饭快吃完，大家撂下碗筷陪爷爷聊天儿的时候，裴澈提前离席上了楼，却在二楼楼梯拐角处遇到一个人，来不及感到熟悉，他的脚步下意识地顿住了。

李舒乔剪了短发，像个学生，以至那一瞬间，她从前长发的样子裴澈就好像想不起来了。她穿着一件月白色的旗袍，身量高挑儿，温婉的眉目轻轻一弯，颊侧有一个浅浅的酒窝，算是与他打过招呼。

裴澈也点了点头，寒暄道："什么时候回国的？"

"月初。"

裴澈没说话。他不说话的时候表情很冷，淡淡的眼神总让人误以为他在审视什么。

李舒乔张了张嘴，顿了一下才解释道："裴爷爷邀请我爸来吃饭，我爸就把我也……拉来了。我们在另一桌。"

"嗯。"

"刚刚一楼的洗手间有人在用，阿姨让我上楼来。"

裴澈又点了个头。虽然不知道她为什么要这样仔细地解释，但他不想让她继续这么局促地站在这里，于是颔首道了句"端午安康"，与她擦肩而过。

一两秒后，他的身后传来一声温和的"你也是"，他停了一下脚步，拐弯进了自己的房间。

回房后，他给向斯微打电话，却一直没人接。直到傍晚，她才回拨过来，裴澈从视频里看她，一副睡眼惺忪的样子。

"我中午吃了酒店的粽子，吃完就好困，睡了一下午……"向斯微仍哈欠连天的。

裴澈笑了："好吃吗？"

"好吃,加了海米、贝柱,好鲜。"向斯微说,"我发现你很会选酒店!这个酒店的餐都是结合凤城特色做的。"

裴澈笑道:"是,他们的本地化做得很好。"

"你们家端午聚餐怎么样?"

裴澈怔了一下。他恐怕不会把刚刚那顿宴席称作"聚餐",但她这样问,他也就笑一笑,回答:"还好,菜很多。而且……"

他本想顺口将遇到李舒乔的事说了,可刚开口,不知怎么的,又没继续说下去。

他意识到自己其实可以预测向斯微的反应。她会合理地询问他为什么遇到李舒乔、说了些什么,也许还会逗逗他,假装有点儿吃醋。但实际上她头脑清明、通情达理,绝对不会将这事放在心上——这事也确实不值得放在心上。

但裴澈莫名其妙地不太想看到她这样的反应,也许因为太新鲜了吧。

这个念头冒出来,他自己都惊了一下:这是喜新厌旧,还是他已经倦怠?似乎并不是,可他又找不到其他的解释,只知道这样的想法是很不应该的。

"而且什么?"向斯微听起来还是很困。

裴澈心里摇摆了两番,最终还是什么都没说,笑了笑:"而且人也很多。"

向斯微"扑哧"一声笑了:"那你肯定难受死了。"

裴澈:"是,饭没吃完我就上楼了。"

"那吃饱了没?"

"饱了。"

"那就好。"向斯微又打了个哈欠。

"再睡会儿吧。"裴澈温和地说,等她点头挂了电话,才放下手机。

过了几天,雨势渐小,向斯微挑中午雨停的间隙去了动物园,穿着雨衣在湖边陪两只浣熊看了一下午雨,拍够素材的时候,天色已经暗了下来,她的裤脚和头发也全淋湿了。

她回到保安亭,陈港生给她递了条毛巾。

"这你用的?"向斯微犹豫了一下。

"嗯,我平时洗头用的。"

"没新的?"

"没。另一条是湿的,而且是我洗澡用的。"陈港生无奈地解释,"这条我只在用洗发水洗过头之后擦水用,是干净的,放心用。"

没办法,向斯微只好解开头发,用那条毛巾一点点绞干头发。

"今天拍的素材都不错,浣熊看雨,可爱又有意境。"她一边擦头发一边说。

"我相信你的水平。"陈港生说,"但我最近发现了一个问题。"

"什么问题?"

"你的 vlog 热度其实已经非常高了……对吧?我与同期同类的视频比较了一下,你的数据算是特别好的。"陈港生认真地分析,"但是线下游客量的增幅好像跟不上这个数据。"

他说的这个问题向斯微也注意到了,她这几天还分析了一下原因,最后发现这其实是再正常不过的结果,哪怕动物园里的几只活宝动物都成了"网红",但无论是动物园的体量,还是凤城本身的吸引力,都不足以让点赞的网友跑到这里来旅游一趟,看看动物园。

而凤城本地人,一来上网刷视频的人并不算很多,二来动物园想拥有"回头客"也并不那么容易。

陈港生的分析和她的基本一致,但他相当乐观:"没事,能保持现在的游客量就已经不亏了。剩下的只能我慢慢做,也不是拍视频能解决的。"

向斯微认同这一点,也从来没要求自己帮上陈港生什么大忙,现在的情况都已经算是意外之喜了。她只能趁着这难得在家的空闲时间尽力帮个忙而已,其他的,得看陈港生的能力,也得看他的运气。

"我明天去趟东城,剩下的等我回来再拍。"她把毛巾挂在肩上,接过陈港生递来的热水。

"工作?"陈港生又紧张了,生怕她为了 vlog 的事耽误正经工作。

"谈恋爱!"向斯微看不惯他这副生怕欠她钱的模样。

"哦。"陈港生没意见了,但又想起另一茬儿,"可是这几天一直下雨,你的航班能正常飞?"

这倒提醒了向斯微。

"应该可以吧?这两天雨小了。"

陈港生不解:"为什么不是你男朋友过来?"

"我男朋友日理万机。"向斯微扬扬嘴角。

"冒着风雨赶飞机,你还挺得意。"陈港生吐槽。

"你不是嫉妒我有恋爱谈吧?"

陈港生:"说点儿人话吧。"

"……"

夜里下着小雨,裴澈坐在车里,隔着雨幕,看见亮着温暖灯光的保安亭内,他的女朋友披散着长发,一边用毛巾擦拭,一边笑着同陈港生聊天儿。

他不知道自己为什么总看到这样的画面,挺滑稽的。

他又看到向斯微擦完头发聊完了天儿,弯腰背上包走出了保安亭。他推开门,下了车。

陈港生说雨夜危险,要送她,向斯微嫌麻烦,拒绝了。她正低头打车,视线里突然出现一双黑色皮鞋。

她再抬头,惊得睁大了眼:"你怎么来了?"

裴澈撑着伞,垂眸看见她明亮的眼睛中写满诧异。伞檐微斜,两滴雨点砸到她的脸上,她眨了眨眼,两只眸子更亮了。

裴澈没有说话,将伞往她那边挪了点儿。

向斯微发觉了,伸手钩住他的臂弯,向他贴近,一把伞就很好地遮住了两个人。

"你特地来过500天纪念日的?不是说好了我去东城吗?我都买好明天的机票了。"她一边说,一边挽着他往车上走,"我们上车吧,雨很大。"

"你没告诉我。"裴澈说。

向斯微已经走到车边,正要拉开车门:"我也想给你个惊喜啊,打算到东城直接去找你的。"

"哦。"裴澈举着伞,等她坐进车里,关上车门,才绕到驾驶座门前。

"你最近不是很忙吗?怎么有时间过来?不会耽误工作吗?"上了车,向斯微有很多问题。

"还好,不耽误。"裴澈回答得极其简略,没有看她,在车内环顾了一圈,最后从扶手箱里拿出一条新毛巾递给她,然后打开了空调热风。

向斯微有点儿蒙:"不至于开热风吧……"这可是夏天。

"把头发吹干。"裴澈扫了她一眼。

"哦……"

车子行驶在雨幕中,向斯微心不在焉地擦着头发。她并不迟钝,上车之后就发现裴澈的情绪不太对——是工作的原因,还是他在吃陈港生的醋?刚刚陈港生和他们告别,他丝毫不理会,以他的教养,这事不太应该发生。

向斯微并不能确定。

"你不开心吗?"她扭头看他,直接问。

裴澈没说话。

"工作上的事?"她继续问。

裴澈扭头看了她一眼,仍没有说话。

那么向斯微知道答案了,居然真的是因为陈港生。不过这倒让她觉得轻松了一些。如果裴澈真的是因为工作或者家里的事感到苦闷,甚至真的想和她聊一聊,那才是难为她。

她笑眯眯地道:"你怎么回事啊,一个人的醋还能连着吃两遍?他是我小时候的同学,他妈和我亲妈一样,我帮他的动物园拍 vlog,这些你不是都知道吗,还有什么可误会的地方?你说,我肯定坦白从宽,一五一十地给你解释清楚。"

她原以为裴澈会应和她的玩笑,或者继续装吃醋,或者故意挖苦她一二,可都没有。他轻笑一声,点了点头:"是,没有。"

向斯微皱起眉。她和裴澈融洽相处了一年多,说不上对彼此全然了解,但他的神态和情绪,她看得明白——裴澈这是真的生气了。

"你是不是真的有什么误会的地方?"她认真起来。

"没有。"裴澈目不斜视地开车。

"裴澈,如果你有什么情绪,请你直接说出来。"向斯微心里也有微妙的不满生出,不明白裴澈为什么忽然这么幼稚,"没必要这样的,我们之间有什么事不能直接说?"

这是很正向的沟通态度。裴澈知道,此刻他应该有什么说什么,像她一样坦诚直白。可不知为什么,向斯微的这份坦诚让他更加不舒服了。

他不想看她,也紧闭双唇,什么都不说。

向斯微难以置信,裴澈居然也有这样置气的一面,却不想再多说什么,好像真的是她做错了求他一样。她主动沟通了,是他拒绝,那么她也没办法。

她不再看他,靠回座椅靠背上,连了自己的歌单,一边听歌一边玩手机里的数独游戏。

到了酒店,向斯微才发现裴澈已经来过了,而且炉灶上已经炖上了汤。他没有继续沉默,语气平常,叫她先去洗澡,然后自己进了厨房。

向斯微以为这是求和的意思,最不济,他大概也会在上床之前把自己的情绪整理好,或者在睡觉时和她好好沟通清楚。

那一锅排骨汤极其鲜美,裴澈放了很多她喜欢吃的铁棍山药。和他一起吃完晚餐,向斯微把今天的视频搁置在一边,早早地上了床等他。可他洗完澡出来,只是平静无波地看了她一眼,就坐上了另一半床铺,拿起一本书看,没有要和她说什么、做什么的意思。

向斯微只觉得心里"轰"的一声,烦躁异常。

"裴澈。"她冷声叫他。

裴澈扭头看她。

"你不觉得应该和我说点儿什么吗？"

"说什么？"

他语气越冷淡，向斯微心中的不解和躁郁就越深："你今天为什么情绪不好？如果是因为我和陈港生，你是不是误会了什么？你和我讲清楚，我都可以解释。"

"没有，你没有任何地方不清楚。"裴澈顿了一下，缓缓道，"你说得很对，我不应该吃醋。"

向斯微皱起眉，想不通裴澈怎么突然就听不懂人话了："我没有说你不应该吃醋……我是说，你在想什么，能不能直接告诉我？为什么要这样？这不像你。"

裴澈也想知道为什么。向斯微说的一点儿都没错，他绝不是怀疑她跟那个陈港生有什么，可为什么她越这样，他越不想和她开口？

他要说什么呢？说"我不喜欢你这样执着热心地帮你那个男同学"吗？说"你凭什么觉得这不像我，你觉得我应该是什么样的"吗？

全是他自己都听不下去的混账话。

向斯微耐心地等了很久，却不可置信地发现裴澈真的打定主意不开口。

"你……"她张了张嘴，又发现自己居然也无话可说。

想了想，她掀被下床。

"你做什么？"裴澈叫住她。

"我去客房睡。"向斯微看着他，"我不想我的男朋友生莫名其妙的气，躺在我旁边却不抱我、不亲我。那我不如自己睡。"

裴澈似乎有些愕然，犹豫几秒，沉声道："我没有生你的气。"

"但你有情绪，而且跟我有关。"

裴澈哑然，无法否认这一点。

"我先去客房睡，你冷静下来再和我说吧。"向斯微说完，没再等他的反应，走出了卧室。

走进客卧，向斯微犹豫了一下要不要锁门。她最终还是没锁，以裴澈的个性，就算要来，他也一定会先敲门的。

她有些疲惫地叹了口气，在床头上靠了一会儿，毫无睡意。裴澈的晚餐做得丰盛又美味，她本来就有些撑，裴澈又莫名其妙地变成这样，她更心烦意乱。

发了半天呆，她索性拿出电脑来剪视频。今天的素材加起来有两个多小时，向斯微看了大半，终于眼皮打架，打着哈欠关上屏幕，躺回了床上。

再醒来时，向斯微感觉自己的腰上横着一条沉沉的胳膊。

她睁开眼微微偏头，便蹭到了裴澈的下巴——她被裴澈圈在了怀里，他仍以蜷缩侧卧的姿势朝向她。

向斯微愣了一下，抬头看清天花板上吊灯的样式才反应过来——她被裴澈抱回了主卧。

所以昨天夜里，裴澈直接进了客卧，把她抱了回来？

向斯微有点儿蒙，有一瞬间甚至怀疑自己在做梦。可她的的确确被裴澈圈在怀里，听得见他浅而均匀的呼吸声。

是她还不够了解裴澈，还是他这段时间工作太忙、压力太大，所以做了寻常绝不会做的事——生闷气、拒绝沟通，以及在她已经明确表示过自己去客房睡之后一声不吭地把她抱回来？

昨天晚上她又惊又气，现在她也惊讶，心底却涌起了一股柔软的动容之感。

她以为自己已经很了解裴澈了，可这个清晨，她好像发掘了他的一些新鲜面目。

她就这么安静地躺了一会儿，直到彻底清醒，睡意全无。她轻轻地抬头看裴澈，他的五官中唯一温柔的那双桃花眼闭着，一张脸便显得更冷、更淡漠凌厉。

他没有要醒的迹象，不知昨晚是几点睡的。

向斯微不想吵醒他，也不知道要是他醒了，自己该和他说些什么，于是轻手轻脚地往床边挪。

可她的腿刚动一下，就被人钳住了。向斯微的心漏跳一拍，两秒后，她腰上的那条手臂也收紧了，裴澈低头，似乎无意识地将唇贴在她的额头上。

"醒了？"向斯微无端地有些紧张。

好几秒后，她才听到裴澈沉沉的声音："嗯。"

向斯微也僵了几秒，终究还是直接问了："你怎么把我抱回来了？"

裴澈将手臂收得更紧，脑袋也埋进她的颈窝里，将她整个人揽进怀里："我没有不抱你不亲你。"

他的气息喷在她的颈侧，如同似有若无的吻。

向斯微心尖发颤，谁说裴澈不会谈恋爱的？论做恋人，她看没人比他更会。

可她不能稀里糊涂地放过昨晚的事，便轻轻挣脱，继续问："那你到底怎么了？"

裴澈依旧哑然，他自己都不知道自己怎么了。

向斯微等了一会儿，实在没办法了，嘲弄地笑了一声，说道："你总不会是怀疑我脚踏两只船？还是觉得我会在有男朋友的时候跟其他人玩暧昧？"

"不是。"他声音低沉，回答得迅速而坚定。

这种坚定让向斯微的心软了下来。她终究还是没忍住，伸手覆在搂着她腰的那条手臂上，声音也随着这动作变得柔和下来，带着轻松的玩笑意味："是不是最近公司的事太忙了，你状态不太好？不然不至于这样吧？"

她的话音刚落，就感觉裴澈的手臂一僵。

"我不至于哪样？"裴澈淡淡地道，"不至于生气，不至于吃醋，不至于跟踪你？我在你这里，干什么才至于？你倒是把我想得很高尚。"

向斯微愣住了，没听明白他的话，更不明白他怎么忽然又发了火。

裴澈不等她回应什么，紧跟着道："我没有生你的气，也绝不怀疑你。我就是觉得，你好像也挺喜欢你那些朋友的，和喜欢我没差别。"

这些话说完，他自己也一愣，好像早晨脑袋不清醒，又听到了不爱听的话，冲动之下将昨晚怎么也捋不清的想法脱口而出了。

气氛变得凝滞，向斯微的手仍搭在他的手臂上，却一动不动。

裴澈也僵着身子，不敢深想自己为什么会说出这样的话。静默了几秒，他轻轻地抽回手，起了床。

向斯微独自在床上发了很久的呆。

从昨晚到现在，裴澈做的事、说的话都让她意外。他明明是极淡漠理智的人，哪怕有天生的霸道和傲慢，也绝不会像这样和她赌气。就算是吃醋不满,他也该明明白白地让她知道他为什么生气才对。这样稀里糊涂的,像个不讲道理又求关爱的小孩子……

向斯微的心一动,她又回想起他刚刚讲的话,他说她把他想得太高尚。

她好像有一点儿懂了——裴澈从小是天之骄子,所有人都对他怀有最好的期待和预设,在他们这段恋爱中,向斯微也是这样的心态。她知道裴澈理智沉稳,所以确信他不会莫名其妙地吃醋、生气,也不会不讲道理地和他冷战,所以他们恋爱至今,感情状态都非常好。

事实上,裴澈也确实如此,哪怕是昨晚那么异常的状态下,他都温和地和她一起吃了晚饭,没有说一句重话。

可谁都有烦的时候,哪有人能一直接受自己背负完美无瑕的期待呢?

何况他最近那么忙,昨晚大概是冒着风雨从东城赶来的,到了酒店没见到人,去动物园便发现她和陈港生待在一块儿。虽然不存在什么误会,但设身处地一想,向斯微也能理解这种烦躁。

至于他说什么"和喜欢我没差别",大概就是昏了头,口不择言吧。他本质上是很骄傲的人,不可能拿自己和她的那些朋友比。

向斯微想通了,心中只有无奈,不自觉地去回想高中时的裴澈——总是独来独往的清瘦背影,哪怕和江何、沈趋庭在一起,也是好像隔绝在人群之外的冷漠模样,情绪最外露的时候是和游川一起争论奥数题……

他那会儿也会有情绪压抑、烦到极点的时候吧,那时候的发泄口是什么?总不会也是和人冷战吧?

想到这儿,向斯微无奈地扯了扯嘴角。虽然她没多少经验,但人都在她这儿了，就由她来负责吧。

她这一晚睡得不好，强撑着坐了起来，还是有点儿疲倦，提不起精神。但一扭头看见衣柜上挂着他的西装，是昨晚那件，高级的面料难打理，肩侧还有雨滴的痕迹，下摆也有几道折痕。

又想到他昨晚在雨幕中将伞倾向她的样子。

向斯微心中叹息，平心而论，裴澈其实已经做得很好了。她扯着嘴角笑了一下，掀被下了床。

裴澈在卫生间里洗漱，向斯微走过去，倚在门边看着他。

两个人在镜中对视一眼，裴澈没说话，移开视线，低头拿了剃须膏和刮胡刀。

向斯微手疾眼快地上前一步，弯腰从他的胳膊下挤进去，背靠着盥洗台，仰面看他。裴澈有一瞬间想转身走开，可她在那一秒笑了笑，他就错过了转身的时间。

"我帮你。"向斯微径直接过他手里的东西。

但她没有帮男人刮过胡子，剃须膏是直接涂上脸还是要像洗面奶一样用水揉出泡沫，她不知道，只能笑了笑，强装镇定地低头看包装上的说明。

裴澈伸手，想要抽走她手里的剃须膏："我自己来。"

"不要！"向斯微扭身一躲，侧腰撞在他的胯上。

早晨，正是敏感的时间，她清楚地看到裴澈的喉结滚了滚，但他没有表露什么，淡淡地反问："你会？"

剃须膏包装上的字密密麻麻的，向斯微没找到使用说明，但不肯放弃，笑了笑问："我不会用这个，怕刮伤你，我们用电动的好不好？"

不等裴澈表态，她扭身从置物篮里翻找出酒店备好的电动剃须刀。

裴澈往后退了半步。

向斯微还用热水浸湿了一条毛巾，转身回来，自然地将他往自己跟前拉近。她微微踮脚，将热毛巾敷在他的下半张脸上。

"打开一下毛孔……"她一边做，一边轻声说，像在指导自己似的，"应该和护肤的原理是一样的吧。"

裴澈没有说话，只能感觉到隔着一层温热的毛巾，她的手指在他的脸上游来走去。他不自觉地找她的眼睛，仿佛自寻一副枷锁。

"你低一点儿头好不好？"她似乎是踮脚踮累了，明明是给他服务的姿态，提要求倒不客气。

裴澈不知道自己在想什么，回过神儿来时，向斯微已经被他掐着腋下一拎，坐在了盥洗台上。

他看着她有些惊讶的眼睛，平静无波地道："我也很累。"

向斯微好脾气地接受了他这个解释："好吧。"

热敷了三四分钟，向斯微把毛巾拿下来，打开电动剃须刀，小心翼翼地贴近他的面颊。

"不要怕，我不会刮伤你的。"她极认真地说了一句，两道眉毛都往一处挤。也不知是在安慰他，还是在肯定自己。

裴澈终于忍不住，轻笑了一声。

这一声笑把向斯微吓了一跳，她慌忙把剃须刀拿远，生怕真的刮伤了他。

"你别笑！"她大惊失色地捶了他一下，又凑近仔细观察他的脸上有没有伤口。

她靠得太近，裴澈忍不住了，伸手拿过她手里的剃须刀，不再看她："我自己来。"

向斯微见他已经利落地上手给自己刮胡子，还退后了一步，无奈地垂下肩："连个道歉的机会都不给我？"

裴澈一愣，关掉了剃须刀："你没做错什么，不需要道歉。"不等她回答，他又补充了一句，"我不是嘲讽，说真的，你没有做错什么。"

向斯微心一软："可我应该理解你的情绪啊，我能理解的。"就像他理解她一样，之前一年多的异地，裴澈坐过无数次国际航班，从来没抱怨过。

裴澈看着她，分明不齿于自己的不讲道理，却还是忍不住寻求她的理解："真的？"

"真的啊。"向斯微笑起来，顺势接过他手里的剃须刀，继续小心翼翼地给他刮胡子，"你可以吃醋，也可以生气，我没有觉得你一定要无条件地让着我……说清楚就好了。"

裴澈垂眸看她，轻轻地"嗯"了一声。

"但是，我和陈港生真的就是朋友。他之前也有女朋友的，到现在都还念念不忘呢。"向斯微说着，忍不住笑，轻声道，"我不喜欢他，都不知道你为什么要和他比，真奇怪。"

裴澈的眼神躲闪了一下。

向斯微笑了笑，用三根手指托着他的下巴，满意地欣赏自己的"作品"："嗯，我的手艺好像还不赖。"

裴澈直直地看着她。他一直知道她擅长沟通，处事利落，也知道她一定不会让这场架一直悬着，所以她一定会来找他谈。江何他们都说她脾气硬，嘴上不饶人，可他却觉得她能屈能伸，知情识趣，譬如今天，她这样柔情似水地哄他。

裴澈忽然发现自己挺恶劣的。他仍然觉得自己和向斯微的相处方式有问题，可还是吃她这一套。只要见到她笑着，颊侧有两个浅浅的梨涡，他就觉得没什么大不了的。他都快 30 岁了，不是缺钱、缺心眼儿的毛头小子，耐心和经验都在增长，不至于处理不来一段感情。最多不过是两个人的性格还需要磨合，往后日子那么长，怕什么？

他猛地扯开在他的下巴上作乱的那只手，低头吻住她。

二人的 500 天纪念日最终被睡掉了大半。

向斯微醒来的时候，天都快黑了，睁眼看见裴澈靠在床上看书，戴着眼镜。她难得感受到一种强烈的羞耻感。

从昨天上午开始，向斯微也不知道裴澈没睡饱觉哪儿来的力气，他们疯了一整天……

向斯微自诩理智有条理，万事都有自己的计划，可她发现在这件事上，自己越发没有定力了。裴澈的热烈总是能轻易地感染她，让她不管不顾地同他胡来。

"醒了？"明明是在专注地看书，目不斜视，也不知道是怎么发现她醒了的。

向斯微听见他的声音也哑着，莫名其妙地感觉更加羞耻。可他戴眼镜太好看了，她又舍不得挪开眼。

她那灼灼的目光让人难以忽视，裴澈一页书许久没翻过去，他终于放下书，扭头看回去。

"看什么？"

向斯微发现，每次事后他的皮肤好像都会变好，白而干净，线条利落，与那副质感极佳的银边眼镜相得益彰，像科幻电影里的那种高智商科学家。

她没有回答,眼神却越发直白。

裴澈勾勾唇角:"再看,待会儿就只能叫人上来换床单了。"

她可丢不起这个人。向斯微连忙滚了一圈,背对着他躺到床的另一边。

她身后传来裴澈无奈的笑声,他又伸长手臂将她捞了回去。

"还睡吗?"他问,"天晴了。"

说着,他打开了电动窗帘,向斯微看过去,窗外是大片粉紫色的晚霞。

"累的话就继续睡,我叫人送晚餐。"裴澈说着要起身。

向斯微却攥住他的手腕,借了力,猛地一下坐起来:"起!"第一个双方都有时间的纪念日,他们要是只在床上待着,未免过于伤风败俗。

裴澈皱着眉将她靠回床头上:"缓一会儿,不怕头晕?"

向斯微不觉得头晕,只觉得腰酸腿痛。可裴澈好看的脸就在眼前,她忍不住伸手摸了摸他高挺的眉骨,凑上前和他交换了一个绵长炙热的吻。

结束后,她气喘吁吁地问他:"我带你去逛夜市好不好?"

裴澈稍感意外,盯着她微红的嘴唇,喉结滚动,忍住将她再压回床上的冲动,笑了:"好,你请客。"

向斯微笑眯眯地说:"我请我请!"

沿海城市的晚霞美得惊天动地,云霓缭绕,大片粉紫色织满天空,他们牵手沿着漫长的小道向前走,仿佛下一步就要走进油画里。

向斯微带他来的是她读的初中后头的一条小街,沿街两侧有各种各样的路边摊,那时候她常在这里解决晚饭。

这个点还没放学,他们得以享受几乎无人的街道。

向斯微给他讲了些她初中时候的事,说她放学最爱吃的是无骨鸡柳和章鱼小丸子,蚝仔烙和肠粉这类凤城传统食物反而不怎么吃,因为味道不如蔺姨做得好。

"不过好奇怪,那个时候我天天吃这些垃圾食品也不长胖,反而越吃越瘦。"向斯微回忆着,"我初中的时候应该就一米六出头?才80斤,好吓人。"

她说着,缩了缩脖子,仿佛对自己不健康的体重心有余悸。

裴澈牵紧她的手,问:"你现在多重?"

"115斤左右?"向斯微没有记录体重的习惯,只能说个大概。

"也瘦。"裴澈说,"要再长胖一些。"

向斯微"扑哧"一笑,她自认已经不算是苗条的身材,这人倒觉得她还应该再长胖一些。不得不说,裴澈在这方面是个合格的文明的现代人,他欣赏健康强壮的身体,喜爱她的小肚子与小腿肌肉——这一点装不出来,向斯微能感受到。

她心情好极了,看见一家无骨鸡柳铺子,拉着他过去买。

12元一份,价格比她读初中时翻了快一倍。

等鸡柳出锅的间隙,向斯微继续吃着手里的煎豆腐,夹了一小块喂给裴澈。

她猜他不会太喜欢吃这样的东西,所以也没有一直推荐或者邀请他吃,只是自己买的每一样,都给他尝一尝。反正待会儿回酒店,餐厅也给他会送晚餐。

裴澈果然也只是尝一尝,每一样都说还不错。向斯微欣然接受他好意的反馈。

"凤城的物价都这样了……"无骨鸡柳出锅,向斯微一边吃一边感叹。

那摊主听见了,接腔道:"一看就是大老板,怎么还嫌我们路边摊贵呀?现在什么都贵,我们小本生意,也没办法哟。"

摊主一边说,一边瞧着裴澈。裴澈穿着休闲的白T恤和牛仔长裤,也不知这摊主哪儿来的毒辣眼光,就看出他是个有钱人了。

向斯微莫名其妙地觉得尴尬,冲那摊主扯了扯嘴角,拉着裴澈走了。

裴澈有些意外,好笑道:"我还以为你会和他据理力争一下。"她可是一向不吃嘴上亏的。而且12块这么一小份鸡柳,定价本来就畸形。客人无奈地感叹一句,还要被那摊主阴阳怪气,依向斯微的性格,居然就这么走了?

"他又没说错,你难道不是?"向斯微一副认怂的样子,"我吵不过。"

裴澈:"……"倒是他影响她发挥了。

两个人一路从街头逛到街尾,裴澈尝到了这辈子吃过的最好吃的煎饼,甚至走了十几步后又拉着向斯微回去再买了一份,把向斯微笑得停不下来。

"你还是少吃点儿吧,别晚上回去坏肚子了。"向斯微头一次见到他这么有食欲,居然是在吃路边摊的时候,笑过之后,她又开始担心他那高贵而脆弱的肠胃。

裴澈吃任何东西都慢条斯理,哪怕是这张味道惊为天人的煎饼。听到她这样说,他顿了一下,将嘴巴里的东西嚼完才说:"我坐凌晨的飞机回东城。待会儿把你送到酒店,我就出发去机场了。"

"这么着急?"向斯微刚问出口就反应过来了——本来他就说这段时间很忙,这趟来凤城恐怕也是见缝插针。

她撇撇嘴:"早知道昨天就出来玩了,浪费时间。"

裴澈的脸上闪过一瞬间的不自然,他清了清嗓子,问:"浪费?"

他的重音很微妙,向斯微一听就懂了,也不自在地移开眼。

裴澈自问自答:"我不觉得浪费。"

向斯微忍无可忍,瞪他:"你这都是跟谁学的?!"

裴澈朗声大笑。

回到酒店已经快 10 点了,裴澈快速地收拾了行李,将一身休闲打扮换回西装,看得向斯微有点儿恍惚。

"早点儿睡,不用等我落地的消息。"裴澈站在门口说。

向斯微点头。

他打开门要走,又顿住了,忽然转过身来亲了亲她的额头:"别那么无情,早点儿回东城。"

向斯微愣了一下,没想到他现在都会嘴里跑火车了,还"无情",这都哪儿跟哪儿?

她只好说:"知道了。"

裴澈失笑:"500 天快乐。"

向斯微笑着踮脚,亲在他的脸颊上。

凤城的雨季终于过去了,裴澈走后,向斯微连日开工,一星期就把剩下的 vlog 全拍完了。隔天放一条,她的账号热度水涨船高,动物园那几只狮子、乌龟和猴也小火了一把。但正如她和陈港生预料的那样,线下的游客量和网络热度不匹配,社交媒体上"凤城动物园的冤种狮子"已经好几次登上热搜榜,但线下,真正买票进动物园浏览的游客量只见缓慢增长。

这是意料之中的情况，所以陈港生并不气馁。一方面，他用这段时间招了八九个人，而且一点点地将动物园翻新了一遍，重新整理了园区管理手册、游客接待事项，还培训好了第一批员工。另一方面，网络上的热度已经为他带来了许多希望，不仅有本地企业来考察、寻求合作，政府也加大了关注和支持的力度，还有本地一所小学想组织学生来集体春游。

陈港生已经快忙得脚不沾地了，本来说要请向斯微吃大餐，一直都抽不出空来。

"我买的那只绿孔雀要到了，我看过视频了，特别漂亮。"陈港生在电话里说，"周末空了，请你吃饭？"

向斯微在收拾行李，笑着道："下次吧陈老板，我明天的飞机。"

陈港生心里过意不去："那今晚！我找个海鲜大排档，我们吃一口。"

"别忙了，下次吧，我又不是不回来了。"向斯微婉拒，"你好好照顾孔雀吧，做大做强，建设家乡！"

"行吧。等你过年回来，我一定要请你吃顿饭。"陈港生认真道。

向斯微无奈地摇了摇头，他这份倔牛似的实在劲儿怕是一辈子都改不了了："你放心吧，我不会放过你这顿饭的。"

"那就好，你坐飞机注意安全。用不用我送你到机场？"

"不用，打车方便得很。"向斯微实在不想听他继续唠叨，"别啰唆了，挂了。"

第三章 夏天的风

7月中,盛夏,向斯微终于到了东城。

她这次吸取教训,提前给裴澈发了航班信息。但不凑巧,裴澈临时有会,没空,只好让邓助理来接她。

向斯微跟邓助理不熟,不好意思"奴役"人家,本已拒绝,可下飞机却看到了邓助理的微信好友申请,他说他已经到了机场。

邓助理直接在出口等她,主动接过她的行李箱,还买了咖啡,牢记她的口味,多加一份浓缩的冰美式,周到又礼貌。向斯微感到无所适从,连着道了好几句谢。

见邓助理一副训练有素的样子,她又说:"我去秋园路,老城区那边,你知道吗?"

邓宇愣了一下,点头:"知道的。"他又问,"向小姐租了房子?"

"嗯。"

"有任何事需要我去办,请一定要开口。"

向斯微有些尴尬地应声:"好,谢谢。"

到地下车场后,向斯微发现副驾驶座上还坐了个人,远远地她就感觉很眼熟,蓦地顿住了脚步。

"是游先生,刚刚他在和裴总谈事情,刚好要走,裴总让我送他回东大。"邓宇解释道,"本来应该先送他回去的,但他说不急,就让我先来接人。"

向斯微反应过来,点了点头。

邓宇察言观色，以为她介意，出声解释："裴总说你们以前是同学，认识的，所以我就没……"

向斯微笑了笑，表示理解："嗯，认识的。没事。"

到车边，邓宇将她的行李搬进后备厢里，游川主动和她打招呼："老同学，好久不见。"

"好久不见。"向斯微点头笑了笑，没多说什么，毕竟两人算不上熟。她猜游川大概只是不想让邓宇这个打工人为难，才主动说可以先来接她。

她坐上后座，打开半边窗，从后视镜里看到副驾驶座上的游川靠在椅背上闭目养神，眉宇平和，还是高中时那副淡然的学生模样。

她挪开视线，戴上耳机，也闭上了眼。窗外，东城夏天的风声势浩大，好像这么多年都没变过。

秋园路的房子是向斯微在网上找的，她在十几套备选房里千挑万选，列了表格比较位置、租金、装修、周边配套等各项利弊，最终还是选中了这套性价比并不高的老房子。

老弄堂里上了年头儿的房子，虽然家具、家电都换了新的，但水电、楼梯等基础设施已经算不上好。可向斯微实在太喜欢这老洋房的格调了，从咯吱咯吱的木地板，到窗外垂着梧桐叶的小阁楼，一口气交出去一年租金的时候，她想，她从今天开始要把自己当作艺术家照顾。

大艺术家，就要住这样有格调的房子。

虽然"艺术家"搬进房子的第一件事是喊姜南来开会，会议主题是怎么忽悠她们的第一位客户多出 3 万块钱换更好的材料。

向斯微为客户设计的周边产品中有一个日程本，以留学申请作为主题,本子的扉页中有一个小夹层,藏着一所国外名校的书签和对应的申请建议,类似盲盒设计。样品做出来,美观性和实用性兼具,姜南赞不绝口,向斯微自己也挺满意的。

唯一不足的是向斯微嫌目前的用纸不够好,缺乏质感,想换成克重更高的道林纸;还有书签的材质,她也想换掉。她算了算,预算最好往上提3万元,而且她的态度是,这3万元必须加。

姜南冷静道:"可能没那么容易,毕竟这对他们来说不是刚需。我们的报价本来就不低了,这套周边做出来完全是往外送的,对他们来说没有任何收益,是纯支出项。"

向斯微笃定地分析:"他们团队做的事情本质上就不是刚需,不还是赚钱了?而且,品牌价值也是收益,这套周边做出来就是他们的品牌符号。"

姜南被她较真儿而自信的态度逗笑了,但仍保持谨慎:"行,那就约他们谈谈看。不过我提前说好啊,不一定能谈成。这年头儿,黄金和狗屎都好卖,就'锦上添花'的东西,客户最不买单。"

向斯微笑了,理解地点点头:"行,你约好时间叫上我。"

姜南坐在向斯微精心布置的靠窗工作台前,抬眼就是盛夏的郁郁葱葱,扭头看见向斯微噼里啪啦地敲电脑,屏幕上是她自己开发的那个灵感管理工具,一张张卡片上记满了她们刚刚头脑风暴的许多想法,轻盈的 UI(用户界面)设计如同云朵般漂浮在脑海中。

她被向斯微这种随性而专注的工作态度打动,觉得自己找到了最好的合伙人。她手里拿着那本样品,爱不释手,玩笑道:"这个本子是真的很好看,我觉得如果出现在我中学对面的精品店里,肯定是我每天放学都要去看几眼,然后攒十几天的钱买下来的那种。"

向斯微一点儿也不谦虚:"预估上架至少 128 元一本,看价格,确实是中学精品店镇店之宝的程度。"

"对对对!"姜南说着,也起劲儿了,"然后一个人买了,回班里被同学看见,其他女同学都会跟着买。说起来,也算是一种内容种草和朋友圈裂变……我怎么还忘不掉这些狗屁黑话?"

向斯微忍俊不禁:"没事,显得专业。"

姜南无奈地摆摆手,叹道:"我真的从小就喜欢买这些东西,笔啊,本子啊,那时候我的文具盒俩月一换,花里胡哨的,所以说现在来创业搞这个,真是最初的梦想了。你也是吧?"

向斯微笑着摇了摇头:"我是一支黑笔用到头儿的那种,笔壳都不换,用完就换笔芯。"

"怎么可能?!"姜南惊讶,向斯微对文创的兴趣分明很浓厚。

"主要是因为没那么多钱。另一方面,我高中的时候特别想考好成绩,就很崇拜学霸,然后发现他们大都不在意文具,都是一支笔打天下。我就找到那个同样的牌子,也只用那一支笔,用完就换笔芯。"向斯微半开玩笑似的,"我至今都觉得我高考能超常发挥考到东大,有那支笔的原因,它帮我蹭到了学霸的神力。"

虽然向斯微语气平淡,但姜南莫名其妙地感到一丝心酸。这工作台上摆满了向斯微设计的各种文具,创意十足、灵气逼人,对照她一支黑笔用到毕业的学生时代,却像是一种遗憾的少女梦想的延期兑现了。

向斯微知道她想到了什么,没有安慰,也没有故作豁达,只是继续说:"不过我小时候也是,班上哪个女生买了特别好看的文具,立刻就会掀起一股潮流,然后其他人都去买,经常一个班,半边课桌上都摆着一样的文具盒。我记得初中有一阵,有个日本牌子的、双层的,打开后里头有块小黑板的文具盒特别火,特别贵,80多块钱。我当时太想要了,每天不吃早饭,差一点儿就买了。"

"但是没买?"姜南微微蹙眉。

"嗯,饿了一个多星期,实在受不了了,有一天早上我简直想吃人,下了早读就到食堂连吃了三碗肠粉。"

姜南哭笑不得,又有些心疼,不知该说什么。

"不过那之后我过生日,有个男同学买了那个文具盒送给我。"向斯微有些得意地冲她眨眨眼。

姜南忽然像得到了安慰似的,眼睛一亮:"真的?"她兴奋得仿佛是她自己得到了当年最想要的文具盒。

"别高兴得太早。"向斯微完全沉浸于讲故事的快乐中,津津有味地送出反转,"他送了我生日礼物之后,就到处说我是他的女朋友。"

姜南的表情瞬间沉下来,仿佛吃了苍蝇似的。

"别气,等同学们开始传我已经跟他开过房之后,我就没再忍了。"

"你不会是把文具盒还给他了吧?还是还他钱了?"

向斯微眉毛一扬:"我干吗还他钱?!礼物就是赠予物,送我了就是我的,我可以自由处理。"

"那你怎么处理的?"

"我把那个文具盒底下的 logo 字母抠掉了半个,假摔在地上,然后在班上装哭,说他买的是假的。"

姜南愣了半秒,然后拍着手大笑出声:"绝!干得漂亮啊!"

"后来他看到我就绕道走,但他过生日时,我还是不计前嫌地送了他一双鞋——虽然是假的,但也要 80 多块钱呢。我自己那年都没钱换新鞋了。"向斯微得意地阴阳怪气。

姜南笑得直不起腰,一边竖大拇指,一边上气不接下气地夸她:"我算是知道我为什么刚认识你就觉得有好感了……"

"嗯？"

"你在整男人这方面真的有点儿东西。"

向斯微哈哈大笑："不敢当，不敢当。"

两个人聊完工作，姜南问她要不要一块儿吃晚饭，向斯微想到裴澈可能会找她，便婉拒了。

送姜南下楼，两个人说着狭窄的旧式楼梯的利弊，向斯微推开绿色铁门，等姜南穿好鞋出来，扭头往门外一看，裴澈正从弄堂口走进来。

向斯微露出笑来："正想找你。"

裴澈从公司来，本来穿着正装，嫌热，就把西装脱下来搭在胳膊上。听见向斯微来这么一句，他不给面子地拆穿她："是正在等我找你吧。"

他没指望她一下飞机就会直接去找他，但以为她至少会和他说一声。结果还要邓宇告诉他，她租了秋园路的老房子。

向斯微嘴上否认："哪有？朋友叫我吃饭，我可都没去。"

姜南走出来，看见裴澈，愣住了。这人她认识，以前在一个行业峰会上见过，主办方全程陪坐的主儿。

向斯微两边介绍："这是我男朋友，裴澈。"她又对裴澈说："我大学同学，姜南。"

姜南之前和向斯微的关系还不算特别亲密，虽然知道她有男朋友，但怎么也没想到她的男朋友是这位。

还是裴澈先伸手，微笑道："你好。"

姜南作为职场人的条件反射还在，她忙不迭地伸手，微微倾身，笑道："裴总好。"

向斯微扯扯嘴角："干吗这么客气？"不知怎么的，她觉得尴尬，上前一步挽住姜南的胳膊，"我送你到路口，打到车没？"

裴澈绅士地侧身，让两位女士走过去，不介意自己看上去像个门童。

走出弄堂,姜南果然立马问道:"你男朋友是裴澈?!厉害啊向斯微!"

向斯微知道这是女性朋友间的调侃,应和地玩笑道:"洒洒水啦。"

姜南却还是好奇:"怎么认识的?"

"高中同学。"

姜南点点头:"啧,论上一个好高中的重要性。"

网约车到达,向斯微为她打开车门:"约到人就喊我,我们一起聊。"

"放心,不会浪费你这张嘴!"姜南摆手,"回去吧,让那么一尊佛等着,你不慌我还慌呢。"

"快走吧你!"向斯微关上车门,嫌她话多。

向斯微走回去,却发现裴澈还没进屋,站在弄堂里仰头看那棵笔直的梧桐。

穿着白衣黑裤,高大挺拔的一个人静静地站在树下,胳膊上搭着西装。

向斯微的心怦然一动,她笑着走过去:"干吗不进去?"

"我还不至于擅闯民宅。"裴澈就站那儿看她走过来。

向斯微失笑,他还真是跟这"不至于"杠上了。她走过去牵他的手:"那我郑重邀请你进来,同时郑重地同意你以后可以随时进来。"

裴澈"嗯"了一声:"那我也郑重地接受你的邀请。"

向斯微莞尔:"你不用郑重,开心地接受就行。"

向斯微带他简单参观了这套两层楼的小洋房,本来没指望他能有太高的评价,没想到他看着她精心布置的工作台若有所思,半天冒出一句:"你给我也设计一个。"

"啊?"

"工作台。"裴澈说,"在我办公室里也布置一套这样的。"

向斯微哭笑不得:"饶了我吧裴总,你的办公室花多少钱设计的?我这就是在网上淘了张旧桌子而已。"

裴澈沉默了一会儿,看着窗外碧绿而宽大的梧桐叶迎着微风舒展,点头笑了笑:"也是,布置一张这么好看的书桌用来做无聊的工作,也挺委屈书桌的。"

向斯微:"……"

入住新家,还没有买食材和锅碗瓢盆,向斯微点了外卖。顾及裴澈的口味,她选了附近的一家轻食餐厅。

吃完饭收拾好,向斯微问他是不是要留下。

裴澈在帮她调试新买的投影仪,闻声扭头,看了她一会儿,勾了勾唇角:"我开心地接受你的邀请。"

在家里吃饭,他就多解了一粒衬衫扣子,袖子也挽起来。日落后,老洋房的光线变暗,向斯微看他站在那一点儿昏昧的光中,戴着眼镜,手里拿着说明书,小臂上青筋凸起。

向斯微将刚抽的纸巾往餐桌上一丢,手还湿着,就走过去搂住他的脖子,踮脚深深地吻他。

裴澈先是回应了她一阵,几分钟后果然还是受不了她湿着手在他的身上摸来摸去,翻身将人压在沙发上,强硬地将她的两只手腕抓住,扣过头顶。

向斯微睁开眼控诉他:"你嫌弃我。"

裴澈单腿跪在沙发边上,拉起她的一只手放在唇边吻了吻,反问:"这是嫌弃?"

"那是因为我刚刚在你身上擦干了!"向斯微故意硌硬他。

裴澈无奈地扫了她一眼，然后直起身解自己的扣子："我脱掉。"

刚解开一粒，看她这闲适地躺着欣赏的模样，他又改了主意，抓她的手："你帮我脱。"

向斯微很乐意效劳。

小沙发终究施展不开，他们分出一丝理智，决定去楼上。

木楼梯又旧又窄，裴澈打横抱着她往上走，每一步都小心翼翼。可在拐角的时候，向斯微的腿还是磕到了木楼梯扶手，她轻呼一声，裴澈条件反射地向后仰，两个人差点儿一起摔下去。

好在他反应极快地抱紧她，使她整个人几乎在他的臂弯里翻了一面，被搂进他的怀里。

向斯微听见裴澈叹了口气。

她笑着搂紧了他的脖子："快点儿上去。"

"你考不考虑换个地方住？"

"不考虑。"向斯微将脑袋蹭在他的颈窝里摇了摇，回答得毫不犹豫。

他们到了卧室，继续做刚刚的事情。他们都没有受到旧楼梯插曲的影响，分别近半个月，二人有心照不宣的默契，该将这个夜晚在对方身上耗尽。

可到最后关头，裴澈去拉床头柜的抽屉，那老木头"咯吱"一声，向斯微霎时从翻涌的情潮中清醒过来，猛地睁开眼。

刚搬家，她还没来得及买，裴澈显然也不会随身带着这种东西。

两人不上不下的，向斯微湿着眼眶看裴澈，他额头上青筋暴起，有一滴汗砸下来。

"我……"向斯微张嘴出声，几乎带着哭腔，已经分不清是情致到了顶点，还是窘得想哭。

裴澈缓了一会儿，苦笑出声："这还真不好收场了。"

向斯微有些难受,夹杂着懊恼——她怎么会忘了这个呢?明明下午到的时候,她还在弄堂外看到了便利店。

她感觉到了自己身体里的热潮,也听到了裴澈粗重的呼吸声……

正要开口,裴澈又有两滴汗砸下来,砸在她的脸上。然后他翻了个身,在她身侧躺下,一只胳膊松松地搭着她。

"聊会儿天儿吧。"他长长地舒了口气。

向斯微惊异得以为自己幻听了:"你还能聊天儿?!"

"不然?"裴澈不看她,语气不算好。

向斯微理亏,往他身边凑了凑,表示歉意:"我下次会补好货的。"

裴澈沉默了两秒,忽然伸长胳膊将她往外推开一臂距离:"靠远点儿聊。"

向斯微无语:这还聊什么,煎熬煎熬睡吧。

"刚刚那个,是你的大学同学?"裴澈却是真的有话聊。

"嗯,学姐,同院不同系。"

"搬家第一天就来给你温居?"裴澈有些好奇,孟杳都还没来过呢,她新家的第一个客人居然是个他都没听过的女孩。

"不是,来聊工作。"向斯微解释,"她辞职了,我打算跟她合伙搞搞事业。"

"做什么?"

"先不说,等我赚大钱了再告诉你。"向斯微卖关子,语气轻快活泼。

裴澈没再问。

房间里安静了好一会儿,向斯微身体里的异样已渐渐退去,她以为裴澈也一样,却忽然听见他沉沉的声音——

"你为什么租这个房子?"

"眼缘,一眼就喜欢。"向斯微答得十分简单。

裴澈原以为她是喜欢老洋房的设计和格调。他记得自己名下有一套老洋房，是奶奶过世前留给他的，就在这附近。小时候他和奶奶一起住过几年，那套房子一直维护得不错。

"嗯。"他简单应了一句。

第二天醒来，向斯微的精神还不错，却难得见到裴澈憔悴的一面。他的眼下有淡淡的乌青，眼睛里有红血丝。

她靠在床上看他穿好正装，正想说些什么，手机突然连着收到好几条消息。

她拿过来一看，是陈港生发的视频，他心心念念的绿孔雀终于到了，而且一到就开了个屏。

视频里看着挺漂亮，向斯微想跟裴澈分享，但转念一想，这人似乎不太喜欢陈港生。

裴澈察觉她欲言又止的眼神，看过来："怎么？"

"一个可能会让你心情不好的人发的一只可能会让你心情变好的动物，你要不要看？"

裴澈直接坐到她身边："什么？"

向斯微点开视频给他看。

"孔雀开屏，祝你今天开心。"她笑眯眯地说。

裴澈当然也看见了好友名，向斯微给陈港生的备注是"黑皮陈"。他笑出声："这个人不会让我心情不好，这只动物也不能让我心情变好。"他觉得孔雀的叫声太尖厉，刺耳朵。

向斯微撇撇嘴，这个人果然很难伺候。裴澈却继续凑近，啄了啄她表示不满的嘴角。

向斯微愣了一下，很快给予回应，两个人闹了一会儿，裴澈起身离开。

向斯微又睡了个回笼觉,起床才仔细看陈港生的微信消息。

"绿孔雀是真漂亮,肯定能吸引游客。

"就是看着精神不太好,蔫蔫的。"

向斯微回复:"估计是舟车劳顿累的,休息会儿就好了吧,什么时候开放给游客观赏?"

陈港生没回复,估计又去忙了。向斯微放下手机,吃过早餐后处理工作。

一周后,姜南约好了客户的时间。下午,向斯微化了个淡妆,挑了件简单凉快的一片式连衣裙,蹬上2厘米高的小平跟鞋出门赴约。

东城遍地是咖啡馆,秋园路附近尤其多,道路两侧的法桐树遮天蔽日,人们坐在树荫下的点点阳光中喝咖啡,典型的东城景象。

向斯微和姜南到得早,挑了一个视野好而且不晒的靠窗座位,很有乙方自觉地等着金主姐姐。

等了十几分钟,姜南眼尖,看见了街对面款款走来的两个女生,抬抬下巴示意向斯微:"来了。"

向斯微扭头看过去,登时愣住了——

她们的客户叫黎映,她之前见过。而和黎映挽着手的,如果她没有看错——是李舒乔,她在江何的朋友圈里见过合照。

她有些蒙,回头问姜南:"旁边那个也是我们的客户?"

"不是,估计是黎映的朋友吧。"姜南也不认识李舒乔,但见向斯微的表情似乎不太对,问道,"怎么了?"

"没什么。"向斯微摇摇头,很快恢复如常。

她只是有点儿意外而已,传说中听过很多次的人,就这么猝不及防地见到了。

黎映是姜南当年初入职场时的导师，比她大三届，从小镇考到东城，又在东城工作、创业，如今年过三十，事业有成，整个人都散发着大气利落的成熟魅力。

她大方地点了单，给姜南和向斯微介绍朋友。

"李舒乔，我高中学妹。上午刚好跟她逛街，就一起过来了，不介意吧？"黎映笑说，"这是姜南，这是向斯微，灵感浮岛的创始人。你喜欢的那个 App 就是向斯微设计的。"

"不介意不介意，都是姐们儿！"姜南很快跟上了黎映自来熟的节奏。

向斯微也大方微笑。

李舒乔看起来非常文静，脸上带着一抹恬淡的笑意，对向斯微说："是，'灵光乍现'，我用了两年多了，特别喜欢。"

向斯微露出意外的笑："总算让我见到一个活的用户，这概率还真不高。"

黎映很给面子地朗声笑开，席间的气氛由此放松起来，向斯微趁势开始提出增加预算的事情。

如姜南所料，黎映有些犹豫。她也不端模棱两可的甲方架子，将理由讲得很清楚，她并不觉得这套周边是纯支出项，也十分认可向斯微的设计和产品会带来的品牌价值，但她觉得此前的报价已经很高了，足够设计出一套很有品质的周边。

黎映没明说的顾虑是——如果这一次能为了好材料而加价，那以后是不是还会有其他的加价理由？

姜南和向斯微都听懂了，两个人交换了个眼神，知道她们遇到了最难谈的情况。

向斯微顿了顿,还是坚持尝试。她把已做好的所有样品直接摆上台面,又拿出电脑,找出还未打版做样品的一款耳机盒设计图。

"黎总可以感受一下这两款用纸不同的产品,是不是真的有质感上的显著差异。"她把两个样品都推向黎映那边。

"另外,这是我们全套产品的样品,除了这款耳机盒下周下厂,其他的都在这里了。"她没有明说,但意思很清楚,除了那个本子用料未定,其他产品全都确定了交付量产,不会再有提高预算的可能。

黎映看了向斯微一眼,两手拿着两本外观一致,但用纸不同的本子。她能摸出手感的明显不同,但仍然无法说服自己为这种不同的手感多付 3 万块钱,何况旧的用纸她已经觉得不错了。

她没有表态,沉默了一会儿,把本子递给身旁的李舒乔,笑着说:"你觉得呢?我也找一点儿用户视角。"

李舒乔接过本子,看得比黎映认真。她发现了扉页的盲盒设计,从夹层中抽出一张小卡,两弯秀气的眉毛惊喜地一扬:"啊,我的母校。"

那张小卡上印着 LSE(伦敦政治经济学院)的标志性红色 logo,还有一句——"迷你校园、死亡考试周、很烂的网络和超低的录取率,但学生们爱它"。

她淡淡地笑起来,垂眸低声道:"是这样没错。"

黎映见她眼神不对,揶揄地拱了拱她的肩膀:"哟哟哟,怀念什么呢?"

李舒乔否认:"哪儿有?"

"在怀念你那个满分初恋吧?校园回忆是不是很难忘?"黎映八卦道,她在社交场上向来轻松,并不在意对面还坐着两个乙方。看着都是挺大方的姑娘,聊聊天儿嘛!

李舒乔敛敛唇:"没有,他是 IC(帝国理工学院)的。"

"我知道啊,但又离得不远,伦敦中心谈恋爱,fancy(奢华)的哟。"黎映笑呵呵地道。

李舒乔没再接话,将两个本子递还给向斯微,然后扭头微笑着对黎映说:"我投她们一票。"

黎映惊讶:"这么喜欢?"

李舒乔点头道:"嗯,我觉得会是留学生喜欢的风格和设计,尤其是这个惊喜盲盒,定价对于留学生来说也算合理。值得你多花钱。"

姜南看到了希望似的,暗示地拍了拍向斯微的手臂。向斯微却十分淡定,静静地等着黎映拍板。

黎映思索了半分钟,最后拿起那两本样品:"这样吧,我拿回去让团队内部投票,今晚给你们答复,行吧?"

姜南有一瞬间的失望,但很快就笑着说:"当然没问题!"

向斯微也爽快地点头:"等黎总回复。"

黎映苦着脸摊手道:"能不能不叫'总'?叫我黎映就行。"

向斯微从善如流:"好,黎映。"

工作聊完,李舒乔另外有约,黎映陪她先走了。走前,李舒乔礼貌地表示抱歉,也再次提及喜欢向斯微设计的 App。

向斯微再次道谢。

二人起身,黎映一边往外走一边低声回头问李舒乔:"我记得前几天你不是刚去过他们家一次?"

"上次是端午,这次是赏荷。"

"好家伙,真讲究……"

两个人走远了,再也听不到声音。姜南目送她们出了门,回头跟向斯微感叹了一句:"嚯,这就是大家闺秀?赏荷,啧,优雅……"

向斯微想着刚刚听到的"端午"和"他们家",笑了笑。

姜南还在嘀咕着什么"old money(老钱,指贵族世家)"之类的,忽然听见向斯微问了一句:"我和她长得像吗?"

"哈?"姜南反应不过来。

向斯微看了看李舒乔的方向。

"还好吧……"姜南挺认真地回答,又看了看远远的那个娉婷的背影,"不过身形、气质是有点儿像,是同一挂的,主要是因为你们俩都高。"

向斯微笑起来:"我也觉得不像。就是刚刚李小姐穿的裙子,我好像有条类似的。"

"改良旗袍嘛,都差不多,我也有几件——哦,想起来了,我好像有件跟她的一模一样的呢!"姜南说,"不过我的买来还找裁缝裁短了一截——你们都长那么高,凭什么就我一个一米六?"

向斯微"扑哧"一笑,安慰她:"没事,你胸大。"

姜南垂眸看了自己的胸口一眼,"啧"了一声:"说得也是。"她又问向斯微,"今天可以一起吃饭了吧?你最好不要重色轻友拒绝我两次!"

"走着。"向斯微爽快地拎上包。

两个人去了附近一家清吧,点了一桌难吃的西餐,好在酒的风味很不错,而且吧台小哥长得很合姜南心意。

姜南一边喝酒,一边和向斯微窃窃私语,问向斯微自己应不应该去问联系方式,最终却并没有出手,说只需要饱饱眼福就好。

向斯微笑她戾,她笑向斯微不懂视线暧昧的快乐,还教给向斯微一个词——"速食暧昧",眉来眼去半个小时就可以获得多巴胺的疯狂分泌,比谈恋爱划算多了。

向斯微被她折服:"你当年才该去写段子。"

姜南略表遗憾:"唉,当年净想着赶紧上班挣钱了。"

两个人都是微醺状态,向斯微让姜南去自己家睡,姜南摇头拒绝:"万一你那尊佛在呢?"

向斯微对于她坚持称呼裴澈为"那尊佛"的行为感到很无奈。然而说曹操曹操到,她的手机响起,是裴澈的电话。

"我走了。"姜南打到车,利落地坐进去,瞬间没了影儿。

向斯微无奈地喊了句"到家告诉我一声",低头接电话:"喂?"

夏夜晚风伴着路边的嘈杂声,裴澈听见了,便问:"在外面?"

"嗯。"

"今晚去我家住吧,我把密码发给你。我晚点儿回去。"裴澈突兀地提议。

向斯微没空,觉得意外,已经先拒绝了:"不要,我喝了酒,有点儿头晕。"

"喝酒了?感觉怎么样?我让邓宇去接你。"他的语气变化不大,但让向斯微想象到了他皱起眉的样子。

"没事,就在秋园路边上,我走两步就回去了。"向斯微说着已经迈动步子,"你今天很忙?"

"嗯,家里人叫我过去吃饭。"裴澈的声音听起来有点儿疲惫。

这就是他不会来找她的意思了,向斯微了然:"好吧,那我先回家休息了。"

"嗯,到家和我说一声。"

"知道。"向斯微挂了电话。

回到家,向斯微冲了杯蜂蜜水,喝完后收到姜南的微信消息,才想起来要给裴澈报个平安。

微信消息刚发出去没几分钟,向斯微正在冲杯子,突然听见玄关处的开锁声,一回头,裴澈开门进来,西装革履,竟让她看出了一点儿风尘仆仆的意味。

"你怎么来了?"她很意外。

裴澈走到她面前:"提前散了。"

他解释得简单,向斯微也没问,但是凑近点儿嗅了嗅他的领带:"你们家的家宴是不是看荷花了?"她不知不觉用了"家宴"这种郑重得有些做作的词。

裴澈一愣:"你怎么知道?"

"荷花的香味。"她指了指他的衣襟。

裴澈失笑:"你属狗的?"荷花香气淡,他坐在园子里的时候都没怎么闻见,她现在居然能闻到。

"别骂人啊。"向斯微瞪他。

裴澈低低地笑出声:"嗯,爷爷突然有兴致。"

"好玩吗?"

"你觉得呢?"裴澈垂眸,眼睛里写着"怎么可能"四个字,"很多人,很吵。"

向斯微笑笑。

裴澈低头嗅了嗅,还是没闻出半点儿味道,有些新奇地看着向斯微转身继续洗刷的背影,忽然发现她有很多奇奇怪怪的小技能,比如不怕冷,比如鼻子灵,比如能挑到很好吃的草莓。

她像什么呢?

像几个小时前他在老宅陪坐时,爷爷和各路叔伯的话过耳不过心,他盯着小楼下的那一池挨挨挤挤的荷花,竟然不觉得美,倒想起小时候奶奶有一台不肯扔的老电视机,没信号了就显示一屏扎眼的雪花。

晕眩中,他忽然眼睛一亮,是那满池芙蕖中倏然穿梭而过的一尾鱼,甩了一下尾巴。麻木的眼睛顿时松快,他定睛想去找,却只看见接天莲叶,碧波深深。

向斯微就是那尾鱼,藻蔓荇茂里自在穿行的姿态他没见过,翩然甩尾的模样却总跃入他的眼睛。

水流的声音在夜里很静,裴澈就站在那儿看着,心也渐渐静下来。他刚刚的话一点儿也不假,爷爷这两年真是爱热闹得过分,叫一堆人来家里陪着赏荷,宴席上大家呵呵地捧场笑,听得他头疼——倒不如向斯微在这儿刷刷杯子的声音悦耳。

"裴澈。"向斯微关了水龙头,忽然叫他。

"嗯?"

"我还是忘记买安全套了。"她甩甩手,转身走到他面前,语气听起来挺懊恼的,表情却一点儿也看不出来。

裴澈也不是奔着干那事来的,不至于失望,就是看到她这副模样,又想气又想笑:"嗯,还好你是现在告诉我的。"要再像昨晚一样,那真是谋人性命了。

向斯微似乎还挺兴奋的,提议道:"那要不要玩点儿别的?"

裴澈挑眉:"什么?"

"深夜真心局。"

"什么意思?"

"聊聊前任呗?"向斯微背着手,笑眯眯地直接开始了游戏。

裴澈的第一反应是出了什么事,比如爷爷或者裴澜做了什么,毕竟他下午刚和爷爷聊过她。可仔细一想，时间上来不及，便稳了稳心神，垂眸问："为什么突然想聊这个？"

她对他的前女友产生好奇的频率似乎不正常地高了起来，这算好事还是坏事？

向斯微转身给他倒了一杯温水，闲谈般道："下午我和姜南吃饭，就在隔壁街，看到了一个很有气质的女生，就是那种看起来就不是普通人的。姜南说她很'old money'，我就突然想起你前女友是不是也是这样的。"

"我可是听说过她很多事迹的。"向斯微故意眨眨眼，意带试探地看着他。

裴澈喝着水，垂眸看见她这副"挑事儿"的样子，脸上还有一点儿微醺后的红，她微微睁大眼睛，好像在威胁他什么。

他克制地没有笑出来。

说不清缘由，但他还挺乐意满足她的好奇心。只是开口前，他挑挑眉先问："那你也会跟我聊你的前任？"

"可以啊。"

"聊哪一任？"他可只有一任，若作等量交换，他好像有点儿亏。

"也就三个。"向斯微撇撇嘴，他说得像有一百零八将待点兵一样，"聊哪个都行，随便你挑。但是他们肯定都不如你啦，毕竟我年纪大了，眼光当然也进步了。"

裴澈转头喝完剩下的半杯水。他才懒得挑，又不是多重要的人。

等杯中的水见底，向斯微一双圆圆的杏眼向上看过来，他才回过神儿。这么多年，他第一次认真地回想他和李舒乔的事情。

裴澈认识李舒乔远比和她交往早，且相识的时候，他们彼此都知道，未来他们大概会是更亲密的关系。

"娃娃亲"这种封建得八点档影视剧里都少见的东西，在他这个被盛赞清流显贵的家族里倒是十分受推崇的优秀传统。16岁的裴澈觉得此事可有可无，李舒乔的反应倒更强烈些。第一次见面，她就做了出生以来最没教养的事——对裴澈说的第一句话是从牙缝儿中轻蔑吐出的"纨绔子弟"。

虽然裴澈认为自己完全是受站在他身旁的江何连累，但他无所谓，欣然接受了这个第一印象。

他们后来几次相处，也都是双方家庭相聚的场合。但某一次在家里吃饭，李舒乔在席下默默地跟着他，直到被他发现，她才小声地说了句"对不起"，然后窘迫地转身走掉。裴澈在原地站了一会儿才反应过来，她是为第一次见面的无礼道歉。

裴澈那一天才真正记住她的模样——她很白，白到微微局促时，脸上就漫起两片红，像小时候，奶奶在喜欢的白净的瓷盘里搁了两只刚洗净的蜜桃一样。

后来他们一起去英国念书，也是早就安排好的——虽然裴澈擅自申请了喜欢的学校，而没有去上家里一早为他申请好的剑桥。

他临行时才得知，李舒乔也偷偷申请了LSE。这份"不谋而合"的自作主张让他们俩都如愿留在伦敦，而没有被家里强行转送到剑桥。

落地伦敦后，裴澈送她到公寓，看着她温和有礼地询问工作人员她提前订好的宜家包裹送到了哪里，忽然就改变了想法——从某种程度上来说，她帮了他好大一个忙。

他们在一起是第二年的冬天，李舒乔的父母到伦敦，邀请他一起吃晚餐。那天他培育的番茄成活失败，心情很糟，席间，李伯伯和乔伯母的话还是他从小听到大的那些，他却觉得出奇地难以忍受。

他压着脾气吃到结束，道别后便离开了。

那晚的伦敦下了点儿雨，他没撑伞，走在摄政街拥挤的人流中，大衣里穿的是学校发的连帽衫，用帽子兜住头，勉强挡雨。李舒乔逆着人流追上他时，气喘吁吁的，似乎怕他走，还没说话就先拉住他的衣袖。

"裴澈，我们都有摆脱不了的命运，不用我明说。

"但我们在一起，也许至少能让对方真的开心。你觉得呢？"

也许是因为隔着帽子，他听见李舒乔向来温婉的声音中多了一丝沉闷，显得坚定。裴澈低头看她，大概是出于所谓的正餐礼仪，12月的伦敦，她在大衣里穿着抹胸的礼服，颈间戴着一枚水滴状的蓝钻项链，伶仃的脚腕下踩着单薄的高跟鞋。

细密的雨丝扑打在她的脸上，她都没有闪躲，却因为他目光的停留而不自觉地低眉向后退了半步。

裴澈伸手止住她后退的步伐，宽大的手掌遮在她的额前，出声："你不冷？"

李舒乔微怔，摇了摇头。她的脸又红了，裴澈分不清是冻红的还是别的原因。只是他这么看了一会儿，忽然笑起来，点了点头："至少，你不用在吃饭的时候穿这样的衣服。"

李舒乔愣了几秒，反应过来，渐渐展颜，回答他："至少，你也不用在番茄枯死的时候来吃讨厌的饭。"

裴澈笑开，顿了一下，遮在她额前的手掌下挪，贴了贴她的脸颊——冰凉的。他微微皱眉，再次问："真不冷？"

李舒乔缩缩肩膀："有一点儿。"

裴澈有些生疏地轻轻用手心捧了捧她的脸："走，我送你回去。"

那天晚上回去后，裴澈反复想起李舒乔的话和她说那些话时坚毅的脸庞。他对她，或者说对她的话产生了一种突兀而坚实的信任感。他们都有躲不掉的命运，但如果是对方的话，两个人牵着手，也许能稍稍扭转这命运威严的手腕。

那段恋爱只谈了10个月，印象中，裴澈却总觉得那是很漫长的一段时光。其间，他作为一个外系学生，成功培育出了农学院最好的一株番茄，得到了很喜欢的教授的邀请，他和李舒乔看了全伦敦各种稀奇古怪的展，他也飞了两次洛杉矶，却没能看到忙于排练的母亲；也在某个夏天的早晨突然收到讣告邮件，那位教授因病离世，而他没有来得及成为那位教授的博士生。

最终他的人生什么都没有改变，那段时光却无限延长，几乎拥有、占据他所有的回忆。

…………

回忆到这里，裴澈不再多想，倒对向斯微此刻的表情更感兴趣。

向斯微敛着唇，怔怔地呆了几秒，然后抬头，刚好撞到他的目光，冲他一笑："看来谈恋爱确实是件好事。"

裴澈扬眉，点点头："当然。"他盯着她的表情，语气中无端带了些愉悦。

向斯微真心觉得谈恋爱是件很好的事，可见裴澈这样认同，心里不由自主地想：谈恋爱这么好，那和初恋分手后那么多年，怎么不见你谈一个呢？

但她不会问这个问题，继续目的明确地问自己想要知道的事："那你们为什么分手？"

裴澈发觉自己今天出奇地有耐心，非常乐意回应女朋友危险的好奇心。但这个问题有些棘手，说起来，裴澈不知道那能不能称之为分手的理由。他沉吟几秒，问她："你知不知道，当时有一条在社交平台上很火的裙子？"

"当然知道，你设计的。"

裴澈扯扯嘴角："其实不是。"

李舒乔在 LSE 念风险金融专业，但对服装设计更感兴趣，常和朋友去 UAL（伦敦艺术大学）旁听。

在一起后的第一个春节假期，他们去希腊旅行。某一天早上，裴澈起得晚，下楼看见李舒乔趴在露台的桌前画画，早餐还搁在一旁，一份北非蛋，她吃掉了蛋白部分，两个蛋黄又是留给他解决。

裴澈无奈地笑了笑，走过去，发现她将画画在餐巾纸上。

听见脚步声，她回头，表情看起来有点儿恼火："总觉得差点儿什么。"

裴澈垂眸看过去，他自认没什么艺术细胞，只能看出那是条挂脖裙，好像是很常见的设计，但李舒乔有让人眼前一亮的笔触。

"很好看。"他如实评价。

"不行，差点儿什么。"李舒乔想了想，将笔往他面前一递，"我想到头秃了，你随便加一笔好不好？给我点儿灵感。"

裴澈接过笔："不怕我一笔毁了？"

"没关系，我再画就是。我需要新的灵感。"

裴澈动笔前摆架子，指指那个餐盘："吃个蛋黄我就帮你。"

李舒乔不情不愿地夹走一个蛋黄，艰难地咽下。她从小就讨厌吃蛋黄，嫌噎得慌，但裴澈总说她太瘦弱，不让她挑食。

裴澈非常守信，也确实非常"随便"地添了一笔，抬头看见她咽得费劲，给她倒了杯果汁："慢点儿。"

李舒乔没食欲，抿了一口就急着看他的"杰作"。

裴澈只是在那长裙的腰两侧画了两个三角形，是镂空设计的意思。

李舒乔起先没看明白，待他解释了一句，倒是眼睛一亮："可以啊！"

裴澈分不清她是给他面子还是真心觉得可以。

下一秒，李舒乔把餐中纸推回他面前："我决定采纳你的想法。署个名吧裴老师，保护你的著作权。"

裴澈当她在说笑，从善如流地签了名，却见李舒乔眨着眼睛问："我把它打版做出来，就当你送我的怎么样？"

裴澈又诧异又好笑："你设计、你打版，怎么能算我送你的？"

"你给了我灵感啊。而且，男朋友送的裙子更好穿，不是吗？"李舒乔眨眨眼。

裴澈见她眉目灵动，顾盼神飞，笑了笑："好吧，随你喜欢。"

李舒乔开心了，在社交平台发了条消息，照片是那张他签了名的餐巾纸，文案则是"男朋友送的裙子更好穿"。

裴澈在几个月的相处中渐渐学习到这是女孩子恋爱中的正常分享欲，于是很自觉地点了赞。而这个赞也让一堆人关注到他的账号，有品牌方，有设计师，还有各种八竿子打不着关系的朋友或朋友的朋友，各种由头的询问吹捧纷纷至沓来。裴澈甚至还上了一次热搜，网友将他的家世、性格、学业，还有他和李舒乔"豪门恋爱"的种种分析得有鼻子有眼。

这些都在裴澈的意料之中，因此他虽然不喜，但也接受了，反正这一时的热度总会过去。

真正让他不解的，是后来李舒乔在熟人面前也反复声明那条裙子是他的设计。"裴公子早餐随手涂鸦的餐巾纸作品被G家抢着要"成了圈子里流传甚广的一则逸事，连江何当时的女朋友都来问他能不能开放版权。

裴澈问她为什么，她一双笑眼弯弯，重复着那句撒娇的玩笑话：

"男朋友送的裙子更好穿呀。"

裴澈微微皱眉："可这是你自己的设计，你不介意吗？"打版制作过程中，李舒乔做了几次修改，他那外行手笔的镂空设计事实上也没有被付诸实物。这条裙子说到底，完完全全是李舒乔自己的设计。

李舒乔顿了几秒，抿抿唇，仍是笑："不介意。"

裴澈始终不解。

李舒乔笑得娴静，伸出细白的手轻抚他的眉心："你署名的设计，好像更能发挥它的价值。比起我自己给自己设计一条普通的裙子，我好像也确实更喜欢男朋友送的礼物。"

她的声音温柔，语气平和，如一泓清泉般悦耳。裴澈听着，却无端地觉得不真切，仿佛那晚在雨中拉住他的那个坚定声音来自另一个人。

"因为这个分手？"向斯微诧异，虽然她也觉得李舒乔的想法多少有些奇怪，但也不是不能理解——恋爱中嘛，哪有人正常？

"没有。"裴澈摆手一笑，"只是因为后来事情多，我转系失败，喜欢的教授因病去世，又碰上她期末考试很忙……在一起的时间不多。"

向斯微忽然意识到不必听下去了，她明白了裴澈的意思。他想告诉她的是，他有一段充实美好的初恋，也有和平中蹉跎至分手的结局，非常合理，非常坦诚，裴澈不屑于在这种事情上说谎。

她不知道自己心里那股追问欲从何而来，想问的又究竟是什么，但成功地克制了这股冲动，撇撇嘴角，笑着说："好吧，普通的初恋故事。"

裴澈："……"她倒跟听说书似的，嫌故事平淡。

他还想说什么，她的手机突然响起，她低头看了一眼便扬起嘴角，将手机屏幕给他看："谈判成功！"

裴澈仍在观察她的表情,她似乎藏着些没说的小情绪,是吃醋吗?似乎不像。在"读懂女朋友"这方面,他仍然需要继续学习。

但他莫名其妙地感受到一股愉悦,笑着捏她的脸颊:"赚大钱了?可以告诉我了?"

"还没有。"向斯微把手机揣得牢牢的,"只是多加了3万块钱预算。"在你前女友的帮助下。

睡前,向斯微才想起来,裴澈给她打电话的时候说让她去他家住。很突兀的提议,只是她当时微醺,又想着李舒乔的事,没来得及问。

她并不知道他在东城的"家"在哪里,大约只是诸多房产之一。

等裴澈从浴室出来,向斯微放下电脑问:"你刚打电话说,让我去你家住?"

裴澈的衣物还没来得及拿过来,他只能先穿她的浴袍。白色暗纹的薄款贴在他身上,倒一点儿不显得怪异,反而平添了几分不可言说的性感。

他直接拿她搭在椅背上的毛巾擦头发,闻言,顿了一下,才道:"嗯。"

"怎么突然想到让我去你家?"

裴澈简单擦了两下,看了她一眼:"老宅离那里更近,懒得再跑。"

向斯微是不信这个说法的。他们又不是每天都得住在一起,懒得跑,那各自在家待着就好,他没必要叫她过去。何况他最终还是来了这里。

可裴澈看起来不打算多说,向斯微便猜到,大概是和他家里有关。而她不想打听这个。

谁知裴澈将手机屏幕往她面前一贴:"认证一下。"

向斯微只看见几道不同颜色的光,然后是"眨眨眼"的提示,还没反应过来，已经下意识地照做了。

裴澈收回手机，她反应过来了："你家的人脸识别？"

"嗯，把你添加进去了。"

"哦……"向斯微点点头，确实有这个必要——总有去他家过夜的时候，虽然她认为频率不会太高。

"江序临送给我一只鹦鹉，你喜欢的话，可以常去看看。我没空。"裴澈又说。

怎么就突然多出了一只鸟儿？向斯微消化了一下，对逗鸟也不算没兴趣，便点头："好吧。不过他为什么送你鹦鹉？"

"他喜欢观鸟。"裴澈解释，"上个月在山上捡的，受伤了，刚养好。"

"那不是应该自己养吗？既然喜欢的话。"

裴澈闻言便笑了，兀自笑了两声，才看着向斯微困惑的表情，缓缓道："可能是因为……他老婆对禽类过敏？"

"啊？！"向斯微惊得张大了嘴，"谁？谁老婆？你说的是江序临吗，江何的弟弟江序临吗？"向斯微不认识江序临，但也听说过。他既是出名的少年天才，也是出名的感情未开化，二十多年，除了搞数学和做生意，对其他事半点儿兴趣都没有，恋爱都没谈过，怎么就突然冒出个老婆？

"嗯。"裴澈伸出手掌，笑着托住她的下巴往上合，"我也不知道哪儿来的，但确实突然有了个老婆。我们应该很快就会收到请柬吧。"

向斯微唯余惊叹，不禁上下扫了裴澈两眼，只觉得他真是五官端正，三观正常，高中时自己还是冤枉他了——若论行为异常，还是那位小江总惊世骇俗。

"所以鹦鹉只能交给我们了。"

"那为什么不交给江何和孟杳？"

"孟杳有猫,怕和鸟相处不融洽。"

好吧,很合理。

"他说这只鹦鹉是很聪明的品种,你可以教它说你想听的话。"裴澈笑道,"有空多去看看,叫邓宇接送就好。"

"嗯。"向斯微答应。

"我不在的时候你也可以去,随你。"裴澈说到这儿,顿了一下,看她一眼,"就是偶尔有可能会遇上我爷爷,或者……"

"你开玩笑吧?"向斯微却没听完,只听到他说他爷爷,便半真半假地笑了一声,打断他。

裴澈看着她有些僵硬的嘴角,半分钟后,扯出一个笑来:"我是说,偶尔……但大概率不会发生,只是穷举可能出现的情况。"

向斯微明显松了一口气。

他是在开玩笑吗?

裴澈想到下午爷爷也说:"你跟那个女孩子,不是开玩笑?"

他听到爷爷说这样的话已不觉得奇怪,也不意外爷爷知道了向斯微的存在。之前他无故在凤城停留那么久,或者更早,他频繁往返美国的时候,裴德安自然会查。他低头继续斟茶,云淡风轻地应了一句:"应该不是。"

裴德安沉默了一会儿,沉吟道:"也可以。"

裴澈动作微顿。

"女人嘛,锦上添花的最好。"裴德安看着孙子的身影,很是舒心,十分放松地道,"不过爷爷本来以为,你还是喜欢舒乔那样的孩子。"可今天赏荷,裴澈兀自坐在二楼,李舒乔又怯生生地在楼下的人群里,两个人似乎根本没打上照面。

见裴澈不言语,裴德安继续道:"你们俩是从小一块儿长大的,这很难得。她家里呢,前几年虽说闹了些,近两年却已经很安分,舒乔本身就懂事,爷爷觉得很好。今天赏荷,她跟着她妈妈来,看起来倒融洽多了。"

裴澈没去想后面两句,只听到"一块儿长大的",已经觉得很好笑:他和李舒乔中学时才被两家家长牵线见过面,怎么就变成一起长大的了?

他淡淡地道:"我不清楚,两家公司没有往来。"

这话对裴德安来说太明白了,孙子的意思是,几年前李家陷入困局时他没管,往后也就永远不会管。他和李舒乔,也没有除此之外的其他关系。

虽有些遗憾,但裴德安爱听这样的话,朗声笑出来:"也好,那就看看你自己选的那个吧。也不必看什么门第家世,安分守己就好。"

裴澈扭头看向爷爷,裴德安年近八十,仍精神矍铄,笑声爽朗,脊背挺拔如松柏一般。

裴德安的确是精力极旺盛而内心极自信的人,在开拓事业时是这样,在教养子女时是这样,在决定孙子的感情和婚姻时也是这样。他认为自己家里不需要靠联姻来维持事业,没出息的男人才在女人身上有所求,所以裴澈不必选择哪位大家闺秀,最重要的是——"安分守己"。

十几岁时大人们为他和李舒乔牵线,图的也是一份知根知底、更有保障的"安分守己"而已。

裴澈不知道这是不是一种幸运。应该算吧,甚至有一瞬间,他对爷爷产生了感激。

裴德安问:"什么时候领到家里来看看?"

裴澈敛目道:"挑个合适的机会吧。"

裴德安冷笑一声,也没真生气:"你倒是挺护着。"

裴澈笑了笑:"没有。"只是他真的需要一个合适的时机。

而现在显然不是合适的时机。

裴澈掀被上床,长臂一揽,向斯微也习惯性地挪一挪,将脑袋靠在他的肩上。

窸窸窣窣的动作结束,屋里竟有一时的沉默。半晌后,向斯微出声:"你确定江序临有老婆了?"

"确定。"裴澈低低地笑了一声,"送鹦鹉的那天,他的未婚妻去接的。"

"可孟杳都不知道。"如果孟杳知道,肯定会第一时间告诉她,"那就说明江何也还不知道。"

"他就不能只告诉我吗?"裴澈好笑。

"为什么?"人家亲哥都还不知道呢。

"因为他喜欢聪明人。"裴澈特别正经地说,"而我显然比他亲哥聪明一点儿。"

向斯微身子往下一滑,窝进被子里睡了,手倒是还被他牵着。

裴澈笑着关了灯,也躺下来。

"明天我就要跟孟杳分享这个炸裂的消息。"向斯微快速进入睡眠状态,昏昏沉沉地说。

"我更期待江何的反应。"裴澈下意识地回了一句,忽然觉得他们俩现在的状况挺好笑的,像那种……在被窝里嚼别人舌根的小夫妻。

向斯微笑了一声:"你这么一说,我也挺期待的。他要是反应太大,孟杳会被烦死吧。"

"很有可能。"

"他们会很快办婚礼吗?"

"大概率是。"裴澈说,"听他的意思,就在 8 月份。"

"6。"此刻唯有这个简洁的网络词汇能表达向斯微的心情。

"到时候一起去送贺礼?"裴澈问,"一个红包就够了。"

"可以啊。"向斯微似乎快睡着了,"你都有空的话,我当然有空。"

"我有空。"裴澈应声。

向斯微没再说话,已经睡着了。

第二天,向斯微起得晚,醒来的时候,裴澈已经离开,并且帮她叫了早餐。

向斯微却起不来床,赖在被窝里刷手机,本意是先给孟杳分享江序临婚礼的事,谁知一打开手机,十几条消息通知涌了进来——主要是来自陈港生的,还有在凤城动物园认识的许多朋友。

密密麻麻一大堆,她只看到"出事了""孔雀""虐待动物"等关键词,脑海中"轰"的一声响,条件反射般打开了短视频 App,果然,几百条私信消息砸进视线。

凤城本地热搜榜中,一条热搜赫然在列——"网红动物园疑似虐待动物"。

陈港生说,那只孔雀到动物园的第一天就状态不好,恹恹地缩在角落里,也不怎么吃食喝水。他给云南那边的朋友打了一晚上电话,朋友视频通话看过之后,确认只是长途旅程让孔雀精神不好,休息一段时间就没事了。

陈港生照朋友说的做,孔雀果然很快恢复,他也就放了心,正式给它起了名,叫"阿绿"——和园子里其他动物一脉相承的粗糙直白。

一直没见阿绿开屏,陈港生本来有些焦虑,但看游客们对此似乎并不介意,甚至还玩梗,说颓废动物园的孔雀也在摆烂,所以不开屏很正常,他就没太放在心上,以为是适应期还没过。

谁能想到,就在昨天下午,阿绿在游客们众目睽睽之下腿软倒地,缩在角落里站不起来了。

如今人人都拿着一部手机,游客们很快就发了各种小视频传到网络上。向斯微那个"颓废动物园"的vlog热度还没退,凤城这家小型私人动物园正是受关注的时候,这些视频发出去,一石激起千层浪,"虐待动物"的帽子一丢出来,首当其冲的就是向斯微的账号。

"唉,现在真是一头包。"电话那头,陈港生的语气难得露出几分苦恼,更多的是歉疚,"你被骂惨了吧,我真……"

向斯微没给他责怪自己的机会,打断道:"现在阿绿怎么样?"

"动保站的兽医来了,说是支原体关节炎,苗苗的时候疫苗没打全。"

向斯微皱眉:"你那个朋友卖疫苗不全的孔雀给你?"

陈港生沉默,大概已经和那个朋友算过账,没有结果。以他那个性格,绝对不会和第三方讲任何一个朋友的坏话。向斯微叹了口气:"能治吗?"

"已经打了针,医生说治疗效果不一定乐观,但性命应该没危险。"陈港生正隔着玻璃观察那只缩在角落休息的孔雀,语气越发懊恼。他自己亏损不提,因为疏忽害得人家孔雀受苦,真的很造孽。

听到这话,向斯微倒大致放心下来。说难听些,只要这只孔雀不死,舆论的伤害终究是有限的。

"要不我帮你发个图文解释一下?我估计大部分关心这件事的人会看我的账号。"向斯微合计着,"这样,你拍个视频发给我吧,拍一下阿绿现在的状况,再问问兽医能不能出面解释。我剪辑润色一下就发布出去。"

陈港生却果断拒绝:"不能再麻烦你了,那本来就是你自己的账号,不能老被我这件事影响。我前几天找了个新媒体运营,开了官方公众号,我自己到那里去解释吧,要是还有人发私信骂你,你就截图转发一下我的公众号。"

向斯微其实想说,她没那么在意那个账号了,甚至转让给他作为动物园的官方账号也不是不行。反正视频博主这条路是她读博时为生计所迫才走的,如今回了国,她没了那种"揾食艰难"的紧迫感,也就没有那个心力和能力继续运营了。

可陈港生是很轴的,都已经一声不响地开通了公众号,向斯微也不想白费力气,"嗯"了一声:"也行,有需要帮忙的地方你随时说。"

陈港生苦笑一声:"你别看那些骂人的评论就行。"

向斯微满不在乎地道:"你就别操这个心了,我以前当段子手时什么阵仗没见过?"

陈港生在电话那头儿欲言又止,大概有无数句的抱歉,向斯微让他先去把阿绿的事情处理好,别的不用多说。

其实挂了电话,向斯微才真正开始看她收到的那些私信和评论。

她粗略扫了一眼,便皱起了眉——确实是她没见过的阵仗。她大学时做段子手,虽然以发言犀利著称,但那终究是插科打诨而非针砭时弊,再尖锐的言辞也被包裹在或憨或贱的段子中,本质目的是博粉丝一笑。不友好的言论她当然也收到过,但最严重的不过是一些下流的私信,没有上升到质疑她的作品或人格的高度。

可眼下这些评论中,"虐待动物""赚黑心钱""早晚遭报应"之类的话不断跳进她的眼里,最后一条 vlog 里被顶上了新的高赞评论,不知是谁,似乎洞悉了她的生活一般——

"人家住在东城的,说什么回馈家乡,为了流量而已,建议凤城人民别太真情实感。"

紧跟着便有许多人回复——

"看到好几个网红说回老家了,这个人设现在这么火吗?"

"呵呵,为了流量,什么事干不出来?"

"还有人不知道这女的高中就去东城上学了吗,后来又去了美国,这种人会真心实意为家乡好?"

"唉,好不容易看到一个凤城的网红……"

"……"

向斯微只觉得背上一凉,下意识地点进那两个知道她住在东城、高中在东城上学的账号,仔仔细细地查看他们的主页,却发现他们一个满屏的大脸 K 歌视频,看上去是个和她毫无关联的普通阿姨;另一个则是没有内容的粉丝,IP 地址远在西北的某个城市。

她放下手机,有些焦虑的情绪缓缓平复下来,她想明白了——网友知道她在东城,只需要看 IP 地址;而她在东城念高中和大学、在美国读博的经历,也是之前 vlog 里都提过的。

缓过神儿来后,向斯微才发觉自己刚才有点儿草木皆兵。这些只是集体怒意催生出的常见负面发言而已,甚至算不上恶毒或激烈,她做自媒体这么多年,对此再熟悉不过。

她也知道,只要及时澄清,甚至哪怕不澄清,这些评论不过几天就都会消失。连此刻留下评论的网友都不会记得自己几天前吃了个什么"瓜",写下了什么狠话。

向斯微深知这是一个客观规律,而不是什么需要她进行价值评判或自我反思的"时代积弊",过去那么多年,写段子、拍视频,她都几乎不受外界影响。可今天她看见这几条评论,不知怎么的,心里居然觉得很不舒服。

盯着屏幕愣了半分钟,她果断关闭私信,退出了 App,恰好这时收到了孟杳的微信消息:"你那个动物园怎么了?"

这件事文字解释不清楚,她直接给她回了视频电话。

"没事,就是陈港生被他朋友坑了,买了一只疫苗没打全的孔雀。"向斯微开门见山,言简意赅。

"那现在怎么办?"孟杳看起来也是刚起床。她前天刚结束一部纪录片的拍摄,回东城前还特地去凤城参观了被向斯微"运作"得名声大噪的"颓废动物园",谁想到她前脚刚走,后脚就出了这档子事。

"孔雀不会死,所以还好。"向斯微不想让她担心,所以直白地陈述最终结果。

孟杳着实被她噎得无言了一阵。她们认识十几年了,向斯微还是那个语不惊人死不休的风格。虽然理是这么个理,但寻常人讲道理是一句接一句地慢慢来,向斯微呢,是架把机关枪朝人突突。

孟杳最初认识她是在高一,两个人坐同桌。她懒散随性,向斯微大气不拘泥,她们的友谊也没有任何隆重的正式的节点事件可供怀念,硬要说,那么就是,第一个一起去食堂的人是对方,第一个一起上厕所的人是对方,第一个一起做小组作业的人也是对方……就这样做了十几年好朋友。

孟杳起先还纳闷儿:向斯微这样充满"战斗性"的性格,怎么会有那么好的人缘,除了那些被她单方面"讨伐"的男生,也没见谁和她闹过矛盾。顶多就是有一些不知何处来、飘在远空中的流言,称她是个"斗士"。

后来孟杳才渐渐看明白,向斯微的直接和犀利从不针对任何人,她是十足的"事件驱动者",对于每一件与自己有关的事情,无论大小,她都有志在必得的完成欲。但她从不要求别人也这样,在某种程度上,她比谁都界限分明,尊重差异。

看着视频里大口啃面包的向斯微，孟杳逗她："你最好不要在公关声明里这样说话啊。"

向斯微耸耸肩："公关声明轮不到我写，陈港生自己开了公众号，说不好意思再占用我的账号还害我挨骂了。"

孟杳想了想，评价道："要不是你说他是个正直的憨憨，我可能会怀疑他这样做是为了割席分流量。"

向斯微笑了笑："别人还真有可能，他是想不到这种招数的。"

孟杳点头："这样的确更好，你本来就没必要替他那个动物园当代言人。这回孔雀病了网友就这么骂你，万一以后哪只浣熊或猴子归西了呢？"

向斯微抬眼扫她："你好意思说我说话直接？"

"所以说咱们俩能做朋友呢。"孟杳满不在乎地开玩笑。

"有道理。"

"所以你怎么样？我看评论区给你扣黑锅，阴阳怪气，挺狠的。"对此，孟杳是真的有些放心不下。多年的老友默契告诉她，这些评论和向斯微大学时收到的各种猥琐侮辱的私信不一样，向斯微会在意。

"关私信了，清净两天就没事了。"向斯微不强装豁达，但也没有多说。

孟杳看着向斯微慢悠悠地喝咖啡，总想再说些什么。可各种乱七八糟的词语在脑子里转了好几圈，就是凑不成一句完整的话。

向斯微看不惯她这别扭扭欲言又止的样子，嫌弃地撇撇嘴，抛出重磅炸弹："江序临要结婚了，你知道吗？"

"啊？！"

看着孟杳瞬间下坠的下巴，向斯微很满意地笑了笑。

"他要结婚了,不知道领证没,但估计下个月就办婚礼。"向斯微继续丢炸弹。

"你在开玩笑吧?!"

向斯微还没回答,就见孟杳扭头冲谁喊:"你弟要结婚了你知道吗?你弟!江序临!"

两秒后,向斯微听到一声石破天惊的号叫声。

她揉了揉耳朵,事了拂衣去,挂断视频。

关手机前,她又扫到那个短视频 App 的图标,手指无意识地停顿了两秒,最终没有点进去,息了屏,起身去工作。

陈港生动作很快,下午就发了公告,附上兽医签字的诊断报告,第三天发了阿绿的最新视频,让网友知道它的状态已有明显好转。

这次小范围的舆论风波也渐渐平息。他们本来也不是什么大网红,吸引的注意力有限,且基本全集中在向斯微的评论区,动物园的游客量没有受到明显影响。

但向斯微还是没打开私信。她自我调节了两天,已经可以做到波澜不惊地"过 App 而不入",打算再修炼一会儿,下次登录账号和粉丝告个别就退网了。

晚饭前,她给陈港生打视频电话看孔雀。

画面里,阿绿仍靠墙缩着,但看起来精神好了许多。陈港生说,它其实已经可以站起来了,只是仍然比较虚弱,需要多加休养。

向斯微让他将镜头拉近,仔仔细细地端详起那只毛羽翠绿的鸟儿来。

"好像是比以前见过的孔雀绿很多,好漂亮。"向斯微嘀咕道,"真的是绿孔雀吗?"

"严格来说不是。"陈港生解释道,"野生纯种绿孔雀是濒危动物,现在已经很少了。一般动物园能见到的都是蓝绿孔雀杂交种。"

"那你这只是不是算杂得很好的？很绿，"向斯微说，"虽然疫苗没打全。"

"……"

"它以后会开屏吗？"向斯微又问。

"活着就不错了，还管它开不开屏？"陈港生自嘲地笑了笑，"它就是一只倒了大霉被我买来的鸟而已，不要对它要求太高了。"

这话儿向斯微没法儿接，陈港生总是这样过于谦卑且擅长自省。但这也不关她的事，于是她没说话。

这句话倒是让她想起前几天裴澈说的，他家里也有一只小鸟儿等着她去"教养"。于是吃完饭，她又给裴澈发了微信消息。

前天刚出事时，他晚上才看到消息，发微信消息来问过情况。向斯微解释说事情不严重，陈港生会自己解决后，他就没说什么了。这两天他很忙，向斯微也在赶工，两个人没有见面。

"你现在在东城吗？"裴澈忙起来满世界飞，向斯微不确定他这会儿在哪里。

没看到回复，向斯微放下手机去洗碗。

等洗完碗回来，她看见一条消息："在公司。"

向斯微看了一眼时间，已经快9点了。他之前说6月有产品发布会，不知为什么延期到现在，一直在忙。

她想了想，不想太打扰他，便径直问："我现在能去看那只鹦鹉吗？"

过了一会儿，裴澈回复："随你。"

向斯微皱了皱眉——他好像没有读懂她的意思。

紧接着她又看见一条消息："有点儿晚了，要不我让邓宇去送你？"

向斯微忙回："不用，我打车去。"事实上，她又有些犹豫了。

"好，上车给我发定位。"裴澈回复，"那边有点儿偏，家里没人，怕你不安全。"

看见"家里没人"四个字，向斯微舒了一口气，乖乖地回了个表情包，收拾了东西准备出门。她并没有费心去想裴澈是不是明白了她想要回避的是什么，所以给出了这样的回答。

裴澈家在望江公馆，的确很远。

车子越往东郊开，一路越发安静，快一个小时才到。向斯微在小区外下车，看见保安执勤还愣了一下，怕自己进不去，没想到人脸识别后，她直接被放行了。

她走了五六分钟，找到了地方，远远地看见白色楼体在幽暗灯带的映照下微微泛着冷光，不像一处居所，倒像个小型博物馆。

很符合裴澈气质的一幢房子，她莫名其妙地觉得，这大概真的是他的家，而不仅仅是房产之一。

向斯微确定了一下没走错，便穿过下沉式小花园，走到门前。

人脸识别开门的同时，屋内灯光亮起，但并不是很亮，没有显眼的吊顶主灯，全部用线条灯代替，灯光弥散柔和。

向斯微看见一个一眼几乎望不到头的巨大客厅，没找到拖鞋，干脆光脚往里走，这才发现一楼被全部打通作客厅用，只在对门处设计了一张西式岛台——虽然现在完全被当作了鹦鹉餐桌。

那只灰色鹦鹉就懒懒地站在岛台边的鸟架上，看见有人走进来，扑棱了一下翅膀，说了句"向斯微"。

向斯微愣住了："你认识我？"

虽然裴澈说过这只鹦鹉属于很聪明的品种，她也提前查过，鹦鹉的智商确实很高，但居然到了能认出陌生人的程度吗？怎么做到的呢？

她惊奇地走近，只听那只鹦鹉又叫了一声："向斯微！"

向斯微被唬住了，无法想象裴澈教它认她的场面，但看那只鹦鹉双目炯炯，执着地喊她的名字，她鬼迷心窍地回了句："裴澈？"

鹦鹉仍叫："向斯微！"

向斯微又试探道："江序临？"

鹦鹉雄赳赳气昂昂："向斯微！"

向斯微好像明白了："你会说话，但只会说'向斯微'？"

鹦鹉："向斯微！"

"好好好，听到了，听到了！"向斯微举手投降，转身到岛台上想给它找点儿吃的，"你饿不饿？喂你吃点儿食物吧。"

她低头一看，却见岛台上只有水和一套餐具，没有粮食。她纳罕一句，又去开冰箱。

这一开，她见世面了——果然，裴大公子哪怕没时间养一只鸟儿，饮食上也是十分金贵的。她看见了哈密瓜、草莓、水果萝卜、贝贝南瓜、藜麦、坚果……都贴着某进口超市的标，五彩缤纷、整整齐齐地码在冰箱里。

她既意外又不意外地笑了一下，拿出一小盒草莓和一棵西蓝花，清洗过后放在菜板上切成小块。

"裴澈和江序临都还没给你起名字，对吧？"她一边切，一边和鹦鹉说话，"我给你起？"

她这么说了一句，又摇摇头："算了，还是让裴澈来吧。做了我的鸟儿可是吃不起这种伙食的。"

她说着，兀自笑了，又另起话题："裴澈说你能学会很多话，可你怎么只会'向斯微'呢？我得教你点儿别的，我爱听的……"

她自言自语地嘀咕着，想了想，抬头看那只鹦鹉一眼，笑眯眯地问:"鹦鹉鹦鹉,世界上最美丽的女人是谁?"

鹦鹉果断来了一句:"向斯微!"

向斯微哈哈大笑,实实在在地体会到了逗鸟的乐趣。

她清清嗓子,又问:"鹦鹉鹦鹉,向斯微以后会发财吗?"

鹦鹉仍回答:"向斯微!"

"你看,这就不对了。"向斯微将草莓切成了小块,放在自己的手心上,走到鸟架前去喂给它,"你要说'向斯微,发大财!'"

鹦鹉连"向斯微"也不说了,忙着吃草莓。

"向斯微,发大财!"向斯微再次示范。

裴澈就是这时候回来的——在她梗着脖子说第四遍"向斯微,发大财"的时候。

向斯微往门口看过去,不知是不是裴澈把他的客厅设计得过于大的缘故,隔着空旷的空间,她看见他穿着黑衬衣、黑西裤站在门口,竟产生一种陌生的感觉,仿佛与他许久未见。

倒是这风尘仆仆的人冲她勾了勾嘴角:"发大财了?"

向斯微看他弯腰打开嵌入式鞋柜拿拖鞋,问道:"你有没有觉得你把你家设计得太秃了?"再来一遍她绝对找不到那面墙上有个鞋柜。

裴澈似乎累极了,不太有力气说话,一边拆一双新的拖鞋,一边看着她笑了一下。

向斯微疑惑,想问他该不会拖鞋都穿一次扔一次吧,但没问出口。裴澈拿着拖鞋走过来,仗着腿长,这么长长的距离不过几步就到了。

"光着脚做什么?"他半屈膝,将拖鞋放在她的脚边。

"因为你家秃……"向斯微嘀咕了一句,把脚塞进新的拖鞋里。

裴澈淡淡地笑了笑,走到岛台边,随手拿起她还没切的草莓,一整颗丢进嘴里:"打算教它说什么?除了'发大财'。"

向斯微总觉得他在揶揄自己，轻哼一声，道："福如东海，寿比南山，长生不老，寿与天齐吧。"

裴澈慢慢嚼完草莓，点评道："你可以发展一下司仪事业，也不失为发大财的一种方法。"

向斯微瞪他："你赶紧给它起名字吧！哪儿有主人这么多天了不给宠物起名字的？"

裴澈一天没吃饭，肚子很饿，想再去拿点儿草莓，垂眸看见案板上被切得七零八碎的草莓，实在下不了手，索性作罢。听见她这么问，他顿了一下，问道："你不想起？"

"别啊，但你是主人嘛！"向斯微看见了他嫌弃草莓的眼神，撇撇嘴，走到冰箱旁拿了一盒新的出来洗。

裴澈看着她一个一个地拿那些草莓到水流下去冲洗，脑海里不知想到了什么，只觉得好看，不知是草莓还是她的手。

"那叫发财好了。"裴澈说。

向斯微又白了他一眼，将满盒草莓沥了水，拿一颗咬了一口，剩下的连盒一起递给他："不认真起我就教他骂你。"

裴澈轻笑一声，满盒草莓在眼前，他偏偏不拿，反而手疾眼快地拿走她手里已经被吃掉尖尖部分的那半个，还很优雅地塞进嘴里。

"这儿有这么多，你拿我的干吗？"向斯微无语了。

裴澈反问："你很喜欢吃草莓屁股？"

"不喜欢啊。"

"那我吃了怎么了？"裴澈今天大概是太累了，便只想和她插科打诨，漫不经心地说不过脑子的话，"又没抢你喜欢的。"

"难道你喜欢吃草莓屁股？"向斯微满脸荒唐地问他。

裴澈转身看鹦鹉："说不定呢。"

向斯微没话说了。

裴澈和他不愿起名的鹦鹉干瞪眼对视了一会儿，转身过来收拾岛台。向斯微见他主动，就没帮忙，只是一直靠在一边陪着他。

"你们动物园的那件事怎么样了？"他一边洗案板一边问。

向斯微有点儿纳闷儿，同样的事情一般他不会问两遍的："没事了，孔雀就是少打了疫苗，已经跟网友解释清楚了。"

"那你的评论区？"裴澈才不关心陈港生的动物园怎么样，问题是那些看了视频怒气上头的网友，全跑去向斯微那里泄愤。偏偏向斯微还说什么"那是他的动物园，他会自己发声明的，不用我管"。

那怎么挨骂的是你呢？裴澈觉得挺可笑的。

"应该这几天就清净了吧。"向斯微云淡风轻地说。

"应该？"裴澈敏锐地捕捉到一个不该出现的词。

向斯微顿了一下，想了想，也没什么不能说的："我关掉了私信，这几天也没看，看了确实影响心情。"

裴澈的动作骤然顿住，僵了两秒，他关掉水龙头，抬眼看她："要不我帮你处理？"

向斯微当他在开玩笑，反问："你怎么处理？"

"可以交给律师，也可以直接删掉。"裴澈盯着她。

向斯微脸上笑容微僵，两三秒后才重启，一摆手："不至于，哪个视频博主的评论区没几条难听的评论？"

"把诽谤和恶意侮辱的评论删掉，有什么不可以的？"裴澈却不理解她这样"豁达"的心胸，以她那么坚韧的个性都要关私信、关App了，她分明很在意。

向斯微张了张嘴，发现无法和他解释自己的心境。说到底，她就是觉得"不至于"，而他不喜欢这样的说辞。

支吾半天,她只好半真半假地开了一句玩笑:"哎……就……我以前也是写段子的嘛,对有人能随便删别人评论这种事,有点儿不理解吧。"

裴澈的表情明显愣了,他没有想到她会说到这一点。

几秒后,他接受了,点点头:"行。"

沉默中,向斯微也反应过来自己所说的不妥,又或者是她与裴澈的沟通永远都会有这种"不妥当"存在。

她用她的"不理解",才能交换到他的"理解",而这能维持多久呢?

向斯微晚上自然是不用回去的。

她参观完整幢房子,才发现裴澈家的装修风格有多"统一"——一楼是一整层客厅,二楼是一整层卧室,三楼是一整层书房,健身房则在地下。每一层,能打通的空间全部被打通,比博物馆还空旷。

她站在那张两米床前的空地上,面对着磨砂玻璃后朦胧的浴缸,对裴澈说:"如果不是认识你,我真的会怀疑你是那种爱躺在床上看女朋友洗澡的变态。"

裴澈今天其实很累,但不知为什么,看着向斯微的背影,想到她方才洗草莓的样子、切水果的样子、倚在岛台边等他洗碗的样子,就觉得夜晚不该被浪费。

"我确实没有变态到那种程度……"他大步走上前,一只胳膊从背后揽住她的腰,几乎将她提至双脚离地,另一只手扳过她的下巴,深深地吻了上去。

"但一起洗澡吧。"

第四章

敢爱敢做

8月底,"灵感浮岛"给黎映团队设计的最后一批文创周边完成制作,顺利出厂,向斯微收到了一笔不算多的尾款,却体会到了极新鲜的成就感。说来奇怪,她从大学到现在,写段子、在广告公司当AE(客户经理)、读博士、拍vlog……也算各种各样的工作都做过,但获得成就感对她来说仍然是一件相对容易的事。

因此重新开启一份新的事业也不是一个很难的决定。向斯微始终相信,任何路都得先走起来才知道是否平坦,所以她从不畏惧迈向未知。

她将这笔不大不小的收入大半存了理财,另一小半买了一把看展时相中的工学椅,以及请孟杏逛街吃饭,最后还剩下大几千元,不知道该做什么,无聊刷手机时,她福至心灵,给裴澈转账6666元。

她发过去一句话:"我离发财好像近了一步。"

出乎意料,裴澈回得极快,言简意赅的一个问号。

向斯微乐了,正要打字回复,看见他收下了那笔转账。

她正觉得诧异,很快屏幕上又出现了新的转账条——66666元。向斯微匪夷所思,仔仔细细数了一遍,确实是五位数。

裴澈:"恭喜你发财。"

她低声笑骂一句"有病",然后把转账退了,按住语音条对他说:"就这么点儿?我可是把我收入的十分之一给你了。"

她笑容狡黠,是故意戗他,弦外之音——66666块钱对于你的资产来说不过九牛一毛,就诚意来说你是不是差一点儿?

谁知他发来一句:"那你明天来和我签合同。"

这人真是不好玩。她不闹了,打字过去:"我只是想让你也体会一把被人塞钱的感觉,分享我的喜气。"

裴澈半分钟后回复:"我也确实只是想恭喜你。"

向斯微:"但是砸钱很没诚意!"

手机不断闪烁,裴澈从两块电脑大屏上回神,低头摘了眼镜,用双手打字,诚恳求教:"那怎样比较有诚意?"

向斯微满头黑线,想了想,敷衍他:"闭嘴收钱最有诚意。你已经收了,所以我感受到诚意了!"

裴澈回复三个字:"不明白。"

向斯微不知是气是笑,笑了一声,发了个表情包过去,不再回复他了。

几天后,江序临和未婚妻莫嘉穗的婚礼在孤山岛上举行。向斯微和裴澈收的是一份请柬,但前一天两个人都有工作,于是约好各自前往孤山岛会合。

向斯微穿了和孟杳一起逛街时买的白色方领小礼服,搭配香槟色平底浅口单鞋,自己简单盘了头发,站在弄堂口等孟杳来接。

早了几分钟,车还没到,向斯微却看见一个穿灰色衬衫的中年男人骑着一辆老式电动车荡过来,到弄堂口停下,这时向斯微才看清他电动车后座上军绿色的邮政包,里头是两沓厚厚的报纸。

她正惊异于如今这年代还有送报人存在,就听见男人操着浓重的东城口音问:"秋园路154弄是这里吗? 11号是哪一户啦?"

向斯微一愣,上下打量这个男人,有些迟疑地回答:"我家就是

11号，有事？"

"哦哟！那正好呀。"男人喜上眉梢，"你家订了《东城晚报》对吧？给你送来嘞。"

"我没订报纸啊。"向斯微纳闷儿，除了在飞机上，她都多少年没见过报纸这东西了。

"咦？秋园路154弄11号，没有搞错啊……"男人仔细核对无误后，径直将报纸塞给她，"就是你家的，你问问是不是家里人订的嘛。小姑娘，我还有好多报纸要送，先走了啊！"说着，他熟练地一抬腿，另一只脚溜着地，人就走远了。

向斯微一脸莫名其妙地接过报纸，报纸上一股熟悉又好闻的书墨味。她看着"东城晚报"四个大字发呆，怎么会有人给她订报纸？

直到上了车，她仍不解地将那一份报纸翻来覆去，终于在中间某一页的夹缝版块里，看见挨挨挤挤的四个黑体大字——"恭喜发财"。

小字正文是："恭喜我的女朋友向斯微女士完成了一项出色的工作，离发财又近了一步。祝她早日发财，身体健康，笑口常开。"

落款是不加遮掩的真名——"裴澈，2023年8月15日"。

向斯微不可置信地将眼睛往那报纸上贴近，又仔仔细细看了一遍，确定登报发这则消息的人是裴澈无误，给她订报纸的肯定也是裴澈本人。

她一时有些惊异，欢喜是慢半拍才涌上来的。

难道这是他想到的"诚意"？确实，还……挺有创意的……今天之前，向斯微绝对想不到这辈子能体验一把登报的感觉。

欢喜过后，她又意识到这样的行为实在是很不走寻常路，不像裴澈的风格。说起来,倒十足是近来网上很火的"显眼包"行径。

她咂摸着,忽然觉得挺逗。他们恋爱一年多,她之前一直觉得裴澈冷静沉稳,却在回国之后这两个多月不断发掘了他的新面貌,不仅不觉得违和,还觉得挺有意思的,有一种……从只有诸葛亮卡片的干脆面里多抽出了一张宋江的感觉。

"乐什么呢?"驾驶座上的孟杳终于忍不住问。这人上车后一直盯着报纸研究,一句话都没说过。

向斯微回神,咳了咳:"没什么。"

"没什么你笑得跟朵菊花似的?"

"你少跟江何学说话。"向斯微嫌弃她,又抖了抖手中的报纸,"收到了男朋友的诚意,开心,不行?"

孟杳也笑了,她其实很少听向斯微讲起自己和裴澈的恋爱事宜。起先听向斯微说和裴澈在一块儿了,她也惊讶得不敢相信。可这么多年,她总觉得自己不必太为向斯微担心,她向来知道如何让自己开心。

"你跟裴澈怎么样了?"但话题到了这儿,她也就顺口问了一嘴。

向斯微想了想,扬扬嘴角:"挺好。我很满意。"

恋爱中,向斯微一直是偏重当下感受而懒于反思复盘的人,但和裴澈的这段恋爱,再怎么仔细回想,她也觉得不错。除了裴澈偶尔做出这种让她"惊喜"的行为,譬如居然因为陈港生而吃醋、极罕见地生个气,或者像今天这样突然"丢人现眼"地登报祝贺她发财之外,几乎没发生任何一件打破她预期、令她无法处理的事。

从日常的相处到床上的交合,裴澈冷静、聪明、稳定,也从不缺乏必要的激情和强势。他们俩既能保持距离,拥有个人空间,又能平等相互地从对方那里得到感情所需。不管从哪个角度看，向斯微都觉得这是她谈过的体验感最佳的一段恋爱。

意料之中的答案，孟杳轻声笑着点了点头。

江序临和莫嘉穗的婚礼，任谁看都会觉得该是无比隆重、轰动全城的那种。可向斯微在路上才知道，这二位是上个月在美国领的证，前天通知的父母，昨天发的请柬，今天就办婚礼。因为过于仓促，婚礼还是蹭了江何的地盘——仪式是露天的，在孤山岛的沙滩上；招待宾客则是在江何的子曰冲浪店。

向斯微等孟杳停好车往江何店里走时，好奇地问道："你们这儿不是个冲浪店吗？我记得上次来，只有一楼半边是酒吧。招待宾客够用？"

孟杳苦笑："总共就来了十几个人。除了家里人就是两边的好朋友，江序临这边应该只请了裴澈和你，还有雷卡。"

向斯微诧异："虽然裴澈跟我说是'小型婚礼'，但我真没想到小到了这个地步。不是说江序临生意做遍全世界了吗？还有，莫家也不是小门小户，怎么会只有十几个人？"

孟杳觉得这事不太好解释，沉吟一阵道："有些前情吧……我也不太清楚，只是听说，一开始莫嘉穗连她妈妈都不愿意请。"

向斯微一听，明白了——这里头的恩怨还是不打听为妙。

她走到现场，远远地就看见江何穿着一身考究西装，站在一大捧绣球花篮旁，仪态却十分不羁——插着兜，支着一条腿，站在父母面前。

而他对面，江自洋和何凯丽两个人表情丰富，神采飞扬，滔滔不绝。

向斯微用手肘碰了碰孟杳:"那儿什么情况?"

孟杳幸灾乐祸地一笑:"不知道,听听呗。"

二人默默走近,找了宾客席最末位的两个位子坐下,刚好能听清江何和父母的对话——准确来说,是江家父母的单方面输出。

"你弟结婚你都不知道?人家裴澈都比你知道得早,你看你这哥哥当的!"江自洋很不满意地说。

"你弟都结婚了,你怎么还没动静?你跟杳杳都这么长时间了!现在哥哥给弟弟当伴郎,多丢人!"何凯丽的关注点却在另一件事上。

"还有,婚礼怎么能办得这么仓促?你这个店自己玩玩也就算了,拿来办婚礼像什么样子!"江自洋挑挑拣拣。

"是不是你表现不好,杳杳不满意?我跟你说,江何,你这副德行碰到个愿意收你的姑娘不容易,你别给我搞砸了!"何凯丽分析原因。

"亲家母怎么还没来?我听说嘉穗和她妈妈关系不太好,我看嘉穗那个姑娘挺灵的,是不是她妈妈对她不好哟?本来也是,这么多年都只带大女儿出来,我们都不晓得还有个小姑娘叫莫嘉穗……"江自洋越发操心。

"你要是不行就让我来!我带杳杳去普陀寺见菩萨,我在菩萨面前跟她保证我们家绝对不亏待她!"何凯丽振振有词。

"……"

两个人各说各的,谁也不耽误。江何则一句话都懒得说,从背影就能想象这人脸上正写着几个大字——"说完了吗,能走了吗?"

向斯微乐呵呵地看戏,凑到孟杳耳边揶揄她:"听听,要带你去见菩萨呢。"

孟杳拿胳膊肘撞她一下:"就你长耳朵了。"

向斯微不会问孟杳为什么不结婚,因为也没有人会问已婚的姑娘为什么结婚。她们俩都知道,因此不必问,也不必答。

等江何终于送走两尊"大佛",一回头看见她们俩笑嘻嘻的样子,无奈地伸手隔空戳戳孟杳的额头,连过来说句话的时间都没有,就又被叫走了。一场婚礼,新郎新娘没看见,倒是他这个做哥哥的忙上忙下。

向斯微环顾一圈,这三天准备出来的婚礼倒是井井有条,应有尽有,连乐队都来了,弦乐团和摇滚乐队各一支,她感叹道:"都说江序临是少年天才,事业有成,我看江何好像还是比他靠谱儿一些。"

闺密难得夸男朋友一句,孟杳觉得稀奇,犹豫道:"嗯……其实是因为他觉得江序临是低能儿,处理不了一场婚礼。"

向斯微:夸早了。

"裴澈呢?"孟杳问,婚礼都快开始了。

向斯微拿出手机,才看见十多分钟前裴澈发来的微信消息:"堵车,大概要晚两个小时到。"

"怕是赶不上了吧。"向斯微叹道。

"还从来没见过他迟到……"孟杳也纳闷儿,话音刚落,身后传来喜洋洋的一声——

"孟杳姐!"

她一回头,只感觉一团绿色的东西滚来,给了她一个热情拥抱,是刚从英国回来的雷卡。去年他的父母终于受不了他在国内无所事事还不交女朋友,以母亲生病为由,将他骗回了英国。据说他在伦敦每天被打扮成交际花似的，被带去各种名流聚会以物色对象，这次终于碰上江序临的婚礼，他软磨硬泡了好久，还撒谎说自己在国内有一个心仪许久的姑娘终于恢复单身，他要回来追爱，这才重获自由。不过父母也下了命令，一定要他把那个姑娘带回来给他们看。

"孟杳姐，我的命好苦……"一头绿毛的雷卡坐下就开始诉苦，也没瞧见旁边还多了个人，"我上哪儿找个白月光去给我妈看啊？要不你和江哥行行好，你跟我回趟英国，把我爸妈骗过了再说吧……"

孟杳微笑："你这话敢在江何面前说一遍我就帮你。"

雷卡脸都绿了，再次哀号："我的命好苦啊！"

"别号了，介绍一下，这是我闺密，向斯微，是……"

孟杳的话没说完，雷卡看见旁边还坐着个漂亮姐姐，立刻精神了，细长胳膊一伸，直接越过孟杳同向斯微握手："斯微姐姐好！"

向斯微被他这"杀马特"的打扮和二百五的清澈眼神逗乐了，将手递出去和他友好一握："你好，你好。"

雷卡来精神了，顺势将孟杳一挤，换了位子，挨着向斯微坐："斯微姐去过伦敦吗？"

向斯微做做作地"呀"了一声："还真没有呢。"

孟杳和向斯微眼神一对，二人很有默契，什么都没说，逗小孩似的看着他耍宝。

三人聊着呢，那边婚礼正式开始了。中规中矩的流程，新人入场、宣誓、交换戒指、亲吻，只比普通婚礼少了双方父母发言的环节。

向斯微一边看手机一边当个好宾客，真心实意地鼓掌，还要分出一丝兴致来回应雷卡的叽里呱啦。可惜这婚礼流程太干脆，仪式走完时，裴澈还在路上。

没办法,她拍了几段视频发给他看,权当他观过礼了。

仪式结束后,大家又转移到室内,双方家长都提前离了席,没有和年轻人一起闹。方才向斯微看到的摇滚乐队终于上场,在一楼的小舞台上给大家演奏助兴。

而 20 分钟前的仪式上还十分端庄的新娘,这会儿就地脱掉了尾裙,扶着江序临的胳膊换了平底鞋,轻轻的鼓点响起时,头纱已经来不及摘,她直接拉着江序临跑上台抢到了第一首歌的机会。

他们唱的是 you're beautiful(《美丽的你》),白纱、西服、帆布鞋、黑皮鞋,一双身影并不过分亲昵,但默契地和着音乐小幅度地扭动身体。小酒吧内的气氛一时达到高潮,毕竟这里的每一个人,哪怕是亲哥哥江何,谁都没有见过小江总登台唱歌的模样。

莫嘉穗领着江序临连唱三首,之后新娘那边的朋友也个个能唱会跳,十几个人的小 party(聚会)热闹非常。

台上不知是谁在唱《凄美地》,向斯微听得过瘾,正振臂欢呼呢,胳膊被谁一牵,直接拉到了台上。

"斯微姐,合唱一首?"雷卡将她架到麦克风前,才装绅士地询问。

向斯微正在兴头上,也不扭捏,握住麦便答应:"可以啊,唱什么?"

"粤语歌你可以吗?"

向斯微"嗬"了一声,凤城人的尊严被瞬间点燃,她一抬手,拆了端庄的盘发,乌黑长发如瀑布般滑落,她甩甩头:"随你点!"

雷卡笑了起来,扭头对乐队说:"来一首《敢爱敢做》!"

向斯微一听——巧了吗这不是?小时候她爸喜欢叶倩文,她妈喜欢林子祥，家里的录音机从早到晚放的都是他们的歌，《敢爱敢做》她唱得不要太好。

说来就来，两个人抓着麦飙高音，唱到"我俩也吻着到每个世纪"的时候，雷卡还满场送飞吻，惹得台下的姐姐们心花怒放。

向斯微也越唱越松弛，越唱越疯，兴致所至，便随着音乐甩头发、扭屁股，无比过瘾。台下尖叫声连连。

一曲唱罢，台下还有人喊"再来一首"，向斯微和雷卡正有此意，又合唱了一首《分分钟需要你》。台下十几个人，有鼓掌的、起哄的，还有吹口哨的，向斯微十分尽兴，但也知道自己业余，嗓子就到这儿了，见好就收地拉着雷卡下了台。

雷卡本就自来熟，这么一合唱，更觉得自己和向斯微已是至交好友，便大剌剌地将胳膊往向斯微的肩上一搭，一边聊一边绕过舞台往座位席走去。

在这样热烈的氛围里，向斯微并不觉得被冒犯，只当他是个会来事的小孩，笑着听他胡说八道，说什么真的要带她去伦敦玩。

"我当导游，给你安排，你就帮我个忙，应付一下我妈，我带你把欧洲玩一圈，好不好？"雷卡越说越来劲，一副只要她答应，他下一秒就立刻订机票的架势。

向斯微笑了笑，正要打破他的白日梦呢，就看见自己肩膀上的那条胳膊飞了出去。雷卡尖叫出声，往前一栽，捂着屁股摔在地上。

"谁？！谁踹……我……"一头绿毛的小孩猴子似的蹿起来，回身看见人，立刻哑了火。

向斯微看他摔倒的姿势实在很丑，正哈哈大笑呢，跟着一回头，脸上的表情也立刻收住了。

裴澈站在灯光暗淡处，觑着雷卡。而他身边，刚刚目睹裴澈抬腿踹人的游川，脸上的诧异未消，又添了看好戏的神情，饶有兴味地抱臂站着。

"你要我女朋友帮你做什么？"裴澈淡淡开口，"跟我说说。"

雷卡见他一副煞神模样，本就心里发怵，听到这么一句，脑袋里"轰"的一声，他震惊地看向向斯微："斯微姐，你是裴哥的女朋友？！"

酒吧里的音乐还在继续，但在这个昏暗角落里，向斯微热烈的兴致已渐渐退去，她此刻只觉得很热，热到让她感到一股脸颊发烫的羞臊——他们刚刚看见她在台上发酒疯似的唱歌了吗？

"你不早说？！"雷卡很委屈地瞪眼，看着裴澈无辜地解释，"裴哥，不知者不罪啊！"

向斯微本想奚落他的，分明孟杳介绍她时就要说她是裴澈的女朋友，是他自己小孩子脾性，连别人说话都不听完。可她此刻没了逗小孩的兴致，见雷卡可怜兮兮地向裴澈解释原委，最后对着她喊了声"嫂子"就落荒而逃，只是牵牵嘴角笑了笑。

这个昏暗角落里就只剩她、裴澈和游川三个人。

向斯微抬头看了看他们俩，都西装革履的，戴着眼镜，像是从什么重要的场合赶来的。她不想先开口说话，可惜游川太有礼貌，明显憋着看好戏的笑意还要同她点点头："我来蹭个喜事。"

向斯微也打了声招呼。

裴澈靠近一步，用手背贴了贴她的脸颊，将她有些凌乱的长发往脸后拨了拨："不热？脸都红了。"

向斯微抬头看他，这人的脸色倒没什么异常。他刚刚踹雷卡一脚，看来也是吓唬小孩。

"有点儿。你怎么这么快就到了？"他刚刚发微信消息时还说在堵着呢,而且也没跟她说还会带一个人。

裴澈轻声一笑:"嫌我到早了?"

"没有……"

"可惜,我很幸运地赶上了你的精彩演出。"裴澈挑挑眉,看着她。

向斯微不想说话。她身旁的游川也不自在了,轻咳一声,很有眼力见儿地说:"那个……我先去找点儿东西喝。刚刚在会场聊了那么久,还真有点儿渴了。"说完,他不等回应,疾步掠过他们俩。

裴澈点点头,揽住她的肩膀:"走吧,陪你去洗把脸。"

洗手间墙壁厚实,外头的音乐声都被隔绝了,只剩沉闷的低音。

裴澈倚在单人小间门口,看着向斯微洗脸。她将蓬松的长发别在耳后,用手接了水,轻轻地往脸上扑,水珠顺着她流畅的下颌线向下流。她穿着修身的白色长裙,勾勒出并不夸张但恰到好处的身体线条。

裴澈知道向斯微是很美的。单从欣赏美的角度来说,他这个美学的外行也可以说出她的身形、皮肤、神态……种种恰到好处,是蓬勃的、健康的美。

可裴澈发现,只要他的目光在她身上停留的时间久一些,他就再难保持客观。

他会想到方才她在台上尽情扭动身躯、肆意甩动长发的模样,也会想到有些时候他喜欢在她身后,用一只手握住她所有的头发;有些时候,他也喜欢她仰面躺着,浓密长发铺散开,如同一朵诱人的黑色蜀葵……

他不该再想下去了。紧急掐断自己的思绪,裴澈自嘲地笑了一声,想起自己最开始是希望能在这段恋爱中学会一点儿什么的,譬如如何做一个更有意思和能量的人,如何在异化的生活中给别人也给自己找一点儿无聊但必要的事情做。现在看来,他倒是更快地学会了低俗下流。

他上前一步,在她身后替她拢住头发,方便她洗脸。

向斯微顿了一下,没回头,说了句"谢谢"。

裴澈等她简单洗了脸,又拿气垫补过妆,仍握着她的头发不放。

向斯微轻轻地挣脱了一下,没挣脱开,从镜子里看着他,好笑道:"干吗呢?"

裴澈把刚刚问吧台服务员要的黑色皮筋递给她:"头发要盘起来吗?"

她头发多,盘头麻烦,刚刚随手拆下的夹子也不知扔到哪儿去了,一根皮筋显然是不够的。她摇摇头:"不要,一根皮筋盘不起来。"

裴澈顿了顿:"可你披头发……很好看。"裴澈知道这是不应该的,没品的男人才对女朋友的穿衣打扮指手画脚。可看过她在台上如何放肆舞动,台下人如何起哄,他好像就忍不住进行这种没品的干预了。

其实这是他第二次听她唱《敢爱敢做》——第一次是在波士顿,她的生日,他从国内赶过去,落地时直接去了她和朋友们订好的KTV。

他到门口时,她正在唱歌,正好唱到"冷雨扑向我,点点纷飞"那一句,一开口,仿佛雨过天晴时破云而出的第一道光。她唱粤语歌时真是神采奕奕,有一种独属于港区女子的英气与洒脱。

他不知为什么,没有立刻推门进去,等她酣畅淋漓地一个人唱完整首歌坐下，才如梦方醒般推门而入。

裴澈忽然觉得时机不巧——听她唱粤语歌，总是像这样"蹭"到的机会，从来没有一次，是他真正在场。

向斯微明显怔住了，好几秒没反应。

裴澈被她的反应弄得更加矛盾，自知理亏，莫名其妙地支吾了半天，说出口的却还是："能扎起来吗？"

向斯微没再沉默，笑了笑："盘是盘不了了，扎个马尾辫吧。"

她接过裴澈手上的皮筋，松松地扎了个低马尾辫。

裴澈看她的神情里有些倦怠，真是难得见到，又怕是自己干预她的发型让她心里不舒服，低声问："累了？"

向斯微扑闪了一下睫毛："没有，就是刚才差点儿唱破音，得意忘形了。"

"唱得很好。"裴澈不自觉地一直看着她，似乎今天的她与平时很不一样。

"谢谢。"向斯微弯了弯眉，询问道，"对了，游川为什么会来？他也认识江序临？"

"不认识，但江序临很想认识他。"裴澈说着说着就笑了，似乎是在看好戏，"刚好我和他在一个峰会上，就把他一起带过来了。江序临欠我个人情。"

"江序临想挖他进公司？"向斯微问。

"大概是。"裴澈说，"游川很厉害，之前裴澜也想要他，还找我当说客。不过我看他们都没戏，游教授一心向学。"

"要是你挖他呢？有戏吗？"

裴澈好笑地问："我和裴澜、江序临有什么不同？我说不定还不如他们大方呢。"

向斯微抿抿唇，低声道："因为你和游川一样厉害……我记得，你们上学的时候一直都有学术往来，对吧？"

学术往来，裴澈被她一本正经的用词逗笑了："要是我真的和他一样厉害，那我倒更希望是跟他一起进校园，而不是我挖他来打工。"

向斯微沉默了一瞬，没接话茬儿，忽然伸出手碰了碰他的眼镜："你怎么戴眼镜了？"一般他只有工作的时候才会戴眼镜。

裴澈也才感觉到累似的："刚刚在峰会上一直戴着，赶过来匆忙，忘了摘。"

他顺着她的动作将眼镜摘下来，捏了捏眉心，又想起来眼镜盒没带在身上。他不喜欢将眼镜随便放，无奈之下，还是戴上了。

向斯微眨眨眼，看了看他，笑了。

裴澈的心怦然一动，他猛地牵住她的手往跟前一拉，低头问她："笑什么？"

向斯微没说话，只是捏了捏他的手。

裴澈笑着牵她往外走。

回到场内，向斯微被孟杳喊去一起聊天儿。那一桌还坐着莫嘉穗和她的姐姐莫嘉禾，裴澈的目光跟随着向斯微，只见她坐过去不过几十秒，四个女生便笑作一团，十分融洽。

他低头笑了笑，真是不得不佩服她的交际能力。从雷卡这种毛躁烦人的小屁孩儿，到莫嘉禾这样内敛秀气的世家淑女，她跟谁都能迅速破冰。

裴澈想，今天也就是雷卡，如果换成任何一个陌生男人在她身边劲歌热舞，自己大概都不会这么冷静。

说起来也奇怪，他踹雷卡那一脚，当然也是因为心底有些不爽，不过本以为向斯微会配合他一块儿吓唬小孩玩呢，可她竟那么沉默，甚至红了脸。是因为被他撞见舞台上的模样所以害羞了？裴澈觉得新奇，记忆中好像从没见过向斯微真正羞红脸的模样——她在床上都火辣热情得像个战士。

他压压唇角，收回目光，转而看到角落里的一张圆桌旁，游川独自站着喝酒，便走了过去。

"不陪女朋友了？"游川看好戏似的问。认识这么多年了，谁能想到裴澈也会踹人？而且从方才一进酒吧看见台上的人，这人一贯淡泊冷漠的眼里，就突然像蹿起了火焰一般。

"我的女朋友不缺人陪。"裴澈说完才觉得这句话听上去奇奇怪怪，自嘲地笑了笑，转身问吧台服务员要了瓶水。

游川憋住笑："看得出来。"

裴澈心情挺好，轻轻地和他碰了碰杯。两个人悠闲地站着，欣赏台上不知是谁唱的一首陌生民谣。

"这么看，你们俩长得还挺像的！"

嘈杂声中，裴澈听见了耳熟的声音，一扭头，江家俩兄弟换了休闲轻便的装束走了过来。

裴澈听见江何的话，心想，江何真是自从跟孟杳谈了恋爱就智商下滑，自己跟游川高中就是同学了，还是头一回听到有人说他们俩长得像。

他嗤笑一声，懒得反驳。

倒是游川秉持社交礼仪，搭话道："这还真是第一次听说。"

江何又扫了他们俩一眼："以前不觉得，戴上眼镜就很像。"裴澈高中时还没近视，到现在度数也不深，平时见他戴眼镜的时候少，江何也是刚刚这么一看，神奇地发现这两个人的气质、身量、风度简直如出一辙。

说起来，高中时他们俩也算志同道合——裴澈和游川一起待在竞赛教室里的时间，恐怕不比和他们几个一起打球的时间少。可惜，两个人一个如愿成了象牙塔里的学者，另一个……无论情愿与否，都已经是成功的商人了。

裴澈不知道他想到了什么，也不以为意，倒是想到方才向斯微涨红的脸和她看着他戴上眼镜时的笑，不自觉地推了推鼻梁上的镜框。

江序临一直在旁边沉默着，等哥哥开完玩笑，他才认真地对游川点了点头，道："游教授，久仰。"

游川颔首："江总。"

"方便单独聊一会儿吗？"江序临问。

在车上，裴澈已简单介绍过江序临的目的，游川点点头："江总请。"

二人去了酒吧外头。

"你们兄弟俩欠我一顿饭。"裴澈说。

江何嗤笑一声："说得好像你真的会期待这一顿饭一样。"江何知道，裴澈一直对朋友之间这种你来我往、无用但有趣的"赌约"可有可无，似乎不太能感受到人和人的关系中"无意义的小事"的乐趣，或许也会觉得这没有必要。

"为什么不？"今天裴澈却有耐心跟他抬杠。

这话江何接不了，倒是难得看裴澈戴一次眼镜，他又问："你今天怎么戴眼镜了？"

裴澈不知道江何为什么执着于问这种女朋友才会问的问题，懒得回答。

江何却闲得无聊,又嘀咕了一句:"刚刚看侧面,我差点儿没认出来哪个是你。"

这话飘进裴澈的左耳里,本该又像刚才一样从右耳飘出去,可他正好不自觉地看向向斯微那里。

他看见她热烈地投入对话,引发一阵大笑后喝了口水,眼神随意地扫过门口的方向,忽然就怔了一下,灵动的脸庞出现片刻的寂然。

那种神情裴澈没有见过。倏然,如同水面泛起涟漪,有什么东西一瞬间掠过他的神经。

傍晚前,大部分客人返程了,因为江何店里房间不多,江序临安排了车,将所有朋友送回市区提前包好的酒店。除了新人,只剩下向斯微和孟杏这两对情侣。

晚饭是孟杏和裴澈做的,大家一起吃过,等向斯微帮忙洗完碗出来,就只看见裴澈一个人坐在那个小舞台的吉他位上,随意拨弄着琴弦。

她正想着要不要顺势哄他弹唱两首歌来听,她都不知道他还会弹吉他呢。刚要开口,见他放下吉他问:"要不要去散步?"

向斯微点点头,也没问其他人去哪儿了。这大晚上的,成双成对,还能去哪儿?

海边风大,出门前,裴澈把自己的西装外套脱下来递给她。向斯微穿上,把手机塞进他的西服那裁剪考究、一丝不苟的口袋里,费劲的动作把自己都逗笑了,她抬头道:"你这个口袋大概也没想到自己有一天真的会装东西吧。"

裴澈笑了笑,正要说什么,她的手机突然响了,是陈港生的电话。

向斯微把手机屏幕伸到裴澈眼前示意,然后走到一边接听起来。

"喂,在忙吗?"陈港生开门见山。

"正准备跟裴澈出门散步,有事?"

"哦,也没什么……就是跟你讲一声,阿绿完全好了,下午还开了一次屏,可惜没拍到视频。你那边,应该没有网友在评论区骂你了吧?"

"早就没了,我们并没有那么高的关注度啊朋友。"向斯微笑了一声。

"嗯……你忙的话就先去吧。没别的事。"陈港生在电话那头儿支吾了一下。

向斯微觉得不对劲,他很少直接打电话给她,就为了说一声孔雀开屏了?他们俩的联系还没密切到这个地步。

她敏锐地问:"你是不是有什么急事?"

问完,她看了裴澈一眼。不出所料,他绅士地等在门口,教养使然,背对着她,不会偷听她的电话内容。

陈港生干笑了一声:"也没什么,就是之前你见过的那帮朋友来玩,大家坐一块儿聊天儿呢,就突然想到个挺不错的点子,有点儿激动,就直接给你打电话了。"

向斯微看裴澈并不着急,便接茬儿问:"什么点子?"

"现在园里的客流量挺稳定的,网上也有了一些粉丝……我记得,你之前不是说过,要是我想做周边产品,可以找你合作吗?"

向斯微懂了,笑道:"当然可以啊。你有这个想法了?"

"嗯,就想先问问你行不行。你平时收什么价,就按什么价给我。不过我目前打算先做一批小的,试一下,可能客单量不大,不知道你方不方便接。"陈港生有些不好意思地问,大概又觉得自己占了朋友的便宜。

"没什么不行的。"向斯微利落道,"正好我刚结束一个项目,现在时间是空的。明天吧,找个时间,我跟你打视频聊一下,看你具体想设计什么样的周边。"

"我都行,相信你的能力。"

向斯微失笑:"聊聊再说吧。"她又看了裴澈一眼,然后道,"明天我约你时间,我先去散步了。"

"好,你快去。"陈港生主动挂了电话。

向斯微将手机放回口袋里,两只手缩进裴澈宽大的西服袖子里,走上前,隔着袖子挽住裴澈的手:"走吧。"

8月正是孤山岛的旅游旺季。向斯微和裴澈一路踏着铺了石板的小道,沿着海边走,能看见不少小餐厅、泳具店、奶茶铺,门口都挂着星星点点的小彩灯,将黑夜照亮。

两个人起先默默地走着,谁也没说话。直到看见某家餐厅门口有歌手驻唱,向斯微才问:"你会弹吉他?"

"会一点儿。"

"我之前都不知道。"向斯微嘟囔了一句。她自认为对裴澈的了解并不浅,至少她已经知道这人并不像他的出身所该赋予的那样高贵无忧,甚至会定期去极危险的野山上骑摩托车来释放自己。

但她还真不知道他会弹吉他。刚刚他独自坐在酒吧里,戴着银边眼镜弹吉他的模样竟一瞬间让她有点儿恍神儿,仿佛高中时看过的少女漫画成了真。

裴澈说:"我也不知道你的粤语歌唱得这么好。"

向斯微想了想,也是,大概一年半并不是一段足以让情侣完全了解彼此的时间。

"那我们今天就算相互解锁了新面貌吧,挺好!"向斯微很豁达地总结道。

裴澈笑了笑,没有接茬儿。

向斯微觉得这样静静散步的氛围也不错,至少海风吹过,人间烟火,让她心底终于松快起来。因此也没有再开口。

渐渐远离灯火通明处,走到石板路尽头,踩上原始沙滩时,裴澈忽然问:"想不想去旅行?"

"啊?"向斯微有些措手不及,怎么突然就提起旅行了?

"旅行,想不想去?"裴澈又问了一遍。

"怎么突然想到这个?"向斯微疑惑,"我以为你最近会很忙。"不然也不至于参加江序临的婚礼都赶不上趟儿。

"忙完了。"裴澈说,"你不是说想去北疆?这个季节很适合。"昨天经邓宇提醒,他才久违地打开朋友圈,看到她的最新转发是一个叫"灵感浮岛"的公众号。

这才大致了解了她的"创业"是在做什么,又在"主理人介绍"栏目里看到她说今年的愿望是去一趟北疆。

裴澈本来没有这么着急,只是记下了这么一桩事,想着冬天也许可以抽出时间带她去将军山滑雪。可刚刚也不知怎么的,他就突然想到,这个季节去伊犁应该也很好。

向斯微愣了两秒才反应过来,展颜道:"你看到啦?"

裴澈垂眸:"邓宇告诉我的。"

"哦,对,邓助理还给我们打赏了88元呢。"向斯微莞尔。

"想不想去?"裴澈问回正题,"我在伦敦认识一个同学,现在在伊犁养马。之前我在他那里认养过一匹小马,我们可以去看。"

向斯微的思绪被他的话带到了奇怪的方向,她总觉得"我有个在伊犁养马的同学"这种话从他的嘴里说出来奇奇怪怪的,似乎"我有个发小儿在纽约做投资"的故事更适合他。

向斯微兀自笑了声,道:"想去啊。可是我感觉时间上有点儿麻烦,你要是早一个小时跟我说就好了……"

"怎么?"

"刚刚陈港生打电话,"向斯微说,"他找我合作,定制一批周边,我约他明天细聊。如果确定下来的话,我这段时间应该就要忙这个了。然后等到9月底,姜南会接新的项目,无缝衔接,时间上有点儿紧张。"

裴澈一时无言,怎么也想不到会是这样"不巧"的理由。

他顿了顿:"已经确定了?"

"没有,要明天聊了才知道,"向斯微想了想,解释道,"不过我感觉应该没什么问题。我很熟悉那个动物园了,他也比较信任我,跟他合作不会有什么卡点。"

裴澈知道她对于自己的工作一向有合理、稳定的计划,便没有多说什么。

"那就下次。"他简洁而平静地结束了这个由自己突兀开启的话题。

孤山岛的海风里似乎没有凤城常有的咸腥味,一阵清冽的风拂过。向斯微总觉得那一瞬她在裴澈好看的侧脸上看出了一丝纠结与失落。

那个表情与他一贯冷淡笃定的脸不太匹配。她想了想,出声问:

"要不我们去个近一些的地方？"

裴澈顿了一下："哪里？"他习惯性地认为向斯微会这样问，那就说明她心中已经有了目的地。

"我还没想好。"向斯微思索道，"大概，像湖州那样，开车就能去，两天就差不多玩完的？"

裴澈沉默了一会儿，向斯微耐心地等他的想法。

裴澈的脑海中忽然冒出一个地点："七塔寺，你知道在哪里吗？"

向斯微茫然："没听说过。"

裴澈直接拿出手机搜索："东城远郊，开车只要两个小时。在山里，香火很旺。"

"可以啊。"向斯微虽觉得莫名其妙，但还是应下，"你怎么会知道这么个地方？"

裴澈收起手机，对上她迷茫的眼神，愣了一下才道："江序临跟我说的。"

"哦。"向斯微已经默认这位小江总脑回路清奇了，既然是他告诉裴澈的，那她也没什么必要追根究底了。

而裴澈恍了神，回想起刚刚在饭后的阳台上，江序临讲起七塔寺的缘由。

江序临说，在决定结婚之前，他和莫嘉穗并没有那么笃定，而是将决定权交给了玄学。他的方式是上山观鸟，而莫嘉穗的方式是进庙问佛。

他由此才提起七塔寺，说是一座主姻缘的老庙，很灵。

裴澈也不知道自己为什么忽然就提议去七塔寺。他并不信这些的，小时候他常跟着奶奶上山礼佛，倒也能装得虔诚有礼，他模样秀气，身姿端正，还被大师夸过一两句"有佛缘""有慧根"，但他自己知道，那只是他们为了哄奶奶开心。

十二三岁的年纪，他无数次虔敬地跪在蒲团上，但从没有一次真正相信过头顶的神佛，焚香礼佛，却不敬神明。

裴澈并不觉得此刻他的心里就有什么想求的东西了，更愿意相信这只是记忆的就近原则，刚听江序临提过，现在就最先想起了。

向斯微也没有问他信不信，温和地答应了，莞尔道："香火旺，那应该很灵咯？那我要继续求发财。"

裴澈笑笑："你跟谁都求发财，会不会让菩萨觉得很没诚意？"

向斯微眨眨眼，狡黠道："那我向你学习，给菩萨登报夸一夸它，是不是就很有诚意啦？"

裴澈别过脸不看她："我建议你不要。"

"为什么？"向斯微轻轻挽住他的胳膊，两个人继续沿着海边走下去。

"因为事后回想可能会觉得很尴尬。"

向斯微"咯咯"地笑起来。

他们从孤山岛返程，裴澈开车，直接回了望江公馆。向斯微次日没安排工作，所以也没意见，反正这段时间她陆续带了一些换洗衣物和洗漱用品过来。

进屋后，向斯微先去洗澡，裴澈坐在床边，看着那磨砂玻璃透出她坐在浴缸里的轮廓，不知多久才移开眼，怔了一会儿，下了楼。

被他命名为"发财"的灰色鹦鹉学会了说自己的名字，因此一看到人，都会来一句——"向斯微，发大财！"

而他教它说他的名字，就两个字，它偏偏学不好。

裴澈牵牵唇角，走过去拿了袋坚果喂给它。

"你倒是聪明。"他又气又笑地道，"什么好听学什么。"

他转念一想：不对，那该说向斯微聪明——鹦鹉说的都是她教的，都是她爱听的。

他低声笑了笑，将掌心里的最后几粒坚果喂完，想起前几天有一次深夜回家，正好看到向斯微喂食时摊开手掌，发财顺着她的胳膊走到她的肩膀上。听见声音，向斯微转身，一人一鸟同时向一边歪了一下脑袋，向斯微笑说"加班快乐啊"，而发财含含糊糊、极不标准地说了声"裴澈"。

那个场景挺滑稽的，他却印象深刻，连"加班快乐啊，裴澈"都成了一句可以接受的欢迎语。

他忽然也想试一试，可那只鸟儿将他掌心的坚果吃完，清嗓子似的，又喊了句"向斯微，发大财"，然后就将脑袋一扭，不看他了。

裴澈摊开掌心良久，无鸟问津，他自嘲一笑："挺难学的，是吧？"

发财不理他。

分明向斯微在这边待的时间也不多，可这只鸟儿已经很认她，特别听她的话。

裴澈想了想，向斯微能轻而易举做到的很多事情，对他来说似乎都挺难的。

也许从前年情人节湖城的那个夜晚开始，他就开始了漫长的学习——他试图学习如何恋爱、如何和人发生更深的关联、如何从平淡无趣的生活中重获一点儿能量和秩序感。

可惜到今天，他大概也只能说一句收效甚微。

裴澈靠着流理台呆立良久，直到听见楼上浴室门打开的声音，然后向斯微打了个喷嚏。

他回了神，发财也回了神，又来了一句："向斯微，发大财！"

向斯微在楼上，声音齆齆的，还不忘回它："发财发财！发财了姐姐给你买零食！"

发财兴奋地回应："向斯微，发大财！"

裴澈扭头看那只欠揍的鸟儿："我平时少给你零食了？"

发财又不说话了，一副不认识他的缺心眼儿模样。

裴澈不和鸟儿计较，转身上楼。向斯微又打了个喷嚏，他正皱眉，听见她说："裴澈，你待会儿洗澡别冲凉水，不要感冒了。我感觉我有点儿感冒了。"

裴澈还没说什么，身后的发财忽然喊："裴澈，吃饭！"

这是他听到过的最标准、最清晰的一次。他愣了一下，回过头看着刚刚还被他嫌弃的鸟儿。

楼上的向斯微又搭话了，还伴着护肤时瓶瓶罐罐拿起又放下的声音："哎呀！又错了！这句话不是现在说的，是饭点说的！"

发财执迷不悟，又雄赳赳气昂昂地说了一遍："裴澈，吃饭！"

裴澈怔了怔，旋即笑出声来，一边上楼一边问："头发吹了吗？"

"我没洗头。"向斯微正在涂身体乳，坐在床沿，一条腿架在床头柜上。

裴澈走过去，帮她卷起快滑到膝盖以下的裤腿，又摸了摸她的头发："有点儿湿。"

"只是洗澡时沾到的水汽。"

"那也要吹。"裴澈说着，去取了吹风机过来，"刚刚还说要感冒了。"

"哦。"有人服务,向斯微乐得轻松,一边微微往后仰,方便裴澈给她吹头发,一边换了另一条腿继续抹身体乳。

薄薄的一层雾气附在头发上,很快就吹干了。裴澈的手一下一下地穿过她的发间,和缓的风将她方才抹的身体乳的香气放大。

清淡的苍兰香,让他手指抚过她的浓密长发时,如同身处丛林旷野。

"好了吗?"向斯微涂完身体乳,仰头问。

刚洗过澡,她清透中又微微泛红的一张脸就这样突然出现在他的眼中。他什么都没有回答,下意识地向下,吻她的唇。

他们在这件事上最为默契,她的回应也永远热烈,胳膊从下至上环住他的脖子,逐渐纠缠在一起,他连吹风机都没关,还是她扭身缠到他的身上时,顺脚将电线钩掉,那风声才停止。

可他们最后也只是吻到两个人都气喘吁吁,便停了下来。

裴澈陪她躺着,手掌在她的肚子上揉了一会儿,才起身洗澡——向斯微生理期,他记得。

第二天一早,他们出发去七塔寺。近三个小时的车程不算短,向斯微很想做一个有良心且负责任的副驾驶员,前半个小时还在努力找话题、放音乐,可感冒的威力渐显,她吸鼻子的频率高了起来,听得裴澈时不时眉心一跳。

在她扯到"你今晚想不想吃秋园路的小馄饨"时,裴澈终于出声:"你睡觉吧。"

向斯微内心挣扎了几秒:"不用,还要两个小时才能到。"

裴澈伸手把音乐关了:"睡觉。"

向斯微露出一种面对诱惑不折不弯的坚毅神情。

裴澈好笑道:"要不我给你放首《摇篮曲》?"

向斯微摇摇头,缩进座位里闭了眼,可两秒后又睁开了:"其实《摇篮曲》也可以。"

裴澈:"……"

"你看过《生活大爆炸》吗?"

裴澈忽然有种不祥的预感。

"你会唱 soft kitty(《软软猫》)吗?"向斯微问。

裴澈没回答,目不斜视地看着前方的路,问道:"你喜欢看《生活大爆炸》?"

"嗯,我喜欢看天才传记,《后翼弃兵》《隐藏人物》之类的,《生活大爆炸》也算吧。"向斯微说,"所以你会唱吗?可以给我唱吗?我马上就要睡着了。"

"不会。"

"好吧……"向斯微本来也没期待他会唱,逗他玩罢了,脑袋往车门上靠,寻了个舒服的位置卡着,便闭眼睡了。

向斯微醒来时,车子刚好泊进停车位。她迷迷糊糊地拿掉身上的外套,下了车。

东城周边大大小小的寺庙不少,七塔寺是近年来最负盛名的一家,不是"百年香火"的那种负盛名,而是"很出片"的那种负盛名,社交软件上一搜,十个帖子里有八个在教出片机位和拍照姿势。

夏秋之交,万里无云,碧蓝如洗,是个"神级出片"的好天气,因此,哪怕不是周末,也游人如织,扛相机的、穿汉服的,阵仗不小。

沿着柏油路走到半山腰,向斯微的额头上已经沁出了一层薄汗,她眯着眼抬头一望,遥遥看见烟雾缭绕的琉璃顶。

"这么远……"她有些心累地嘀咕了一句。

裴澈担心她因为感冒支撑不住,出声道:"我背你?"

向斯微一个激灵,看着接连走过的游客,忙摇头:"不要。"

裴澈皱眉:"你确定你可以?"

向斯微心想,要是她真的让裴澈背着上山,那今天回去再搜索一次七塔寺,看到的帖子应该就都是她这个显眼包了。

"我求菩萨保佑发财,当然得自己走上去,不然多不诚心啊!"她笑了笑,咬牙迈步继续往上走。

裴澈有点儿担心地看着她抡开了自己的细胳膊细腿往上走,无奈地笑着问:"这么虔诚?"

"当然,我查过了,都说这间庙很灵。"

裴澈一挑眉:"哪儿查的?"

"小红书。"

看来她是没怎么认真查——七塔寺灵的可不是求财。

裴澈没说什么,上前一步跟上她,牵着她的手继续往上走。

他们转过一个弯儿,向斯微气势十足的步伐突然顿住了。

他们方才走的还是平坦的柏油路,现在抬头一看,眼前数不清有多少级楼梯,仿佛通天之阶般一气呵成地向上铺,尽头处青烟袅袅,琉璃顶闪着金光,已经爬上去的游客像得了道登了仙似的,隐入云雾之中;也有上不去的游客趴在中间的不锈钢扶手上休息;还有望而却步的游客,直接在台阶下找机位摆姿势,开始拍照。

向斯微就在这形形色色的人中仰着脑袋发蒙,不自觉地咽了咽口水。

裴澈站在她身旁,费力地克制住了拿手机拍下她这副呆鹅模样的坏心思。又收回目光,看着眼前这一道"天梯"。

他不知怎么的,想到了江序临说的,七塔寺主姻缘,便觉得这台阶的设计也挺合时宜的——情爱姻缘,山长地远,一时兴起的情浓似火也好,天长地久的珍重相守也罢,要是人能一口气走上这迢迢台阶,是不是都会觉得自己眺望到了永远?

有情人心中,多的是宏志伟愿。

裴澈轻笑一声,收回心神,见向斯微还是一副犯难的表情,出声道:"我背你?"

向斯微猛地扭头看他,跟看神经病似的,无法理解他怎么就自动排除了"放弃"这个可能,在"勉强自己"和"勉强她"之间做选择。

世上无难事,只要肯放弃啊!

裴澈一脸的理所当然,甚至微微蹲下了身:"上来吧。"

向斯微往后弹远了一步:"别闹了大哥,这多危险!"他一个不稳,两个人同时往后倒,谁也别想全乎回家。

裴澈直起身:"你自己可以?"

向斯微顿了顿,道:"这个庙,也不是非上不可吧……"如果在平时,她咬咬牙也就往上爬了,可今天不赶巧,她感冒了,脑袋比平时沉了十倍有余。

"不是你要让菩萨保佑你发财?"裴澈好笑地问她。

"我晚点儿发财也行。不急。"

"……"

向斯微被他内涵十足的眼神看得不好意思,垂眸摆摆手,往第一级台阶上一坐:"你让我先休息会儿。"

裴澈走过去,面对她站着,替她挡出了一片阴凉。

这一歇,她就更不想起来了,坐在裴澈的影子里舒舒服服,却还是装模作样地拿手掌挡在自己额前,实则心虚地转着眼珠子,想着什么说辞可以给自己挽回面子,使她能够自然又合理地拒绝上山,打道回府。

她正拼命想着,身后传来一道甜甜的女声——

"姐姐买束花吗?拍照很好看的。"

小姑娘看上去也就十五六岁,短发过耳,戴着一顶盖着农村信用社红章的草帽,帽绳在下巴上系了个结实的结,应该是附近村民家的孩子。

她怀里抱着个草编篮子,里头还剩一束花,黄的、白的、紫的小朵儿,拿稻秆儿绑成一小束——大概是小姑娘自己在路边采的,虽然简单,倒也有种野趣的美。

她的一张脸红扑扑的,脸上有汗,被帽绳汇聚到下巴上,看上去朝气蓬勃。向斯微挺喜欢她的,便笑着问:"多少钱呀?"

"30块钱。"小姑娘笑盈盈地说。

向斯微一时没控制住,有一瞬,眼睛睁得像铜铃,心道,不愧是东城,哪怕郊区庙外的物价都是有自己的货币单位的。

那点儿合眼缘的好感不足以让她当花30块钱买一小束野花的冤大头,而且这花明显是剩到最后没卖出去的,都有点儿蔫了。向斯微抿嘴笑笑:"谢谢啊,我不要了。"

小女孩愣了一下,反应极快地开始挽回生意:"姐姐,我这个花很抢手的。我每天早上起来摘了包好,提到寺里面来卖,一般中午吃饭前就卖完了的。

"姐姐,咱们有缘,今天刚好剩这最后一束,我要回家吃饭了,20块好不好?"

见向斯微无动于衷，她不知又从哪里掏出一把红绳来："20块钱，姐姐，我再送你们两条红绳，咱们菩萨门前相见，主打一个缘分！"

向斯微心里发笑，这小姑娘还挺会做生意的。但她越会说话，向斯微越觉得自己要当冤大头，就更不想花这个钱了。

小姑娘锲而不舍："姐姐，我这个花寓意很好的。我每天最早来爬七塔寺，这个花和红绳受了庙里的第一炷香火，求姻缘特别灵！每天都有好多漂亮姐姐买！"

向斯微并没有被说动，对"求姻缘"这件事毫无敏感度——她连求财都随心所欲呢。眼看小姑娘就要放弃了，裴澈偏插了一道声音进来："给我吧。"

向斯微猛地抬头看着他，目光中传递的信息非常明确——你疯了？！

裴澈冲她挑眉，意思也很清晰——小孩子不容易，最后一束，帮人家收摊儿。

向斯微不语，随他去了。

裴澈伸手接过小姑娘手里的花，拿出手机扫了码，温和地冲人家笑了笑。

"到账30元"的提示音一响，向斯微匪夷所思，小姑娘喜出望外。她的目光里简直跃出了崇拜，抽了两条红绳塞到裴澈手里，乐呵呵地道："谢谢哥哥！"

"不谢，回家吃饭去吧。"裴澈微笑道。

"祝哥哥姐姐百年好合！"小姑娘对裴澈又说了句好听的，见裴澈脸上浮现出淡淡的笑意，又很上道地扭头对向斯微也说了一句："姐姐，一看哥哥就对你特别好，再戴上这个月老红绳，姐姐哥哥肯定白头到老！"

小姑娘喜上眉梢，如百灵鸟般活泼，好话不要钱似的"哗啦哗啦"地往外倒，向斯微心里啧啧称奇——合该人家十几岁就能挣到钱。

她也不再固守冤大头心理了，无奈地冲小姑娘笑："谢谢。"

"哥哥姐姐再见！"小姑娘一蹦一跳地下了山。看那背影，向斯微感叹了一句"年轻真好"，这山天天爬，还能这样生龙活虎。

她再抬头，那束花还被裴澈拿在手里，经受仔细端详。他另一只手上钩着两条红绳，也亏得这人手好看，再廉价的绳子缠在他的手指上，都显出贵气来。

她撑着膝盖起了身，笑他："堂堂裴总，耳根子这么软吗？"最后一束花一看就不好卖，小孩子说几句不知真假但必定夸大了的话，他还真就当这冤大头了。

裴澈心中一动，将花和红绳递给她："小姑娘确实很会说话。"

向斯微撇撇嘴，无法否认。她接了红绳，钩在食指上，轻飘飘的，几乎没有重量，掂得出来是批发市场2元能买一大把的那种。她将那红绳绕着食指转了两圈，"啧"了一声，看向裴澈，嘲笑他被坑。

裴澈视若无睹，钩了一根下来戴在自己的手腕上。简单甚至有点儿滑稽的动作，他偏偏做出了一种正气凛然、理直气壮的感觉。

向斯微看着他左手上那块戴了很久的江诗丹顿下面就这么系着一根轻飘飘的红绳，居然也并不觉得违和。

"不算难看。"戴好后，他抬眸看她，语气平淡，但向斯微就是看出了一种挑衅的感觉，并被激起了莫名其妙的胜负欲。

她看着那根红绳，也往自己的手腕上搭，然后胳膊冲他一伸：

"我戴比你戴好看!"

裴澈失笑,甘拜下风:"当然。"

向斯微得意地冲裴澈眨眨眼,又将那花束放到鼻下闻了闻,闻到一股很淡很淡的香味,约等于无。

裴澈没什么表情:"好闻吗?"

"还行。"向斯微抱着花,顺势钩住他的胳膊往山下走。

裴澈想说她真的是狗鼻子,见她脚步往回走,嗤笑道:"不上去了?"

向斯微当没听到,默默地拉着他下山。

"不求财了?"

向斯微面不改色,很宝贝似的抱紧了怀中的野花:"这花和红绳不是都替我上去过了吗!"

裴澈对她的歪理不予置评,只是随她拖着,往山下去了。

坐进车里,向斯微才想起来,在佛祖门前折返似乎不太诚心。

她自己不太信这些,什么庙求财、哪位罗汉保事业、哪尊菩萨送子,这些她统统分不清,稀里糊涂的,那么几句吉祥话、祈福语,她也都左耳朵进右耳朵出。但她担心裴澈会在意,毕竟新闻里都写过,他家里的长辈逢年过节是要去什么庙里烧香,劳动某某大师接待的。

她扭头看看他,有些犹疑地问:"菩萨门前跑路,是不是不太好?"

裴澈没想到她还有这样顾虑的一问,笑出了声。

"你笑什么?"向斯微有点儿羞耻。

裴澈摇摇头,一语点破:"我们并不算到了菩萨门前。"

向斯微:"……"

说起来,半途而废的事裴澈的确不常做,他今天也确实打算进庙里看看的,哪怕真的背着她上去,也用不了多少力气。

但既然向斯微身体抱恙,他自然也不该强行坚持。

他后知后觉地感到自己这几天莫名其妙地有点儿紧绷,兴师动众地跑这一趟做什么?难得二人都空闲,不如在家里待着。

他看向被向斯微搁在中控台上的花,迎着日光颤巍巍地舒展细弱的花瓣,也算好看。

他移开了目光。

第五章 愚民

9月,向斯微正式开始和陈港生的合作。

陈港生这两个月没闲着,谈了合作,收到了投资,还被凤城本地的电视台采访过。他手头宽裕了,又贷了点儿款,将动物园从内到外、从人员到设施都做了很全面的改进和升级。园子里虽然没有引进新的动物,但已经有了四位专业的饲养员,每天琢磨丰容的事,还多了两个小食摊儿,卖淀粉肠、钵仔糕之类的小零食,也能带来一些收益。

阿绿病好后,就一直在园子里养着,作为一只不爱开屏和走动的非纯种绿孔雀,它并不那么受游客追捧,但有了自己的园舍,每天很自在地待着,游客们也愿意顺带来看看它。

现在游客量稳定,动物们过得舒坦,但每天钱花得也不少,陈港生有紧迫感,自然而然地就想到卖周边创收的事。

但向斯微嫌弃他作为甲方不专业,从头到尾需求都说不明白,就一句话——"我不懂这个,你觉得好就行"。

要不是相识多年的信任背书,这种甲方,她是见了就要跑路的。

向斯微久违地打开自己的视频账号,互联网的遗忘定律再次生效,她被小规模地"讨伐"过后,又被小规模地"平反",现在的评论和私信数量都明显减少,每天有几十条留言,大多是年轻人感叹自己是脱了长衫的孔乙己,还不如去颓废动物园里当一只得了风湿的狮子。

还有可爱的女孩子发私信安慰她,让她别在意网络上的不实言论,夸她优秀,拍的视频很有趣。

好的坏的,向斯微都没回复,一笑置之,继续挠脑袋琢磨周边的事。陈港生的信任有多足,需求就有多模糊,她不想设计几个玩偶、帽子、手套敷衍了事,还挺想给这个在她手上莫名其妙就火了的颓废动物园做点儿不一样的东西。

设计周期是一个月,她不着急,暂时没灵感,就先出去到处晃悠找灵感。

9月,东城的天凉了下来,出门变得不再痛苦,向斯微每天都没闲着。去孟杳的片场打杂儿、蹭盒饭,收工后,两个人聊天儿聊到忘记时间,没赶上剧组的班车,大晚上的在郊区开车追月亮;她还每天去望江公馆喂鹦鹉,教会发财说"恭喜发财"那天,刚好碰到裴澈回家,收到一个不请自来的"红包",装着他出差时买的真红绳,吊着一枚小金猪——她的生肖;连姜南装修新家她也没错过,受邀去参观了一番,得知了不少装修门道;她还遇到了黎映,意外地收到一个新的工作邀请。

黎映的副业是做播客,新一期节目想邀请姜南和向斯微聊聊女性创业。

自由创业向来是多个朋友多条路,而且之前的合作让向斯微对黎映很有好感,因此她爽快地答应了下来。

那天在录音室,三个女生聊得十分尽兴,黎映还替她们打广告,盛赞灵感浮岛给他们做的周边特别受客户欢迎,甚至有客户来问能不能出钱买齐全套。向斯微听了,心里得意,好不脸大地在节目里提到自己的微博和公众号,说欢迎各位"金主"姐妹来撩。

一期节目60分钟,她们足足聊了一下午,兴致高时各种开怀大笑、击掌拍案，很不淑女地把难题丢给了录音师。

更妙的是，向斯微离开前在录音师的办公桌上看到了一个设计精巧的盲盒，打开后，里头是个麦克风，盒子则收缩成了舞台模样。她眼睛一亮，抓着人家问东问西，最后有了想法，心满意足地走了，出门后给人家点了外卖道谢。

晚上黎映请她们吃饭，还问她们做设计一般灵感从哪儿来，向斯微得意扬扬地说："做街溜子来！"

9月中，裴澈和江序临吃了一顿饭。说起来，这么多年他们也算意气相投的好友，比起和自己的亲哥，江序临和裴澈的交往甚至更密切一些。可惜的是，渐渐地，他们一个比一个忙，上次一起吃饭都不记得是什么时候了。

落座后，江序临告诉裴澈，自己三顾茅庐也没说动游川。

裴澈毫不意外："他更喜欢学校。"

江序临点点头，没有遗憾的神色，只是觉得有意思："没想到现在还有这么轴的人。"

裴澈微笑，认同地点头。从学生时代起，游川就是个极为单纯的人，大概也只有这样的人才有资格坐象牙塔里的冷板凳。

不再聊工作，他顺口问江序临结婚的感觉怎么样。

一晚上侃侃而谈的人居然怔了一下，露出困惑的神色，回答："不知道。"

裴澈意外地扬了扬眉。

"莫嘉穗很……"江序临似乎很难找到准确的形容词，拧了拧眉，停顿半晌，最后露出一个无奈的苦笑，"我没见过这样的人。"

裴澈看着他那个笑，好像知道了答案，也没再问，举起装着温白开的水杯,笑道:"上回婚礼迟到了,我还没正式祝你新婚快乐。"

江序临也举杯:"谢谢哥。"

吃完饭,江序临说要去一趟东大。虽然没请动游大教授,但自恃"小江总"的架子占了人家科学家好几顿饭的宝贵时间,江序临过意不去,提出回赠两套实验设备。

今晚他兴起,刚好和裴澈在一起,干脆自己去把合同签了。

江序临喝了酒,裴澈开车到东大门口,路灯微亮,他们看见三三两两的学生进出,有的抱着书和电脑脚步匆匆,有的和朋友一起打打闹闹,也有小情侣贴在一起,偏不好好走路。

裴澈静静地看着,连自己都没有意识到,他在想象向斯微。

他能想象到向斯微大学时一定也是这样的,有学习一天后回宿舍的步履匆匆,也有和同学聚餐后的高声笑谈,也一定有和男朋友黏黏糊糊、路都走得东倒西歪的刁蛮随性。每一种姿态都是她,每一种姿态都鲜活无比。

而他自己呢,连一帧正常画面都想不出来。每一帧都怪异。

是江序临的声音点醒了他。

"啧,我跟他们也差不多大吧,怎么我坐在这儿,感觉自己人到中年了似的?"江序临喝得不少,声音沉沉的,带着微微的自嘲意味。

裴澈嗤笑:"可能是因为你已婚。"

江序临一听,笑出声来,声音也渐渐变得明朗:"嗯,莫嘉穗说她英年早婚,叫我回长岚去看看我家祖坟是不是冒青烟了。"

裴澈其实挺烦的,本来可以好好说话的人,这一晚上动不动就"莫嘉穗"。前后文也没见有多相关,他冷不丁地就冒出一句"莫嘉穗",也就看在两个人难得一起吃饭的分儿上,裴澈勉强闭嘴,不接话而已。

正好,游川从学校里小跑出来。他还穿着白大褂,戴着眼镜,气喘吁吁地站在"东城大学"那老牌匾下眯着眼找了半天,直到裴澈按喇叭,才循着声音看过去。

车窗降下,游川弯腰看进来,笑道:"江总,裴澈。"

他的语气不卑不亢,但这坐在车内要朋友弯着腰来对话的场景让裴澈和江序临都觉得很诡异。二人对视一眼,解了安全带下车。

游川有些惊讶,失笑道:"不用这么客气的。"

裴澈说:"不跟你客气,我们俩也不想表现得太像资本家。"

"好吧。"游川配合地接受他并没多好笑的玩笑,然后将手里的合同展开,"行政老师下午刚给我的,已经发给您的律师审核过了。之前我还以为是律师过来跟我们签,没想到是您亲自过来。"

江序临被他一口一个"您"叫得头疼,一边低头将字签了,一边对裴澈笑道:"看起来还是我更像黑心资本家。"

裴澈轻笑一声:"那我可能像个掮客吧。把科学家的研究成果打包贱卖给资本家,中间商赚差价的那种。"

江序临笑得肩膀直抖,倒是游川一头雾水,不知道这二位今天是怎么回事,吃了毒蘑菇似的。明明他才是天上掉馅儿饼,平白无故地多了两台设备的那个人,他们倒把自己说成了黑心资本家。

他闻到一股淡淡的酒味,才明白了——原来江序临喝醉了。他收好合同,道了谢,看着这两个人身边也没有带司机助理,又默认公子哥儿自然有酒驾的"自由",于是温和地出声:"要不要我帮你们叫代驾?"

江序临"嗤"的一声,笑得更欢了,裴澈也是,脸都快憋红了。两个西装革履、穿着考究的年轻男人在街边扶着宾利车门笑得直不起腰,吓得游川很是彷徨,不知所措。

裴澈强压下笑意，正经地回了一句："不用，我没喝酒。"

游川"啊"了一声，有些尴尬，支吾几秒道："那去喝杯茶坐一坐？我知道附近有家不错的茶馆，刚好可以解酒……"

裴澈看出他的局促，摇摇头："看你还挺忙的，先回去吧。我们这就走了。"

游川过意不去，两尊"大佛"来跟他签合同，就这么在校门口站几分钟就走？无论他是作为朋友还是作为受资助方，都没这个道理。

他还要说什么，裴澈和江序临已经坐进了车里。江序临冲他摆摆手："游教授，回吧。"

实验室里确实还有事情要忙，游川临时出来是喊了学生帮忙盯着的，他见状，便颔首道谢，往回走了。

裴澈坐在车里，看着游川走进校门。"东城大学"的老牌匾在夜色中更显古朴肃穆，他穿着实验室的白大褂，整个人瘦瘦高高的，显得仙风道骨，身前是一片静谧校园，身后夜色嘈杂，霓虹灯影像灰烬中未灭的星火。

裴澈的耳边忽然又响起那天江何玩笑的一句——"你们俩长得还挺像"，如同往静水深潭里投了一枚石子儿，掀不起波澜，却莫名其妙地让人心惊了一下。他这潭静水从来都是片无人区，何曾有人投得进石子儿？

裴澈移开视线，扭头看着安静了好一会儿的江序临，以为这人是疯两句够了呢，没想到他歪着脖子瘫在座位上，眼睛半眯半睁地看着手里的手机，那上头正是拨号界面，显示三个大字——莫嘉穗。

拨号持续了十几秒，自动断了。江序临眼都没动一下，拇指一摁，重新拨号。

裴澈："……"

眼不见为净，他发动车子，刚起步，又气不过似的，咬牙"嗤"了江序临一句："你现在看着挺像大学生了。"

"嗯？"声音倒还清醒，看来是自知犯蠢。

裴澈冷笑："蠢。"

每年中秋的裴家家宴，谁都不能缺席。裴德安说中秋是团圆的日子，因此比除夕都重要。连裴澈在英国的时候，都必须坐飞机回来陪老爷子赏月。

哪怕这"团圆"的日子从来都只有裴德安、裴澜、裴澈祖孙三人在场。中间有两年，苏杭也在，后来苏杭不来了，又添了裴砚这个小姑娘。

可小姑娘一点儿也不普通，既不是古灵精怪的那挂，也不是娇蛮甜美的那挂，家里多了一个小孩，竟多不了半分热闹。

裴砚8岁，好高冷的一个天才少女。每年家宴，不动如山地在棋盘边坐着，先杀裴澈一个片甲不留，再跟裴德安弈一局险胜半子。

裴澈的棋是奶奶教的，初中时老爷子就下不过他了。小姑娘能下得他节节败退，跟老爷子对弈倒赢得艰难？无非是表演罢了。

裴澈起先还半真半假地拿这问题逗外甥女，问她小小年纪怎么就会诓人呢？结果人家抬眼，淡淡地看着他："小舅，你不用讨太爷爷喜欢，对吗？"

8岁的小女孩，眼神淡漠锐利。裴澈无话可说，后来也不再自讨没趣，再也不敢逗小外甥女了。

往年家宴，都是他跟裴澜各自前往，最多谁先到了老宅便在外头等一等，一起进屋。今年裴澈却提前好几天接到了裴澜的电话。

"有时间吗，聊聊？"裴澜说是有大事，却在电话里卖关子。

裴澈约了两个人都去吃过的那家餐厅。

一模一样的一碟拌野菜、一碟清炒时蔬和一碗菌菇汤端上来，镜面对称似的，老板都乐了，打趣道："一看就是一家人，姐弟吧？"

姐弟俩都笑，但都没接话。

刚执起筷子，裴澜说："今年你爸要回来。"

裴澈动作一顿，继续舀了一勺汤送进嘴里，喝完后问："你怎么知道的？"

裴澜粲然一笑："爷爷叫我去接人，后天。"

裴澈皱眉。

"大概是……想给你一个惊喜？"裴澜语气轻快，不知是想看他的好戏，还是真的想做足惊喜的氛围。

裴澈动筷子吃菜，轻描淡写道："那你现在跟我说，不是破坏了爷爷的心意？"

裴澜的神情僵了一瞬，很快又露出笑来："怎么会？我现在告诉你，给你亲自去接机的机会，不是更惊喜吗？"

裴澈没有说话。

"老爷子考虑得挺周到，等你坐稳了位子，再放他回来。一点儿风险都舍不得往你肩上放啊。"裴澜语气极轻，复杂的目光落在裴澈的脸上。

裴澈坦然地回视裴澜，不禁笑了——裴秉之怎么会是风险呢？如果说在他的家庭里，一定要分出谁是风险谁是助力的话，那么眼前的这位姐姐才是裴德安会首先挪出去的人吧。

裴澈对父亲的记忆很少。小时候，裴秉之十天半个月才在家里待一会儿，印象中只有一张清秀英俊、书生气十足的脸庞。后来他才晓得，皮囊是皮囊，内里是内里，裴秉之爱生意也爱风月，顶着"裴公子"的名号在东城名利场上风流十多年，除了将裴德安气得做了一次搭桥手术，别无所成。

外人都说，以裴德安的铁血手腕，裴德安能忍这败家子儿十多年，还多亏他给裴家生了一个出类拔萃的孙子。

可这样的容忍在裴澈7岁那年也到了头儿。那一年，裴秉之在争吵中被妻子沈毓用筷子扎瞎了一只眼。之后，裴秉之被安排去了欧洲；沈毓答应裴德安更名改姓且永不回国，终于成功离婚，重获自由。

父母相继出国后，已离开裴家多年的奶奶章敬柔出面将裴澈领到身边。裴澈在秋园路的老院子里长到14岁，直到章敬柔病逝才回到裴德安身边。

裴秉之这么多年没有回国，裴德安在家中从不许人提起这个丢脸的儿子。裴澈在英国留学三年，离他很近，也从来没有去看过这位父亲。只听说，他做生意失败，做浪子倒是天赋异禀，风流韵事不胜枚举。

眼下裴德安又把儿子叫回来，还瞒着裴澈，想要给裴澈一个"惊喜"，会是因为什么呢？联想到这段时间老爷子两次问起向斯微，裴澈大致心中有数了。

裴澈不免感到好笑：他的这位爷爷，还是太习惯安排别人。

"怎么，多少有一点儿期待？"裴澜看到他嘴角的讽意，眨眨眼问。

裴澈牵牵嘴角："也许吧，如果他能成为风险的话。"

裴澜愣了愣，正要说什么，忽然目光越过裴澈的肩膀，定住了。半晌，她对裴澈笑了起来："看，老熟人。"

裴澈扭头看过去，隔着两张空桌，李舒乔抬头怔怔地看着他。她面前搁着一台电脑，手里握着笔，压在摊开的笔记本上，显然也不知所措。

"她好像在东艺读博，能顶着那对爸妈的压力读下来，也是难为她。听说他们隔三岔五带她出去见人呢。"裴澜见怪不怪,又似乎略带惋惜地说了句。

裴澈颔首示意,与李舒乔打过招呼,便扭回了头,没有回应裴澜,像是没听见裴澜的话。

"后天什么时候的飞机?"他问。

他竟然毫无反应,裴澜有些意外,又觉得这是他应有的城府,于是也面色平静地回答道:"下午,接到了直接去老宅吃饭。"

裴澈点头:"需要我去帮你接裴砚吗?"

裴澜扬扬眉,他还真是越发有老爷子那笑面虎的风范了,平时拒人千里,现在倒主动帮她接小孩?

"不用,有司机。"她说。

"行。"

二人吃完离开,起身后发现李舒乔还在,桌上空空如也,还没上菜。

裴澈、裴澜都有些惊讶,对视一眼,才从对方的眼神中意识到,自己也默认李舒乔碰上他们俩合该先走,避免尴尬。

多少有些傲慢的认知,不知是不是也算他们"一家人"的特质之一。

裴澈愣了愣,主动走过去,寒暄道:"好巧。"

李舒乔也起身,冲他笑笑:"是,我在附近实习。来这里吃个晚饭,好巧。"

平和的解释,却暴露了她生怕被认为别有用心的胆怯,这种胆怯让裴澈觉得疲惫,对自己和对方都是。

他抬眸:"嗯,这家店味道不错。"

李舒乔似乎意外于他这样接话,看了他一眼,又很快移开视线。

裴澜在一旁笑着,很乐意看他们这样"暗潮涌动"。

裴澈无法做更多,结束了寒暄,点头要走,却在擦过李舒乔身边的那一刻顿住了,目光向下,定格在她那本笔记本上——布面设计,扉页夹层,很眼熟。

他也有一本,是向斯微送的,夹层里能抽出 IC 的主题卡片。而且他那一本是定制的,因为每一页的右下角她都画了一只番茄,说是替他纪念大学时培育失败的番茄朋友。

"怎么了?"裴澜见他神情异常,声音里藏不住看好戏的兴奋。

裴澈抬起头,看着李舒乔说:"这个本子挺好看的。"

李舒乔见他目光定格在扉页的夹层上,以为他由卡片的边角认出那是 LSE 的主题设计,竟有一瞬间的心颤,低声道:"嗯……是,是一个留学品牌的特别设计。"

裴澈目光定格:"嗯。"

"是我认识的一个朋友设计的,她们团队设计了一批这样的文创周边。"李舒乔瞥到他的神情,面颊开始升温,"也有 IC 主题的,你……要是感兴趣,我可以再问她们要一本。"

裴澈醒神似的,看着她抿抿嘴,微笑一下:"不用了,谢谢。"

他说完便迈步离开了。

裴澜看了看他孤高的背影,又看了看李舒乔赧然不解的脸庞,上前亲切地拍了拍她的胳膊,展颜道:"好久没见到你了,有空去家里玩。"

李舒乔目露诧异,又很快低头道谢:"谢谢裴澜姐。"

"客气什么。"裴澜笑笑。

入秋后,秋园路两侧的软叶丹桂开了花,向斯微每天坐在窗前工作,微风拂过,飘来淡淡桂香,让人心旷神怡,连工作效率都提高了不少。

向斯微确定了动物园的周边方案,打算设计一批盲盒玩具,再辅以常见的玩偶与围脖儿等产品。

这几天灵感喷涌，她极其专注，每天伏案工作十几个小时，常常一抬头发觉天黑，然后肚子咕咕地叫起来，她才想起自己一整天没吃饭。

今夜也是，她终于从手绘板上抬起头来，抬眼看到一片墨色的天。她捏着后颈起身，查看手机里的消息，全是工作上的事。一一回复后，她下楼打算给自己弄点儿吃的。

她简单煮了碗面，烫几只虾摆上，动筷前拍了张照发给裴澈。

这两天他们都忙，没有见面。昨晚她本打算和他打视频电话聊会儿天儿，结果刚躺上床就累得睡着了。

消息发出去，裴澈没有回复，她埋头吃面，正大快朵颐时，听见密码锁解锁的声音，裴澈走了进来。

向斯微看了一眼时间，已接近11点了，吃惊地盯着他："你怎么这么晚过来了？"秋园路离他的公司很远。

裴澈没接茬儿，换了鞋，走到餐桌边："怎么这么晚吃饭？"

"忙忘了。"向斯微笑了笑，大方地分享碗里的最后一只大虾，"你要不要吃？还挺鲜的。"

裴澈摇头："晚上吃海鲜不好。"说着，他转身去厨房倒了杯水。

向斯微撇撇嘴，悻悻地将那只鲜美的大虾塞进嘴里，带着一种将100分的食物嚼出150分的美味的志气。

一碗面吃完，她放下筷子，扭头见裴澈仍在厨房里站着一边喝水，一边静静地望着窗外无人的街道。

她看着那个背影，心中总觉得哪里不对劲。难道是工作或家里的事？可之前裴澈也遇到过烦心事，但他极擅克己，从来不会这样明显地表露出异常情绪。

她将面碗放进洗碗池中,走到他的身边问:"有没有闻到桂花香?"

裴澈回头,垂眸看见她素面朝天的脸,因为连续工作,黑眼圈很重,还有一只眼睛累出了三层眼皮。

可她轻轻笑着,两颊的梨涡还是很好看。

他的目光中打量乃至审视的意味太明显,向斯微不自在地回看了两眼,移开目光,继续笑道:"我每天工作的时候都能闻到这个桂花香,特别……"

"向斯微,你见过李舒乔了吗?"裴澈忽然打断她。

向斯微愣了一下:"什么?"

"你认识李舒乔了?"裴澈重复问题。

向斯微眉心微皱,很快明白过来。他知道她和李舒乔见过面,这并不奇怪,虽然概率低,但总有这样或那样的场合。奇怪的是,他为什么是这个态度?他今夜情绪这么异常,就是因为知道她认识李舒乔?

她捋了捋情绪,如实道:"之前给黎映的团队做周边,有一次见面,黎映带上了李舒乔。她们俩是朋友。"

裴澈见她神色如常,顿了几秒,问:"我回裴家赏荷那天?"

"嗯。"

"所以你那天晚上才问我前女友的事情?"所以那天大概李舒乔也在裴家,所以向斯微才知道他是回家赏荷了。

"算是吧。"向斯微说。

裴澈忽然觉得自己挺蠢的,荷花味淡,她信口胡扯说闻到了他身上的荷花香,大概也没指望他相信。暗示也好,打趣也罢,她没有直说遇见了他的前女友,但也没有打算藏着掖着,只是懒得郑重其事地去提——就像他现在这样郑重其事。

"你在生气吗?"沉默良久,向斯微先开口。她平静而认真地看着他的眼睛。

裴澈没有说话,他想说"不是",可那过于愚蠢。他的确生气了,可现在他自己都觉得自己的情绪有些可笑。他不明白,为什么他总在向斯微这里生一些站不住脚的气,之前陈港生的事是这样,现在李舒乔的事也是这样。

又或者说,他不明白的是,为什么向斯微从来不会生气。她见了他的前女友,生气的居然是他,这话说出来,真是荒唐得可笑。

"如果你生气,请你明白地告诉我。"向斯微再次开口。

窗外的月色被裴澈的身体挡住,她站在一片阴影中抬头,表情有些严肃,眼睛却仍然很亮。

她在付出耐心,在正确理智地解决问题,又或者说解决他的情绪问题,而这个认知让裴澈更加心烦气躁。

他反复克制心中起起伏伏的思绪,最终只是问:"你和李舒乔见面后,有没有想过要告诉我?"

向斯微皱了皱眉,试图回想自己那天见到李舒乔后的心理活动,却没能成功。那天她喝了酒,思维和行动都有可能是偏离常理的。但她能确定的是,她的反应并不强烈。她对李舒乔仅仅是好奇,是那种对于和她生活有关联的一个人的好奇,而不是出于任何窥探欲或得失心的好奇。

而这份好奇到了什么程度?她也说不好——是想一探究竟的那种,还是只需说得过去的那种?向斯微到现在也不清楚。

譬如她现在还挺想知道裴澈是在什么情形下遇到李舒乔、聊到了什么才会发现她们见过面,可如果开口去问,似乎又没到那个程度。

良久,她只能回答:"可能有吧。"

"可能",云淡风轻的两个字,让他确定了向斯微的坦诚——她一向很坦诚。

裴澈轻笑一声,笑容中带着些许嘲弄之意。

他的神情让向斯微很不舒服,她皱眉盯着他:"我还是不明白你为什么生气。"

裴澈目光深沉,凝视着她。他也不明白为什么。他绝不是一个情绪不稳定的人,甚至过往很多年里,他几乎没有太强烈的情绪。爱也好,恨也罢,欢喜也好,苦恼也罢,对他来说都太浓烈了,他不会。可最近,他却接连陷入这样不清不楚的情绪泥沼中。这一秒,他觉得事情荒唐而简单,没有半点儿值得纠结和苦恼的地方;下一秒,他心里却仿佛坠着一块巨石,起起伏伏,就是不肯落下。

他忽然后悔今晚这样直接过来,也许冷静一晚,他就会让这件微不足道的小事自行翻篇儿。

向斯微等了很久,没有得到裴澈的回应,于是不再克制,直白地问:"你是希望我直接告诉你,我见到你的前女友了,我对她很好奇,请你告诉我你跟她的恋爱往事,是吗?"

话说出口,她便刹不住了:"裴澈,你很喜欢看你的女朋友吃醋吗?"

向斯微知道,爱看对方吃醋是恋爱中再正常不过的心理。两个人交往近两年,无伤大雅的醋她偶尔也吃一吃。

男女情事中,这实在已经是很俗套的戏码——男人端坐高台而女人方寸大乱,女人互相撕咬而男人主持公道,他们对于这出戏的热衷仿佛一种返祖现象,就像未开化的古代人爱看斗兽场表演一样。可从很多角度来说,裴澈是一个很不俗套的男人,对于向斯微的扮刁蛮、假吃醋,通常只是配合地演一演,不算热衷。他并不通过女朋友吃醋来确定自己的存在感。

但在李舒乔这件事上,他就很期待她的反应。

然而在向斯微看来,李舒乔恰恰是不在这出戏码的适用范畴内的。李舒乔对于裴澈是不一样的,这种不一样究竟到了什么程度,以后会导致什么结局?向斯微不知道,也不在乎。她对这段恋爱并没有什么远大追求,任谁看也不会认为他们之间该有多么非同凡响的结果。

她付出了该付出的,得到了想要的,裴澈也一样。一段舒心稳定的亲密关系,从情绪价值到生理需求,受惠者是双方。向斯微认为这是成年人之间心知肚明的默契。

裴澈今晚的情绪是在打破这种默契。向斯微不喜欢这种失衡,又看见裴澈脸色铁青,气躁地挪了挪脚步,再抬头看着他:"裴澈,你很希望我对李舒乔充满好奇,是吗?如果我耿耿于怀、追根究底,你会更满意,是吗?

"那么你想看哪一种呢?你是希望我故作没事,话里有话地要你比较我和她哪个更好?还是更喜欢弱柳扶风、佯装自卑的那种风格?"她气势十足,字字带着讥诮。

裴澈终于见识到了江何他们说的"斗士"风范,向斯微情绪稳定、思维清晰、立场坚定,和人吵架从来不落下风。

他看着她眸光熠熠的眼睛,冷笑道:"你会好奇吗?"上次她说是深夜真心局,问他和李舒乔的事,似乎也没多在意,只用一条消息就能转移她的注意力。

向斯微顿了两秒,回答:"现在没有了。"

裴澈的眼神空了一瞬,而后他点点头,低声回了一个字:"好。"

他擦过她的肩,离开了。

向斯微听见不重不轻的"咔嗒"声,如同他只是寻常进出了一回。

她呆立几秒,又气又笑地叹出一口气,转身将刚刚的面碗刷了,放到沥水架上,听着那一下一下"滴答滴答"的水声,兀自站了一会儿,上楼洗澡。

第三天是中秋节,裴澈在公司待到很晚,直到晚饭开始前才掐点到了老宅。

他在门口换了鞋,脱下西装,一边挽衬衫袖子一边往餐厅走,远远地听见裴砚和老爷子说话的声音——她在问奥数题。

老爷子年近八十,还是非常享受教小孩子数学题的乐趣,真是一种极为原始朴素的成就感来源。裴砚不擅长撒娇卖乖,但也懂得投其所好,每次家宴,都搜罗各种作业里的难题来问太爷爷。

但裴澈猜测,她问的所有题,其实她自己都会做。

他从小被各路人士夸天赋异禀、出类拔萃,其中有阿谀奉承的,也有真心实意的。可他知道,要论天赋、论心性,他的这位小外甥女比他强太多。

还没到餐厅,他就在酒柜处看见一个身形颀长的男人,仰着头一瓶一瓶地细看老爷子摆出来当装饰的那些酒,身后有个用人跟着。

这是 20 年来裴澈第一次见到自己的父亲,倒与他童年记忆中的没什么差别,欧洲 20 年纸醉金迷,甚至没有让他的父亲发福。老爷子曾气恼裴家的家学渊源竟没一点儿遗传到裴秉之身上,看来还是过于悲观了——至少,这副好皮囊裴秉之是十成十地把握住了。

用人先看见裴澈,连忙转身问了声好,裴秉之才跟着看过去。

那只义眼做得很好,一点儿也看不出他其实只有一只眼睛。他打量裴澈,大概是因为一半眼睛能透露出的情感也少一些,裴澈只觉得他的眼神很轻,空洞洞的。

裴澈想出声说点儿什么,裴秉之忽然咧嘴笑了一声:"听你爷爷说，你找了个当网红的妞？"

裴澈神色一凛。

裴秉之走近两步，笑容轻蔑："之前在英国的那个还勉强说得过去，你倒是位子越高，头脑越糊涂。"

"人人都说你机敏沉稳，到头来捅出这么一桩婚事……啧啧，老爷子怕是晚节不保。"裴秉之轻飘飘地说，语气里全无气愤，只有玩味。

裴澈表情平和下来，竟从裴秉之这几句挑事的话中听出了一丝憋闷多年的畅快。裴秉之大概很庆幸吧——他这个多年来众星捧月的儿子，终于做了一件不听话、让人大跌眼镜的事，也许就显得他也不是那么不光彩了。

裴澈笑笑："是啊，位子坐得够高，婚事就可以自己做主。你不知道吗？"

他没欣赏裴秉之的表情，又将目光移到裴秉之方才巴巴欣赏的酒柜上，轻蔑道："这里的酒爷爷瞧不上，摆出来当个装饰而已。你要是喜欢，向斯微那里藏了几瓶不错的，我请她拿给你。"

他说完，径直去了餐厅。

开饭后，裴澈和裴澜各坐在老爷子的一边，裴秉之和裴砚次之。

裴德安今日心情很不错，先是笑眯眯地和裴砚聊了好久刚刚没聊完的摆火柴，还告诉她，她小舅小时候就喜欢一个人摆火柴棍儿玩，小姑娘低头，笑着说："我比不过小舅舅。"

裴德安笑着要她好好学习，以后帮小舅舅的忙。

他又问起裴澜前段时间做的手术。裴澈和裴砚都来不及遮掩惊讶，听到裴澜云淡风轻地说"甲状腺，小手术"，才晓得她前月确诊甲状腺癌，双侧甲状腺都已切除，需要终身服药。

裴砚的眼睛霎时红了，裴德安看见，不忍地将她牵到身边安慰了几句，又叮嘱裴澜以后要学会调节情绪，自己的身体自己做主。

前面寒暄这么多，裴德安最后才说到裴澈身上："你和那个小姑娘，现在怎么样？"

裴澈答："还好。"虽然自从那天晚上不欢而散，他们已经两天没有联系过对方了。

裴德安哼笑一声："倒是没少见你往秋园路跑。"

裴澈笑了笑，没有否认。

"你也快30岁了，这个姑娘什么时候领来让我见见？"裴德安终于看了一眼裴秉之，"刚好你爸也回来了，你要是真认准了她，可以叫人开始筹备婚事，你的大事总要留个一年半载。"

裴澈知道，爷爷说得随和，但这样发话必然已经做过详尽的调查。大概是向斯微的背景符合爷爷"安分守己"的基本要求，说不定连她的族谱都被人梳理过一遍了……想到这，裴澈皱了皱眉。

但此刻若是提出异议，反而惹他疑心，更何况裴澜和裴秉之都在。裴澈不想再添新乱，便笑了笑，应下："我来安排。"

裴德安满意了，裴澈办事一向让他放心。

一顿饭和和乐乐到结束，裴秉之被老爷子安排在别院住，裴澈和裴澜则各自回家。

裴澜牵着裴砚先出了门，裴澈跟在后面，三人在院子门口等司机将车开出来。裴砚眼睛还红着，倔强地噘着一张小嘴看向裴澜，很希望妈妈能给自己一个解释——怎么可以偷偷地去做手术呢？怎么可以不告诉我呢？

可裴澜只说了一句"没事"，再不多说。

裴澈在旁边看着母女俩的角力，有些心疼，身份却尴尬，不知该说什么。

正僵持着，他们忽然听见街对面传来一声鸣笛。

从一辆黑色奥迪上走下一个人来，苏杭表情严肃："裴澜！"

裴砚看见爸爸，大叫着飞奔过去，扑进苏杭怀里的时候，憋了一晚上的眼泪喷涌而出。

号啕大哭的时候，她才像个8岁的孩子。

苏杭显然也没见过自己的女儿如此情绪崩溃的时候，霎时慌了神儿，方才还紧盯着裴澜，似有大事要说，这会儿什么也顾不上，关切地搂着裴砚哄着。

直到听见裴砚抽抽噎噎地说"妈妈生病了""妈妈做了手术"，他才脸色一僵，又看向裴澜。

裴澜仍是一贯的冷静自持，淡淡地回看他，又像根本没看到他。

裴澈站在一旁，只觉得尴尬，正转身想走，听见苏杭冷笑一声："生着病也要挖走我的人，你还真是鞠躬尽瘁。"

裴澜微笑："工作嘛，各自尽力。"

苏杭却勃然大怒，猛地起身紧逼到她面前，咬牙道："你知不知道这个项目我们做了几年？你知不知道我的实验室里还有三个博士生靠这个项目毕业？！你挖走的那几个人带走了多少资源，你让剩下的人怎么办？！"

裴澜半步未退，好像听到了什么很可笑的话："苏教授，你难道不该问问自己，为什么核心人员那么容易被撬走？为什么让那些人掌握核心资源？需要我提醒你吗？我只是按正常流程招到了我欣赏的人才，合法合规地替他们付了违约金而已。"

苏杭脸色铁青，死死地盯着她，没有再说话。

裴澜不耐烦地移开眼神，又充满审视地看向他："还有，我们说过的，不在裴砚面前聊工作。"

苏杭一愣，旋即低低地笑出声来，充满了自嘲的意味。

裴澈看着几步外身形高大，却垂下头的男人，想到多年前自己第一次见他。那时候裴澜似乎很欢喜他，二人郎才女貌，站在一起给爷爷敬茶。苏杭是家里的小儿子，大哥二哥从商从政，他则留在了学校里做研究，性格内向专注，像旧时守拙的老先生，但很得裴德安的赏识。因此裴德安早早牵了他和裴澜的红线，定的是娃娃亲。

这么一想，已经是十年前的事了。

二人对峙，苏杭很快恢复了平静，扭头冲裴砚笑了笑，示意她没事，爸爸妈妈并不是在吵架。

他又回头看向裴澜，嘲弄地说了一句："你千辛万苦组出的新团队很不错，你们家老爷子应该很高兴？"

裴澜平静的脸上终于出现了一丝波动，她也笑了笑，不自觉地将目光瞥向裴澈，却没有说话。

苏杭也看过来，微笑颔首："裴总。"

裴澈微顿，扯了扯嘴角。一声"苏杭哥"堵在嗓子里，没有喊出来。

裴澜笑了起来："对了，明年他结婚，你也来吧。"

苏杭诧异："是吗？好事啊！"

"没那么快，爷爷说了，他的大事，总要一年半载。"裴澜很有兴致地向苏杭介绍裴澈的婚事多么受裴德安重视。

苏杭顿了顿，似乎正打算配合她接话，裴澈出声道："你们聊，我先送裴砚回去。小孩困了。"

他没等他们同意，上前冲裴砚伸出手。放在以往，小姑娘绝对不会理他。可今天，大概是哭累了，又被撂在一边怔怔地看着父母吵架，再早慧的小孩此刻也懵懂无措，于是乖乖地被裴澈牵走了。

黑色汽车消失在夜里，裴澜热情的笑容与这夜一样，霎时静下来。

苏杭居然在她的脸庞上看到了疲惫，很多年没见过的倦怠。

可也只是几秒，裴澜轻轻跺了跺脚，低跟鞋踩久了也疼。"回去吧。"她转身就走，甚至没有再看他一眼。

"裴澜。"苏杭叫住她。

裴澜半个身子站在被拉开的车门后，回头看他。迷蒙夜色中，他看不清她的神情，于是又走近了几步。

"你挖走那些人……"苏杭垂眸，声音低沉，似在斟酌，"你挖走那些人，有没有想过提前跟我说一声？哪怕……"哪怕提前一点点，他也不会像现在这样被动。他也许不会不同意，也许愿意帮她。

裴澜却摇摇头。苏杭终于看清了她的表情——她的确累了，累到懒得嘲笑他，只是摇摇头，然后坐进车里。

苏杭站在原地。

车子将要启动之前，她将车窗降下，看着他，不知在犹豫什么。静默片刻，裴澜轻声道："苏杭，我 22 岁结婚，23 岁生下裴砚，不是因为爱你。"

"我知道。"裴澜做事从不含糊，离婚前她将一切都算得清楚、说得明白。

"嗯。"裴澜点点头，升起车窗。

汽车扬长而去。

向斯微不分昼夜地加了几天班，把握难得的灵感爆发期，终于将设计初稿发给了陈港生和动物园的其他同事。

一周反馈期，她可算有时间歇口气了。

合上电脑的时候，她看了一眼日期，刚交稿的松快心情立刻减半——距离上次和裴澈吵那一架已经过去了六天。

这六天里，他们只有一次联系。裴澈给她打过一次电话，那时她在工作，没有接到，吃饭的时候拨回去，也无人接听。后来裴澈也没有再回拨过。

向斯微知道，在这样的情况下，只要有一方默认分手，这段恋爱就可以非常自然地走到尽头。

她想过会和裴澈分手，但没有想过要以这样尴尬的方式。不太体面，她不大喜欢不了了之的事情。

可手机停留在和裴澈的消息界面，她的拇指僵了几秒，仍然没有落下。她没想好要说什么，又或者她根本没什么要说的。那天走出去的人是裴澈，又不是她。

她正觉得气躁，微信里突然弹出新的消息，胡开尔问她要不要去打麻将，说孟杳也在。

向斯微的牌技极差，手气更臭，她深谙人生应该扬长避短的道理，因此很少上牌桌，这会儿却爽快地答应了，不然她还真不知道今天余下的时间该怎么过——总不能一直对着手机犹犹豫豫地折磨自己。

洗头洗澡，梳妆打扮后，她卸下一周的邋遢疲惫，神清气爽地出了门。

她们约在胡开尔的咖啡厅，向斯微很喜欢那个地方，因为女客多，少有男士，推门而入，连空气都是清香的。

向斯微上楼进了书房，果然看见麻将桌一边坐着沈趋庭——三缺一的时候他总被胡开尔拉来凑数。

"这下好了,我今儿绝对不垫底了。"沈趋庭看见她便咧嘴一笑,搓麻将的手劲儿都显得欢快起来,他幸灾乐祸地通知她,"今天打钱,500一局。"

向斯微烦他那张嘴脸,哼了一声,坐下:"打就打,你多输点儿少输点儿有什么区别?"

"我少输点儿,我老婆多挣点儿,今儿我们家不就赢最大了?"沈趋庭乐呵呵的。

孟杳接茬儿:"要这样说,那我跟向斯微一边,你们俩一边,最后均分,谁输谁赢不一定呢!"

胡开尔和沈趋庭都知道孟杳牌技佳,同时苦了脸:"那还怎么玩?!"

孟杳得意,向斯微却出声:"不用,今天就各论各的!输就输!"

三人看着她那码牌的雄壮架势,面面相觑——向斯微可是一向不上牌桌的人啊!孟杳笑着问:"你今天怎么了,突发赌瘾?"

向斯微将自己的牌碰得啪啪响,撂下一字:"烦!"

胡开尔应声:"烦就打牌!打牌最有用!"

孟杳无奈地笑着跟上节奏,沈趋庭的眼神在三个女生身上滴溜一转,摸出桌下的手机发了条微信消息。

刚打三把,向斯微就连输三把,甚至连一向被她们嫌弃水平差的沈趋庭都仗着手气赢过一局。向斯微匪夷所思地看着自己手上这把七零八散的牌,疑心是不是人的心情真的影响运气。

连着被孟杳碰了两次后,向斯微机械地摸牌,摸来的每一张都是散的,连个对子也凑不上,她被气笑了,正要将这次新摸的烂牌也抛出去,身后忽然伸出一只修长的手,将那张牌摁下,转而抽走另一张出掉。

向斯微愕然回头,见裴澈站在她的身后。今夜秋凉,他不知从哪里来的,穿着挺括的黑色风衣,眼镜没来得及摘,眼里有淡淡的红血丝,看起来很疲惫。

向斯微很久没体会过心跳加速的感觉了,可这一眼居然让她有一瞬间的悸动。分明她此刻看见这人应该心烦才是。果然赌桌上的人激素水平都不正常啊,她心中感叹了一句。

裴澈接收到她愤恨的眼神,也只是轻描淡写地努努下巴,示意她打完这一局。

后来的牌大都是裴澈出的。他也不给自己找位子坐,就坐在她椅子的扶手上,一条腿憋屈地同她的腿一起挤在桌下,另一条腿随性地往外伸,坐姿也不似往常端正,微微塌了腰,每次摸牌出牌,胳膊都轻轻地擦过她的手臂。他动作不快,慢悠悠的,有时候甚至要顿一下,却不像是在思考,倒像是累蒙了,需要反应一会儿。

可是他们俩居然赢了。

"好烦人!"胡开尔骂他装得心不在焉,实则步步都在算,真是好阴险的牌风,恨恨地跟孟杳约定,"下一把弄他!"

孟杳看了看赢了的两个人,勾勾唇角:"想起来,我们好像还真没一起打过牌。"裴澈也是不上牌桌的人,他们完全不知道他玩得这么好。

"好像是第一次。"裴澈应声,还不忘客气,"厉害。"

胡开尔"喊"了一声:"烦死了,赢家不准夸别人厉害!"

三枚筹码丢过来,裴澈笑了笑,一一收好了,扭头递给向斯微。

向斯微愣了一下。

"不要?"

向斯微回神,伸出了手,小孩子接糖一般的手势,配上她还有些蒙的表情,看得胡开尔都笑出了声:"输傻了这是?"

裴澈笑着将赢来的筹码都搁在她的手心里。

向斯微被揶揄,又错过了最佳的反驳时机,悻悻地码好新一局的牌,抬头瞪了一眼裴澈:"再赢一局!"

裴澈好脾气地应道:"行。"

再来一局,仍是裴澈赢。向斯微还不太能看出门道,但听胡开尔咬牙吐槽了好几句"打麻将算牌的都是变态",又见孟杳神色越发认真,便知道了裴澈的牌技很好。

她虽然摆出使唤人的架子,嘴上说着叫他赢,实际上看到一半就忍不住了。裴澈的博弈姿态从容优雅,那些蔷薇木麻将又不断地碰出悦耳的声音,吸引着她也跃跃欲试。

也不知从第几把开始,她就伏上前,不知不觉地搡开了代劳的裴澈。她有输有赢,占上风的时候并不多,但她的手气渐渐好了起来,体验感也逐渐提升,胡开尔更是个一人热闹能带着全场起飞的主儿,因此她也渐渐投入其中,忘乎所以。

直到胡开尔打到嗓子冒烟,在沈趋庭的连连哀求下,她们才恋恋不舍地散了牌局。向斯微回头一看,才发现裴澈不知什么时候坐在了钢琴和书柜之间的单人沙发上。

他睡着了,眼镜摘了,两手抱臂锁在胸前,一双长腿规规矩矩地收着,身上的风衣已经微皱了。

朋友们也都累了,孟杳由江何接回家,胡开尔和沈趋庭勾肩搭背地去楼下找吃的,房间里已没了人。

向斯微继续看安静睡着的人。刚刚她们打麻将那么大的动静,他居然都没醒。

她这才后知后觉,虽然裴澈一直平和从容,但应该算是精力很旺盛的那类人。细想起来,她似乎从没听过他说累,他平时的睡眠时间也不长,可将所有的事情都平静地、似乎不值一提地平衡得很好,好到如果不是总听江何、沈趋庭提起裴澈有多"倒霉",向斯微都不会意识到他其实处在一个很重要的位置上,每天都处理着极其复杂、繁重的人与事。

向斯微缓缓地蹲下来,静静地看着裴澈沉睡的脸。她并不知道自己在看什么,心中好像有千头万绪,又好像什么都没有。

不知过了多久,裴澈忽然睁开眼睛。他似乎能极快地恢复清醒,眼里不见丝毫迷蒙,看见向斯微,弯了弯眼:"几点了?"

向斯微看了一眼手机:"快12点了。"

他伸了伸腿,皮鞋蹭到向斯微的帆布鞋边,又缩了回去。

"你怎么来了?"向斯微问。

裴澈正在戴眼镜,刚戴上,似乎觉得晕,皱了皱眉,又放下来。听见她这样问,他顿了一下,看向她说:"找你。"

向斯微垂眼:"找我干什么?"

裴澈没有回答,站起了身。

他不想说,他其实每一天都想直接去秋园路找她,他不知道没有联系的每一天,向斯微会做什么决定;可他更知道,如果见面了,向斯微一定会再次回到李舒乔的问题上去,不让任何问题悬而不决。

而裴澈不想回答,也无法回答。他觉得问题根本就不是向斯微说的那些鬼话,可他也无法反驳,他也不知道他们之间的问题到底是什么。

只是当沈趋庭告诉他向斯微在这里时,他还是来了——在一整天的漫长会议只开到一半的时候。

"你从公司来的吗?"没有得到回答,向斯微竟然也没继续追问。

裴澈愣了一下,回头:"嗯。"

"吃晚饭没?"

"没有。"每天他回家的时候,发财都会叽叽喳喳地说很多遍"裴澈,吃饭",他一边觉得烦,一边也会从冰箱里拿点儿东西对付一口。

那只鹦鹉真的很聪明,每次他吃完饭,它就闭嘴不吵了。

裴澈再次觉得惊奇,心里想:难道这眼力见儿也是向斯微训练出来的吗?他再一转念,又笑自己总把向斯微想得过于神奇,像愚民爱揣测神明一样。

今天他还没回家,因此还没吃上饭。

向斯微轻声叹息,看着他,竟从这张清隽脸庞里看出无边的憔悴来。她垂眸,忽然觉得心里空空的,以为憋了满腹的质疑与气闷,现在却轻飘飘的。

她笑了笑:"那去楼下蹭一点儿?"

裴澈没有想到她这样云淡风轻,愣了愣,许多话在肚子里转圈,最终也没有到嘴边,点头:"好。"

向斯微转身带他下楼:"你是不是没有来过这里?厨房做的小锅米线很好吃。"

"没有。"胡开尔这个地方还挺受欢迎的,江何他们都爱来,但裴澈总是因为种种事要忙,从没来过。

"那今天我请你吃好啦。"楼梯走到拐角,向斯微回头冲他笑,摆了摆手。

"刚刚打得怎么样?"裴澈问。

"还好有你在,我没输太多。"向斯微说的是实话,她从旁观裴澈打的那几局里揣摩出了一点儿微末的技巧,而且裴澈来后,她的手气变好了很多,"孟杳都惊了,原来你打麻将这么厉害。"

"第二次打。"第一次就在不久前,他被裴澜坑,陪三位长辈打了一晚上。也是那次弄懂了麻将的规则。

"啊？！"向斯微惊讶地回头，差点儿被绊倒，还好裴澈手疾眼快地倾身捞住她。他的手握在她的胳膊肘上，就这么牵着，一直没放。

"可以算牌。"裴澈淡淡地道。

"……"

两份小锅米线上桌，向斯微也饿了，呼呼地吃起来。空了一天肚子的裴澈倒不紧不慢的，看她被烫到，起身去倒了两杯柠檬水。

裴澈慢条斯理地吃着，见向斯微碗里快见底，等她吃得差不多了，出声道："我有没有和你说过我父亲？"

向斯微动作微顿，摇头："没有。"她只知道他的母亲在洛杉矶做音乐剧演员，她读博那会儿，裴澈也常去洛杉矶，但能见到母亲的机会似乎不多。她甚至不知道他母亲的名字，只知道大家都叫他母亲 Verna，没有姓。

裴澈认真地吹了吹筷子上这一口滚烫的米线，并不看她，缓缓道："他之前一直在欧洲，最近回国了，之后应该都会在国内。"

"哦……"向斯微不知道他为什么说起这个，只应了一声。

裴澈抬头看她，轻轻地笑了："愿不愿意去见见他？"

向斯微一愣，眼里的愕然来不及收回去，几秒后干笑一声："见家长？这么突然吗？"

裴澈牵动嘴角，想了想，平和地道："他不算家长。只是他很多年没回国了，这次回来……可能很好奇我的女朋友。"裴澈将这个故事讲出了一点儿轻松温馨的感觉。

向斯微沉默了一会儿，视线中没有他的脸，只有他那迟迟没有吃的一筷子米线。

她盯着自己的空碗，心中叹息，再抬头，霸道地抢了他那一筷子米线送进嘴里，笑了笑："那这顿你请。"

由于沟通顺利，不到 10 月，向斯微给陈港生设计的那一批周边就定稿下厂了。国庆期间，她飞了一趟凤城，惊叹于陈港生的办事效率之高，见证了动物园改头换面的同时，也见识了他招到的那位"运营小天才"。

那是个刚大学毕业的小伙子，叫郑可，是社交悍匪人格，线上线下都很会来事。向斯微曾经望而却步的直播，他搞得风生水起，他站在狮子园门口声情并茂地喊"家人们"，前后好几场，在线人数都过万了。他是凤城本地人，家境殷实，找工作全凭喜好，所以替陈港生经营着动物园的几个账号，一个月拿 5000 块钱也乐呵呵的。

向斯微设计的这批周边，虽然她自己很满意，但她还没见到样品，不敢断言最终效果。郑可却已经在社交媒体上连发几条预告，各种花活加持，还搞起了预售。向斯微看着预售数量，心生忧虑，陈港生倒是乐观，说反正预售时间定得充足，哪怕要返稿修改也来得及，还能因量定制，节省成本，总没坏处。

甲方都这样说了，向斯微没有再强烈反对，而且旁观了一场直播，她不得不承认，郑可在这方面很会玩。现在的动物园虽然客流量稳定，但毕竟规模小，凤城只是个小城市，蛋糕撑死就这么大。郑可有能力拓展线上的"游客"，打开新的创收渠道，也不是一件坏事。

向斯微回东城时，裴澈去接她。

两个人那一次争吵就这样平息了，谁也没再提李舒乔的事。向斯微由此得出结论——"冷战"对于她和裴澈来说并不是一件坏事。譬如这次，就是因为各自都冷静了五六天，这矛盾反而自行消散了。二人冷静下来的时候再回想，都觉得没必要。

恋爱谈到现在，双方感觉都不差，对对方还有依恋，远没到要分手的地步，何必自己找不痛快呢？向斯微相信裴澈也是这样想的。

她此前不满于裴澈打破默契，现在这种新默契的建立抵消了这种不满。她仍然对这段恋爱挺满意的，很愿意继续下去。

向斯微和裴澈父亲的见面安排在11月，动物园周边的事情结束后。她在网络上搜过裴秉之，各种危言耸听的家族秘辛，她没认真看，但也大概知道裴澈说得没错，裴秉之远远算不上什么家长。

去国离乡20年，裴秉之在裴家的话语权，恐怕还不如裴澈那位雷厉风行的表姐裴澜。

向斯微心中的压力减轻了，只当是去认识裴澈的一个新朋友——既然裴澈需要的话。说起来，除了江何和沈趋庭，她还真没见过他有什么"朋友"……哦，高中时期的游川也算一个。

正是傍晚，晚霞仿佛缀在他们的车窗外似的，随着风在视野中波动。向斯微开了窗，将手伸出去，自由地感受风，问裴澈她应该给他父亲准备什么样的见面礼物。

裴澈思考了一会儿："我来准备吧。"

"那不是很没有诚意吗？"向斯微不解，想过他会说"不用"，但没想过是这个回答。

"见面就很有诚意了。"裴澈这样说。

向斯微觉得奇怪，但想了想，也没有坚持："好吧。你准备了什么，可以提前告诉我吗？不然我好像一个工具人啊！"

裴澈被她的语气逗笑了："当然。"

向斯微见他目不转睛地开车，似乎并不将这个问题放在心上，犹豫了一下，没有说什么。

林不答 著

下 册

第六章 破金身

这几天向斯微相对清闲,住在望江公馆,每天睡到日上三竿,裴澈早已离开,她便又带着相机出去当街溜子。

刚巧收到黎映邀请,去了她新家的暖房派对。黎映朋友多,一梯一户的复式公寓直接敞着门,隔一阵便有朋友带着礼物到访。大家并不都相互认识,但也不尴尬,黎映简单介绍几句,大家就自动攀谈起来。

向斯微待了两个多小时,晚饭开始前,觉得再坐下去也无趣,便和黎映说了声,起身出了门。

"叮"的一声,电梯门开了,却见李舒乔身姿娉婷地站在电梯里。她穿着一身 Miu Miu(缪缪)套装,拎着一只小巧的白金菱格包,身旁站着一位西装革履的男士。

向斯微愣了一瞬,微笑点头:"李小姐。"

"向老师。"李舒乔也展颜。自从上次向斯微送了她一套文创作品,她就很有礼貌地坚持喊她"向老师",令向斯微很不好意思。

向斯微笑了笑,没有过多探究她身旁这位看起来身份不一般的男人是谁,交换位置进了电梯。

"这就走了吗?"李舒乔有些遗憾地问,大概是觉得不巧。

"嗯,家里还有事。"向斯微看着她,得体地微笑,有一瞬间在想,她难道还不知道自己和裴澈的关系,还是教养实在太好,这样八风不动?

"好吧，那我们下次一起吃饭。"李舒乔说。

"好的。"电梯门缓缓合上，向斯微看着两个人转身，那个男人的手臂一直虚揽在李舒乔身后，但仍有距离，看上去不太熟，但才子佳人，成双成对的背影总是好看的。

她怔了怔，不知自己该作何想法。

晚饭不知道该吃什么，向斯微又在街边闲逛，不知不觉就晃到了十三中附近。睁眼看到古旧校门的那一刻，她还有些恍惚，举起相机随意拍了两张，正要走，瞥见街对面的早餐店还开着门，老板娘站在门边刷那口早晨炸油条的大锅，还是当年的造型——抓夹盘发，系粉色方格围裙。

向斯微脚步微顿，然后走过去。

"老板，还有吃的卖吗？"她问。

游荔抬起头，没有认出她："就剩馄饨了。"

"来一碗吧。"向斯微走进店里坐下。

"好的，那麻烦你等一下啊。"游荔动作麻利，三两下刷完那口大油锅，又另起炉灶，从木抽屉里捞了一把早上包好的小馄饨，咕咚咕咚地下进滚开的水里。

算一算该有10年了，这间铺子倒是一点儿没变。店面看着小，纵深却长，外头是早餐店，再往里走，穿过一条狭长潮湿的走廊，还有两个大房间，分男女，能容纳12个人，住的都是十三中的外地学生。

向斯微高中时，在这里住了三年，另加包餐。费用比租房子便宜，和住宿舍持平，但因为游荔勤快、做饭手艺好，所以综合条件要比住学校宿舍好一些。

向斯微环顾四周，捡拾她不算美好的高中生活中仅存的一些记忆，却在墙上发现了新的东西——钉上墙的木架，上头搁着好几座奖杯。她眯着眼仔细看，发现全写着游川的名字。

她笑了一下，正好游荔将馄饨端上桌，见到她的表情，以为是客人好奇，不大好意思地摆摆手："嗐，都是我弟读大学时得的奖，当时我高兴，就让他拿到店里来摆着。"

向斯微由衷地道："好厉害。"

游荔这时并不谦虚："是的，他就是对面十三中的，当年拿了奥赛金奖直接保送东大的嘞！"

向斯微看着她的笑容，微微晃了晃神儿。游荔好像一点儿都没有老，还是和当年一样，热情大方，对每个人不吝释放善意。让她想起自己最"中二"偏激的少年时代里，觉得东城人都是眼睛长在天上的刻薄鬼，但凡看见个人都要愤世嫉俗地在心里吐槽几句，唯独游荔、游川两姐弟平和善良，令她愿意释放友好的信号。

她不自觉地接话道："我知道，我听说过他的名字。我也是十三中的。"

"是吗！"游荔高兴地睁大眼，"怪不得我看你眼熟！我在这儿都20年了，你以前上学肯定吃过我家的早餐！"

"吃过的，特别好吃。"向斯微拿起勺子，"好多年了还想这一口呢。"

"那你快吃！这一碗我就不收你钱了，刚好也要打烊了。"游荔转身，麻利地收拾桌椅。

向斯微下意识地想要拒绝，可话到嘴边，她又厚脸皮地笑了一声："那我就捡便宜了啊！"

游荔抹着桌子，没回头："这算什么便宜？谢谢你还记得我们家，我开了这么多年，最感谢老顾客支持。"

向斯微笑了，正要接茬儿，游荔围裙里的手机响起了铃声。游荔揩了揩手，眉开眼笑地接起来。

"马上马上，马上就回去了。"游荔接通电话便笑道，对面似乎有人在催她。

"哎呀！我晓得嘛，这才几点？我那件衣服早就熨好嘞，回去洗个澡换一下就行。

"别，别麻烦了，穿个礼服、化个妆的事，还用人家意涵帮忙？我又不是不会。人家今天是主角，哪有来给我化妆的道理？你真是不晓得疼人……

"你放心吧，你的订婚宴我哪能迟到？这么多年可算把你卖出去了，我迫不及待！"游荔爽朗地大笑，眼角眉梢的喜气遮掩不住。

挂了电话，游荔回头看向向斯微，不好意思地笑了笑："我刚刚是不是声音太大了？不好意思……我一下子忘记店里有客人了。"

向斯微摇摇头，主动问："老板是不是有事情要忙？"

"不忙不忙，早着呢！"游荔忙摆手否认，小声地埋怨了句，"就他催得急，生怕我搞不定，真是……"

向斯微微笑："听上去是大事。"

游荔难掩笑意："也没什么大事……就是我弟订婚，家里人一起吃个饭！"

向斯微点点头，道："恭喜恭喜。"

她知道的。在电话里听到名字，她就猜到了。

大一那年，去东大报到后，她曾去数科学院蹭过一场新生讲座。新生代表的发言她只听到一半，而后是邻座的窃窃私语，说的话指向坐在第一排的学姐代表。

数科学院的迟意涵学姐是他的女朋友,后来这么多年一直都是。

"谢谢,谢谢!"游荔的手不自在地往围裙上一摸,揩了两下,然后转身到柜台处拿了一包喜糖,"今天真是高兴,拿包糖,同喜同喜!"

向斯微笑着接过:"太客气了。"她又舀起碗里的最后两个馄饨送进嘴里,一口吞下,站起身,"那我就先走了,不耽误您。"

游荔不好意思,怕是自己赶了客,连连道歉。向斯微摇摇头,再次道了"恭喜",走出了这间小店。

10月中旬,向斯微给凤城动物园设计的周边顺利出厂。幸运的是,实物与她预期的几乎毫无差别,甚至连瑕疵率都低于平均水平。

郑可将动物园的几个官方账号玩得风生水起,周边预订量也水涨船高,尤其是其中的盲盒,微店评价特别好。

向斯微惯常合作的工厂规模小,生产量也不大,之前都是小量订单,还能游刃有余,这次却明显不够用了。好在郑可朋友多,在凤城也找了一家工厂扩大出货量,可这家工厂的负责人同向斯微协商时出现了分歧——她的设计中为每个盲盒配了一张湿巾和一副一次性手套,原本这两样东西也有单独设计的包装,需要重新生产。但这家工厂本就积压了一批供应外卖的一次性手套,所以提出直接用存货,这样可以降低一些生产费用。

向斯微看过那批积压的手套,质量倒没什么问题,问题出在包装上——是前几年外卖中常见的那种擦边设计,将手套包装成避孕套的样子,写着颇具暗示性的下流广告语。她不想用这样的东西,也不愿意和郑可多辩扯,直接找陈港生表了态,强硬地将事情拍板了。

之后的工作不需要她再参与,向斯微便开始准备见裴秉之的事情。

说来也奇怪,这事早就定下来了,远在天边的时候她毫无感觉,也并不探究裴秉之在裴家究竟是什么角色、裴澈和他父亲的关系怎么样。裴澈说他父亲多年没回国,最好奇的是什么样的女孩子能看上他这个寡言冷淡的儿子,所以想见一见她——听起来是个挺逗的人,符合传言中风流浪子的形象。

现在他们真要见面了,她的好奇心倒膨胀了起来。于是她又上网将裴秉之搜了一遍,起先一扫而过的无聊八卦,这次也认真看了。她越看越皱眉,一边觉得无良媒体真是文笔生动又爱幻想,好像裴家地板下的蟑螂一样,连裴秉之和妻子床事不合都写得有鼻子有眼;一边又克制不住"无风不起浪"的恶劣心理,想着裴家这样的家庭,为什么会让裴秉之这个独子在外20年呢?裴澈的妈妈也是一直在国外且不以真名示人的,这背后肯定有故事。

向斯微没让自己继续揣测下去,心头反复提醒自己几遍:又不是真的见家长,只是陪裴澈见个朋友。

11月,三人一起在泰和轩吃饭。裴澈这段时间忙得变本加厉,这顿饭的时间也是挤出来的,结束后又要连夜去纽约出差。

泰和轩离秋园路近,向斯微没要裴澈接。他提前结束了会议,从公司出来,坐在车上闭目思索了一会儿,叫邓宇先开去老宅。

裴秉之上车的时候显然很惊讶,哼了一声道:"没想到啊,你在女人面前也挺能装。"平时没见裴澈拿他当老子,现在倒晓得毕恭毕敬地来接人。

裴澈眼都没睁，只出声道："之前跟你交代过，不要乱说话，随便聊聊天儿就好。"

裴秉之咬咬牙，心中有气，却不敢明目张胆地挑衅裴澈。他这个儿子能力出众，城府很深，短短两年成绩斐然，当得起老爷子毫不掩饰的偏心倚重。如今裴澈稳坐高位，裴家上下已经没有人敢驳其面子，就连这样不体面的婚事，也没人拂裴澈的心意。

他这做长辈的，还要受儿子安排，去给那小网红演一出随和慈爱。

裴秉之阴阳怪气地道："你是怕老爷子的阵仗吓到你那个小女朋友，让我先去探个底？"

裴澈没有回答。

裴秉之嗤笑一声："有什么用呢？真到你爷爷跟前，你指望他也照你的心意说话？裴家是什么地方你最清楚，要是真鬼迷心窍认定她，倒不如早点儿找人教她怎么当裴太太，那才是真的对她好，别到时候跟你妈……"

话没说完，裴澈一记眼刀飞来，裴秉之心一颤，自觉地噤了声。

裴澈冷着脸："做好答应我的事情，别的不用操心。"

裴秉之语塞，不敢再说这件事，却又咽不下这口气，沉默几秒，忽然饶有兴致地问他："今晚飞纽约？"

裴澈没有理他。

裴秉之低声笑了，叹了一声道："唉，我还真想看你姐是什么表情。她辛辛苦苦大半年，自己孩子的爹都得罪了，最后老爷子一句话，什么都是你的。以她那个性，你这回去美国可小心点儿，坐车前多检查几遍。"

裴澈觑了他一眼。

裴秉之耸耸肩:"这么看着我做什么?别天真,这种事裴家人做得出来。当年你爷爷怎么修理自家兄弟的,你难道不知道?"

裴澈脸色很不好,但什么都没说,只静静地移开视线,看向窗外。

裴秉之似获胜般拂了拂西裤上的褶皱,道:"听我的吧,小心为上。毕竟是亲儿子,我也不舍得看你出事啊!"

良久,裴澈的唇间泻出一丝冷笑。

父子俩到泰和轩的时候,向斯微已经在包间里等着了。裴澈没有等裴秉之,先推门而入。

向斯微原本还有些紧张,百无聊赖地坐了十几分钟,也就放松下来了。把裴澈提前备好的红酒搁在一旁,她在微信上找孟杳聊天儿。

孟杳试图给她一些见家长的经验,向斯微虽反复强调这不是见家长,但还是听了。结果孟杳的话越说越歪,全是江家父母怎么向她揭江何的短,向斯微当段子看,乐得合不拢嘴。

裴澈推门,便看见她穿着一袭改良款中式长裙,温婉披发,人却抿嘴憋着笑。

他愣了一下,没有管身后裴秉之那一声轻蔑的笑,兀自走过去坐在她身边:"什么事这么开心?"

向斯微回神,才看见来了人,目光越过他看到一个气度不凡的中年男人,忙起身冲裴秉之微微倾身:"伯父好。"

裴秉之在欧洲待了20年,什么也没学会,唯独在社交场上戴面具是学得炉火纯青。前一秒他还在心里嗤笑裴澈装都装不像,要摆清白家世纯良人家的样子，哪有小辈比长辈先进门的？还有就是裴澈找的这个姑娘没教养，没眼力，果然上不得台面。下一秒他就笑得如和煦的春风："你好你好，坐呀，一家人不用那么客气的。"

来之前，向斯微反复提醒过自己，要克制对这位裴家独子的好奇心和探究欲，但一打上照面，她还是忍不住在心里惊叹一句：裴澈的好皮囊看来是遗传的啊。不夸张地说，连那些"叔圈"演员都算上，裴秉之也是她见过的最英俊的中年男人了。

她扭头看了裴澈一眼，抿唇笑了笑。

落座后，果如裴澈所说，裴秉之完全没有长辈"相看"小辈的架子。他更像一个放养孩子的潇洒父亲，对裴澈只有大致的了解，没有细节处的关心，因此和她闲聊时，更多的倒是在好奇裴澈。

刚刚和孟杳聊天儿时，向斯微还在想，她应该看不到裴澈被自家长辈揭短的场景吧，毕竟裴澈是一个教科书式的满分小孩，性格都平稳到了无趣的地步。

没想到裴秉之还真能说出一二来，谈笑风生地提起自己有多意外于裴澈的恋爱："他啊，从小就跟一块石头一样，饿了困了都不晓得出声的。有一回，他妈给他冲奶忘了兑温水，他居然就直接喝了！要不是保姆摸了把奶瓶，发现温度不对，他的喉咙都要烫穿了。"

向斯微听得吓了一跳，扭头看裴澈，小声问："真的？"

裴澈说："不记得了。"

"还能有假？"裴秉之笑谈，"那件事被家里的保姆告诉了他爷爷，我可是被罚得很惨哟！"

向斯微蹙了蹙眉，这种"童年黑历史"和孟杳说的完全不一样，不好笑，听得她瘆得慌。但见裴秉之似乎兴致盎然，她又不好沉默，只好客套地接话,小声嘟囔了一句:"你好惨。"

裴潋扫她一眼,夹了一片鱼片放到她的碟子里,低声说:"我没印象,应该是他吹牛。"

向斯微:"……"

裴秉之继续笑道:"反正他是锯了嘴的葫芦,性格也不好,不知道哄人的。斯微啊,他这脾气,亏你受得了。"

向斯微心想:锯了嘴的葫芦?勉强吧,裴潋确实话很少。不知道哄人?似乎也是,但他也没做过什么事惹到她需要哄的。

但说他脾气不好,她还真不同意。裴潋简直是她见过的情绪最稳定的人了,稳定得不像他这种出身和地位的人该有的样子。就拿他的发小儿来说,江何张扬,沈趋庭聒噪,雷卡肆意,裴潋在其中沉稳得像个异类。

她笑了笑:"他的脾气挺好的。"

裴秉之一摆手,爽朗地大笑:"不用给他面子!我还不知道吗……从小就是,他姐姐多乖?他就是个闷葫芦。给他爷爷拜年,这么多年都只会讲'新年快乐'四个字,亏得他爷爷疼他。"

向斯微抿抿唇,没说什么,又偷偷扫了裴潋一眼,他还是一脸平静,像是已经听习惯了。

行吧,父亲看儿子,大概就是看不顺眼的,也正常。她无意纠结这些。

裴秉之又笑眯眯地说了许多,都是很随和地提及,不带任何评判意味,问一问她做博主的经历,还有当年她参与制作的某支广告的男主演是他的朋友之类的;也会说起裴潋小时候的事,听上去和向斯微想象的没有差别——裴潋的爷爷对他很严厉,裴秉之反而插不上话,索性就自己潇洒了20年。

虽然裴秉之说话时难免带点儿中年男人"回望人生"的成功学"爹味",但他的脸长得清爽,看向向斯微的目光里也没有审视的意味,整体来说,这顿饭吃得不算艰难。

聊了快两个小时,裴秉之游刃有余地结束饭局,向斯微顺势把那瓶红酒递给他,说是一点儿心意,她不懂酒,希望伯父不要嫌弃。

裴秉之看了两眼,对她微笑:"谢谢,心意最重要。"

向斯微两手提着小包,垂在身前,很乖巧地点了个头。

"叫邓宇送你回去?"裴澈出声问。

裴秉之看了他一眼,点点头:"好,那我先回去。斯微,那麻烦你送裴澈去机场了。"

向斯微笑着道:"当然,伯父放心。"

裴秉之大步离开,长风衣的一角被微风吹起,看上去很潇洒。向斯微叹了一句:"你爸跟我想象的还挺不一样的。"

裴澈轻笑:"哪里不一样?"

"很帅。"

"……"

"也很随和。"向斯微由衷地道,"说实话,我本来以为你们家里会是那种,仪式感很强,有很多要注意的礼数,很封……"她紧急住了嘴。

裴澈勾起唇:"很封建?"

向斯微不承认。

裴澈笑了笑:"他很健谈,和这些年不在国内也有关系。"

向斯微点点头,过了一会儿,忽然问裴澈:"你爸这么多年不在你身边,你会想他吗?"见裴澈神色怔忪,她又补充了一句,"小时候。"

"还好。"裴澈平静地回答,"你不是也说了吗?他很随和,这就是他不在家的好处。"

什么歪理?向斯微没同他理论,总之,这顿饭吃得比她想象中的更轻松一些。她心情不错,拉着裴澈去停车场。

裴澈正想说不用她送,自己叫个车就行,就听见"嘀嘀"两声,一辆白色锐界闪了灯。

"上车吧。"向斯微笑眯眯地说,"昨天刚提的,你是第一位乘客啊裴总。"

裴澈已经习惯向斯微在重大决策上的果断风格了,摇头笑了笑,上车后问:"怎么想到要买车?"

"一直都有这个打算啊,没车太不方便了。"向斯微说,"只是最近撤了一笔基金,而且之前申请的创业补贴也下来了,还可以免税呢,就买了。"

裴澈点点头。

"就是这个地库太吓人了,我下午开进来的时候全是豪车,显得我很土,下次我绝对不开车来泰和轩。"向斯微吐槽。

裴澈轻笑,忽然记起她在美国开的是辆二手车,坏过好几次,因此立了壮志,说以后要攒钱提一辆 Taycan(保时捷电动车)。他顺嘴说买一辆送给她,她却一副见鬼的表情,然后严词拒绝。

如果他现在提出送她一辆车,她会是什么反应?

当然,裴澈并没有这种打算,却忽然想到,如果今天见她的是爷爷,裴德安看到她开这辆车,大概根本不会问,而是直接吩咐司机开着新车去她家待命。

他闻着车内清淡怡人的香氛,听见向斯微轻轻哼着歌,扭头看她，不敢再想下去。

送裴澈到机场后，向斯微一人慢悠悠地开车回家，心情越发好了。

她喜欢独自开车的感觉，尤其是在夜晚畅通无阻的宽阔大道上，那种自由的掌控感几乎令人上瘾。

到家后，她小心翼翼地将车停进老弄堂里，正准备洗澡睡觉，忽然又收到孟杳的微信消息。

她以为孟杳是来看她"见家长"的好戏，好笑地点开消息，表情却霎时僵住了。

孟杳发给她一张热搜截图，问说的是不是她——

实时话题27——"凤城动物园，周边"；实时话题29——"外卖手套，辱女包装"。

裴澈原本习惯在飞机上睡觉。这几年他长途飞行太多次，有一段时间，他甚至只有在飞机上才能睡着。

可这次东城到纽约14个小时的飞行时间，他睡得很浅，时而梦见自己坐在向斯微的小车上，她开车时喜欢哼歌，放好闻的香氛，后视镜上挂一只海龟公仔；却又忽地天旋地转，身处失控狂奔的汽车之中，身边不是向斯微，巨响之时，他看见裴澜在车外讥笑他天真。

他时梦时醒，落地时纽约是凌晨。

他回酒店歇了几个小时，换过正装，出门时看见戴白手套的司机已经候在车前。他看着对方那标准的微笑，脚步微顿，停了半晌，出声吩咐："换一辆车。"

身边的人不明所以，但仍照做了。

他在车上看手机，落地时，他给向斯微发了消息，她回复过后，没再回消息。他正要息屏，裴澜给他发了个链接，问他："这是你的那个女朋友？"

裴澈一皱眉，点进去看见一个蓝V媒体的发文，标题是"私人动物园售辱女产品引争议，擦边包装为何屡禁不止？"

他一目十行地扫过，发现除了第一段背景事件，全文大多在探讨和批判外卖手套劣质包装的事情，可封面用的是向斯微——虽然脸部打了马赛克，但图片背景和底部水印都很清晰，是向斯微留学时的vlog截图。

裴澈退出那篇博文，又点开热搜榜单，视线再次下移。

实时话题13——"一只海龟象"；实时话题16——"凤城动物园，辱女"。

"一只海龟象"是向斯微本科时做段子手的网名，后来她留学拍vlog用的名字也是这个。

裴澈点进去看实时话题，满屏是愤怒的声讨——

"无语，现在点外卖都没有这种恶臭包装了吧……"

"我是凤城的，觉得家乡出个网红不容易，还支持过那个动物园，现在就是吃了屎的心情，谁懂？"

"只有我的关注点在价格吗？就一个盲盒，两个公仔，卖138块钱？别太离谱儿！"

"火了就开始割韭菜呗，早就想说了，那么小一个动物园，为什么会火啊，大家没吃过好的吗？"

"我也很不理解，而且这个动物园不是刚出过事吗，虐待孔雀啊，大家都忘了吗？"

…………

"说了你们可能不信，这个礼盒是个女的设计的！"

"救命，哪个女的想得出这种阴间包装啊？"

"厌女的女人比你想得多得多得多！"

"是她啊，我之前还喜欢过她的段子！她不是早就退网了吗？而且我记得她之前的段子里性别意识还挺强的，难道都是人设吗？"

"写段子不挣钱，她之后又去拍vlog割韭菜了啊，那个动物园火起来就是因为她拍的视频，什么颓废躺平之类的，她真的很会抓热点。"

"我真的很失望！"

"歪楼爆个料，这个海龟象跟动物园老板关系不一般。本人是凤城初中2010级的，她当年就蛮会跟男生相处的，不喜欢跟女生玩。这个陈老板本来有女朋友，青梅竹马，后来人家正牌女友和他分手出国了，原因嘛，懂的都懂。"

"越扒越有啊……"

"我就说嘛，这种外包的东西出了事居然没甩锅，而是一致对内，说是动物园的员工有问题。哪有这么良心的甲方？"

"我也是校友。而且这女的高中转学去东城了，这么多年没回来过，发的所有跟凤城有关的东西都是因为这个男的，你品，你细品。"

"她超爱。"

"无语，我以前还看过她的vlog，觉得她过得蛮精致的，还以为是独立女性。"

"别独立了，最新扒的，看看吧。这姐说是博士，论文却没几篇，而且读的是教育学院……"

"呵呵，海外学教育的，水出天际。"

"懂了，立得一手好人设啊。"

…………

裴澈不想再往下看，沉着脸回到话题主页，重新看那几篇媒体报道。他看来看去，这件事的起因就是陈港生动物园那个价格不菲的周边盲盒里出现了擦边设计的一次性手套包装。

这当然会引发顾客的不满，尤其是购买这套周边的顾客中七成都是女性。可舆论为什么会扩大至此？一个勉强称得上有热度的小型动物园、一个早就退出社交媒体的段子手，怎么会引发这样大的关注度？这不符合常理。

他在飞机上的14个小时里，一定有人做过什么。

裴澈点开微信，给向斯微打视频通话，两次都没有人接。

他皱紧眉头，正想打给孟杳，裴澜的消息再次发来："建议你现在去查一下自己和她有没有被拍到过。

"不要影响家里，谁也不知道爷爷生气了会怎么做。"

两行字，清楚明白，不愧是裴总的危机意识与应变能力。

裴澈脸色阴沉，直接拨电话过去。

"是你吗？"他开门见山。

裴澜愣了几秒，反应过来后恍然一笑："你觉得呢，董事长？"

三天前裴澈履新，这是她第一次喊他董事长。

裴澈说："直接一点儿吧。"

裴澜沉默了一会儿，出声道："不是我，我对你那个女朋友没什么恶意。一个普通姑娘，跟我半点儿关系也没有，我不闲。"

汽车平稳地拐了一个弯儿，裴澈看着车内崭新整齐的装饰，忽然思绪一顿。

当然不会是裴澜，裴澜不屑于做这样的事情。姐弟龃龉多年,她痛恨的是裴德安不讲道理的偏爱,是裴澈没有理由的得天独厚,是这所谓的百年望族、诗礼名门里最卑贱、最野蛮的轻女、厌女——是不公平。

这么多年,面对裴澈,她把她的愤怒、不满、难缠统统摆得很清楚。她不会背地里作梗,更不会针对向斯微。

裴澈像忽然拨开了眼前的迷雾,觉得几分钟前的自己无比陌生。

电话里,裴澜继续说:"你如果要听实话,实话就是,我还挺希望那位向小姐嫁给你的。

"你们走不到最后,所以如果她嫁进裴家,你会很麻烦,而我乐见其成。

"所以,我真没必要动她。我挺欢迎她的。这样解释,你应该能相信了吧,董事长?"她一如往常,极尽讥讽之能事。

而裴澈沉默良久后,低声说:"抱歉。"

裴澜明显愣了一下,而后才说:"客气了,向您汇报工作是我的职责之一。"

她挂断了电话。

车窗外风景变换,曼哈顿的街景是永恒不变的暗色调。

裴澈安静了一会儿,对前座的助理说:"给我订一张回东城的机票。"

助理诧异,看他脸色:"什么时候的呢?"

裴澈低头:"明天。"

他给裴澜发微信消息:"你明天能到纽约吗?"

裴澜回复:"什么意思?"

"这个项目是你的。我明天回国。"

没有等回复,他知道裴澜会来。她从来都比他更进取,也更有资格。

而后他拨通了孟杳的电话，半分钟后被接起。

没有等他问，孟杳直接开口："你看到网上的消息了？"

"嗯。"裴澈问她，"向斯微在你那里吗？"

"我在秋园路，昨晚就过来了，你放心。"

"她怎么样？"

孟杳看着阳台上平静地打电话的人，回答："她在和陈港生沟通回应和退货的事情。热搜是昨天夜里被顶上去的，陈港生那边错过了最佳回应时间。"

裴澈压下心中对这个名字的厌烦，问："他们打算怎么做？"

"无条件退货，然后出声明澄清。"孟杳说，"好在他们还有设计稿和沟通记录，能证明那个手套不是向斯微的设计，是工厂积压的库存，向斯微反对用那些，是陈港生那边负责运营的员工出了岔子。"

裴澈皱眉——这样的澄清会有效果，但作用不大。眼下舆论的怒火远远不止一个手套包装那么简单，网友已经拿向斯微之前的经历做文章了，真真假假的东西被扒了出来，任何一点都可能经过扭曲和放大，成为新的导火索。

他正想说什么，突然听见电话那头儿的动静。

"向斯微现在能不能接电话？"他问。

孟杳将手机递给从阳台出来的向斯微，用口型说"是裴澈"。

向斯微有些累，捏了捏眉心才伸手接过手机："喂？"

"你怎么样？"裴澈留心她的声音，和平时似乎没有不同。

"还好啊，不用担心。"向斯微笑了笑，"小事情，本古早网红能解决。"

裴澈没有笑，严肃道："我帮你处理。"

那头儿静了几秒，而后向斯微失笑道："帮我删帖、封号、出律师函啊？"

"向斯微。"裴澈加重了声音，不觉得这有什么好笑的。他不明白，在明明有解决方案的情况下，她为什么这么愿意替别人的失误买单。

"好啦……"向斯微叹了口气，语气里竟多了些安抚之意，"你等我们先出声明好不好？先澄清一下事实，如果还有那么多嘴贱的人，就拜托你帮我清理嘛。"

"你""我们"……

裴澈没说话。

"先让我澄清，好吗？"向斯微又问了一遍，从疲惫中强撑起一点儿温和的耐心。

"好。"裴澈沉声道。

"嗯嗯，你放心，我没事的。"向斯微的声音里终于带上了一点儿笑意，"哦，对了，还有评论里那些……都是假的，陈港生和周谅在一起是我来东城之后的事，他们俩都是我的好朋友，没有什么奇怪的关系。"

"我知道。"裴澈无奈，"这个你也要解释？"

向斯微抿抿唇："谢谢。"

裴澈顿了顿，没告诉她他明天回国，又关心了几句，挂断电话。

车里安静下来，裴澈闭了会儿眼睛。千头万绪的事情在脑海中被爬梳，倏然，他想到了什么，猛地睁开眼，脸色变得难看。

他打电话给裴秉之，没有人接。他又直接打回老宅，听用人说裴秉之出海和朋友钓鱼了，这两天都没有在家。

裴澈脸色难看极了,将手机捏在手心里,思忖良久,打电话给邓宇:"给裴秉之订回欧洲的机票。

"找到他人,越快越好。

"你亲自去送,落地后收掉他的护照。"

一个小时后,凤城动物园官方账号发布了澄清和无条件退货声明,向斯微用许久没有登录的账号转发了。

评论区有人信,有人不信,还有人认为他们只澄清了手套的事,那说明向斯微心虚,变相承认了"水学历""当小三"的事。

但热度在降,退货量也没有他们预期的那么大,理性的声音开始出现,舆论得到了控制。

裴澜还没到,裴澈仍然需要按既定行程工作。他在午餐会的间隙刷到了这些消息,又收到向斯微连着发的几个古灵精怪的表情包,告知他"小问题,已解决"。

他回复了一个"OK(好)"的手势,叫她不要再看手机,吃完晚餐后睡个好觉。但他并没有完全放心。

另一边,向斯微终于喘了口气,被孟杳拉着出去吃饭。饭后,她坚持不让孟杳再陪,独自回家洗澡,关掉手机,补了悠长一觉。

第二天她很晚才起床,且吃过早饭才将手机开机。

向斯微觉得,这真是她睡过最糟糕的一觉,怎么也不踏实,身体累极了,神经却还跳动着,反复梦到半真半假的热搜话题,如同潮水渐渐涨高,淹没她的身体。她不情不愿地打开手机,无数条消息涌进来,她背后一凉,没有查看熟人消息,直接点进了社交媒体。

实时话题第一位赫然在列——"一只海龟象,培安太子"。

裴澈小的时候，有一次跟母亲去戏馆看戏，被媒体偷拍过。三流小报没什么操守，拍到他独自坐在椅子上，便说他被母亲冷落，没有人管；拍到沈毓在后台和人聊戏、试戏服，就说裴家儿媳水性杨花；再联想一下裴秉之总被拍到出入夜店，便得出结论——裴家亲缘淡薄，家宅不宁。

他也是长大后才知道，那一次裴德安发了很大的火。后来很多年没有媒体敢拍他，让他如同普通人一样度过了学生时代，也是那次裴老先生雷霆之怒的原因。

近几年他倒有了维护媒体关系的职责，露面也不算少。可他如今已不再是八卦记者们对裴家家宅秘辛断章取义的工具，所以即使可以拍，也没有媒体关心他每天上班下班的无趣生活了。

此刻在机场被围，对裴澈来说是头一遭。

他的手机里源源不断地涌进各种人的消息，他一条都没有回复。刚刚在飞机上，却还是连接 Wi-Fi 去看网络上的舆论到了哪一步。

如裴澜所预料的那样，他和向斯微被拍到过。仅一次，也不是多么亲密的动作，他们只是一起吃饭，在秋园路的路边小店。

一石激起千层浪，各种各样的声音都有，但最主流的声音都是——

"裴家人又不瞎，这种名门望族怎么可能找个网红当女朋友啊……别是什么新型公关手段吧？"

"很明显是公关啊，她的真名和设计师这两个词已经搜不到了，她的评论区好多评论也被删了，真舍得下血本。"

"好家伙，拿培安太子出来给她挡枪吗？真是大胆。"

"她不是高中就插足同学吗，这种人哪里有底线啊？"

"她是不是在钓人家啊，可能是有点儿暧昧之类的那种。感觉现在这些精英男都喜欢跟网红玩,看到好几个了。"

"好敢想啊她,做梦也没这么做的吧。"

…………

手机里,裴德安得知他擅自将裴澜变更为项目负责人后又看到这个新闻,勃然大怒,打了好几个电话过来;裴秉之被邓宇找到,强行送上飞机,直接发语音过来骂他不得好死;向斯微也发过几条微信消息,问他是否在忙,有没有看到热搜……

他都没有回复。

他独自回国,没带助理,大概是裴家这么多年没有出过一件有意思的八卦,记者们兴奋极了,镜头和话筒都快递到他眼前了。

他们问的都是此刻正在热搜上的事,问他有没有看新闻,是否认识向斯微小姐,有没有需要回应的。

裴澈本不想回答的。他很清楚这时候不该贸然说话,他需要和很多人商议,和向斯微、爷爷、公关部……他应该反复斟酌,最后给出一个伤害最小的回答。

然而他刚刚看到的那些评论被自动配上刻薄的声音回响在他耳边——"好敢想""做梦也没这么做的吧"……

他抬头随便找了一个镜头看定,虽然被灯光晃了一下眼,但并没有表露分毫。

他很平静地陈述事实:"向斯微小姐是我的未婚妻,也是很优秀的设计师和创业者。盲盒周边的事情是动物园方面工作上的疏漏,向斯微和我会配合处理,在此我们向消费者道歉。除此之外的种种传言皆不属实,请大家不要再发散。"

几句话讲完,他盯着前头挤得最凶的那个记者,微笑道:"还有什么想问的吗?我赶时间,可以捎您去培安公关部做更详尽的了解。"

众人顿时噤声,悻悻地让出一条路,让他离开。

秋意渐浓,秋园路两侧的法桐经过一场大雨,大片落叶飘零在路边,空气中弥漫着潮湿的味道。

向斯微觉得闷,开了窗。一点点凉意拂面,她的电脑里播放着两个小时前裴澈在东城机场被拍下的视频。

裴澈也给她发了微信消息,说要先去培安大厦,晚一点儿来找她。她说"好"。

手机里,她看着风向大变的评论区——

"真的是一对啊!"

"而且不是'女朋友',已经是'未婚妻'了,这意思很明白了吧。"

"对不起,我的重点歪了,但是……培安这个太子也太帅了吧!而且说话好有气场,一看就不是那种二世祖。"

"人家已经是培安董事长了,不是太子……还不到30岁,他爸和他姐都得往旁边站,他直接上位,肯定不是普通人啊!"

"我又看了一遍那个澄清声明,其实很清楚了,跟设计师没什么关系,明显就是工厂的锅,人家原来的包装设计挺好看的。"

"我笑了,谁进了裴家的门还看得上中学同学啊?脑子又没包。造谣的打脸不?"

"呜呜呜,他说她是优秀的设计师和创业者,谁懂啊,这一点真的很戳我。"

"她怎么可能是小三啊?裴家什么背景,要不要看看人家的妈妈和奶奶都是什么出身,人家找老婆肯定做过调查啊,不比网友到处乱扒来得可靠?"

"说真的,喷的人真的看过人家以前发的内容吗?我觉得她的段子真的很有意思,很有灵气。"

"我早就想说了,真的很烦那些动不动说学教育水的,谁水谁去读好吗,以为博士是白菜啊,人人都读得下来?"

"就是啊,而且那是美博好吗?能毕业就很厉害了,那些天天在网上说海外学历水的,自己根本就没出过国吧……"

…………

短短两个小时,她从"水学历、割韭菜、插足同学感情"的女人,变成了"优秀、上进、清白、有灵气"的独立创业者。

她做的所有澄清,她决心无条件退货而要付出的代价和损失,都不如裴澈一句话,都不如她被认证为"裴澈的未婚妻"来得有用。

那是多高贵的一道金身啊!

向斯微的胸口忽然溢起一股强烈的情绪,不上不下地堵在那里,让她有一种想撕毁一切的冲动。

雨又下了起来,淅淅沥沥的,有水珠打在窗台,溅到她的脸上。

她勒令自己冷静下来,随后给裴澈拨了电话。

"你在哪里?公司那边处理完了吗?"她问。

"培安,马上结束了。"裴澈说,"我待会儿去找你。"

"我去望江公馆找你吧,培安离我这里太远了。"向斯微说。

"也好。我让邓宇去接你?"裴澈听不出她的语气有什么异常,但莫名其妙地感到不放心。

"不用,我开车过去,很快。"

"好,那你小心。"

"嗯。"

电话挂断之前,他放心不下地补充了一句:"没事了,不要怕。"

他听见了向斯微轻轻的一声笑。

向斯微洗了把脸，换了衣服，正准备出门，听见了"咚咚"的敲门声。

她不可避免地心中一紧，以为是记者已经找到了这里。透过猫眼看到只有一个人，她才小心翼翼地开了一道缝儿。

"向小姐好，我是裴老先生的助理。方便进来吗？"西装革履的中年男人隔着一道门缝儿，变形的狭窄的脸也显得彬彬有礼。

向斯微一愣，还是拉开了门，看到了一张无可挑剔的礼貌笑脸。男人用双手呈上了一个巨大的纸袋。

"这是？"

"是裴老先生送给向小姐的礼服。"

"为什么？"

她刚问出口，男人就主动解释："裴老先生说，既然已经公开，一家人总要见面。明天家里会举办一个小型品酒会，裴老先生希望向小姐出席，所以为您准备了礼服和饰品。"

向斯微反应不及，这个男人的每一句话，从内容到腔调，都像那种豪门电视剧里的台词，而她是什么呢？NPC（非玩家角色）吧。

男人似乎也不在乎向斯微的答复，任务完成，他保持礼数，道别后离开。

那个纸袋重得她一只手几乎拎不动。她拖回屋内，打开看了——孔雀蓝羽毛礼服，真是锦衣华服，璀璨夺目。

珠宝盒她不想打开了，正要将礼服盒也关上，发现盒子的角落里有一张卡片，拿起来一看，是设计师寄语与署名——Scarlett Lee，李舒乔。

这一瞬间向斯微才意识到，她连李舒乔的英文名都记得很清楚，反应快得让她自己都惊讶。想一想，是那年裴澈给李舒乔设计的那条裙子火遍社交平台的时候，艳羡旁人的 Scarlett Lee 的名字出现过很多遍，她后来也就看了很多遍。

向斯微蓦地笑了，也不知是什么事那么好笑，笑得她快要流出眼泪。

她用食指揩掉眼角的一点儿湿意，将礼服一丝不苟地放回礼盒中，精致的卡片搁在角落里，恢复它原原本本的样子。

门外的雨越发大了，她一手抱着这沉重的纸袋，一手撑伞护着，不让一滴雨落上去，上了车，开往望江公馆。

向斯微抵达望江公馆的时候，雨停了，但地面潮湿。她出门时忘记披外套，只穿了一件单薄的 T 恤，下车继续抱着礼盒，不自觉地打了个寒战。

她输入密码，开门，以为裴澈还没回来，却看见他站在岛台边煮咖啡，那只鹦鹉乖巧地站在架子上看着他，正巧说了句"裴澈，吃饭"。

方位和装修都绝佳的房子，即使碰上阴雨天，光线也不差。裴澈站在那个窗明几净的地方，咖啡的香气十分浓郁。

向斯微停步在玄关处，忽然觉得心脏被眼前的场景刺痛了。

他此刻的高贵闲适，如同他兀自宣称她是他的未婚妻时的理所当然，如同那两个小时内风向大变的可笑舆论，如同她手捧的这件由他的初恋女友精心设计的华美礼服，齐齐刺痛了她的心脏。

这些年来，她教养自己、重塑自己，已经深埋起来的那份刻薄偏激在这一刻被刺开外壳，倾巢而出。

· 263 ·

听见声响,裴澈抬头,看见她只穿着一件单衣,冷得身子不住地瑟缩,皱了皱眉:"怎么不穿外套?"

向斯微不说话。

裴澈走到墙边开了地暖,见她站在原地,察觉到不对劲,出声问:"那是什么?"

"你爷爷给我的礼服。"向斯微没找拖鞋,光着脚走上前,"Scarlett Lee 设计的作品。"

"很好看。"她笑着走到他面前。

裴澈看起来并不知情,他皱起眉,表情里有愕然,还有些不满。但这些都不重要了。

向斯微把那个纸袋放在岛台上,完璧归赵,如释重负般舒了口气:"你帮我还给你爷爷吧,检查看看,应该没有瑕疵。我只打开看了一下。"

裴澈的心沉沉一坠,他看着她未达眼底的笑:"抱歉,我不知……"

"你抱歉什么?"向斯微善解人意地笑起来,"这应该是好事吧?说明你爷爷认可我了?就像你也认可我,宣布我是你的未婚妻一样。"

裴澈盯着她:"你想说什么?"

向斯微轻轻抚着那个精致的瓷杯,刚煮出来的咖啡醇香温暖。她低头,缓缓道:"你说没事,就真的没事了。网上骂我的人立刻变少了,一个个都变得特别理智客观,还有人私信来夸我优秀,说要向我学习呢。"

裴澈走近一步,想要安抚她,她陷在了偏激的情绪里。

向斯微却摆摆手,拒绝他的靠近,抬头冲他笑,两个梨涡甜美极了:"你说好不好笑?

"我是个普通人,那我读的就是水校,我设计的东西就是辱女捞钱的,我本人就是心术不正、撬朋友墙脚的人。

"而只要你金口一开,说我是你的未婚妻,我就立刻变成了优秀上进的独立女性,我的学业、事业、人际关系全部变得又高贵又干净!"

她笑意极轻,一字一顿:"裴澈,谢谢你啊。"

她眼中的讥讽与怒意几乎烧穿他的胸膛,裴澈垂眸,心脏像被什么东西一下一下地重锤着。他极力平复纷乱的思绪,抬起头,用手扶住她的肩膀:"你冷静……"

向斯微打断他:"我挺冷静的。

"裴澈,分手吧。"

裴澈一怔,难以置信地看着她。

而向斯微坦然迎上他的眼神,似乎知道他在想什么,笑了笑:"我知道,你刚公开我们就分手,这会有些麻烦。没关系,这件事总会慢慢平息,我相信也没有人敢一直跟拍你的私人生活吧?我也不会在外面乱说什么。等到你觉得合适的时机,再声明一下就好了……"

裴澈冷冷地打断她:"你倒是想得很周全。"

向斯微听出他话里的讥讽,也理解他的不满——他肯定不能接受分手是她提出来的吧。她克制着,没有被挑起怒意,平静地点头:"嗯,希望尽量减少对你造成的麻烦。"

裴澈仿佛听见了天大的笑话,嗤了一声,冷冷地盯着她:"你是今天想到的分手?"

向斯微有些意外地看了他一眼,不解他为什么会问这样的问题。

即使不满,他也该下逐客令才是,怎么会这样追问?

可裴澈盯着她,仿佛非要一个答案。

向斯微想了想,点头:"嗯。"的确是今天,虽然此前她想过总有一天会和他分手,但今天的事是意外,她本来没想到会这么快。

"因为我没跟你商量就宣布你是我的未婚妻?还是因为我爷爷送的这件礼服?还是说,这两天的事对你来说无法承受、无法处理?"裴澈条分缕析,试图从条理中唤回自己的理智,语气却压不住怒意。

向斯微蹙了蹙眉。她此刻没有心思为他挑选出一个理由,又或者它们都不是,只是催化剂,让这一天提前到来。她答不上来,语塞一阵,含糊道:"都不算,只是我们两个不合适。你也知道。"

裴澈只觉得荒唐。她说是今天才想到要分手,却又说今天发生的任何一件事都不是理由,只是她想分了。

而她认为他应该知道他们不合适。

窗外忽地划过一道闪电,将两个人的脸都映得煞白。雷声很快响起,暴雨如注,砸在窗台上,击溃了他们的最后一丝耐心。

良久,裴澈冷笑道:"所以,你对所有事都奋力争取,锱铢必较,唯独对我,你可有可无,弃如敝屣,是吗?所以,你今天可以想分就分,是吗?"

向斯微与他对峙,想说的是"不是",脱口而出的却是微笑着的一句:"你不是应该很认可这种心态吗?"

裴澈一愣。她说得没错,他是这样的人。他疲于世上一切熙来攘往,懈怠家里家外种种人际关系,他把自己视作一件衣服,穿在合该惊才绝艳、前途无量的裴家独孙身上。感情是稀薄的,利益是脆弱的,世界是个巨大的草台班子,一切不过是小孩子的家家酒,可有可无。

向斯微多厉害，多了解他。

向斯微没有再继续与他争吵，她的确很累了。

"裴澈，咱们俩恋爱谈得挺好的，分手也简单一点儿吧。可以不用那么复杂的，对吧？"她仰头冲他笑了笑。

裴澈没有反应。

向斯微不再等："我的东西你就丢掉吧。你的东西，如果需要的话，我打包给你寄过来。"

她仍然想体面一些，于是又弯眉浅浅一笑，而后转身离开。

车子在暴雨中前进，她在一次轮胎打滑后，后知后觉地降下车速，停在路边。

大雨冲刷车窗，很快形成一道帘幕，将她隔绝。

车外的声音十分闷沉，仿佛离她很远，她终于觉得安静，觉得松快了。不知待了多久，她笑了笑，重新发动汽车，平稳地开回了家。

"啪——"

石瓢壶砸在墙上，被摔得粉碎。裴澈安静地立于一旁，敛目无言。

裴德安很多年没发过这样大的火了。准确来说，裴澈其实没见过老爷子发火。家里家外的人都听过传言，说裴德安铁血手腕，冷血无情，可他自记事起，倒一直见的是这老爷子慈眉善目的模样，也是在进入公司之后，才从种种决策中窥到他们说的裴老爷子狠绝无情的风范。

"你这个董事长倒是当得很好！"裴德安怒目圆睁，"一个星期不到，就急着夺我的权？我已安排好的事情，你竟敢擅自更改？谁准裴澜去纽约的？谁准你让裴澜出面负责那么重要的项目的？！"

裴澈抬头看了裴德安一眼，感到意外。

这几天里，裴澈的确做了很多事。譬如擅自将裴秉之送回欧洲，甚至扣下其护照，与软禁他无异；譬如直接在记者面前公布恋情，用词是"未婚妻"……他本以为裴德安会更关心这些，没想到，裴德安在意的是他将裴澜安排到纽约，负责她本该负责却被裴德安铺给他作为进阶之梯的项目。

裴澈转念又想，当然了，裴德安当然更在意这个——儿子去欧洲也没什么大不了，反正是不中用的人；裴家的孙媳妇是谁其实也不重要，因为无论是谁，最终都会按他的心意出现在公众面前。

这些都是可控的，不过是他如何将不同的人修剪安放到他满意的位置上而已，费不了多大力气。

裴澈几乎想笑：所谓的轻重缓急啊……裴老爷子一生心如明镜。

"她比我更合适。"他这样回答。

"合不合适轮不到你来说！"裴德安伸出拐杖，狠狠地敲了一下他的后背，"你谈恋爱谈昏了头是不是？我为什么让你去签这个合同，为什么让你代表我，你以为就为了一个项目吗？！你倒是大方！"

裴澈当然知道，所以裴澜比他更合适。其实他一直觉得，裴德安希冀他做的一切事情……裴澜都比他更合适。然而裴德安永远不会承认这一点。

见他沉默，裴德安当他不再犟嘴，心中的怒火仍在燃烧，但勉强压下了。看着裴澈疲态明显却仍旧挺拔的身姿，裴德安叹了口气，他其实是心疼的。

步入晚年后，他知道很多人当面不敢说，却在背地里笑他亲缘淡薄，所以儿子叛逆、女儿早逝，这都是年轻时业障太重的报应。

裴德安自傲一生，懒得理这些不入流的蠢货嚼舌根，他有个出类拔萃的孙子，是在敬柔身边养大的，能力、品行、样貌样样峥嵘超群……他的亲缘福气哪里会比任何人差？

沉默良久，他似乎说服了自己，语重心长地道："这次让她去也就去了，你姐为这个项目也的确不容易……以后怎么做，你心里有数就行。"

裴澈低头不语。

裴德安看着他点点头，当他默认了，甚是满意。

隔了一会儿，裴德安似乎才想起裴秉之的事，不耐烦地"啧"了一声："我问过了，那个小姑娘的事情，是你爸在背后说了话。"说着，裴德安又皱起眉头，一副烦透了的模样，"唯恐天下不乱的蠢东西，这么多年什么都没长进，那些戏子倒是认识不少，网上炒作的事他最熟。你把他送回去也好，留在国内，往后也会给你添乱……"

裴澈见他这样嫌恶自己的儿子，已经不觉得意外，未置一词。

裴德安又看着裴澈，心中有所不满，但叹了口气，宽和道："你对那个姑娘，要是真喜欢，就筹备起来吧。裴家认了的媳妇，总没有反悔的道理。你爸看不上她的事，叫她不要放在心上，他自己那些乱七八糟的关系都理不清，哪里知道看人？我们家轮不到他说话。"

裴澈愣了一下，裴德安的态度其实在他的意料之中。说到底，无论是向斯微还是谁，对裴德安来说都不重要——裴德安的态度不会比小孩子玩经营游戏更认真。然而这样过分的宽和让裴澈不敢放心，他擅自公布未婚妻，取消了裴德安定好的品酒会，向斯微拒绝见面……裴德安居然没有追究，就这样轻轻放过？

他出声问:"您给她送了李舒乔设计的礼服?"

"是啊。"裴德安冷哼一声,"本来叫她穿着来家里的,你又要临时取消酒会,跑来这里气我!下次吧,既然都对外头公开了,总要正式露一次面的。"

"为什么?"

裴德安意味深长地睨了他一眼:"什么为什么?家里头那么多礼服,我叫人拿了件好的送过去而已。"

裴澈不置可否。

"李家那个小姑娘平时喜欢设计衣服,听说手艺不错,人也懂事,时不时送两件到家里来,你姑祖母她们也有喜欢的。"裴德安耐心告罄,眼神锐利,"怎么,那个小姑娘吃醋了?那倒是要让我大跌眼镜了,她怎么会这点儿容人之量都没有?"

容人之量……是的,这才是裴德安的目的。他不在意孙媳妇出身如何、家世怎样,却要她安分守己、锦上添花,"容人之量"只是其中一课而已。他送礼服给向斯微,不是邀请,甚至不是试探,而是检验,是审核,像游戏开始前确认 NPC 已到位那样。

裴澈心中积攒的愤怒,那些对向斯微的不解与恼恨,此刻翻江倒海般全部涌向他自己。

"你叫人筹备一下,什么时候让她来见见家里人吧。"裴德安最后说。

裴澈心头躁郁翻涌,沉沉地道:"以后再说吧,这件事我自己来安排。"

不等裴德安反应,他转身离开了这座老宅。

望江公馆,冷白的灯光映照着空旷的客厅,裴澈从冰箱里拿出一瓶水，仰头灌掉大半。将空瓶握在手里，掌心冰凉。

发财又在喊他："裴澈，吃饭！"

裴澈没理它。

没得到回应的鹦鹉开始重复自己会的那几句——

"向斯微！

"裴澈！

"向斯微，发大财！

"裴澈，吃饭！"

…………

裴澈转身上了楼。

昨天他请阿姨来清理了向斯微留在家里的东西，并不多，一只纸袋就装满了。阿姨要扔出去时被他看见了，于是现在那个纸袋被搁在地上，似在笑他荒唐。

裴澈不知道自己在想什么。

良久，他拿出手机。

也许，他该问问向斯微有没有想要拿走的东西。像她说的，分个手而已，没必要撕破脸，体面一点儿并不难。

然而他正要点开微信，熟悉的海龟头像连着跳动了三次。

向斯微给他发了一张图片，是一个纸盒，纸盒里的东西摆放整齐，一目了然。

她问他："你看看东西有没有遗漏，没有的话，给你寄到望江公馆可以吗？"

第二条是十分和煦周到的道歉："不好意思，这两天有点儿忙，现在才有空收拾。"

瞧瞧，向斯微多厉害。

裴澈把手机攥在手里，后知后觉地感觉到虎口生疼。

他抬起手指，删掉了她的好友，下楼将那个纸袋丢进了管道垃圾桶。

网络上的热度下降速度快得不可思议。向斯微和陈港生协商完尾款事宜后，社交媒体上已经没有任何声音了，不管是骂她的还是夸她的。

只是她的私信仍有很多消息涌入，大多是粉丝夸姐姐美、优秀、上进，值得被爱，祝姐姐和裴公子一生顺遂、白头到老。

发私信的大都是女孩子，年龄也都不大，清澈的眼眸中看到的一切都美好得自带滤镜，是一种无法被指摘的真心祝福。

向斯微知道这是裴澈处理后的结果，她想，无论如何她也应该和他道个谢，然而那天发微信消息给他时，她就发现他已经把她删掉，寄到望江公馆的包裹也被拒收退回，最后被丢进了秋园路的垃圾桶。

向斯微不喜欢反思过去的恋爱，也不愿意思索裴澈的心理。也不难理解的，她想，任何一个男人刚官宣完恋情就被女朋友提分手都无法接受吧，何况是他那种出身的人。

这些天没有人来为难她，已经说明他足够绅士。

只是她略有一些遗憾——她本来以为这会是一段很好的恋爱，最后却走到了撕破脸的结局。

风波彻底平息时，已经是晚秋，向斯微给自己放了很长的假，没有推进新的工作，只是协助姜南做了一些零碎的事情。

那短短几天里，网络上台风过境一般的种种言论对她的影响似乎比想象中更大——

她本想回凤城看看爸爸，却想到，如果回去了，免不了要和陈港生见面，免不了听他没完没了的道歉，甚至连蔺婉都打过好几个电话来向她道歉，说着说着就哭了起来。向斯微觉得累，遂作罢。

倒是一辈子没主动给她打过电话的向志杰，前后拨来两个视频电话，问她工作怎么样、吃得怎么样，冬天有没有买新的棉袄，父女俩隔着视频的对话尴尬得让人头皮发麻，向志杰却东拉西扯，一直没有挂断。

向斯微本以为向志杰不上网，不刷社交媒体，是不会知道那些事的。但见他这样的反应，第二次视频通话的时候，她终于还是主动开口："爸，你是想问网上那些事吗？"

向志杰眼神躲闪，一边担心，一边又不敢多问，"嗯"了一声，支吾道："我看网上说，你跟那个……那个太子……"

向斯微摇头嗤笑："大清亡了多少年了，什么太子啊？"

她这一笑，向志杰噤了声，一张苦闷的脸斜在屏幕里，视线向下——他不会看镜头。

向斯微心中不忍，犹豫了一下，微笑起来："是我男朋友啦，有机会带回家给你看。"

"他们家……特别有钱吧，网上都能查到。"向志杰眼中的愁绪并没减少半分，他期期艾艾地道，"你怎么……怎么会认识这样的人呢？"

"他是我的高中同学。"

向志杰愣了一下，好像放心了些，咕哝道："那就好……我还以为是你在美国认识的。东城还是好啊，大城市……"

向斯微苦笑。在向志杰心中，她在美国那几年恐怕是"深受荼毒""腐化堕落"的。自从她回凤城一口气买下两套大房子后，小镇里的人说她被包养、当小三的闲话就没有断过，向志杰从来不敢跟她直说，但她知道，他是相信了的。

"人家对你好吗？不会让你受委屈吧？"沉默良久，向志杰干巴巴地问。

向斯微咧起嘴角："很好的。"

"那就好……"向志杰说着，点了点头，再没什么要说的，又不放心地看了看她，"你工作忙吧？"

向斯微点头："有点儿忙，我待会儿就要去开会了。"

"那你快去吧，我挂了。"向志杰伸出手，"冬天来了，你记得……"

他用手机很不熟练，话没说完，已经自己挂断了视频，僵硬的动作卡在屏幕上，向斯微呆呆地看着，有些累了，放下手机。

向斯微再次开始新的工作时，已经到了年末。

她28岁的生日如期而至。离30岁果真只剩临门一脚，向斯微本不想过得太隆重，但孟杳看不下去她这一个月沉闷自闭的样子，拉着她去孤山岛上喝酒。

冬季，冲浪店里没客人，酒吧里也只有零星几个服务生。向斯微和孟杳两个人占据店中最好看的那张圆桌，请调酒师随意发挥，调了两杯不知名的鸡尾酒，孟杳做了一块小蛋糕，二人碰杯、唱歌、吹蜡烛，仪式感一点儿没差。

向斯微一口气喝完了那杯度数不低的酒，"咝"了一声，咂咂嘴："28岁快乐！"

"快乐快乐！"孟杳隔着壁灯暖光看着好友，恍然发觉向斯微这么多年变化其实很大，更柔和、更从容，更优雅，但神态中那份坚毅的生命力又一点儿没少。

然而孟杳笑着说出口的是一句:"你最近是不是胖了点儿?"

向斯微瞪了她一眼:"我过生日,能不能说点儿好听的?"

于是孟杳说:"你胖了好看。"

"……"

孟杳笑了笑,犹豫了一下,问她:"分手不需要安慰?"

向斯微举杯,示意服务生添酒,然后扫她一眼,摇摇头:"又不是没分过。"

向斯微从前的恋爱孟杳都旁观过,都是和平分手,哪怕吵过架的前男友,分了之后虽算不上朋友,但至少也是个点头之交。

但对外宣称得再和平,孟杳却知道,每次分手,向斯微也都伤心过。和初恋分开时,向斯微拉她去私人影院哭了两个小时;第二任男友出国,向斯微在社交网站上收藏了一堆那个国家的旅游攻略。

这次分手不和平,向斯微也没难过,看上去平静如常,然而孟杳知道,这恰恰是最反常的。

"不伤心了?"孟杳问。

"有点儿吧。"向斯微笑了笑,又纠正她,"其实也不是伤心,是有点儿不理解。"

"不理解什么?"

"总觉得一切都蛮好的,虽然知道会分,但没想过会分成这样。"向斯微说完,又晃晃脑袋,"唉,算了,懒得思考男人,就这样吧。"

孟杳却皱眉:"知道会分?什么意思?"

"不然呢?难道要和他结婚?"

"别给我打马虎眼,"孟杳感觉哪里不对,"恋爱又不是非要结婚或分手,你是会被结不结婚劝退的人?"

向斯微没说话。

孟杏几乎没见过她这样沉默的神情,蹙眉问:"其实我还真的好奇过……你跟裴澈为什么会走到一起?"

向斯微听见这问题,顿了一下,像在思索,旋即笑起来,道:"大概那时候……我志在必得,他来者不拒?"

孟杏听不明白,只觉得"来者不拒"这个词跟裴澈搭不上边:"什么意思?裴澈……来者不拒?"

向斯微知道她不解在哪儿,点点头:"那时候我觉得,他可能也很需要谈谈恋爱。所以就问他,要不要谈恋爱,就在去年情人节那天。"

孟杏想起来了:"但你和他不是没见过几次吗?"

"是啊,只是知道有这个人。"

"那你?"孟杏诧异极了。

"想谈嘛,就问问看咯。"向斯微似乎有些醉了,语气中不自觉地带了点儿方言腔调,"问一下又不亏。而且……我那天穿的裙子可好看了,斩男裙呢。"

孟杏哑然失笑:"你是真猛啊姐!"

向斯微眨眨眼:"而且你不是知道吗?我一直很想谈一个这样的,就……禁欲系,冰山学霸,脑子特别好使,smart is the new sexy(聪明是新兴的性感)那种。"说着,她吸吸鼻子,颇为遗憾似的,"之前都没谈到过,碰上这个,当然要努力试一试。"

孟杏了然,笑着拍了一下她的胳膊:"不愧是你啊向斯微。"

向斯微撇撇嘴:"但最后还不是搞成这样了?"

孟杏理解她那点儿不痛快在哪儿了,叹了一声,安慰道:"没事,谁没分过一次难看的手呢?恋爱中是开心的就好了。"哪怕对方是裴澈,这也只是一段寻常的恋爱。恋爱就有分手,有争吵,难看的结局也很常见。孟杳并不会因为裴澈而对向斯微的这段恋爱有特殊的观感,既然向斯微想分,那就分好啦,她开心最重要。

说完,孟杳忽然想到了什么,勾起嘴角问:"对了,我想起来了,你高中的时候是不是也喜欢过一个这样的?当时我就问你来着,你死活不肯告诉我到底是谁!"

向斯微没想到她还能记起这茬儿,借着酒劲儿打开手机,分享八卦似的划拉给她看:"喏,这个。"

那是当年十三中竞赛队的合照,十几个男生里,有两个清秀得十分突出。十年前的老照片了,孟杳认出一个是裴澈,另一个似乎也有点儿眼熟。

向斯微确实有些醉了,见她仔细端详,轻声笑道:"他们俩是不是还挺像的?"

一桌之隔,刚进店不久的人浑身僵直,顿在原地。

江何的电话打来时,裴澈正在和裴澜议事。从纽约回来后,裴澜和他的关系缓和了很多。他开始瞒着裴德安,将许多重要工作和员工转到她的手下。

这是不小的动作,但因为裴澜的配合,公司无人置喙,更没有人敢告诉裴德安。唯二的两个接班人站在了同一战线上,纵使裴老先生一生呼风唤雨,现在也没有人愿意为了他得罪未来的老板。裴德安信奉一生的权力,有时候显得简单得过分。

裴澈粗略地扫了一眼裴澜拿来的文件,签了名,递还给她。

裴澜本该离开,看见他瘦削的侧脸,还是顿住脚步,犹豫了几秒，问："你到底有什么打算？"

裴澈抬眼："你看不到吗？让每个人回到合适的位置而已。"

这段时间他加班很疯狂，连邓宇都跟着一起熬夜，两个人都明显消瘦了一大圈。而且裴澜还听说……他很久没有去过秋园路了。

"公关部隔三岔五就收到媒体邀约，请你跟未婚妻出席活动。"裴澜试探性地问，"你们一个也不参加？"

裴澈翻过一页文件，头也不抬："不参加。"

"你到底——"

裴澜的话被手机铃声打断了，裴澈接起的同时，用眼神示意她离开。裴澜多年来从没认同过裴澈的领导地位，这淡淡一瞥却让她感受到了上位者的威压，她噤声退出了房间。

"什么事？"裴澈问。

"你多少天没离开公司了？"电话里，江何的语气带着担忧。

"什么事？"裴澈近来尤其缺乏耐心。

"我现在去找你，喝酒去。"

"不去。"

"失个恋而已，至于吗？"江何急了，"要真过不去就去找人聊聊，别端着你那架子，死皮赖脸一点儿。你们俩到底为什么分手？"

"我很忙。"裴澈说完，要挂电话，江何却语速极快地插进一句——

"是不是你在记者面前官宣没跟人家商量？"

已经放下的手机又举起，但裴澈没有说话。

等了几秒，江何明白了，恨铁不成钢地叹了一大口气："你可真敢，那是向斯微啊，你们俩都在一起两年了，你不知道向斯微是什么狗脾气？孟杳那么温柔的一个人，我爸妈想见她，我都得提前跟她打好商量。你倒好,二话不说,直接在全世界人面前说人是你未婚妻,你求婚了吗就未婚妻?向斯微只是提分手,没跟你撕巴都算特殊对待了。"

裴澈沉默了。他当然知道向斯微不会喜欢他这样擅作主张,但当时情急,"未婚妻"三个字是脱口而出的,他自己都没有想到。之后见到她,他也想好好解释并道歉,可她似乎并不在意这个,干脆利落地提出了分手。

"你想说什么?"裴澈问。

"今天冬至,孤山岛喝酒,去不去?"

"今天什么?"裴澈忽地惊醒一般,点开电脑上的日历,居然已经冬至了。

"冬至!12月22号!你女朋友的生日!"江何恨铁不成钢地说,"我早上听到孟杳说要跟向斯微去孤山岛喝酒,这可是我冒着失去女朋友的风险给你偷听来的情报啊。你要是真过不去,就找人好好谈谈,别自己装情圣,当工作狂猝死了,到时候算在谁头上?向斯微是不是还得背你一条人命?人家倒不倒霉啊?"

"……"

"要去就赶紧,别废话了。"江何"啪"的一声挂了电话。

裴澈看着日历上那个"冬至"的标记,木然地坐了两三分钟,起身钩起车钥匙往外走。

孟杳越看越觉得照片上的那个人眼熟,却怎么也想不起来是谁。向斯微又闭嘴不交代,闷声说是以前喜欢过的人而已,把手机揣回兜里,再不肯给她看。

孟杳喝得也不少,醉醺醺地笑她:"高中喜欢,你高中怎么不追?"

向斯微摆出一副正经的表情:"高中要好好学习!你以为我跟你似的?"

孟杳伸手打她的胳膊:"乱讲!我高中也好好学习了!"

"哟哟哟,不是因为要和学霸谈恋爱才好好学习的?"向斯微阴阳怪气。

"没谈!"孟杳矢口否认,"一点儿都没谈!"

向斯微嗤声。

两个人有一搭没一搭地聊天儿,直到深夜。

向斯微醒来时,已经快到12点了。她酒量好,这么眯了一会儿,已清醒了不少,只是头还有点儿晕。她轻轻地推了推孟杳,见孟杳没反应,便甩甩脑袋,起身想先去趟卫生间。

店里早打了烊,只剩值班看店的调酒师窝在吧台后看电影。向斯微从他身边经过,没有打扰他。

一路都没开灯,只有墙壁底下"应急出口"的牌子发出荧荧的绿光。

向斯微顶着还不太清醒的脑袋仔细辨认男女卫生间的图标,然后走进女卫生间用冷水扑了把脸,这才觉得脑袋轻了下来。

向斯微将手撑在盥洗台旁,盯着镜子里新长了一岁的自己——比高中时圆润了不少的脸庞,精致的妆容一点儿没花,熬了夜的眼睛略显疲态,但她仍然喜欢自己的眼神,这应该是少年时的自己会喜欢的模样吧?

向斯微冲镜中的自己笑了笑,抽出大衣口袋里的纸巾,一边擦拭着手上的水渍,一边往外走。

"是游川……"

忽然传来的低沉声音将向斯微吓了一跳,手中的纸团掉在了地上,她冲着幽暗处喊:"谁?!"

高大的身影从角落里走出来,向斯微迟疑地出声:"裴澈?"

他走到她面前,垂眸盯着她:"是因为游川。"

"你……"

裴澈紧逼到她身前,眼神阴沉得可怕。向斯微闻到他身上浓烈的酒气,蹙眉问:"你不是不能……"

"说说吧,"裴澈打断她,"去年情人节,为什么突然问我要不要谈恋爱?

"你从什么时候决定找我谈的?高中吗?

"游川看起来跟你不熟……你为什么没找他?是因为他已经有女朋友,你插不进去?

"你本事不赖,怎么高中的时候不……"

"你知道自己在说什么吗!"向斯微越听越觉得刺耳,那股浓烈的酒气笼罩着她,令她失去耐心,她忍无可忍地打断他,"我们的事情跟游川有什么关系!"

裴澈看着她恼羞成怒的脸,心中一半是血淋淋的疼,一半是前所未有的畅快,灌下数杯烈酒后,他的大脑竟无比清醒,裴澈冷笑:"难道不是?你喜欢的难道不是游川?不是你说,我跟他……"

几乎要脱口而出的话骤然止住,如同一把将要离弦的箭射回他自己的胸膛,真是痛彻心扉。他终于看清了他和她之间始终存在的那层隔膜是什么,不是性格的差异,不是背景的不同;也终于知道,她为什么总在他戴上眼镜时格外热情。

她说她蓄谋已久,她说她是智性恋,喜欢聪明的大脑,她说她爱看天才传记影片……那都不是因为他。

裴澈此前从不觉得自己的人生会有什么精彩奇绝的时刻，但这一刻真是奇耻大辱，终生难忘。

向斯微怔住了，终于听明白了裴澈的意思，却觉得难以理喻，醉酒的脑袋开始疼起来——他在意难平什么？什么事情值得他失态至此？他是觉得自己当了替身？是对被人与游川相提并论感到耻辱？裴大公子果真是金贵得过了头。

她轻"呵"一声，抬眼直视他，目光如刀："那不如我也问问你，去年情人节，你为什么会答应？那时的我对你来说就是个陌生人，一个陌生人问你裴大公子要不要谈恋爱，你那么轻易地就答应？"

裴澈没有回答，紧紧地盯着她，瞳孔中蔓延出阵阵寒意。

向斯微笑着摇头："如果不是李舒乔，如果不是你那时候需要……"

裴澈皱眉打断她："你觉得我和你在一起，是因为李舒乔？"

他不等她回答，看见她那张一如往常的坦然坚毅的脸庞，哪怕一夜酒醉也不露丝毫羸弱。怪不得……他只觉得胸膛内一切思绪都在沸腾，从前不解的问题如今有了答案，却觉得更加荒唐。

他不想再看她，移开目光，垂眸笑道："那你还真想错了。你和李舒乔……"他睨了她一眼，"没有可比之处。我那时答应你也不需要什么理由，送上门来的，我为什么不要？"

裴澈以为这番话会让自己痛快，结果只是让自己更加恶心。他强压下心中的反胃感，笑自己愚蠢，被毒蛇咬了一口，居然想要张嘴咬回去。

向斯微却异常平静，只是抿了抿唇，然后轻声说："也可以。都一样。"

轻飘飘的一句话，让裴澈心里的最后一块巨石也落下了，砸得他血肉翻飞。他此刻真佩服向斯微，真是能屈能伸、心胸宽广，教教他，该怎么做到？

酒意在激烈情绪的冲撞下渐渐消散，向斯微长长地舒了口气，试图保持耐心，给出最后的诚恳："裴澈，我当时找你，是因为我真的想和你谈恋爱。"她放缓语速以整理自己的思路，她并不想和裴澈有这样不体面的收场，他们不必如此的，"当然，也是因为……喜欢你，才会想和你谈恋爱。"

裴澈没有反应。

向斯微看了看他，抿抿唇，继续道："我没有把你当替身，也没有把自己当替身，我希望你不要误会。其实，你可以把事情想得简单一点儿，我们只是各自找到了喜欢的类型……哪怕不是最喜欢的那个，这两年的恋爱也谈得很愉快了。我觉得我们都挺开心的，这没什么不好。"

裴澈的脸色越发阴沉了。向斯微自觉坦诚，不知道他还需要什么解释。

等了许久，裴澈没有回应，向斯微的耐心告罄，叹了一口气："还有游川，虽然我觉得他和我们的事没有任何关系，我跟他没有私交，甚至连朋友都算不上。但如果你需要我解释的话，高中时……"

说到这里，她需要歇一口气，积蓄一点儿勇气："我的确喜欢过他。但那时候我没想过要跟他怎么样，后来没有缘分相识，也就算了。"

向斯微苦笑了一下，从没想过自己有一天需要把这些话说出口。那是她的少女怀春，是她第一次真正喜欢一个人，是她敏感的少年时代里一点点不足为外人道、却拯救过她自己的温柔。

"我接近你,是因为你的确是我喜欢的类型。这和我喜欢过游川没有任何关系。"向斯微想了想,试图给他最核心的结论,"我从来没有把你当作替身,我只是……"

"你只是——"裴澈终于再次看她,布满血丝的眼睛里浸着荒凉的笑意,"退而求其次。"

这一晚上的争吵、失态、互相伤害后,他为自己盖棺论定。

而向斯微张了张嘴,无法反驳。沉默良久,她叹了一口气,捡起最后一点儿耐心,抬头问他:"你还有什么……想要我解释的吗?"

裴澈见到她踟蹰的神情,居然笑了笑。没想到有一天,他也能将牙尖嘴利的向斯微说到哑口无言。

那一点儿荒凉的笑僵在嘴角,裴澈看着她,声音低沉:"向斯微……你给我道个歉吧。"

"你现在向我道歉,告诉我你是……真心的,我就当一切都没有发生过。"他觉得眼眶很疼,手心发酸,不知道自己此刻的样子在她眼中是不是很可怜。然而声音不由自主地发出,沉闷沙哑,类似某种本能。

向斯微愕然,怔在原地,看着他阴沉的脸色,许久后淡淡地道:"我没有什么需要你原谅的。"

裴澈低头笑起来,再看向她时,眼眸已经全然浸在通红的泪意里。

"以后,再也不要让我看见你。"他好像终于找回了自己的声音,语气寒凉。

"好……"向斯微不敢相信自己是不是看见了他的眼泪,茫然而下意识地答应下来。

裴澈擦着她的肩离开。

冬天的海风冰冷刺骨,沙滩边的小店门口,有年轻人窝在一起聚会,支起小炉煮热红酒,另一口大锅里飘出饺子的香味。

裴澈站在海边,看着眼前一片墨黑的海,回忆如同万花筒一般涌现,一时叫他想起上次和向斯微在这里散步,她还在说今年的生日要怎么过;一时又叫他想起小时候,冬至时,他会和章敬柔一起上山,冰天雪地,佛寺清幽,素饺子在滚水里鼓起绿色的肚皮,章敬柔每次给他添七个,说佛家里,七为小圆满。

他其实已经不常想起章敬柔了。之前有几年,他几乎每一晚都梦见那个满头银丝的老太太,穿着一身月白色棉麻衫衣、黑色宽脚裤,踩一双平底布鞋,从容地走进裴家,将他牵到身边——那是记忆中说一不二的裴德安唯一一次松口退让。

章敬柔慈爱,也淡泊,吃斋礼佛多年,言传身教教给他的,唯有平和克己。这份平和克己曾保护他很多年,使他在裴家盘根错节的复杂关系和裴德安的殷殷厚望中尚能保持清醒。却也使他愚钝淡漠,自以为是,连爱恨都不敏感,走到今天这样可笑的境地。

裴澈仍然记得去年那个情人节的夜晚,他在一瞬间感知到向斯微是个充满能量的人,而他太需要一点儿能量了。

现在证明,他的感受没有错。裴澈清楚地知道,这两年,如果没有向斯微,他不会向裴德安争取那最后一点儿自由,也许已经从众多家世好又挑不出错的女生中认识了自己的妻子;也许早就和裴澜姐弟阋墙;也许有一天,他或者裴澜,总有一个人会坐在失控飞驰的车里。他会平和地走向他厌恶的人生。

两年仿似一道逆天改命的法术,向斯微是神通广大的孙悟空。

可他现在才看清,他从未得到过神明,得到的不过是孙悟空拔下一根毫毛,变出的一场灿烂盛大的幻象,可以长久,可以独属于他,却不能成真,不能永恒。

于是,今天幻象结束了,他留在原地,连手里的毫毛也已随风而去。

第七章

神明

下午4点，飞机落地东城长桥机场。向斯微很有先见之明地往托特包里塞了件大衣，刚出机场就裹上了，迎着妖风看见姜南的车开过来，迅速地连人带箱子一起钻进去。

东城冬天的风无孔不入，明明门窗紧闭着，那丝丝缕缕的风却不知从哪儿渗入，由车到人，一一攻破，寒意钻进骨子里。

向斯微把头顶的针织渔夫帽摘了，盖住两只冰凉的手，叹了句："后悔了，大冬天的我去新疆干吗？"

她这次是从粤城回来。一个月前灵感浮岛和一部大热古装剧的制作方谈成了合作，为对方制作一批主角周边。甲方给钱大方，但事也多，几次视频会议聊得都不顺利，对方反反复复地更改需求，向斯微索性直接飞过去驻场，出了漫长的差，产品定稿下厂后又顺便在凤城跨了年，这才回到东城。

接下来就是姜南的事了，向斯微提前请了假，定好去北疆玩。

大概是凤城太暖和，让她一时忘了形，现在东城的冬天一秒把她拉回了现实。怕冷的基因现出原形，向斯微有点儿后悔这个安排。

姜南是北方人，了然一笑，安慰她："放心吧，北方不冷。"

向斯微像听到了天方夜谭："零下20℃，不冷？"

"不一样的。"姜南很有把握地说，"你去了就知道了。你们南方的冷是真的挨不住。"

"……"

"等你回来,我们也弄个年会?"姜南又问。灵感浮岛成立一年多,运营状况算得上超出预期。她们俩今年各招了一个实习生,团队加起来有四个人了,可以凑一顿很热闹的饭。

向斯微耸耸肩:"我都行,全听老板安排。"

姜南瞥了她一眼,总觉得她看起来挺累的,眉目间比往常少了那么一点儿劲头儿。

手边有个特别好猜的现成理由——前年那场诡异而短暂的"网暴"过后,"那尊佛"再也没有出现过。但姜南又总觉得事情不至于这么烂俗,向斯微也不像是谈个恋爱就缠缠绵绵的人,更何况她这一年并不是没有约会过。

姜南想了想,放弃揣摩自己这位合伙人兼学妹的感情生活。无论怎样,向斯微近一年给自己安排了很多工作,多线协作,步步精进,每一件都完成得很好,这就是好事。感情嘛,再伤心也就是打打雷、下下雨,没钱了天才会塌。

于是她哼了一声,说:"那你出个节目。"

向斯微疑惑:"就四个人表演什么节目?我去KTV给你唱首《奢香夫人》?"

姜南点头,信口胡扯:"也不是不行。主要是得把咱们团队的凝聚力搞起来,企业文化搞出来。"

"你往商学院交的那些冤枉钱能不能退回来?就学了这些?"向斯微嫌弃地嘟囔,"不如多买俩包,那东西拎在手里总比长在脑子里好。"

姜南:"……"万一以后创业失败,她一定要把"和毒舌怪合伙多年仍精神稳定"这一条写进简历里。

姜南送向斯微到了秋园路,在车里传完两份文件便走了。

向斯微约了孟杳晚上来家里吃火锅,推开弄堂口的低矮铁门,那棵老梧桐树仍然矗立在小楼门口,一个穿黑色大衣的高大身影立在树下。

她有半秒钟的恍神儿,但极迅速地反应过来,转身闩好门,走过去自然地问:"送孟杳过来的?"

一句话把江何气乐了,向斯微这张嘴还是这么不客套——正常人不都该礼貌性地问一句,他是不是也留下来吃个晚饭?

他转念一想,她没直接嫌弃地说"你怎么在这儿"已经很有进步了。

江何点了个头:"她说落了个调料,去便利店了。"

"哦。"向斯微拖着行李箱打开了门,回头道,"你先进来坐会儿?"

江何两手插在大衣口袋里,随意地摇了摇头,正要说话,口袋里的手机响起铃声,他拿出来看了一眼,眼神微变,但很快恢复如常,他冲向斯微示意了一下,一边往外走一边接电话:"难得啊,你也会往外打……"

向斯微只听到这么几个字,忽然猜到了电话那头儿是谁。但她没有深想,孟杳已经买好调料回来了。

江何看见孟杳,对电话里的人说了一声,便问孟杳:"晚上我来接你?"

"不用,我晚上可能留在这儿睡。"孟杳考虑到他的起床气,"要不你把车留在这儿,我明早自己回去。你不是还有饭局?"

江何犹豫了一下,点点头:"少喝点儿啊你。"

孟杳好笑道:"我的酒量可比你好不少啊朋友。"

江何无言,想说去年不知道是谁在孤山岛喝得酩酊大醉,六亲不认,要不是他赶去接人,这俩女的就差表演海岛裸奔了。

然而看看梧桐树下站着的那位,再想想电话那头儿的人,他什么都没说,"嗯"了一声,手贱地把孟杳的毛绒帽往下一扯,一闪身溜走了。

她们在二楼的小窗边煮起火锅来,蒸腾的热气很快在窗子上晕出一团薄雾,窗后,老城的夜景幽静迷蒙。

孟杳犯了职业病,撅着屁股在桌边拍个不停,构图讲究,横平竖直,不许向斯微入镜,连角落里斜放的筷子都被勒令摆正。

向斯微无奈,索性下楼拿了两瓶酒。

"不是说不喝吗?"孟杳终于放下手机,看见她手里拿的还是两瓶白酒,诧异地出声。

"还是喝点儿。"向斯微总觉得心里闷着点儿什么,"等久了,馋了。"

孟杳瞅了瞅她,没表态。

"今天是在家,又不是在岛上,喝大了也没事。"向斯微知道她在想什么,不就是去年她生日,她们俩喝得太放肆,有心理阴影了吗?

"而且就一人一瓶,以咱们俩的酒量,小意思。去年喝成那样是因为喝杂了,那个调酒师太狂野了。"

她们俩的酒量都不赖,天生的,两瓶白酒确实不在话下。

孟杳欲言又止,最终还是笑了笑,接过她一气儿撬开的酒瓶:"行吧,就喝一点儿,吃火锅不喝点儿确实不像话。"

"就是。"向斯微乐滋滋地下了一筷子肉。

"来吧，恭喜我第一次完成七位数的订单！"向斯微举着酒瓶。

孟杳也直接拿酒瓶碰她的酒瓶，笑着说："等我什么时候拍到大制作了，也找你做周边。"

"给你打折！"向斯微抿了口酒，皱起眉，端详瓶身上的说明，嫌弃道，"这什么呀……也太难喝了。"

孟杳笑了："八成是你什么时候从楼下的便利店里拿的吧，这个牌子本来就难喝。"

向斯微吐吐舌头，放下酒瓶，还是另开了饮料。

孟杳有些意外，这酒绝没有难喝到这个地步，笑她："你是不是酒量变差了？"

向斯微撇撇嘴，无奈地承认："可能是，好久没喝，退步了。"

"有心理阴影？"

向斯微幽幽地看了她一眼："去年那次喝完，我的'姨妈'直接出走一个月。"

孟杳知道这事，语气正经起来："你确定不是因为你工作太忙？"这一年是灵感浮岛的上升关键期，向斯微和姜南都忙得飞起，最多的时候同时推进三个 case，通宵加班是家常便饭。向斯微直接熬到内分泌失调，待会儿吃完火锅还得去热中药。

向斯微理不直，但气很壮："所以我这不是要休假了吗？"

孟杳见她谨遵医嘱，不沾辣锅，又好笑又心酸。

向斯微嚼完一片毛肚，自顾自地说："要不我顺便去物色一个草原汉子好了，谈谈恋爱，调整一下内分泌。"

孟杳顿了一下，没说话。

这一年，她其实一直想和向斯微聊聊裴澈。他们俩分手闹得太突然，前一天裴澈还在记者面前公布恋情，后一天两个人就彻底消失在彼此的生活中。可自从去年孤山岛那一晚,酒醒后,向斯微就正式将此事翻篇儿,该工作工作,该约会约会,虽然还没有遇到心动选手正式谈恋爱,但一切都一如往常,如同向斯微过去的每一段恋情。

孟杳知道,哪怕她当时有什么过不去的,这一年也都过去了。这么多年,她相信向斯微甚至超过相信自己,向斯微会让自己开心的。

她和江何也向来洒脱,不过是一个朋友和另一个朋友谈了恋爱又分了手,并不会让他们为难。而且两个人都有分寸感,从来没有在向斯微或裴澈面前提过对方。

比如今晚,她知道江何其实是去和裴澈一起吃饭;

比如去年9月,裴澈去了东大,念生物科技的硕士;

比如一个月前,裴德安病重入院,培安对外封锁了消息,但仍有各种捕风捉影的小道消息流出。

这些向斯微也许知道,也许不知道。孟杳不打算提,因为向斯微已经让一切过去了。

"我跟你说,我这次不是参加了他们那个剧的收官演唱会吗?那个男主角真的好帅。"向斯微一边涮牛肉,一边聊起出差时见到的那个演员。

"我查了一下,他的官方身高是一米八八,但目测至少有一米九二吧,宽肩窄腰长腿……"她毫无羞涩地露出一点儿"色欲熏心"的贪婪表情,"嘿嘿"笑道,"真绝……想谈。"

孟杳手一伸,再次和她碰杯:"谈!"

向斯微扬起笑,汽水瓶在半空中碰出清脆的声响:"谈!"

两个人天南海北地胡扯,一顿火锅吃完已经快到11点。孟杳帮忙收拾残局，向斯微则下楼去热中药。

盘子收到一半，孟杳接到了江何的电话，他说自己马上路过秋园路，要不要顺便接她回家。孟杳想了想，要是留在这里，两个人肯定又要聊到天明，向斯微更没觉睡了，于是答应下来，让江何在门口等一会儿。

她下楼，正好看见向斯微苦着脸灌中药。

"江何来接我，我回家住啦。"孟杳拿起沙发上的羽绒服。

向斯微不客气地白她一眼："哼，重色轻友。"

"我是为你的内分泌着想，快谢谢我吧。"孟杳嗤声。

向斯微撇撇嘴，吐着舌头缓解中药苦涩的气味，然后起身披上大衣："他来了没？送你出去。"

"应该在门口。"

打开门，冷风直往人怀里钻，孟杳低头看见她还光脚穿拖鞋："穿个袜子吧大姐，你这个寒气真的是别想好了。"

向斯微就倚在门口："赶紧回吧，你的废话比我看的中医还多。"

孟杳无奈，小跑着出了弄堂，摆手让她赶紧关门。

弄堂外，黑色汽车静静地等着。

喝了酒的江何坐在副驾驶座上，看着驾驶座上的人沉默着将目光落在车外。

而向斯微站在那道淡薄目光的尽头，披着一件白色大衣，姿态闲散，笑着说了句什么，露出两个浅浅的梨涡。他始终没有收回目光，直到那人摆摆手，裹紧大衣转身关上了门。

江何张了张嘴，最终什么都没说。

孟杳上车时，看见驾驶座上的裴澈，也明显一愣。

江何打破沉默，笑着说："我也喝酒了，求这家伙送我们一程。"

孟杳点头："谢谢。"

裴澈笑了："这么客气吗？"

江何嗤声："就是，别跟他客气，不喝酒的人不当司机多浪费啊！"

裴澈笑意很淡，"嗯"了一声。

车子驶离秋园路。

1月中，向斯微装备齐全，独自开启了北疆之旅。她没有做太详细的行程计划，只简单地订好了几个主要停留点上的酒店，租了辆车便开始随性游玩。

在乌市吃了三天，各种做法的牛羊肉吃到上火，她掐着自己肚子上的那一层小赘肉，收拾东西开车去了将军山。

她滑雪技术不错，买了联票，本打算自己玩两天。然而第一天她下缆车，看见了粉紫色晚霞下，一个教练耐心地给小朋友穿雪板，护目镜搭在额上，露出硬朗干净的一张脸，笑起来有点儿孩子气。

她当下改了主意，跑回售票处买了两天的新手体验课。

向斯微从前很不喜欢那种年华易逝的叙事，学生时代学诗词就烦那些悲挽韶华的一唱三叹，长大了更讨厌社交媒体上煞有介事地讨论"25岁是个坎儿""30岁是个坎儿""35岁是个坎儿"。

人生不过百年，隔三岔五就是坎儿，又不是个搓衣板。

她从前也不觉得年龄的增长会给自己带来什么负面的变化。相反，她太喜欢长大，太渴望做成年人，18岁之后的每一天对她来说都比前一天更好。

但一些微小的改变就出现在这一年。

30 岁的实感对向斯微来说不是外表或身体的变化，而是 crush（指一种短暂而热烈的迷恋）次数的减少。不知是不是因为过去一年工作太多，自己忙里偷闲的几次约会中，下头的频率比心动的频率高太多。

从前她自诩心态开放、审美多元，阳光开朗、头脑简单的体育生谈过，热爱文学、一句话拐三个弯儿的中文系学长谈过，淡漠理智的高岭之花也谈过，总之各有各的好，美美与共。现在她却变得极度吹毛求疵：约会中看见蓄胡子的，觉得不干净，下头；遇上拍电影的，觉得话多，下头；连安安静静的小男生，她都觉得忸怩、没意思。一年下来，她居然没有一瞬的心动。

因此，眼前雪山上的些微心动显得尤其珍贵。

向斯微目标明确地走到排队等待的队伍里，隔着滑雪镜，有恃无恐地打量那个穿灰蓝色滑雪服的男人。

滑雪场上多的是花里胡哨的亮色装备，这人身形极好，个儿高腿长，即使穿着素淡的暗色衣服也掩不住地鹤立鸡群。

非假日，雪场人不算多，天空漂亮得像《爱乐之城》里的场景，向斯微很久没有这样好的心情了，就这么悠哉地坐在长椅上欣赏那个漂亮男人温柔耐心地教小朋友滑雪，直到不远处传来一道声音——

"小姐，你是买了体验课吗？"

她一回头，等待区里排队的人不知怎么只剩两三个了，一个十分魁梧的黑衣教练喊她："来吧，到你了！"

向斯微一愣，往另一边指了指："我排的是这……"

"那是儿童组啊！"黑衣教练走过来，看了一眼她手机里的票证，"你买的是成人票，在我这儿！排错了，来来来！"

向斯微:"……"

那边的漂亮男人已经结束课程,小朋友被等在一边的妈妈接走,他也摘了眼镜和帽子,微微喘着气,往缆车站走去。

向斯微满脸黑线,然而面前的栏杆和身上的厚重雪服削弱了她跑过去问人要微信的动力。她有点儿累,居然在犹豫。

"快下班了,你不学吗?"黑衣教练催促的声音传来。

眼看那个漂亮男人要上缆车了,向斯微回头看了一眼黑衣教练:"不用了,您下班吧!"然后她"噌"地一下起身,连走带滑地飞速绕过栏杆。

"您好!能加个微信吗?"她一鼓作气,开门见山。

漂亮男人看着眼前这个突然出现的女人,愣了一下。

向斯微摘下护目镜,笑得大方灿烂:"不知道您教不教儿童组之外的初学者,我很想学。"

都是成年人,谁不懂谁?她刚才那行云流水溜过来的架势可不像初学者。男人笑出了声:"我每周五教成人组。"

向斯微心叹不巧——离周五还有四天,她可不会在将军山浪费整整四天。但她还是面不改色地点头笑道:"好呀,那加个微信?我提前跟您约时间。"

男人欣然拿出手机,又笑她:"能别一直'您'吗?怪瘆人的。"

"好。"向斯微展颜,"那请问……你知道这里有什么好吃的吗?我有点儿饿。"

男人扬眉:"跟我走?"

向斯微弯腰利落地解了左脚上的板,先他一步坐上缆车:"劳驾咯。"

游客中心的热汤面味道一般,然而同行的人算得上"秀色可餐"。更难得的是，他的话很少，向斯微找的话题都和滑雪相关，他作为专业教练却全无卖弄之意，只诚恳、简单地回答向斯微提出的问题。

两碗汤面见底，他起身给她倒大麦茶，向斯微用目光记录下这赏心悦目的背影，心中满是愉悦，并且有点儿微小的遗憾。刚刚聊天儿时他说，他明后两天休假，要回乌市的家里。而她刚从乌市出来，下一站是喀纳斯，多少有点儿不巧。

之后他们能不能再碰上，就看缘分了。

有那么一瞬间，向斯微想过，是不是不应该浪费这个夜晚，其实真要做什么的话，你情我愿，顺理成章。但她很快否定了这个念头——她一向不喜欢那种方式。不太安全。

她喝了一口温热的大麦茶，热汤面的那点儿腻被很好地中和掉了。男人笑着问："真的不去乌市？我知道一个很不错的马场。"

向斯微摇头："我从乌市来的。"

"好吧，"男人了然，"下一站是喀纳斯还是禾木？"

"先喀纳斯，后禾木。"

"禾木有一家很不错的羊肉馆子，不过做得最好吃的是海鲜炒饭。不知道你会不会碰上。"

"碰上了拍照发给你。"向斯微笑盈盈地说。

饭后二人告别，谁都没再多说什么。向斯微回酒店睡了踏实的一觉。

从将军山离开，向斯微往喀纳斯去，一路走走停停，最后在禾木歇下，订了当地牧民的小木屋。

返程机票订在除夕前一天，这之前所有的时间她都可以浪费在这个被大雪覆盖的安静村落里。

向斯微最早是在初中知道禾木这个地方的,午休时,大家传阅一本共同买的地理杂志,封面上的照片拍得像北欧童话一样恢宏唯美。

这次她真的来了,雪景很美,白桦林沉默屹立,图佤人的木屋风情十足,雪中行进的牧马沉静温柔。向斯微拍了很多照片,挑了几张发给在滑雪场认识的那个男人,总能收到及时的回复,两个人保持联络,但谁也没有说太过火的话。彼此心知肚明的是,他们的关系还很淡,是否有进一步的可能,要看缘分是否让他们再见一面。

向斯微因此对他多了一重好印象。

在禾木的前两天,向斯微看了日落,骑了马,和同样独自出行的女生一起玩了泼水成冰,甚至在白桦林遇见了一只可爱的红狐狸,却总觉得一切都比期待中的差了那么一点儿。

她把这种落差感归结于自己在漫长期待中的意识美化,没有吹毛求疵,"到此一游"地打过卡之后,她就懒散地躺进自己的小木屋里,睡觉、看剧,和陌生但迅速熟悉起来的女生交换给彼此拍的照片。

在第三天,那个叫靳秧的女生忽然给她发来一张照片,激动地道:"老天爷啊,我感觉我的艳遇真的要来了!"

向斯微点进去看,霎时愣住了。

那是个距离稍远的侧影,挺拔的男人骑着马行走在河边,穿着黑色冲锋衣,依稀可见瘦削而分明的轮廓。照片不算清晰,但足够让人看出这人不俗的气质,也足够让向斯微认出这是裴澈。

她脑袋里空白了一秒,继而想起了前年冬至,他对她说的最后一句话,是叫她再也不要出现在他的面前。颐指气使的语气,傲慢的指令,是向斯微一般会直接怼回去的那种话。

可那天,也许是因为他的眼泪而惊慌,也可能是她那时也在异常的状态下,她只是平静地答应了。

于是这一年多里,他们真的没有再见过面,从双方的生活中消失得迅疾而彻底。哪怕他们同在东城,哪怕他们有那么多的共同好友,可是不想见的人,总有办法见不到的。

而现在,他们同时在距离东城几千千米的禾木,这是多么荒谬的概率?

刻意遗忘的记忆再次想起,裴澈那天沙哑阴冷的声音回响在耳边。向斯微皱了皱眉,迫使自己平静下来。

后天她就飞回凤城了,禾木不大也不小,两天时间,避开一个人并不难。

她又点开那张照片,看了看,回复靳秧:"9分。"

靳秧乐了:"那分数比你的8.5分教练还高咯?"两个人认识的第一天,破冰话题就是向斯微提起的滑雪场教练,向斯微给他打8.5分。

向斯微:"确实帅一点儿。"她秉持着客观的审美。

靳秧:"好像是哪个大学实践队的,不会吧,不会吧,我这把年纪还能搞到'男大'?!"

向斯微忘了是从哪儿听到的,裴澈去年入读东大,当时她很震惊,但也没有多探究,心说,这个"男大"已经30岁了,然而回复的是言简意赅的一个字:"搞!"

靳秧:"搞搞搞!!!"

向斯微笑了,回过去一个加油助威的表情包,把手机丢到一边,继续看孟杳给她发的新片子。

影片结束,天已经黑了。屋子里有壁炉,柴火燃烧的声音使人多了一重听觉上的温暖。

向斯微认真打了一大段观后感给孟杳,然后说了句:"感谢你的片子。"

孟杳不习惯她这样正经,发来一个问号。

向斯微笑了笑,心说,不然我也许坐不住两个小时。但她发给孟杳的却是:"太好看了,心灵的洗礼,灵魂的升华。"

孟杳丢了一个表情包过来骂她,顺便问:"有物色到草原汉子吗?"

向斯微:"没有。但是认识了美女。"而且美女看上了她的前男友。

孟杳:"不愧是你。"

向斯微笑了笑,没再回复。

健康 App 跳出弹窗,提醒她经期大概在十一二天后。向斯微放下手机,从包里翻出药盒,用自带的便携式热水壶烧了开水,服了四片甲羟孕酮。

手机又弹出消息,靳秧连着发了好几张图片,向斯微没点开,但能猜到都和装潢有关。

手边的热水和药盒提醒她,她还是一个内分泌紊乱的人,没什么比规律睡眠更重要。于是她顺理成章地不去看手机,洗脸,关灯,蓝牙连接歌单,戴上眼罩。在药物的作用下,她很快就睡着了。

第二天向斯微起得很晚,她一边啃面包,一边看靳秧昨晚发来的几十条信息。

靳秧外向大方,跟向斯微相熟只用了不到两个小时,遇到心动男嘉宾当然也不忸怩。昨天靳秧见到裴澈就直接去要了微信，被拒绝后，她也不气馁，反而因为裴澈的礼貌疏离对他印象更佳，于是大大方方地和他们实践队的其他同学打好关系，特别自然地加入了他们的集体晚餐。

结果百般热情也架不住遇到一座冰山，消息发到最后，靳秧已经忍不住吐槽。

"他也太难搞了吧！"

"不是，他就装都不装一下吗？我说了这么多，他至少应该假笑两下吧！真就闭嘴当哑巴！

"人不能，至少不应该！"

…………

向斯微看完，回复她："那你打算放弃？"

靳秧秒回："没有，我昨晚走的时候故意把手链落在他的座位上了。"

向斯微不禁"嚯"了一声，内心称赞她有勇有谋。

"守株待兔？"

"嗯，等他来找我。我昨天都加上他好几个同学的微信了。"

向斯微细细思忖，提醒她："万一他让同学代还呢？"

那边静了两三分钟，然后靳秧回复："人不能，至少不应该！"

向斯微笑出声来，发给她一个好运表情包。

"我那可是条红五花！应该不小众吧，识货的、正直的、善良的人应该会还给我吧，然后我就可以请他吃饭，加他的微信！"靳秧信心满满。

向斯微有点儿替她肉疼："你还挺舍得。"

"没啦，假的，我买不起红五花。"靳秧大方承认。

手机这头儿,向斯微终究"哇"了出声。

刚认识时,向斯微只觉得和靳秧挺合拍的,现在她看出来了,靳秧可比她厉害。但凡她遇见8.5分教练时有这干劲儿呢,也许真的就跟他掉头回乌市了。

又或者这也是30岁的问题?向斯微想到这儿,笑了笑。

自带的面包不太好吃,她喝了杯热水,又问靳秧:"中午一起吃饭吗?昨天我看到有家铁锅炖似乎不错。"她想趁靳秧还没有联系上裴澈,和这个萍水相逢却很是投缘的新朋友多聊一会儿。

靳秧爽快地答应了。

向斯微穿上羽绒服,裹上围巾、手套、帽子,全副武装地出了门。

靳秧风风火火,动作比她还麻利,向斯微进店时,靳秧已经占据了最佳位置,在座位上吹着暖气,冲她招手了。

向斯微坐过去:"点好菜了?"

"嗯,你那天不是说喜欢吃排骨吗?我就点了个套餐。你看要不要加点儿什么?"

向斯微笑了笑:"谢谢。"她低头去看靳秧已经点好的菜,疑惑地问,"四人套餐?"

"嗯哪,'男大'联系我了。"靳秧得意地眨眨眼,"就在刚刚,我干脆直接约他到这里。我估计他肯定会拉个同学一起来,到时候我就直接说点好了四人餐,不能浪费,把他摁在这儿和我一起吃饭!"

向斯微愕然,脑子飞速转动,思考临时跑路的理由,然而还没说话,靳秧粲然一笑,冲门口挥手:"裴同学,这里!"

向斯微僵了好几秒,而后才转过身去。

裴澈站在门口，穿着黑色短款羽绒服搭黑色冲锋裤，脚踩一双马丁靴，棒球帽下的眼睛沉静漠然，看见向斯微的时候没有丝毫波澜。

屋外的冷风吹进室内，裴澈在靳秧的热情招待下坐下时，身上似乎也带着一点儿凛冽的寒意。

向斯微忽然就想，她以前说得真对，他就是很像北方人，冷到空气稀薄的那种北方。

不知是不是陌生的装束带来了陌生的观感，向斯微从前见惯了他西装革履，最休闲的穿搭也不过是风衣，因此现在见到他这副模样，竟然没有一丝熟悉感。然而陌生感的冲击丝毫没有抵消乍然重逢的尴尬，她怔到靳秧都察觉到异样，碰了碰她的胳膊肘，玩笑道："9分的冲击这么大？"

向斯微回神，笑了一下。

靳秧热情地介绍这一桌"萍水相逢"的年轻游客，除了裴澈，还有一位是他的同学，叫田峥，圆脸圆眼睛，幽默健谈，而且十分有眼力见儿，坐下讲了两句，气氛就轻松下来，并且轻轻松松地将话题引到了靳秧和裴澈身上。

"喏，靳姐，你的东西。"田峥把手链递给靳秧，又拱了拱身边的裴澈，"我们家裴可是一看见就找我联系你了啊，这年头儿，正直小青年可不多见！"

向斯微沉默地做着撑场面的女方朋友，低头吃一份炕锅，然而听到田峥称呼裴澈为"我们家裴"，还是微顿了半秒。

以前大部分人叫他"裴总"，关系亲近些的直接喊"裴澈"，她从没听过他有什么外号或昵称。

陌生感在增加……

靳秧笑眯眯地说:"不愧是大学生!怪不得网上都说,出来旅行碰到大学生是最走运的。唉,真怀念校园时光。"

田峥乐道:"那得叫学姐!学姐好,学姐好!"

"学弟,学弟!"靳秧欣然接受,看向始终沉默的裴澈:"裴学弟吃得惯西北菜吗?要不要再拿菜单来看看?"

说着,她就热情地招呼服务员拿菜单,却被裴澈打断——

"靳小姐,我今年31岁。"他说,"应该比你大一些,叫名字就好。"

靳秧蒙了,看着眼前这张脸,怎么也不像过了30岁的样子:"那你……"

"之前因为家庭原因,先工作了几年,去年才有机会回学校读书。"裴澈说。

靳秧好像懂了,"啊"了一声,目露惋惜。

向斯微夹菜的动作却再次顿住。

家庭原因,先工作,才有机会读书……虽然他都没说错,但听起来,怎么导向了与事实截然相反的方向?

她抬头看了裴澈一眼,却正好和他四目相对。

裴澈目光淡漠,捕捉到她的眼神,停了半秒,自然地移开,仿佛只是和陌生人视线交错,半秒钟后移开是应有的社交礼仪。

"手链收好,别再弄丢了。"裴澈说,"我先走了,你们慢吃。"

靳秧一愣,没想到已经坐下了,田峥还说了那么多,这人面对一桌挽留意味十足的菜还能说走就走,忙起身:"欸,刚好点了四人套餐,要不就一起吃个午饭呗。"

"不用……"裴澈的脸色看上去比昨晚聚餐时更不耐烦了。

靳秧不管那么多,抓着向斯微就诌话题:"你们是东大的对吧!

我这姐们儿也是,你们算亲校友,不聊聊?"

她一边说,一边疯狂地给田峥使眼色。田峥了然,一手拉住了裴澈,一手搭着桌面,身体前倾,颇为"惊喜"地问向斯微:"真的?!你是哪个院的?"

"新传院。"向斯微笑了笑,答。

"还真是校友!"田峥演技真好,激动得跟真的一样,一把就将裴澈摁回座位上:"缘分哪,还不赶紧坐!"

裴澈轻拧着眉,但还是坐下了,看着向斯微,说了句:"校友。"他没点头,语气没起伏,勉强算是打了个招呼。

向斯微颔首,没说话,心底却不理解他的表现。她本来以为,他要是真烦,不管是烦她还是烦靳秧这样直白的追求,走人就是,大概率再也不会见的人,讲什么礼貌?要是他已经不在意了,只当是陌生人,那坐下应付一顿饭也没多为难,随便吃吃就是了——他昨晚能跟靳秧同桌吃饭,今天怎么就不行?

怎么都不该是现在这样,他勉强自己坐下了,表情却冷得令靳秧都不敢说话。

席间尴尬了半分钟,靳秧才笑着招呼:"这家店评分很不错的,我看那个套餐里各种招牌菜都包含了,一起尝尝?"

说着,她将桌上的菜重新摆了摆,把招牌菜殷勤地往裴澈面前推。

"谢谢靳老板请客。"向斯微不忍看她独撑场面,笑着伸手帮忙,将四份主食分了。

一小盘炒饭被推到裴澈面前,他抬了一下头。

向斯微友好地破冰,和田峥感叹西北菜的分量真足,已经这么多菜了,居然还每人配一份炒饭。田峥伸手帮她端汤,让她小心别烫到,又说别怕浪费,这炒饭吃不完就算了,还有那么多菜呢。

向斯微笑道:"网上说这家的炒饭也是本地特色。"

田峥特别捧场地"嚯"了一声:"那我得好好尝尝!"

靳秧拉向斯微出场,成功地留住了心动男嘉宾。她却万万没想到这位心动男嘉宾坐下就闷头吃饭,好像她真的只是要和他"一起吃个午饭"似的。

更要命的是,昨晚她明明已经收买成功的那位,这会儿倒就着校友的名头一个劲儿地和向斯微搭话,再也看不见靳秧使的眼色了。

靳秧的腿被向斯微揪了好几下,然而她们面前的两个男人,一个顶着一张帅绝人寰的脸当饭桶,另一个怀揣可做饭桶的天资拼命撩妹,靳秧一时竟无能为力。

平心而论,向斯微觉得这位田峥学弟并不讨人厌。他只是很直白地表露出对她的好感,一直在努力地挖掘话题。而且他找的话题都很正常,超出平均水准的正常。如果换个场合,向斯微也许会愿意和他聊……哦不,也许还要换张脸。

这个念头冒出来,向斯微心中讥笑一声:果然刻薄啊向斯微。

各怀心思的饭不尴不尬地吃着,向斯微应付田峥,靳秧用眼神追杀裴澈。

直到田峥口干舌燥,走投无路地凭空捏造话题,拍着裴澈说:"欸,你之前不是说想修新传院的课来着?问问学姐呗。"

向斯微愣了一下,再次和裴澈对上眼神。

不同的是,这次裴澈眼里的厌烦十分明显,他瞥了她一眼后就皱起眉,似乎被消耗掉了最后一点儿耐心与礼节,撂下筷子,看向靳秧:"我吃好了,先走了。"

然后他没等任何人回应,起身大步离开。

"欸，你……"靳秧目瞪口呆，话刚说出口，一阵冷风袭来——裴澈已经推开了门。

向斯微愣在原地，刚刚裴澈那个眼神让她感觉到前所未有的冒犯，连同曾经被她深埋的几句话，像一根尖笋钻出地面，扎进她的心里。

"没有可比之处。

"送上门来的，我为什么不要？"

"以后，再也不要让我看见你。"

向斯微可以接受争吵，也不是没听过恶言恶语，她并不在意，更何况很少有人能骂得过她。然而她最讨厌的就是上位者高高在上的点评、指责、命令。她讨厌被审视，无论审视的结果是好是坏；更讨厌审视者的傲慢心态，仿佛告诉她审视的结果已经是一种难得的纡尊降贵，是她该感激涕零、奉为圭臬、修正自身的真理。

裴澈凭什么那样看她，以那样厌恶、不耐烦的眼神？是因为她没有做到他要求的，再次出现在了他的面前？可问题是，她凭什么要照他说的做？

分个手而已，她已竭尽诚意，他到底有什么过不去的？

裴澈刚刚的眼神，连同一年前的那几句话，内外灼烧着向斯微平静已久的心。她忽然觉得，她这一年的中药都白喝了，要是不抓着裴澈加倍奉还几句更难听的话，她的内分泌失调好不了。

"我出去一下。"她撂下筷子直接往外走，没管身后靳秧和田峥的诧异追问。

店外大雪纷飞，白茫茫一片，向斯微环顾左右，然后往人更多的方向走。

裴澈已经离开了有一会儿，她出来得急，没有戴围巾和帽子，大雪扑得脸上生疼，她又找不到人，越走越急，心里憋着气，只想找个人痛痛快快地对骂。

她又艰难地走了几步，忽然看见路边有个身影扶着树，看不清在做什么。

隔着风雪，向斯微眯起眼，认出了那个背影。她的鼻子已经冻得通红，然而她仍气势十足地走过去，劈头盖脸地问："你什么意思？！"

"裴澈，说清楚吧，你到底有什么过不去的？你这样摆脸子特别没意思，人家靳秧和田峥什么都不知道，凭什么受这份晦气？

"你觉得看见我很烦是吗？放心，我也没想……"风雪声削弱了她声音里的气势，直到她忽然住了嘴。

她看见了裴澈的脸，立马走近一步，皱起眉："你怎么回事？"

树下有一摊呕吐物，裴澈脸上很红，那种红似乎是从下到上浮起来的。向斯微仔细一看，他的脖子上好像有一些红点。

裴澈看见她，仍然是一副很厌烦的模样，本就冷的脸庞皱起眉来更让人害怕。他连话也不愿意和她讲，轻蔑地扫她一眼，擦肩越过她，径直往前走。

向斯微烦透了这样的眼神，然而她意识到了事情的严重性，直接跟上去拦住他，二话不说，上前扒下他的围巾——密密麻麻的一片红疹，触目惊心。

向斯微头皮一麻，抬头问他："你过敏了？"

裴澈不客气地拂开她的手，声音冷冽："走开。"

向斯微细细回想刚刚桌上的饭菜，除了牛羊肉就是蔬菜，这些他都可以吃的，怎么会过敏呢？她想再看清楚些，又上手要扒他的围巾。这次她的手被裴澈死死地制住，他抓着她的手腕，将她往外一推："你想干什么？"

向斯微的耐心终于告罄，她毫不客气地盯着裴澈，冷笑一声，正要反击，忽然想到——除了菜，还有每人一份的炒饭。

那是一份海鲜炒饭，罗非鱼、大虾、鲍鱼，各种海鲜切成丁，炒在饭里，她起初没看出来，是吃了之后才发现的。

她有些迟疑地抬头："你……对海鲜过敏？"

裴澈没有说话，转身要走，然而脸已经越来越红了。

向斯微脑海里电光石火般闪过过去交往时的片段。她是凤城人，爱吃海鲜，裴澈却好像从来没有点过……唯一一次，似乎是她爱极了哪家店的海鲜粥，喂给他一只虾。他尝了说不错，却没有再吃第二口。她一直默认是他肠胃金贵，吃不惯凤城传统的海鲜大排档。

她忽然觉得不可思议——交往近两年，她为什么不知道这一点？

西北的风雪将人吹得无比清醒，向斯微此刻竟莫名其妙地感到一阵愧疚，扭头看着那个陌生的黑色背影，追了上去："你带了药没有？"

裴澈似乎懒得看她，绕过她要走。

向斯微索性直接抓住他的手："你的症状不轻！你到底带了药没有？"

"关你什么事？"裴澈烦透了似的看着她。

向斯微抿抿唇，那些愤怒和不满不知被什么东西压下去了，缓声道："我的行李箱里有药，我拿给你。"

裴澈像听见笑话似的，嗤笑一声，甩开她的手，力道却比刚刚小了很多。向斯微刚要说什么，他忽然剧烈地咳嗽起来，弯着腰，咳到两眼通红。

"裴……"向斯微有点儿怕，担忧地出声，他却咳到站不稳似的，往前趔趄了一下，肩膀撞到了向斯微身上。

向斯微条件反射般扶住他："你怎么样，还好吗？要不去医院吧？"

他没有回答，仍然咳嗽着，胳膊一颤一颤地磕在向斯微的肩上。

向斯微半揽着他，却忽然闻到了一点儿熟悉的味道——是他惯用的雪松香水味。

木屋里燃起温暖的炉火，向斯微把裴澈放在沙发上，转身到行李箱里去拿药。她出门旅行都会备好常用的过敏药，口服的氯雷他定和涂抹的药膏都有。

找全了之后，她又去浴室拿一次性护理包里的棉签——只有四根，不知道够不够用。

她回身去看裴澈，发现他已经半躺下，合着眼，看上去状态不算好。

"要不还是去医院吧？我不知道这个药对你管不管用。"向斯微不太肯定地说。她很少过敏，也没有食物过敏原，但是他的症状看上去比她认知中的海鲜过敏严重得多。

裴澈没有回应，几秒后，伸出手。

向斯微抠了一片药，放在他的手心里，等他吃了，又递过去一杯水。

"还有这个药膏，应该也可以涂。"向斯微把他喝完的水杯接过来，又递给他药膏，"除了脖子上，你还有其他地方起疹子了吗？"

裴澈睁开眼，看着她，却不说话。他的眼尾仍然泛红，脸上也全是不正常的虚弱潮红，目光却带着极强的压迫感，如同黑暗中蛰伏的凶兽般盯着她。

向斯微平静地接受他不算友好的目光，坦然回视。但她很快又挪开了视线，药膏他不接，她就随手丢在沙发上，然后拿起手机："那我给你叫救护车吧。"

她本来有很多牢骚要发的。向斯微觉得她可以骂裴澈没风度、拧巴矫情、莫名其妙、自尊心过强，每一项指控都成立，她论据充分、措辞有力，肯定能骂他个狗血喷头，出了一年前和现在的恶气。但她现在莫名其妙地有点儿心虚。

向斯微不喜欢在恋爱中自省，更不喜欢此刻自己心里生出的那点儿不知是愧疚还是怜惜的诡异情绪。

她忽然觉得没什么意思。

她意识到，不管裴澈态度怎样、措辞如何，他当时说的话也没错，他们的确还是不再见面的好。这就是非和平分手的弊端，她往后谈恋爱必定谨慎，力求好聚好散。

木屋里信号差，她拨打120，断断续续说了两句，最后莫名其妙地掉了线。

向斯微有些烦躁，对裴澈说："我出去打，你要不还是先涂点儿药吧。就算救护车来，肯定也要等一会儿。"

说完，她要出门，裴澈却拾起沙发上的药膏起身进了洗手间："不用麻烦。"

向斯微没管他，继续尝试拨打电话，但还是没接通。她又在民宿群里看见老板的通知，老板叫大家开车小心，村口有辆车陷进雪地里了，正在等救援。

她叹了口气，放弃了，回到沙发上坐着。一静下来，她就开始不自觉地回想恋爱那两年里，裴澈有没有说过他对海鲜过敏，而她为什么从来没有意识到这一点。

结论是，裴澈没有主动说过。但他们在一起吃了那么多顿饭，尤其是在凤城，裴澈从来不碰海鲜。她好像也没有问过，只是理所当然地认为他食欲寡淡，口味刁钻，吃不惯凤城家常菜是一种合理的傲慢。

向斯微陷入纠结中。她一会儿觉得裴澈有毛病，"海鲜过敏"四个字有什么不能说的，难道非要等她问？一会儿又觉得自己也挺差劲，会有哪个女朋友两年了都不知道男朋友对海鲜过敏呢？

向斯微反反复复纠结良久。这段已经结束一年多的恋爱居然还能影响到她，她有些气躁，勒令自己停止回想，却猛然发觉，裴澈好像在洗手间里待得过于久了。

她站起来，走到洗手间门口敲门："裴澈，你还好吗？需要帮忙吗？"

门里"嗒"的一声，裴澈应了一句。

向斯微仍不放心："涂个药怎么这么久？你怎么了，是不是不舒服？"

"没有。"他的语气一如既往的平淡，然而压不住烦躁。

向斯微觉得不对劲，又问："你是不是有其他地方涂不到？要不我找民宿老板来帮你吧。"

"不用。"裴澈沉声道，语气听起来很不耐烦。

向斯微也没有那么好的耐心了，手搁在门把手上两秒，沉了口气，一把推开了门。

裴澈裸着上身站在镜前，被闯入的她一惊，往盥洗台侧边退了一步，皱着眉看向她："你做什么？"

向斯微看见盥洗台上的棉签已经被用掉三根,其中两根还沾着药膏,但折断了。她探头看了一眼他的后背,有大片红疹,心中了然。

"我帮你。"她走上前,拿起最后一根棉签,挤了点儿药膏。

裴澈仍离她一步多远,脸色铁青,冷冷地道:"出去!"

"你自己涂不到。"向斯微不为所动,看着他,"转过去,背对我。"

裴澈下颌紧绷,脸色沉得吓人。

向斯微不想再和他掰扯了,索性直接伸手攥住他的手腕,推着他转过去。一层薄肌覆盖着他的后背,从上至下渐渐收窄的腰,脊柱沟蜿蜒流畅。

向斯微顿了一下,在裴澈转回来之前用棉签将药涂了上去。

涂了两处,感受到他的僵硬,她才想起来说话:"哪里我都看过,躲什么?"棉签触到的肌肉紧绷得更明显了,向斯微抿抿唇,"你放心,我做个好人好事而已。没别的想法。"

她看见他搁在盥洗台上的手紧握成拳,这一天的烦躁、纠结终于还是没压得住,嗤笑一声:"裴澈,你真的太矫情了。"

面前的人明显要动,她手上又用力一分,"啧"了一声:"还有一点儿涂完,别动。"

她动作迅速地涂了最后一处,退后一步:"好了。"

裴澈转过身来,脸色果然更不好看了。

向斯微却不想惯着他,歪头一笑:"还有哪里你自己涂不到吗?"她说着,目光故意向下扫了一眼,挑衅的意味十足。

卫浴的白色顶灯照在两个人的头顶,将脸上的一切照得分明。向斯微看着裴澈那张好看的脸,脑中忽然产生一个荒唐的想法:今天乍然重逢，这人从头到脚都是陌生的，倒是现在裸一半的样子有了一些熟悉感，叫她觉得平和妥帖。

而裴澈似乎将她眼神和语气中的一切心思都看清楚了，他的脸色仍然阴沉，但嘴角带出一分戏谑，点评道："你一直都这么放得开吗？"

向斯微有一瞬的愣怔，但很快，她的嘴角就扬起微笑："怎么，你很怀念？"她环抱双臂，走近一步，"那么我是不是应该再对你说一句什么？"

她看见裴澈的眼神变了，笑容越发灿烂："是不是要问你……想不想谈个恋爱？"她又自顾自地摇摇头，"不行，这次就不那么麻烦了。要不就……上个床？"

她已经走到他的面前，烘热的洗手间里，浓郁的药膏味道中似乎还夹杂着一丝雪松香。他们鼻息相闻。

向斯微仍然是抱臂的姿势，但她微笑着踮起了脚。她笑着贴近他的脸、他的唇，他身上的热意比壁炉里的柴火更灼人。

然而就在他们的唇将贴未贴的那一刻，他们都感受到对方唇上的一点儿冰凉的那一刻，她停下了动作，裴澈别开了脑袋，几乎同时，脚跟回落，向斯微站回地面。

洗手间外，向斯微的手机刚好响起微信提示音，连着响了好几声。

"出去。"裴澈不再看她，指向门外。

向斯微耸耸肩，转身走出洗手间。

她身后传来窸窸窣窣的声音，裴澈飞速地穿好了衣服。

向斯微已经坐在了书桌旁边，是滑雪场教练发来的微信消息。她此刻没什么调情的兴致，兴味索然地点开，却惊得瞪大了双眼。

他发来的两张图片是陷在雪里的越野车。

8.5:"你在禾木对吗?"

8.5:"我在村口,可以见你吗?"

向斯微看着被她戏谑地备注为"8.5"的人发来这么认真的两句话,呆呆地拿着手机,不知该做何反应。

她忽然听见轻轻的"嗒"的一声,裴澈将药膏搁在桌上:"谢谢你的药。"

他的声音冷,表情更冷,但比起之前种种恶语冷脸相对,已经平和了很多,只是他一贯的漠然样子而已。

向斯微看着那个药膏,连膏体上的手指压痕都被由下至上挤平,规规整整的。

她意识到了什么。

裴澈没等她说话,也没再多说一句,转身要走。

向斯微放下手机,叫住他:"裴澈。"

裴澈转过身来看着她,目光十分平静。

"说清楚吧。"向斯微走到他面前,"你到底还有什么过不去的?前年分手,我提得突然,你不爽,很正常;但你也没几句好话,我认为我们扯平了。那时候我们俩都在不好的情绪里,各自说几句难听的话也很正常。我觉得我们俩至少可以当陌生人,万一以后再见面,也没有必要给对方不痛快,你说呢?"

过敏症状仍然没有消退,裴澈的脖子和脸还是红红的,眼睛也是。

他十分漠然地看着她,清晰地道:"没什么过不去的,我和你想的一样。"

向斯微愣了一下,而后点头:"那就好。"

裴澈离开了。

向斯微打开通风系统，让洗手间里的药膏味散去，然后回到桌边，拿起手机犹豫了几秒，回复："我过去找你。等一会儿可以吗？"

8.5："当然，你慢慢来。雪太大了。"

向斯微看了一眼窗外，鹅毛般的大雪簌簌飘落，白茫茫一片中，看不到一个身影。

她看着手机里那个男人十分上道的体贴叮嘱，戳了一个可爱的表情包过去道谢，而后拿出自带的热水壶——她需要热今天中午的中药。

水壶"咕嘟咕嘟"的时候，她犹豫了几分钟，最终还是翻出化妆包，给自己化了一个不算隆重，但也绝不敷衍的淡妆。

喝完药，换好衣服，窗外大雪纷飞，她想了想，又点开微信找到民宿老板，问什么时候出村最安全。明天就是除夕，她要回到凤城过年。

得到回复后，她利落地收拾了行李，拖着箱子出门——保险起见，她决定提前一天回市里，搭明天中午的飞机。

民宿老板开车送她到村口，果然看见了一个高高的身影，穿着棕色皮毛夹克，靠在几乎完全被雪覆盖的车边抽烟。

向斯微拖着箱子下了车，迎着风雪喊他。

于野回头，看见她，大步地走过来。

一旁的民宿老板看见他的维吾尔族面孔，倒好笑地打趣了一句："哦！这车陷进雪里的是你朋友啊，我当哪个不懂事的游客呢！"

于野不介意被揶揄，痛快地承认："不好意思，莽了点儿。"

向斯微笑着问："你怎么不打一声招呼就过来了，万一我不在呢？"

"没想那么多，就是挺想跟你见一面。"于野笑起来的时候露出一排白牙，中和了西北汉子本身的那种粗犷气质，倒显得阳光极了。

向斯微怔了两秒。他真的很会说话，如果换一天看到这样的人披雪而来，听到这样的话，她一定会做些什么的。但现在她有点儿力不从心，只能无奈地低声说："但真的不巧……明天除夕，我要回家了。"

于野明显有些意外，扬了扬眉，但仍然笑着说："没事，至少我今天见到了。"

向斯微笑了笑。

"什么时候回市区？"于野又问，"有没有时间吃个饭？"

向斯微抬头，其实她本来打算直接回去。但他长长的睫毛染上了一点儿霜雪，眉目好看极了，她点点头："好。"

他立马弯腰拎起她的箱子往村里走："那家羊肉馆子，你吃了没？"

向斯微跟在他身后，一时没回答。

"我想那一口好久了……今天带你去吃！"于野爽朗道。

"换一家吧。"向斯微骤然出声，对上他惊讶的眼神，抿抿唇，解释道，"我昨天吃过那了。"

于野微愣，然后点头笑起来："行，那换一家。我记得这里有家东北菜也不错的，你喜欢吃东北菜吗？"

向斯微摆出最真诚的笑："好啊，谢谢。"

"见面了你倒客气……"萍水相逢的人反而更直接，于野在试探向斯微，也知道向斯微会试探他。这种事说起来其实很简单，进一步顺理成章，退一步也无伤大雅，全看两个人的感觉有没有对上。

而他明显能看出来，今天的向斯微没在状态——至少，比起在将军山的时候是这样。

向斯微也听出来他的意思，略带歉意地笑了笑，正要解释什么，被他笑着打断——

"嚯，这个点开车出去，哥们儿挺猛啊！"

于野看得出向斯微的歉意，却并不想听礼貌生疏的解释——这种事哪有什么可抱歉的？不就是没对上眼。他一向认为四海之内皆朋友，认识个朋友也不亏。刚好看见一辆车顶着风雪往外开，顺势就岔开了话题。

向斯微下意识地跟着看过去，却愣了一下——驾驶座上的那个侧影，好像是……

她皱了皱眉。

"认识？"于野看见，问了句。

向斯微回神，摇摇头："应该不是。"她又主动说，"上次在将军山是你请客，这一顿我请吧。"

于野听明白了，豁达一笑："那是我占便宜，这家馆子可比汤面贵多了！"

萍水相逢的"散伙饭"吃完，雪已经停了。于野给她带了两只大羊腿，最好的新疆羊肉，家里现宰的。

向斯微不好意思收，推托两遍，拿出手机给他转钱。

于野倒没拒绝，半玩笑地道："这会儿白给你，我还真觉得亏。"

向斯微看着他笑了一下，只多不少地转账过去。

"未来如果你去东城玩，给我个机会尽地主之谊。"她真诚地道。

于野玩笑道："谁知道你会不会出了门就拉黑我。"

向斯微哈哈大笑："那你过俩小时给我发条微信试试。"

"还是你到机场后给我发吧。注意安全。"于野笑道。

"好的,谢谢。"向斯微搬箱子上了车,同他告别。

车上,向斯微给靳秧发微信道别,两个人约好以后有机会再一起旅行。

"9分男不太行,什么狗脾气,老娘才不惯他!"靳秧叮嘱她注意安全,又愤愤不平地聊到裴澈。

向斯微顺着她:"不惯就不惯,下一个更乖!"

靳秧:"就是,我明天去赛湖,一定遇到个9.5分的!"

向斯微:"祝你好运咯。"

靳秧:"真的,越想越气!刚刚田峥说,那家伙突然说要走,已经离开禾木了。老娘有这么吓人吗?!"

向斯微诧异,愣了好一会儿,回复:"可能有什么事吧,不是你的原因。"

所以她刚刚看到的那辆车,就是裴澈……她的右眼忽然跳了两下。

靳秧回复:"当然不是!随他吧,不关老娘的事了!"

向斯微敲了一个"嗯"字过去,也放下了手机。

的确,不关她的事了。

第二天傍晚6点多,向斯微落地凤城机场。陈港生去接她,顺手带了一堆蔺婉做的零嘴。

"我妈让你年后带回东城吃。"陈港生说。

"替我谢谢蔺姨。"隔着玻璃罐子仿佛也能闻到腌鱼香,向斯微乐呵呵地道谢。

"别谢,她拿你当亲女儿呢,谢就见外了。"

海边小城过年的氛围极浓厚，腊月里也不算冷，向斯微脱掉厚重的羽绒服，换上轻便的大衣，拎着大包小包走在水泥路上，远远看见向志杰等在路口，散乱的心渐渐熨帖。

向志杰接过她的大行李箱和托特包，问了句路上累不累，就没怎么说话了，拖着东西走在前头。

向斯微跟在后面，手机铃声响个不停，各种品牌的拜年短信已经开始涌进来了。

她点开社交媒体，脚步却蓦地顿住了，实时新闻弹出来——

"培安集团创始人裴德安病逝，享年86岁。"

东城，慈济医院特护病房，裴澈和裴澜站在空荡荡的病床前。

门外有几位关系七拐八拐的长辈、公司几个高管，楼下蹲守了两三天的记者仍然没有离开。除夕夜，这些人比他们还不想过年。

一道病房门，和两个人都爱吃的拌野菜一样，昭示着无法分割的血缘关系。因此眼下，只有他们两个站在一起。

裴澜在病房陪了全程，从一个月前裴德安在家摔倒入院但拒绝见裴澈时；到一周前医生下了病危通知，裴德安迷迷糊糊地叫裴澈的名字，清醒时却大发雷霆，不准任何人叫裴澈来；再到昨天上午，他忽然陷入昏迷，似醒非醒的几分钟里，将裴澜认错，一直在低声喊"敬柔"。

然后就是昨天下午，医生刚查完房，裴德安无声无息地就走了，裴澈没有赶上。裴澜主持大局，对外发布消息之后，裴德安的私人律师就带着遗嘱来了。

如所有人预料的那样，裴德安将名下的所有股份留给了裴澈；裴澜得到老宅以及他多年收藏的诸多文物与几辆车子。裴老爷子生前的态度摆得太分明,因此这是一份毫无争议的、门外那些人不会置喙的遗嘱。

裴澜并不意外,然而在看到裴德安遒劲的签名的那一刻,还是不知不觉地掉了两滴泪。裴澈赶到后,她让他看了一眼爷爷最后的仪容,就叫人蒙上白布推走了。

姐弟俩沉默良久,却是裴澈先开口:"外头那几个,都是你的人?"

他指的是那几位董事。

"嗯。"裴澜应声,这一年多,裴澈渐渐退出公司事务,虽然裴德安强行介入,保留了裴澈的所有职位,但她也没有浪费时间,现在公司从业务到人员,实际都在她的手上。

"你看了爷爷的遗——"

裴澈打断她:"那他们我不管,那几个长辈我去通知。"

裴澜微怔。

"爷爷的股份里有5%是老太太的,我只要那5%。其他的转给你。"裴澈说,"另外,我退出董事会的事,等你得空再办就行。"

裴澜不该意外的,这一年多,裴澈和老爷子彻底摊牌,去东大读书,每一步都走得决绝,她已经相信他对培安完全没有兴趣。然而见他这样冷淡随意地处置了裴德安的遗嘱,放弃了多少人虎视眈眈的名利、权势,她依然感到诧异。

而裴澈的目光淡淡地扫过来,即便不再主持公司,他的目光也十分凌厉,像在问——还有什么问题?

裴澜看着他,因为一夜没睡而长出的胡楂、苍白的嘴唇、乌青一片的眼下……他不再是从前那个西装革履的裴总,倒真的有了学生气,像个需要照顾的小弟弟。像她小时候第一回见他,他在秋园路的老院子里洗水果,看见她来,不说话,冷淡贵气,但淡淡地点了一下头,递上洗好的桃子。

她摇摇头,张了张嘴,问的是:"学校实践怎么样?"

裴澈有一瞬的恍惚,好像很多年没经历过这样的场景了,有家里人问问他学校的事。而且他也不可避免地想起一天之前、几千千米之外,他再次遇到的那个人。

"挺好。"他这样说。

"那就行。"裴澜点点头。

裴澈提步要走。他的决定一说出去,门外那些老家伙会长出一百张嘴来反对,他必须一次性解决。

可他走到门口,看见墙上映出的裴澜的单薄身影,停住了脚步。

"裴澜。"他回身叫她一声。

"嗯?"裴澜从愣怔中抬头,看起来很累。

裴澈欲言又止,最后只说了三个字:"辛苦了。"

一贯伶俐的裴澜居然没有任何反应,木着一张脸,直直地看着他。良久,她摇了摇头,勾起一抹嘲弄的笑:"谢你了。"

裴澈低下了头。他知道,如果真的要说谢谢的话,应该是他对裴澜说。

姐弟俩隔着几步的距离一同发怔,裴澜再次笑了一声:"我本来以为……你会等爷爷过世。"

她知道他讨厌裴家错综复杂的家庭关系,更疲于做那个八面玲珑、恩威并施的掌权者,也知道他从小喜欢捣鼓植物,梦想是做个科学家。从前年冬天开始,她就知道裴澈总会走的,但她以为,他会等到裴德安过世。

说白了,裴德安已经年过八十,身体每况愈下,裴澈既然已经做了三年的"裴总",顶多……不过再等几年。

如果是她,她会选择等。她不怕惹怒裴德安,但也不愿意打破平衡,那太危险,也不划算。

裴澈却直截了当地和裴德安摊了牌。这一年,他过得不算好,裴德安动起真章来,对最看重的亲孙子也决不手软。

可裴澈还是这样做了。

裴澈愣了一下,反应过来她在说什么。他想了想,说:"我的确想过。"

顺应裴德安的安排是最稳妥的道路。他已经在那个位子上待了三年,甚至做得不错,裴德安是真的愿意放手让他揽权,比起圈子里真正被家族视作工具的人,他甚至可以说是高枕无忧。

可那时候,裴澈忽然觉得一切都难以忍耐。

他看着裴澜困惑而担忧的表情,轻轻地笑了,缓缓道:"我前两年认识了一个人,她很厉害,能把自己的生活过得很好,总是让自己开心,也给别人能量。那时候我在想,她会怎么做,我想试试用她的方式去做。"

"我可以蹉跎时间哄爷爷开心,然后等他过世,等没有人逼我了,我再去做我想做的事。可那其实没有什么用。"裴澈轻声叹息,"如果爷爷能阻止我,那他在或者不在,都能阻止我。"

裴澜内心震动,听明白了他的意思。

不管怎么样,裴德安都不会同意裴澈做他喜欢的事情。上位者习惯于将人作为工具来使用,因为这实在是很便捷高效的一种方法论。裴德安说一不二惯了,他一生都坚持认为裴澈值得锻造,值得磋磨,值得熔炼,最后总能严丝合缝地嵌进裴澈该去的位子里。而在裴德安看来,严丝合缝就是心甘情愿。

裴澈那时想通的是，如果裴德安真的能阻止他，那也是他对爷爷的顾念在起作用，而不是裴德安施加的那些惩罚与教训。而他的顾念，无论裴德安在世与否，都始终存在，只是这些顾念不能再阻止他了。

"我不想再浪费时间，我想做我自己。"裴澈看着裴澜，"所以应该是我谢谢你。"不管裴澜的意愿如何，从某种程度上说，是她替他做了所有他不想做的事。

裴澜怔了一瞬，很快便摆头一笑："用不着谢我，我只是争我想要的东西。"

裴澈没有反驳，微微带笑，点了点头。

裴澜看着他笑意浅淡的嘴角与漠然凝滞的眼尾，忽然不知道他现在这样的状态究竟是好是坏。哪怕前两年他待在不想待的位子上，好像也有开心的时候。

现在却没有了。

"你说的那个人……"她终究没有克制住多管闲事的心，试探着开了口。

裴澜大概知道他说的是谁。前年冬天，他忽然公开恋情，之后却再也没有对此说过一个字。培安收到的各种采访、晚会、节目邀约不少，他一概不予回应。这么长时间过去，外界没有见到裴家筹备婚事的迹象，各种猜测流言满天飞，他又将这些议论也强硬地压下，也没有人敢去打扰或偷拍那位向小姐。

但裴澜知道他们已经分手，裴德安也知道，因此这一年多，他总喊李舒乔来家里，甚至去年9月安排李舒乔转学到了东大。

"你们……"裴澜试探道，却被裴澈打断——

"没关系了。"

他说完，拉开门走出病房，瞬间被等在外头的各位长辈围住，像一尾鱼回归大海，第一番要面对的就是乍起的波涛。

除夕夜，家里有些冷清。尽管向志杰邀请了蔺婉和陈港生母子一起来过年，但四个人也不算热闹。

起先向斯微还挽着蔺婉叽叽喳喳地聊天儿、撒娇，可饭吃到一半，向志杰看了一眼手机，脸色忽然沉了下来，一直盯着向斯微不说话。

向斯微察觉到不对，凑过去看见他手机屏幕上的新闻，心中了然。

向志杰忍耐许久，终究开口问："人家家里长辈过世……怎么没叫你去？"

向斯微犹豫了几秒，想着也过了这么久，一切风波都已经平息，也不能一直扯谎，便笑着道："我们分手了。"

向志杰皱着脸问她："什么时候分的？"

"就前段时间，我上次回家之前。"向斯微随口扯谎。

"为什么分手了？"向志杰罕见地追问起来，"你不是说人家对你很好的吗？他不是都在电视上说了的吗？"向志杰认为在记者面前讲话，就等于上了电视。

向斯微看着他黝黑的、皱纹密布的脸，心里忽然有些苦涩："他家里的长辈不喜欢我。"

席间静下来，蔺婉和陈港生面面相觑，大气儿也不敢出。忽然，向志杰将手中的筷子往桌上一摔，大声道："你还骗我？！"

向斯微也心中一惊，向志杰一贯老实沉默，从没发过这么大的火。

他腾地起身,怒气冲冲地走到电视柜下,拉开抽屉,拿出一个大本子,里头的剪报哗啦啦地掉出来。

"你跟我说实话!你是不是一开始就让人家包了?"他将那本破旧的厚本子翻得哗啦作响,"你到底是不是在正经谈恋爱!

"你看看,你看看,所有报纸都写……人家根本不认你,人家有小时候就相好的亲事!

"你买车、开公司的钱哪里来的?是不是他不想包了,给你的分手费?!"

向志杰少有这样话语利索的时候,说到最后,他喘着粗气,额角青筋暴起。

向斯微起先惊讶于他的爆发,看见他那一本剪报,顿时愣住了,不知道这年头儿怎么还有这么多报纸,也不知道向志杰抱着怎样的心情攒了这么多的剪报——各种各样的八卦报道,还有裴澈和李舒乔被拍到在校园里一起吃饭的照片,标题引人遐想。

向志杰那几句话也并不令人意外,她知道他一直这么担心,或者说,怀疑她在东城和美国都"不干不净"的。

她一动不动地坐着,略感荒唐地笑了起来。倒是陈港生急了,一边安抚向志杰,一边说道:"叔,你这说的什么话,怎么可能呢?

"斯微那个男朋友我见过的,挺好一人,没有你想的那么多乱七八糟的关系。他们俩就是正经谈恋爱。"

蔺婉也搭腔,语气中有些不快:"就是就是,你也真是的,这种报纸上讲什么都相信,那都是写来骗钱的!哪有这样说自己女儿的?向斯微这么有出息又孝顺!"

最后两句话像个耳光,忽然将向志杰打醒了。他慌乱地看了一眼自己的女儿,眼里的怒意收敛,瞬间又变得木讷怯懦:"我看到——"

蔺婉打断他:"看到什么嘛看到!自己的女儿就在面前,不晓得好好问,看这种不讲良心的报纸?!"

向斯微知道她替自己打抱不平,但仍是笑笑,起了身:"我们就是和平恋爱,和平分手,没别的。"她的目光扫过那一本剪报,模糊图片上的一对身影很好看,"这是他小时候定的娃娃亲,我们也认识的。"

向志杰听不明白,嗫嚅着,还想问什么,又不敢问。

"我出门看会儿烟花。爸,你们开电视看春晚吧。"向斯微揣上手机,用眼神示意陈港生自己没事,然后走出了门。

海边,除夕夜有游客放烟花。

向斯微裹紧了大衣,一路沿着海边步道走,闻着熟悉的咸腥味。这两年凤城的旅游业发展得不错,海边小镇统一整饬过,步道也修得洁净齐整,但海风的味道一点儿也没变。

绚烂的烟花将她脚下的路照得明明暗暗,她不知不觉地走了很远。

忽然,口袋里的手机振动。她拿出来,见一个陌生号码。

除夕夜,打电话的人不多,向斯微似有所感,滑动接通。

电话那头儿很安静,海风从耳朵与屏幕的空隙中呼啸而过,没有人说话,只听见两道交错的呼吸声,向斯微却没有挂断。

足足两三分钟的沉默后,她轻轻启唇——

"裴澈,节哀。"

话音落下,几秒后,电话被挂断了。

第八章 第一场春雨

大年初一，向斯微和几个相熟的初中同学聚会，约在了陈港生的动物园。

这是她拍完 vlog 后第一次回这动物园看看，哪怕做了心理准备，她还是吃了一惊——如今这名声在外的凤城"网红动物园"，从装修到设备，从规模到人员，已经一点儿也看不出来当时那个小破落户的样子了。大年初一，园里游客不少，几个同学走着走着就走散了，还有两个带了孩子的，被小孩子拉着去陪玩，向斯微和陈港生落在了最后。

一到这儿，陈港生又开始道歉："对不住啊，之前那件事真的是我坑了你……"

向斯微心累地叹了一大口气："你再这么聊天儿，我以后真不来这儿了啊。"

陈港生闭了嘴，但眼睛里那一股愁人的愧疚散不去。

向斯微真是怕了他，"啧"了声道："要不这样吧，你给我包个大红包，就当你赔偿我的，以后这事就不提了行吗？网友都忘得一干二净了，你记得那么清楚干吗，现在不都挺好的吗？"

陈港生一点头，还真掏手机给她转账。

微信响了一声，向斯微一看，他转过来 5 万块钱。

"陈港生，你是不是真有病？"向斯微要爆粗口了，"那次卖周边，你亏了那么多，我设计费一分没少地照拿，你欠我什么了？"

"精神损失费。"

向斯微被气笑了:"那50万也不止!"

陈港生愣了一下,直直地看了她几秒,又拿起手机。

"打住!"向斯微劈手拦他,她知道这二愣子真能干出给她转50万块钱的事来。然而那一刻,她刚巧就看见他的微信里收到了新消息,对方名叫——周谅。

向斯微止住动作,严肃的话音拐了道弯儿,十分婉转悠扬地"咦"出声来——轮到她看好戏了。

"周谅回来了?"向斯微笑眯眯地问。

"没有。"陈港生的表情明显不自在起来,"她问我能不能帮忙问点儿事。她在办理移民,有道手续卡了很久。"

哒……向斯微不忍心看好戏了。

她、周谅和陈港生三人打小儿就是邻居,初中又同班,屁事不懂的"中二"年代里,三人互相知道的黑历史一箩筐也装不下。向斯微学生时代的所有精力都花在逼迫自己用功读书上,常是个黑脸书呆子形象,因此一丝早恋的苗头也没有过,却被迫全程围观了陈港生和周谅从"早恋"到一起上名校的浪漫故事;周谅表白,她作参谋;陈港生哄人,她当门神——好惨的一个发小儿。

不过这个故事的结局不太美好,本科毕业后,周谅出国,陈港生不放心独身的母亲,选择留下。异国恋半年后,二人就分了手。周谅在英国读书、毕业、工作、恋爱,有了全新的生活,和国内的一切越来越远。

但陈港生还等着呢。

熟悉点儿的老同学都觉得陈港生一直在等周谅,不然老周的葬礼,忙前忙后的为什么是他,眼前这个动物园又是为谁开着?也有不少人私下讲过周谅几句不好的话，说她放着这么好的男人不要，出了国就头也不回，真够绝情的。

向斯微对此没什么评价。两边都是朋友，她觉得周谅出了国很好，可以读喜欢的书，做喜欢的事，老周去世人家也并不是不想回来，只是无奈回不来；陈港生开动物园也挺好的，又不是没挣到钱。她觉得世上大多的事，论迹不论心，多年恋爱，周谅和陈港生谁也没吃亏，何必捧一个痴情，贬一个狠心？

照她来看，这大可以是个两全其美的故事，别唱兰因絮果那个矫情的调儿。

可现在看着陈港生木然的表情，她还是生出了一点儿俗套的同情。

陈港生回复了一句，收起手机，淡淡地道："我跟她说我不在单位工作了，帮不上忙。"

向斯微点点头，故作轻松地道："没事，她应该也就是各处问问。"

陈港生："嗯，她也说没事，她去问问别的同学有没有关系。"

向斯微一时不知怎么接话，内心却"嚯"了一声，赞叹周谅不愧是周谅，拿得起放得下，和平分手的前男友也确实是可以运用的人脉资源。

陈港生岔开话题，笑着问向斯微："我带你去看看财财儿？它现在可是我们园最红的，好多游客排队都盘不上。"

向斯微笑了笑，点头跟上。

在盘龟的时候，她发现陈港生又不知不觉地陷入呆滞状态，盯着手机发呆，丢了魂似的，没忍住半开玩笑地问："蔺姨昨天问我有没有合适的朋友介绍给你，30岁了大哥，没打算谈个恋爱？"

陈港生猛地回神，看着她，意味不明地牵动一下嘴角，没说话。

向斯微内心叹息,轻声问:"打算继续等?"他们都知道,其实这个问题是,你打算就这样等下去吗?周谅不会回来的。

陈港生沉默半晌,淡淡地笑起来:"其实我没有等。"

向斯微蹙眉,露出疑惑的神情。

陈港生知道向斯微不信,自顾自地笑着,摇了摇头:"真的,我没有等她。遇到了喜欢的我当然会谈,没遇到不就只能先单着?就是你们这些人太八卦,什么事都扯到人家周谅身上去。我都头疼了,以后等我谈了恋爱、结了婚,我可怎么跟我媳妇儿解释?"

这话听上去辨不出真假,但他笑容豁达,转身又给财财儿煮肉片去了。

向斯微却愣在原地,怔了很久。

过完年,向斯微回到东城。

除夕夜的事情,她和向志杰都没再提。向志杰恢复了沉默木讷的模样,看她的眼神里还多了些愧疚,但从前那种想问又不敢问的担忧并没有减少。

向斯微叮嘱他,腰不好就别再出海干那些力气活儿,也不要把她转来的钱都存着,该吃吃,该喝喝,有空的话去东城玩。

向志杰一味地点头,揽过她的大包大箱,扛在肩上,一直送她上车,临走前才告诉她,现在自己没力气出海了,已经跟陈港生说好,去他那里帮忙,看看门,打扫打扫卫生,就当打发时间。

向斯微有些无奈,但还是点点头,任他去了。

新一年的工作量只增不减,向斯微和姜南一起面试了半个月,招到了两个新人,又开始推进新的项目,忙得变本加厉。

但向斯微也不可避免地刷到新闻，裴德安过世后，培安内部掀起了一番不小的动荡，社交媒体上流传着各种"内部消息"。

有的说裴老先生的外孙女裴澜是篡改了他的遗嘱，夺权上位的；有的说裴澈因为婚事惹裴德安生气，成了弃子——这种言论下面，向斯微当然免不了又被提及，大部分网友已经忘记了她的名字，用"那个网红"指代，说她当年其实是"仙人跳"，摆了裴家一道，所以后来被裴家抛弃，现在查无此人，真是活该……

向斯微如今看到这些污言秽语仍然觉得很恶心，但已经是一种事不关己的恶心，就像看电视碰到令人不适的情节一样，早就没有了当时那种几乎无法控制的愤怒情绪。

她也后知后觉地在想，自己当时的反应是不是有点儿过于冲动了？本来也许有更平和、体面的解决方法。

而这番动荡在半个月后迅速尘埃落定，培安完成了股权变更和董事会重组，裴澜出任董事长，裴澈退出董事会。声明是两个人一起签署发布的，十分和平。

外界的猜测又迅速倒向另一个方向，裴澈在东大上课的一些照片被扒出来讨论，"李舒乔"这个名字很快出现在热搜话题里。"豪门恋爱"的故事换汤不换药地卷土重来，"初恋""真爱""门当户对""爱美人不爱江山"之类的词在评论区滚动出现，掺杂一串接一串的"啊啊啊啊啊"。

向斯微看着那几张模糊的偷拍照——裴澈和李舒乔在学校咖啡厅排队，一前一后，都戴着棒球帽。两个人都好看，因此再模糊的画面也是赏心悦目的。

她伸手滑过，将手机息屏，抿了口茶后继续工作，也就没有发现，那些热烈的讨论在20分钟后全部消失，相关的话题和人名也被彻底删除。

在三天后，她又一边热着中药一边加班，正和姜南石头剪刀布，决定谁去给一个烦人且猥琐的客户打电话时，突然接到了陈港生的电话。

"喂？"

"你现在忙吗？"陈港生的语气不太对。

"忙，"向斯微输了猜拳，心情不畅，"所以你有话快说。"

"嗯……你先坐下，做好心理准备啊，待会儿听了别急，冷静。"陈港生却还在铺垫些没用的话。

向斯微心里一"咯噔"，以为是向志杰出了什么事，急道："快说！"

"你前男友……来园里了。"陈港生似乎难以启齿。

"啊？"向斯微皱起眉，"哪个？"

陈港生愣了一下："裴澈。"

"啊？"向斯微无意识地后仰，怎么这个电话越讲越离谱儿，她几乎疑心是自己累蒙了，出现了幻觉。

"还有……"陈港生不敢说似的，停下歇了口气，"你爸给了他一棍子。"

"啊？！"向斯微腾地起身，眉毛拧成了麻花。

"我们现在在医院。"陈港生又安抚她，"他有点儿脑震荡，但问题不大，医生建议他住院观察一天；还有，向叔有点儿高血压，医生也让向叔留院再检查一下。"

向斯微的脑子"嗡嗡"作响。

陈港生没听见她的声音，慌了："那个……你也别太担心啊！也别……别着急，问题不大，你不用过来。我就是跟你说一声，毕竟他突然来动物园，我猜你不知道……"

向斯微哪里还听得进这些，当即挂了电话订机票。

凌晨1点多，向斯微落地凤城机场，脑袋昏沉得让她觉得每走一步稳路都多亏运气好。

已经入春，凤城的夜晚并不冷，但有凉风吹过。向斯微狠狠地晃了晃脑袋，勒令自己保持清醒，同时又收到了陈港生的新消息，说裴澈坚持要出院，要不要告诉他她正在路上？

向斯微连忙回道："不要，把人摁住！"

她总得去亲眼看看，这人到底突然发了什么疯，跑到凤城来，还被她爸揍了一顿。向志杰木讷老实了一辈子，从没跟谁红过脸，怎么就敢往这位"太子"的脑袋上敲呢？

她总得妥善处理，该道歉道歉，该赔钱赔钱，总不能这样不清不楚地埋了雷，往后再被翻旧账可怎么办？

她这样想着，等来了网约车，疲惫地叹了口气，坐进去。

好巧不巧，刚到住院部楼下，她就看见了准备离开的裴澈。

他穿着一件卫衣，搭配宽松的工装裤，站在自动售货机前，就像一个普通的男大学生。并不熟悉的打扮，向斯微原本认不出来的，如果不是他还戴着一顶眼熟的棒球帽的话——帽檐下好看的轮廓，和前几天网上大家热烈讨论的那张照片里一样。

手机忽然响了一声，向斯微拿起来一看，陈港生发来一句："怎么我上个厕所人就走了？！"

她翻了个白眼，心里吐槽，这人真不靠谱儿，抬头看见裴澈正拿着手机往身后的那辆车走去，立刻打开门下了车。她赶在裴澈之前走到那辆车边，弯腰道："师傅，我们取消订单了。不好意思。"

那个司机立刻不满地皱起眉，发牢骚道："搞什么东西……"

"会付取消手续费的。您开走吧,麻烦了。"

向斯微转身挡住车门,面对走来的裴澈。

一个苍白得像见鬼了似的一张脸,一个挂着快垂到下巴的黑眼圈;一个穿着随性,再不见从前裴总高贵优雅的模样,一个疲惫困顿,全无平时热烈的劲头儿,两个人都狼狈,相对而立,又似乎都不那么想看见对方,就这么站着,竟站出一点儿物是人非的意味来。

向斯微忽然觉得这个情形挺好笑的,也不忍着,乐了声,开口问:"医生不是说要住院观察一晚?"

裴澈冷冰冰地问:"你来干什么?"

"来负责。"向斯微不在意他的脸色,径直抬手将他那顶碍眼的帽子摘了,果然看见他的脑袋上裹了纱布,后侧方有一处在渗血。

裴澈皱眉,伸手要夺自己的帽子,向斯微不给他,朝医院里努了努下巴:"回去包扎。"

裴澈不悦地盯着她,一言不发。

"揍你的是我亲爹,"向斯微索性直接拉住他的手腕,将人往回带,"万一之后出了事,算谁的?"

裴澈看着自己被她轻松牵起的手,忽然觉得厌烦极了,只稍稍用力就将手挣开了:"向斯微,你到底想干什么?"

向斯微手中脱力,那种惯性像把她心里的某个地方也扯了一下。她微愣,很快抬头看他,冷笑道:"这话该我问你才对吧,裴澈,你现在是在干什么?我们在禾木已经说得很清楚了,过去的就让它过去。我们俩现在当陌生人一点儿问题也没有,你对待陌生人是这个态度?"

裴澈紧绷下颌,没有言语。

"我爸伤了人,我过来处理。弄清楚事情原委,该道歉道歉,该赔偿赔偿，有始有终地料理好了，免得之后出了什么事又扯皮，这有什么不对？"向斯微有理有据，"裴澈，你要是真的过去了的话，为什么……"

话没说完，裴澈径直越过她，走进了医院。

有始有终，她说得很对。在心态方面，他一直都不如她，但总不至于永远矫情，不讲道理。

电梯"叮"的一声关上，向斯微的肩膀微微蹭着他的手臂。狭小的空间内，他听到她仍然有些急促的呼吸声，现在已经快凌晨3点了，她很疲惫。

他不急不缓地道："你爸估计是认错了人，所以才误伤了我，没什么纠纷，我不会计较，你不用担心。医生说今天晚上观察一下，如果没事，明天就可以出院，医疗费明细我会一并发给你，你转账就好。"

向斯微当然不信"认错了人"这种理由，但她没打算问他。倒是露出一个有些讥诮的笑来，问他："你怎么发给我？微信好友要重新加回来？"

"短信就可以。"

向斯微低头，恍然大悟似的："哦，我怎么没想到。"

裴澈："……"

向斯微先带裴澈去护士站找医护人员重新包扎伤口，然后也不等，在他包扎的过程中转身就去病房找人。

隔着门上的小窗，她看见向志杰半靠在床上，目光罕见地并不呆滞空洞，反而愤愤的，燃烧着一种偏执的怒火。

陈港生轻手轻脚地走出来，见到她憔悴的模样，先担心地问了句:"你还好吧?"

向斯微摆摆手,问他:"到底怎么回事?"

"我也不知道啊。"陈港生也是一脸蒙,"就今天下午,我在检票呢,就突然看见他了,跟他打了个招呼,他也点了下头,然后就自己去参观了。等他参观完出来,我想着礼貌嘛,就请他进屋饮个茶先,结果碰到向叔打扫回来。他还跟向叔打招呼呢,但是向叔居然黑脸了。然后等他要走时,向叔突然不知道怎么了,抢起扫帚,照着他的脑袋上就是一棍子。"

"那一下,啧……还挺狠的呢。"陈港生似在回味,然后心有戚戚地"啧"了一声。

向斯微:"……"他倒看戏似的津津有味。

她疲惫极了,也没有多少耐心,皱了皱眉便道:"我进去问他。"

陈港生忙伸手拦住她:"欸,等会儿,等会儿,你先冷静一下,别跟兴师问罪似的。"

"我就是去兴师问罪!他是做了什么好事吗?我不兴师问罪,难道还要表扬他?!"向斯微怒道,"窝囊了一辈子,现在倒突然好威风!他有没有想过,万一裴澈要告他,万一他真的打出了什么问题,万一真的在你的园里出了什么事,这些后果谁承担得起?!"

她像机关枪似的一通突突突,陈港生毫无招架之力,只得伸着一双手虚拦着。

然而陈港生拦着也没用,屋里的向志杰已经听到了,隔着小窗和她对视一眼,就讷讷地躲开了眼神。躲了没几下,向志杰知道没用,又慢吞吞地掀被下床,走了出来。

"说说吧,到底怎么回事?"向斯微在向志杰面前,语气终究软和了些。

"我……"向志杰臊眉耷眼,正要解释,吞吞吐吐的,某一刻,目光却忽然锐利起来,冲着包扎完走过来的裴澈破口大骂:"你个杀千刀的还敢来?!老子打死你!"

要不是陈港生熟能生巧地迅速拦腰抱住了他,他真的就冲出去和人干架了。

"你敢欺负我女儿,老子打死你!"向志杰被陈港生拦着,嘴里仍不客气,"你不要以为老子会怕你们这些有钱人……你敢骗我女儿,敢欺负我女儿,老子这条命不要了都要打死你!"

他张牙舞爪的,却没多少威慑力,反而像个受了刺激,精神不正常的老人家。就连护士都只是又心烦又无奈地探头出来说了句:"家属控制一下病人情绪,到病房里去,不要在走廊上吵。"

向斯微只觉得自己全身的血都涌向头顶了,却仍然不能维持头脑清醒。被向志杰的叫声刺激出了耳鸣,她在天旋地转中怒吼一声:"你能不能不要再给我惹麻烦了?你给我惹的麻烦还少吗?!"

一嗓子吼出来,向志杰立刻噤了声,像一个被扎破了表皮的气球人一样败下阵来。

他仍目光凶狠地瞪向裴澈,然而转向斯微的那一刻,身子立即变得瑟缩,最后嗫嚅着说了一句什么,转身默默地回了病房。

陈港生也被吓了一跳,见她脸色铁青,没敢说话,沉默地等了一会儿,也回病房了。

耳边清静了,耳鸣却越来越严重,向斯微疲惫地抬起手掌压了压眉心,拿开的时候,眼前闪过几片雪花。她用力眨了几次眼,视野才终于恢复清晰,扭头看裴澈,他不知什么时候已经走到了她的身边。

"包扎好了?"她开口问,"你的病房是哪间,回去休息吧。医生不是说……"

话没说完,她忽然眼前一黑,最后听到的声音是裴澈在叫她,之后就什么都不知道了。

再次醒来时不知道是几点,向斯微还睁不开眼,就习惯性地摸手机,可努力一番,什么也没摸到,只好忍着头晕睁开眼,迷迷糊糊地看见床边趴着个人——是裴澈。

向斯微愣了一下。无论是作为伤员,还是作为她分得特别难看的前男友,他都不应该是那个陪床的人。

那他为什么会在这里?

然而她此刻脑雾严重,这个问题像被覆着一层膜一般,不显得紧迫锐利。她静静地看着他后脑勺儿上那块明显的白纱布,昨晚向志杰吼完那几句,她其实就明白了大半——一定是向志杰在新闻上看到了什么最新消息,也许是裴澈和李舒乔的事,也许是又听到谁嚼了几句舌根,便更加觉得她是被他们家玩弄的"弃妇",所以看见裴澈就冲他抡起了棍子。

向志杰一辈子木讷怯懦,极易被人左右,可也极爱她和她妈妈。懦弱之人偏长了一颗最护短的心,做出这种事一点儿都不奇怪。

只是裴澈无辜,哪有这样倒霉的前男友呢……向斯微苦笑,有些怔然,几乎下意识地、轻轻地触上他的那块伤口。

裴澈立刻就醒了。他反应很大,猛地起身,向斯微的手被这力道拂开,尴尬地僵在半空中。她故作镇定地问了句:"你怎么在这里?"

裴澈僵了一下,没有回答,平静无波地道:"我去叫陈港生。"说着,他转身就要走。

向斯微立刻拉住了他——她都不知道自己怎么会有这样快的反应，在头明明还很晕的情况下。

裴澈身形顿住，回头用荒唐的眼神盯着她。

向斯微抿抿唇，抬眼问他："裴澈，你为什么来凤城？"

裴澈的眼神迅速变得冷淡："不关你的事。"

向斯微轻声笑了："你觉得，我会相信你来凤城，去那个动物园，不是因为我吗？"

她这副泰然说笑的模样真是熟悉——哪怕她头发乱糟糟的，脸色也苍白，看起来很虚弱，眼里却仍写满独属于向斯微的那种劲头儿……也真是可恨。

裴澈咬了咬牙，盯着她。

"哦，那你问什么？"他森然道。

向斯微又扬起笑来，然而还没开口，高大的身影落下，将她全然笼罩，下一秒，她的唇被熟悉的气息堵住。

向斯微只僵了一秒，裴澈的动作不加收敛，他很快撬开她的齿关，攻城略地，她也没有示弱。

熟悉的气味、熟悉的力道、熟悉的顺序……跟上节奏甚至反客为主对向斯微来说太容易。她记得，裴澈起先不算好的 kisser（亲吻者），他的进步是在他们的一次次耳鬓厮磨中练出来的，后来她变得比以前更喜欢亲吻。

向斯微没去想此时此地这个吻代表着什么，诚实地专注于其中，并且发现亲吻可以有效调节多巴胺，她方才还昏昏沉沉的脑袋、疲惫不堪的神经好像全都重新活跃了起来。

她不知道裴澈会怎么想，也懒得猜，当下是美妙的就很好。

但这美妙的感觉骤然被打断了，房门"咔嗒"一声被人推开，陈港生的话说到一半就被自动掐断:"你感觉怎么样——"

裴澈猛地抽离开,同时将捏住她下巴的手迅速扣到她的脑后,将她抱在了怀里。

陈港生尬在原地,震惊得半天动弹不得,直到裴澈回头,一道寒光射过来,才回魂似的弹出门外,一句话没说。

向斯微已经从裴澈的怀里挣脱出来,好笑道:"他又不是不知道是我,挡什么?"

裴澈看着她,并不言语。

她笑了笑,没探究他目光中的深意,自然地伸手,将他唇角的一点儿晶亮抹去,然后问:"你是不是要再让医生看一下?"

"嗯。"裴澈淡淡应声。

"结果出来了和我说一声。"向斯微终于摸到了自己的手机,低头看见无数条微信消息,全是工作消息。她叹了口气,先点开最重要的客户,一边看 demo(样品)反馈,一边下床披好外套,然后开始一边打字回复,一边和裴澈说:"我先去看我爸,你记得把复查结果发给我。"

"嗯。"裴澈又淡淡地应了一声。他其实想问"我怎么把结果发给你",又想到这个问题昨天她也问过,他自己说的,发短信就行。

向斯微似乎也并不期待他会多说什么,回复完客户消息,抬头确认似的扫了他一眼,然后就走出了病房。

裴澈知道,她大概不会把刚刚那个吻放在心上。哪怕她吻得那么动情,连抚在他腰上的手都全心全意。可她也没有否认,没有慌乱,甚至让他复查完联系她。

他不明白这意味着什么,却知道不应该去思索。可这点儿意识,是在他已经将她方才的种种目光、动作、语气,全都回忆过一遍后才冒出来的,已经来不及了。

快到中午 12 点了,向斯微先去找医生问了向志杰的情况,确认没大碍后才去了向志杰的病房。

向志杰已经换下病号服,穿着一件洗得发黄的宽松衬衫,一条灰黑难辨的起球西裤,在床沿正襟危坐。

他见她来,目光不自在地躲闪了一下,又强装镇定,从床边站起来道:"我要出院。"

向斯微点点头:"我刚问医生了,可以出。"

向志杰愣了一下,脚步和目光都无措地移动,最后拿上床头柜上的塑料袋,那里头装着昨晚陈港生临时给他买的牙刷和毛巾:"那现在就走……可以吧……"

向斯微抿了抿唇:"等一下,要办出院手续。"

向志杰沉默地点头,又抬头不安地问:"要不我自己去?你……你不是很忙吗……"

"陈港生去了,等一下就好。"

"那你记得要好好谢谢人家……"向志杰说着,与她对视不到半秒,又很不自在地移开视线。

"知道。"向斯微简单应下,看着他畏畏缩缩的模样,终究什么也没说。

手机里不断有工作消息涌入,向斯微再次拿起手机查看。怕向志杰不自在,她便转身走到门边。

但向志杰以为她这就要走,忽然又叫住她:"那个……"

屏幕里那位黄总的秘书高高在上地点评她的设计缺乏"商业意识",她正斟酌着措辞回复,听见这声,纳闷地回了个头。

向志杰张了张嘴，才道："那个……裴什么东西的……怎么样了？"

向斯微转过身，收起手机："没什么大问题，他说不会追究。我跟他道歉了，医药费也会赔偿。"

向志杰的脸色垮了下来，但他什么也没说。

向斯微想了想，简单而迅速地正色道："爸，我就说这一遍。我跟他是正常恋爱，正常分手，现在就是普通朋友。我也没有被包养过，我在东城创业，做文创设计，足够养活我自己和你。你能不能相信我，别再胡思乱想？"

向志杰看着她，浑浊的眼睛里闪过无数忧思，最后无力地点了点头。

向斯微舒了口气，低头准备继续回复消息。

向志杰乡音浓重的低沉声音却闷闷地响起："好仔，爸爸对不起你，总是拖你后腿，给你惹麻烦……当年要不是我搞不清楚情况，你也不会大老远地跑到东城去读书，那么辛苦……"

向斯微的手指僵在屏幕上，半晌后抬起头，露出一个灿烂的笑来："不说这个话了，现在我事业不错，你也好好保重身体，我们父女俩还有好多福可以享。"

向志杰疲惫的眼睛是浑浊的黄色，如同昏沉的落日。他看着她良久，最后低下头来，很小声地说了句什么，好像是"好"，也好像不是。

向斯微没说话，觉得胸口沉闷，嗓子里十分酸涩。

幸好这时陈港生办完出院手续回来了，向斯微便趁机说要去趟洗手间，就这样出了门。

她在无人的楼道冷静了片刻，将那股委屈要哭的劲儿压回肚子里了,又拿起手机开始处理工作。

她刚回复完一则消息,姜南的电话就打了进来。

"你家里怎么样?事情严重吗?"

"还好,刚处理完。"向斯微和姜南这两年培养出了绝佳的默契,立刻听出弦外之音,"怎么了,有事?"

"黄总把会议时间提前到明天了,你是主设计师,能不能赶回来?"

向斯微皱起眉。她倒不是不能回去,只是这位黄总为人油腻,专业差劲,还颇爱指点江山兼调戏美人。要不是他那个副手还算有头脑,加上这单进账不少,她肯定不会接。何况她已经熬了一个月设计初稿,眼看就要定稿了,更没有临时摆烂的道理。

她想了想,说:"我买下午的机票回去。"

"嗯,我去接你。"

"好。"向斯微挂了电话,站在楼道里放空了好一会儿,然后点开App查机票。凤城飞东城的航班只剩下两班,一班在一个半小时后,另一班在夜里,她想了想,给陈港生发了条消息,径直下楼离开。

一层楼之上,刚找到她的裴澈只听见了最后几句,然后就是匆匆忙忙的脚步声。

他的脚步落在下楼的第一阶台阶上,他怔了许久,转身回去了。

向斯微梦游般跑了一趟凤城,回到东城后又马不停蹄地开始工作。她和姜南去见了那个恶心人的黄总,一个扮八面玲珑嘴甜姐,一个演耿直天真学生妹,最后姜南笑得脸都快烂了,向斯微很为难似的做聆听教诲状,说了两句软话,仍不免被那个黄总摸了一把手背，才终于将设计稿定下来，尾款无虞。

走出写字楼，姜南立刻烦躁地脱下了西装外套，爆了句粗口："自己创业比老娘打工时受气还多！"

向斯微反倒淡定一些："想开点儿，至少钱是全进自己的口袋了啊。"而且她一想到不用再改稿就神清气爽。从某种程度上来讲，那个黄总是最蠢的甲方，压根儿没有任何专业意识，也不在意设计做成什么样。要是早知道装傻充愣做受教状就能一锤定音，她一定不会勤勤恳恳地真的按前几稿的反馈去做修改。

姜南笑了笑，不无认可，但还是叹了口气："那咸猪手……委屈你了，下次姐给你挡着。"姜南说着，看了看向斯微，多少有些佩服她。见惯了她不吃亏的硬脾气，没想到她居然是能忍的，那会儿不动声色地抽了手，面上却还笑眯眯地应和黄总，两句舒心话一讲，顺水推舟地就将事情迅速敲定。

向斯微拍拍自己的手背："算了，就当被狗舔了一口。"

"辱狗了啊！"姜南家里养着一只苏牧，她是狂热的爱狗人士。

向斯微哈哈大笑："好吧，对不起。"

笑着笑着眼泪就出来了，她困到实在支撑不住，摆摆手和姜南告别："我回家补觉了。明天去盯厂。"

"不急，先休息，过两天去也是一样的。"姜南看着她上了车。

向斯微回到家睡了个昏天黑地，醒来后已经是第二天上午。她饿得前胸贴后背，披上外套，简单冲了把脸就出门买早餐。

她依稀记得弄堂右拐再右拐，有一家早餐铺子的现炸油条很香，但好几个月没空去了，不知道现在还在不在。

然而当她打着哈欠走出院子时，在被生理性眼泪覆盖的迷蒙视野中出现了一个让人不能不为之驻足的挺拔背影——裴澈站在梧桐树下，牛仔裤、白T恤，外罩一件宽松的白衬衫，额发微乱，软塌塌地垂至眼上。

很熟悉的场景，他的模样却是陌生的——他以前总是西装革履——但仍然很好看。

向斯微眨了眨眼，才发觉空气中有细密的雨丝，怪不得他的额发那样乖巧地覆在额前。

如果她没记错的话，这是东城的第一场春雨。

向斯微忽然觉得，饥饿是一种通感。譬如现在，她的饥饿感迅速从胃部转移到了另一个地方。

她不知道裴澈在这里站了多久，为什么不敲门或者打电话……也可能她知道。但那些有什么好知道的？她只要知道，他当然是来找她的。

"来找我的吗？"她上前一步，同样走进细密的微雨里。问完才想到，她昨天没有过问人家的复查情况，也没有意识到该等他发一条短信，甚至没有像她自己冠冕堂皇地说的那样，给人家正经道个歉。但她现在也不打算说这些。

疲惫过度又睡过了头之后，她勉强头脑清醒，却不算舒服。

"要进来坐吗？"她微微一笑，问道。

进门后，谁也没有多说什么。向斯微知道裴澈一直走在她身后，只有半步距离。他甚至没有问她有没有拖鞋，直接光脚踩在地板上——事实上也确实没有，他的东西之前都被她丢了。

他们一起上楼梯，那老旧的木梯声响一年比一年大，突兀的"吱呀"一声后，向斯微察觉到裴澈的脚步微顿了一下，忍不住想笑,修长有力的手却突然从后面伸出牵住她的手。向斯微微顿,笑了,自然地与他十指相扣。

她不安分地动了动拇指,习惯性地想摩挲一下,他却强硬地紧紧牵着她的手,不让她动。

又是"吱呀"一声,向斯微索性转身,借着楼梯高低之便,两手往他的肩上一搭,直接攀在他身上。他也反应极快,迅速地托住了她。老旧狭窄的木梯仍旧不好走,他却保留着肌肉记忆,稳当地将她抱好。

四目相对,他们同时去吻对方。

向斯微确信,这是她经历过的最绵长温柔的一场情事,像窗外那场始终没有下大的春雨,细密、柔和,连落在窗檐上的"滴答"声都轻轻的,如同温热泉水包裹全身,不会让人产生一丝急躁,却湿热、绵长,没有哪一刻是结束的预兆,没有哪一声喘息宣告鸣金收兵。

向斯微觉得自己全身是汗,分不清是谁的,沉而缓的力自身上来……不知过了多久,她长长地吐出一口气来,四肢百骸好像从没如此舒服过。

右手被松开了,她昏昏沉沉地依照直觉,摸索着找到他,笑了,还没来得及欣赏他骤变的脸色,瞬间就被他拎着胳膊翻了一面,天旋地转……

再次醒来时,天已经暗了,向斯微等了好一会儿才睁开眼,发现自己以一个堪称扭曲的姿势趴在裴澈身上——左腿卡在他的两腿之间,右腿屈起,搭在他的身上,一只手缩在他的怀里搂着他的胳膊,另一只手窝在他腰侧的衣服里。

虽然看起来奇怪且少儿不宜,但这姿势睡得也实在舒服,但她要脱身倒有些麻烦。向斯微已经饿得胃里泛酸水,再不去买点儿吃的,恐怕真的要晕过去了。

好在裴澈睡得沉,向斯微试探性地用手在他的腰上摸来摸去,他也不为所动。

这是向斯微发现的又一个陌生之处。以前,他很少睡得这么沉,也几乎从未醒得比她晚。这一点点陌生感的累积,让她不自觉地盯着近在咫尺的那张脸,好像也有所不同——是……更年轻了?

她的脑海里不合时宜地响起靳秧难掩兴奋也略带猥琐的那一句:"不会吧,不会吧,我这把年纪还能搞到'男大'?!"

向斯微不自觉地笑出了声,见裴澈眉心微动,又连忙噤声,轻手轻脚地拔出自己的四肢,挪下了床,却在站起身的时候忽然被拽住了手,猛地被拉回床上。

向斯微本来就饿,他这一下力气大,更拽得她头昏脑涨。她起床气来了,带点儿怒意地回头:"你干吗?!"

她径直对上一双漆黑的眼睛——裴澈不知什么时候醒了,坐起身,严肃地盯着她,眼神看起来有些骇人。

"你要走?"

"我买早餐啊。"向斯微觉得他莫名其妙,"你不饿吗?折腾那么久,我真的好饿!"

她说这话时没什么顾虑,倒是裴澈瞬间变得尴尬,她才后知后觉,害羞地抿了抿嘴:"我真的快饿死了,我要下楼找吃的。"

"哦。"裴澈不得不松开了她的手。

向斯微是真的饿到不行,迅速起身披上外套,直接下楼出门。

是在便利店门口啃了根肠等关东煮的时候,她才意识到,裴澈刚刚的反应有点儿异常。他是……怕她睡完就跑?

向斯微笑了笑，心想，待会儿回去，她就要拿这事逗他，怎么他从裴总变成裴同学之后，脑回路都跟着变俗套了呢？他有没有想过，这是在她家，哪怕她睡完不认账，也不该是她这个主人落跑吧？

她这么乐着，拎了两碗关东煮往回走，又看见路边的一个煎饼摊儿，脚步微顿。不知道裴澈现在的口味是不是还是那么挑，关东煮他是不是不吃？记忆里他倒是能接受煎饼，于是她又停了下来。

煎饼摊儿上食材丰富，红底黄字的招牌菜单上，最贵的是23元一个的海鲜煎饼。她看了看保鲜盒里被切得细碎的鱿鱼须和虾子，顿了两秒才说："给我来个普通原味的吧。"

"我们家的海鲜煎饼卖得最好，小妹尝一个不啦？"老板热情地给自己揽生意。

向斯微摇了摇头："不用了。"她心里那点儿要嘲笑人的小雀跃无端地沉了下去。

向斯微拎着满手的东西回到家，裴澈已经起床下楼了。他穿着白色T恤，软塌塌的头发覆在额前，造型像个等人回家的孩子，但眼神一看过来，那种远隔千山的淡漠感与压迫感又一点儿都没变。

"我买了关东煮和煎饼，你吃哪一个？"向斯微将东西全都摆在餐桌上。

"都行。"裴澈走过来。

向斯微有点儿意外，顿了顿说："那一起吃吧。"

起先他们只是面对面坐着，一起安静地吃饭，谁也没说话。

向斯微各方面的饥饿感都被满足，有一种难以抵抗的生理性愉悦盈满心口。但刚刚路上想说来嘲笑裴澈的那几句话，她现在却不想说了。她吃得很快，落筷后就静静地看着裴澈。

"向斯微。"裴澈没有抬头,却忽然叫她。

"嗯?"

"我们现在是什么关系?"裴澈撂下筷子,抬头看着她。

向斯微怔了一下,没有回答。但在裴澈脸色变化之前,她扬扬眉:"复合咯。不然呢,一夜……哦,不,一日情吗?"

在昨天邀请他进屋之前,向斯微就想,他们应该会复合的。如果裴澈没有意见的话——当然,他要是有意见,就不会来这里了,这是两个人心知肚明的事。如果不复合的话,她实在不想跟前男友纠缠不清,那是很危险的举动。

向斯微也承认,在禾木偶遇裴澈之后,她尚且心如止水,只当是将一次很不体面的分手终于粉饰了个能看下去的结局,恋爱史上总算不会出现一个恩怨未消的前男友。但得知他在凤城被她爸打了一棍子,又在病房醒来后看见他趴在床边,那时候,她的确觉得再和他发生一些什么也无不可。

她将这归结于新的面孔带来了新的心动,每一次见面,裴澈都让她觉得新鲜,他做学生的样子,当然比做那个拿腔拿调的总裁时更吸引她。这很合理。

裴澈的表情僵了很久,久到向斯微以为自己失算,差点儿对表情失去控制:"你觉得只是一夜情?"

裴澈看着她,轻笑:"我不至于。"

向斯微总觉得这话耳熟,但没问。她延续良好的恋爱习惯,再次礼貌坦诚地表明心意:"那就好。上次恋爱,我确实没有尽兴。"毕竟他们分得那么突然。

裴澈没说话。他只是有点儿意外——他原本做好了准备的,她如果一如既往,潇洒干脆地说"睡一觉而已"之类的,他绝对不会流露出意外的表情。可现在，他意外于她说"复合"也是这样潇洒干脆。

向斯微看着他吃完那碗关东煮，竟干干净净、一点儿不剩，又不急不缓地开始解决那份煎饼。

"除了海鲜……你还有什么不能吃的吗？"她忽然想到这个问题。她难得谈一次复合的恋爱，是不是像拥有第二次考试机会？那总该比上一次做得好一些。

"过敏的话，没有。"裴澈说，"不喜欢的话，大部分都不喜欢，比如刚才吃的所有的丸子。"他的目光扫过被吃完的关东煮。

向斯微久久无言，内心骂了一句：呸！她果然没看错，就这没事找事的胃，过不过敏又有什么区别？

吃完饭，向斯微往沙发上一窝。她也不问裴澈是否要留下来，只是当他坐来身边时，很自然地将脑袋靠了过去。

双人沙发又窄又小，但坐两个人刚好，他们靠得紧紧的，十分熨帖。

向斯微只靠着头，嫌不够舒服，又将两条腿也架到他的腿上，拿起遥控器，从自己常看的那几部电影中随便选了一部《模仿游戏》。她也没问裴澈爱不爱看，因为可以预测到他的答案——

"有要避雷的电影吗？"

"避雷的话，没有。不想看的话，大部分不想看。"

万事万物中，叫他说出一件确凿的"喜欢"的事或物实在是为难他。向斯微一直很理解。胡开尔曾经有个"翻书"理论，她听后拍掌叫绝。她说裴澈、沈趋庭这类人，因为生来拥有太多，很容易失去对身边的人和事的好奇。对普通人来说，世界是需要努力翻阅的书，每每想解锁新的一本、掀开新的一页，都需要全力以赴。但对裴澈他们来说，世界已经是卷帙浩繁、分门别类的书房，然而恰是这种琳琅满目，让人从源头就失去了翻书的耐心与能力。

可影片才刚开始放映，片头曲的二进制数字在图灵特写的眼睛中跳跃的时候，她手中的遥控器忽然被抽走了，电视"啪"的一声被关掉。

"你干吗……"向斯微话没说完，身边的人将她扑倒在沙发上，唇覆了过来。

说实话，向斯微没打算今天晚上再和他干点儿什么。白天那一场对她来说已经很足够。但他的动作太得她的欢心，她很快就被带起来，胸口起伏，扬起脸回应他的吻，手也在他的背上流连。

她没忘记，他是十分优秀的学习者。几乎从他们第二次开始，他就已经摸索出了技巧，他知道她喜欢什么动作、什么节奏，而这点儿技巧，在分开一年多后，显然也没有生疏。

一切都热起来的时候，他又托起她的腰，打算转去楼上，却被她环着脖子，又撞回沙发上。

"就在这儿……再上去就没床单换了……"她总共就两套春季床单，新洗的那套还没干，在沙发上的话……至少她还有一套新的沙发罩。

裴澈停在这个动作上，直直地看着她妩媚的双眼。

她知道他不喜欢狭窄的地方，可此刻偏决定就要在这里，于是扬起脖子去咬他的耳朵，张口濡湿他耳郭上细细的绒毛："就在这里。"

裴澈似乎无奈地叹了口气，而后没让向斯微笑出来，以更凶猛的动作堵住她。

种番茄

第九章

复合后的第三天,向斯微才想起来,她还没有加回裴澈的微信。

如果不是她和向志杰视频通话,他说起复查的情况,她也许还需要更长的时间才能想起这件事。

恰好,视频电话挂断,裴澈开门走了进来。从前天早上二人分别出门,这是复合后他们第二次见面。

他背着双肩包,抱了一大摞打印资料,打开门时愣了愣,因为他看见玄关处有一双新拖鞋——男式的。

"谢谢。"他走到沙发边放下东西说。

"不客气,"向斯微低头看了一眼,拖鞋果然多出来一截,"还真买大了,我忘记上次买的是什么码了。"

裴澈动作微顿,然后轻描淡写地说:"你可以问我。"

向斯微笑:"你不是把我删了吗?"

裴澈扫了她一眼:"你可以加回来。"毕竟是他删的她,她那里应该还有联系人条目才对。

向斯微耸耸肩,掏出手机,调出个人二维码界面递到他面前:"你扫我吧。"

裴澈愣了,看着她。

向斯微将胳膊往前一伸:"快点儿啊。"

裴澈目光淡淡,沉默了两秒,还是扫了。

"嘀"的一声,微信加了回来。向斯微的头像从没换过,仍然是那只海龟，裴澈的倒变了，变成了一颗番茄。虽然照片拍得不错，景深得当，色彩宜人，但还是……让他像那种代购土特产的。

向斯微这次仍然说不出"好看"二字，但这不要紧，她笑眯眯地看着他，问："你是故意等我主动加你才行吗？"

裴澈没说话。

向斯微笑意不减，但也不为难他，另起话题："你的医药费明细可以发我了？"

裴澈看了她一眼，抗拒的意思很明显。

"还有你复查的情况，怎么样？"向斯微当作没看到，又问，"脑震荡真的没事吧？有影响你日常的生活和学习吗？"

"你觉得呢？"裴澈淡淡地问。

也是，她已经全方面、身体力行地检查过了他的身体。向斯微摸摸鼻子："我觉得，应该是很不错的。"

裴澈不搭理她的弦外之音，正色问："你爸爸怎么样？那天医生说他有高血压。"

"没什么大问题，平时控制饮食和情绪就好。"这两天，向斯微的工作节奏慢了下来，她抱着电脑在沙发上处理一些不大要紧的琐碎事项。她原本一边敲键盘，一边散漫地回答裴澈的问题，说完，忽然自己顿了顿，然后抬起头看向裴澈，"我好像还没正式向你道过歉……对不起啊，我爸有时候脾气挺怪的，他不是故意要跟你动手。"

裴澈轻笑一声："不是故意的吗？"

向斯微有点儿尴尬，意识到自己的说辞不自觉地带了些假客套的意味。向志杰可是从一开始就黑脸，最后直接抡着扫帚朝人的脑袋上敲了，这怎么可能不是故意的？要是那种简单的事主与受害人关系，她合理赔偿后，说一句"不是故意的"，恐怕人家还能勉强听一听，但裴澈显然不是……

她咳了一声，却发现裴澈的表情并不玩味，反而很正经，他微微蹙眉看着她，好像有话没说完。

"你有什么想问我的吗？"她问。

裴澈沉默了几秒，而后开口，十分直接："是，我想问你爸爸和你家里的事情。我问了……你就会告诉我吗？"

分手后的一年多里，裴澈忽然有了从前缺失的时间和灵光，终于理解了曾经察觉到的，自己和向斯微关系中的细微异常是什么。

向斯微对他的人生始终保持着一种"点到为止"的参与度。她认识他的朋友，知道他的工作，除此之外，关于他的一切，她都不想深究。她并不深究他和李舒乔那段被外界传成刻骨铭心的初恋故事，更没兴趣熟悉他的家人。她是优秀的恋人，真诚地和他分享一段有趣的人生，但并没有打算给他更多。

同样，关于她自己的人生，她也希望他"点到为止"。她没有和他聊过家人，也不曾让他认识更多的朋友。而他那时候多么愚蠢，她画一道隐形的、柔和的线，摆泠泠江水一样玲珑可爱的模样，他就看不到，也越不过。

裴澈不愿意去想她这样做是为什么，还能是为什么……但他觉得自己总该有些长进。那天来秋园路时，他还没有想清楚到底要怎么做；可现在他知道了，自己至少要跨过那江水。

既然是她说的复合，那他不会再重蹈覆辙。这一次，他要做那个结束的人。

向斯微没有回答他的问题，只是愣了一下，然后低头苦笑一声："我爸……他很爱我和我妈。"

裴澈惊讶于她的直接，但很快就认真听了。

"但他其实……缺乏一些能力——我认为是想活得体面一些的必备的能力。"向斯微第一次将对自己父亲的剖白说出来，居然在怪异中又感到一丝痛快，"小时候，我妈妈一直身体不太好，需要吃药，其实也不是吃不起，只是家里要过得更苦一些……他想给我们更好的生活，所以跟别人合伙做生意，别人装大款，给家里送了两件高级家具，他就什么都信，结果被骗到卖房子。我妈妈也是因为这个去世的。"

裴澈皱起眉。他对这种故事并不陌生，但很少听到这样详细的版本。大部分时候，他看到的是需要遣散的员工数量和需要划出去的安置款项数目。

"他本来是一个耳根子很软的人，总是别人说什么都信。经过那件事后，居然也没有改……奇怪吧，他变得更容易相信'自己人'，而且不敢再认识陌生人。我初中的时候，学习特别努力，但成绩还是不太好，就过得很紧绷。我爸很担心我，刚好那时候我有个表姑，嫁到了东城，回来看亲戚，喝酒上头，在我爸面前吹嘘东城的生活有多好，素质教育多么发达，东城学生考大学也比其他省份容易很多，我爸就又信了。"向斯微说到这儿，仍然感到荒唐，"我那个表姑也是个很好面子的人，我爸表现得越崇拜她，她就越满足，说得天花乱坠，最后拍着胸脯，直接让他把我送到东城去，上最好的学校，住在她家里，什么都不用操心……我爸也就当真了。"

"我以为只是烦人的大人在饭桌上吹牛，结果，他真的去给我办了转学，而且转学也办不明白，凤城的退了，东城的又没门路，我差点儿没书读。我那个表姑也匪夷所思，看到他带着我坐火车到东城，气得脸上的肥肉都在颤。"向斯微曾无数次回忆这段难堪的经历，近年来才终于觉出一点儿笑料，"不过她还在摆架子，东奔西跑，至少真的帮我办成了入学，然后就说自己仁至义尽，别的管不了。那时也没有别的办法，我只能留在东城读书，高考再回凤城考。"

裴澈没有再露出分毫惊讶，很迅速地想到另一件事——如果她爸爸是这样的个性，那之前凤城动物园出事，裴秉之暗地里火上浇油，向斯微被放在网络舆论上烤的时候……她爸爸会是什么反应？

他忽然觉得，向志杰只敲他一棍子，实在是已经很客气了。

他也似乎终于明白了向斯微当时为什么反应那样激烈，对于他们"这种人"自以为是又自不量力的"安排"，她大概深恶痛绝。

向斯微又回忆了一遍表姑那张变形的胖脸，忍不住笑："但其实我也算因祸得福。现在让我选的话，我还是会来东城念书。十三中对学生那么好，而且我的成绩真的变好了，初中的时候，我压根儿不敢想象自己能考上东大。"

她觉得自己说得够多了，想将对话拉回轻松的方向，张口便要撩他，说句"而且还在十三中遇到了你哟"之类的。但她一抬眼，撞到他沉沉的目光，俏皮话没说出口。

"向斯微，对不起。"裴澈忽然说。

向斯微被吓了一跳："你怎么了？"

"当时，我不应该擅自宣告你是我的未婚妻……我做得很不好。"裴澈后来想过，就算向斯微没有突然提分手，他们就会一帆风顺吗？不会的，裴德安的礼服不会只送一次。而他自己呢？会不会有一天，他也忍不住变成劝说向斯微穿上那件礼服的人——反正，只是件礼服；反正，也并非不好看。

那天裴澈非常难过。他意识到，自己所抗拒的不仅是被架在裴家的高位上做自己不喜欢的事情，他更害怕成为裴德安那样惯于安排他人的人。而向斯微没有错,他就是"这种人"。

向斯微没有想到他会忽然提起这件事,怔了好一会儿,玩笑道:"是啊,所以我和你分手了嘛。"

裴澈却没笑,很严肃地说:"以后不会再有这样的事情发生。"

向斯微继续逗他:"因为你痛失继承权,现在只是个穷学生,没人关心你了?"说完,她径自想到——怎么可能,前几天,他的"豪门恋爱"还在被拍呢。

她不免又想到了李舒乔,产生了一点儿小小的好奇——是不是该问问他和李舒乔还有没有关系?这一年里,他们都在东大,有没有发生点儿什么?

然而她终究只是心里好奇,又没有好奇到要问出口的地步。她当然确定裴澈没有和李舒乔复合,不然他也不会来找她,其他的倒也不重要。比起思索人心幽微,向斯微向来更愿意相信体面。

裴澈苦笑:"继承权确实没有了,但并不痛。学生确实是,但也不算穷……"说到这里,他严谨地停顿了一下,补充道,"比以前穷一点儿。"

向斯微忽然乐了:"没关系,'男大'的人设就是要穷一点儿。"

裴澈没听懂"男大"是什么,目光中带着疑惑。向斯微的脑子里又响起靳秧那句话了,那声音现在简直像少儿不宜的 BGM 一样魔音绕耳……

她甩甩脑袋,伸手摸了摸裴澈的脸,很顺自己心意地亲了过去。

复合后,两个人很自然地开始将一部分生活交织在一起。东大离秋园路很远,但裴澈念的是硕博连读专业,不需要一直待在学校里,如无特殊情况,每周有那么两三天他住在秋园路;向斯微偶尔也会去东大找他,在熟悉的校园里看见熟悉的老同学、前男友和并不那么熟悉的复合男友,三者合一,感觉还挺奇妙的。

谁也没有刻意隐瞒或避讳什么,因此朋友们都渐渐知道了这件事。

最早发现的是孟杳和江何,某天向斯微喊孟杳来家里吃烤肉,他们离开时恰好碰到裴澈来。但这两口子向来不对朋友的恋爱情况发表高见,江何甚至只是拍拍他的肩膀,贱兮兮地撂一句"还剩俩羊排,有点儿膻,你吃吧"就出了门。

孟杳也只是回家后才发来一条微信消息,向她确认:"回头草?"

向斯微强调:"回头嫩草。"

孟杳秒懂并给予肯定:"他好像是比以前更帅了。"

向斯微非常满意,复合后,他们的恋爱状态果然比上一次更好。

唯一的意外发生在4月。向斯微从北城出差回来,想到一周多没有和裴澈见面,便开车去了东大,也没提前和他说。

不巧,裴澈正在实验室里上课,叫她在门口的咖啡厅等一会儿。

向斯微跟着导航走到那个咖啡厅,才想起来方才为什么觉得这个名字那么熟悉。在他和李舒乔轰轰烈烈的初恋故事里,这个咖啡厅是一个重要地点,堪称爱情的遗迹。

她走进去,点了一杯冰美式,果然难喝得名不虚传。

她克制住心里的那点儿联想,拿出iPad,想一边工作一边等人,却突然看见了那个咖啡厅故事的女主角。

李舒乔显然也看见了她,且看李舒乔的神情,更像是直接来找她的。

而李舒乔果然径直走到她的桌边,礼貌地问:"向小姐,好久不见。我可以坐下吗?"

诚实地说，向斯微并不觉得自己和李舒乔有什么交情可言，现在也不那么想和她对坐交谈，尤其是当李舒乔看起来准备了长篇大论要说的时候。

但伸手不打笑脸人，毕竟人家当年帮她谈成了创业后的第一单，她礼貌一笑："当然，好巧。"

向斯微对"豪门淑女"有一些难以拔除的刻板印象，总觉得她们都是绵软委婉的性格，哪怕真的有话要讲，也一定是话里有话，默认对方自懂深意的那种，绝对不肯直抒胸臆。

谁知李舒乔一坐下，直接递过来一封请柬——低调简约的粉白烫金风格，颇有筋骨的钢笔字写着李舒乔新婚的时间和地点。新郎向斯微不认识，但她却莫名其妙地想到了之前在黎映的暖房聚会上，偶遇的和李舒乔一起来的那个男人。被邀请人写了两位：裴澈先生、向斯微女士。

"没想到在这里遇到了你，真巧。"李舒乔笑着说，"有空的话，一定要来啊！"

向斯微当然是震惊的。一个月前，社交媒体上还在深扒裴澈和李舒乔当年的恋爱往事，以及如今同校进修后疑似复合的种种蛛丝马迹。她虽然知道他们肯定没有复合，但是……

向斯微没继续想下去，提醒自己，根据网络传言来判断一个人的生活阶段既愚蠢又不礼貌。她摁下心中的弯弯绕绕，收下请柬后又自然地开口祝福："恭喜。"

李舒乔神色微怔，低头微笑时竟有些落寞："谢谢。"

席间一时无话，向斯微觉得尴尬，干笑了一声："李小姐……要不要喝些什么？建议避雷美式，实在不怎么样。"

李舒乔扯了扯嘴角："这家店的每一款都很难喝。"

向斯微一愣,没说话。

李舒乔忽然抬头注视她,紧紧地蹙眉,目光里流露出深深的不解:"向小姐,你……就没有什么想要问我的吗?"

话说完,她的眼眶居然红了一圈。

向斯微有些不知所措,不知道她这样温和有礼的人为什么忽然情绪失控,彷徨地张了张口:"问你什么?"

李舒乔看着她茫然的表情,终于不再注视她,低头轻轻地笑出声来。

李舒乔想起很多年前在伦敦,初次恋爱时,自己迫切地想了解对方,就像开学第一天的学生摩拳擦掌地要把新课本包得一丝不苟,于是精心准备烛光晚餐,提议分享彼此的中学生活。当时裴澈苦笑着说他的朋友很少很少,她已经认识的江何、沈趋庭,就几乎是全部。少年时,她心里盈满浪漫又"中二"的粉色泡泡,见他笑起来那样冷淡落寞,便深深觉得自己负有救赎的使命感,灵机一动,撒着娇怪他敷衍,鼓励他再想想,一定还有特别的朋友。而那时的裴澈无奈地笑,说还有一位竞赛队的同桌,很厉害,在东大念数学系。又顿了很久,他想起来一个人,不认识,但总是听说,沈趋庭他们叫她"斗士"。

她欣喜于他回忆过往时脸上露出的淡淡笑容,仿佛真的按图索骥,像电影或小说里写的那样"打开了他的心扉",于是笑着应和:"哪里有人管女孩子叫'斗士'的啊……怪不得沈趋庭总被女朋友甩呢。"

而裴澈勾勾唇角,事不关己地道:"不知道,我并不认识她。"

李舒乔很久之后才知道,当时他从自认为乏善可陈的生活中独独记起来的那个并不认识的"斗士",就是他后来对媒体公布为"未婚妻"却很快就莫名其妙地分手了的女朋友,也是她见过的那位能力一流的灵感浮岛创始人。

那时她刚接受裴爷爷的安排,从艺术学校转到东大。父母本来很生气,知道是裴德安的安排后,立刻变了脸,原本紧锣密鼓催促进行的相亲都帮她出面搪塞,眉开眼笑地叫她去了东大,让她好好跟裴澈相处,仿佛她真的已经"得旨赐封"。

她不喜欢父母的嘴脸,一边不安于自己的选择,一边却舍不得。入学很久之后,她才和他打上照面,一起吃过饭,他看起来变化很大,但仍然沉稳冷淡,大部分时间独自穿梭在校园里,偶尔和同门一起,看起来关系不错。如今她再叫他分享校园生活及亲密好友,他应该不会再为难了吧?

他们唯一一次单独相处,是裴澜拜托她去给裴澈送文件。她到了望江公馆,裴澈从屋里打开门禁。她一进门,听见一声——

"向斯微!"

她猝然抬头,看见空旷的客厅尽头,裴澈倚在岛台边喝水,肩上站着一只鹦鹉,它的脚上绑着一根奇怪的红绳,看起来很显眼,而且并不美观。

见有人来,它又叫了一声:"向斯微!"

李舒乔尴尬地站在原地。

而裴澈神色淡淡的,举起胳膊将那只鹦鹉送回鸟架上,平静无波地说了句:"她不是。"

鹦鹉继续叫:"向斯微,发大财!"

裴澈走过去给她拿拖鞋,接过文件后,抱歉地说:"不好意思,它很笨。只会说这两句。"

那只鹦鹉果真听不懂人话,又来了一句:"向斯微!"

李舒乔窘迫极了,看着脚边崭新的女式拖鞋,忽然待不下去了,匆匆地说:"没事,文件送到了,我还有事……先走了。"

"李舒乔。"

李舒乔觉得自己无可救药,因为他叫住她的时候,她居然还在期待。

可裴澈只是犹豫了两秒,皱眉问她:"你为什么会转来东大?"

李舒乔彻底知道了,自己做了最差劲的选择——她总是舍不得,总是先选他,偏偏他不喜欢。

"我本来觉得自己没有立场说这种话,但作为朋友……"裴澈似乎苦恼于自己的越界说教,最终很委婉地说了一句,"希望你做的选择能让自己开心。"

那天是李舒乔第一次在裴澈面前哭,从前他们恋爱时、分手时,她都没有哭过。而裴澈递来纸巾,倒了热水给她。那只蠢笨聒噪的鹦鹉又开始叫着"裴澈,吃饭",而他们再也没有说话。

自那天之后,她继续在东大念书——从父母那里争取到读博的自由并不容易,她坚决不能放弃。而学业也成为相看未来丈夫的重要指标,她最终选定的新郎,就是唯一一个愿意等她毕业后再要孩子的约会对象。

请柬是一早备好的,她本打算交给裴澈,没想到在这里遇到了向斯微。她原本只想送请柬,可坐下来看见向斯微一如既往的闲适模样,又忍不住问更多。

几个月前培安易主,很是动荡了一阵,她和裴澈的短暂初恋细节也被扒出来添油加醋,甚至无中生有。虽然裴澜很快撤掉了所有相关消息,可向斯微一定是看到过的,她真的很想问问面前这位向小姐——你难道一点儿都不关心吗?裴澈家里发生了什么,裴澈和我之间有没有什么？你就这么自信，全无好奇吗？

可面对向斯微泰然的表情，她问不出口，某种自尊心与意难平在作祟。最终她只是笑了笑，说："没什么，就是感觉裴澈真的变化很大。我觉得他应该过上了理想的生活吧，在做他喜欢的事……这些，都是因为你。"

裴澈终于成为多年前伦敦的那个夜里，她最初想拉住的那个人。她应该为他高兴的。19岁心动时，她能生出巨大的勇气，敢对他说"我们俩在一起，至少能让对方真的开心"这种话，志气恢宏，好像已经义不容辞地将自己与他共困牢笼。可后来他们居然分了手——甚至没到一年。分手是他提的，语气温和，态度决绝。很长一段时间里，李舒乔既感到屈辱，又感到不解，可那时她也有少女傲气，挺直了脊梁，分就分，真当她上赶着攀他们裴家不成？她只是不明白，她觉得他们的恋爱谈得不错，几乎没有争吵过，也许他们都还生疏青涩，可他作为男朋友，对她偏爱、包容、专一，从来无可指摘。仅有的几次吵架，都是她半真半假地指责他，说他真是冰山上的石头，焐不热又难开窍，而他每每笑纳她的抱怨，态度诚恳地说"我试着改进"。

分手后那么多年，圈子里各种流言不曾消散，她几乎真的相信了他在等她，终于放下傲气回国后，才知道当年他抱歉地提出分手，一点儿都不突然。

她少年时自以为牺牲颇多但心甘情愿地与他共困牢笼、共赴孤舟，却没有想过问一句"凭什么"，世界似旷野，似汪洋，他们到底是被什么了不起的规矩法则束缚，凭什么要囿于一隅？19岁的人，年华几乎是唯一一点儿平等，人人该入海，该跃天，凭什么一个人要给另一个人做什么狗屁的牺牲救赎？她自负傲气，觉得自己是真心爱一个人，绝不是为了名利权势，却原来从一开始就接受了那名利权势的规则。

后来有个人既不义不容辞，也不心甘情愿，只是翩然地从他的笼子前飞过，停留了那么一会儿，他就自己推开了那扇门，再也不曾回头。

那时候李舒乔才明白，他独自走了那么多年，等的并不是她。

向斯微不理解李舒乔心中的重重关山，只是愣了一下，然后轻快地否认："哪有人能轻易改变另一个人？只是裴澈本来就是这样而已。"

李舒乔微怔，良久后，苦笑着低声道："所以才是你……"

向斯微没听清："什么？"

"没什么。"李舒乔叹了口气，笑着起身，"我还有事，就先走了。谢谢你的时间，向小姐。"

向斯微虽有疑惑，但也没追问，再次道了"新婚快乐"，目送她走出咖啡厅。

李舒乔离开后不久，裴澈就到了。

向斯微把请柬给他看，他露出惊讶的表情，皱起眉问："你……"

向斯微抢答："我刚见到了李舒乔，碰巧。"她举起手做坦白状，"我这次可告诉你了啊，你不要闹脾气。"

裴澈就算真有什么脾气，也被她这一句话堵回去了。向斯微就是有这本事，能开局就占上风，理都在她那里。

裴澈索性闭嘴不谈，也不想在这儿喝刷锅水，径直问："回家？"

"你不点杯喝的，坐会儿吗？"向斯微有些意外，但看见他摇头后，扫了一眼被自己浪费的难喝美式，拿包起身，"那也行。"

裴澈捕捉到她的眼神，却犹豫了一下，在牵过她递来的手时，忽然说："向斯微。"

"啊？"

裴澈看了她一眼："我不知道你有没有听过一些传言……但如果你听说过我之前爱来这里喝咖啡是因为李舒乔的传言，我想澄清一下，并不是。"

向斯微怔了一下，再次感到措手不及。其实种种关于"白月光"的传闻，她以前大概是相信过的，却告诉自己只当是听小说，不会影响她沉浸于一段美好恋爱中。但在复合那一天，她就知道这些传言不可信。

她只是没想到裴澈会这样直接地向她澄清。

而裴澈给足了她时间，耐心而平静地看着她，好像在等她问更多。

向斯微不自觉地动了动被他牵着的手，罕见地不自在起来，低声道："哦……我知道了。"

裴澈意味不明地笑了一声。

他的笑令向斯微感到不好意思，于是她反击地问："那你为什么那么喜欢来这里喝咖啡？"

裴澈嘴角微敛："提神。"

"……"

向斯微没再追问，裴澈松了一口气。他还以为自己已经完全放下，分手时觉得可笑的话题现在并不是不能提，她莫名其妙地把李舒乔当成他的"白月光"，他也愿意解释，没什么可戒备的，底牌亮就亮吧，上了赌桌，不就是玩玩而已吗？

可原来并不是,他仍然不想听她提到那个人。

向斯微出差刚回来,还累着,不愿意开车,直接把钥匙丢给裴澈,自己偷懒坐上副驾驶座,却又在车子刚开出几百来米拐弯时叫停。

裴澈猛地刹车,被她吓了一跳:"怎么了?"

向斯微看看车外的店,再看看驾驶座上这个穿白衬衫的文气小青年,心里忽然不老实了,笑眯眯地问他:"我们今晚住这里好不好?"

裴澈顺着她手指的方向看过去,呆住了。

大学旁边的小旅馆,正有一对青春洋溢的学生情侣牵着手走进去。

他喉结一滚:"你确定?"

向斯微一拍掌,笃定道:"你也想去!走,停车!"

裴澈一边转动方向盘,一边幽幽地说:"你可以再大声一点儿。"

向斯微还真敢大声:"还不是怪你穿得太像好学生了!"

裴澈停好车,直接伸手过去捂她的嘴。

他却低估了向斯微疯起来有多放得开,她直接伸出舌头轻轻碰了一下他的手心,声音又轻又细:"你上道很快嘛。"

裴澈放开手掌,准确而用力地堵她的嘴唇:"闭嘴。"

向斯微闭嘴了,但用气音发出一声内涵十足的"嗯哼",听得裴澈牙都快咬碎了。

进了屋,向斯微才发现急的并不只有她一个人。这种感觉忽然让她觉得十分熟悉,从前异国恋的那一年,他们半个月不见是常有的事,见面时也是这样,什么话也不必说,先将力气都耗在对方身体上。

可第一次过后，裴澈却慢了下来。她还余韵未歇，有些不上不下，不满他忽然这样，抬头瞪他一眼，攀着他的肩膀就要借力翻身在上。以前她这样做，他都很乐意配合，可今天却不遂她的意。

她的力气其实不小，可他真要摁着她，她分毫也动弹不了。

他仍迟迟不肯松开她，向斯微难受得眼泪都快掉下来了，红着脸与他对峙良久，他却不为所动。她只好伸手搂住他的脖子，弓起腰来，脸颊贴在他的颈侧，情不自禁地低声呢喃着。

裴澈撑着手臂，任她这样搂着，臂上青筋暴起，仍然没有改变节奏。

一片潮热迷蒙中，她仿佛不受控制的模糊低吟却忽然清晰起来，让他准确地听到了一句细碎情热的"好喜欢你"。

…………

旅馆房间里不辨日夜，向斯微醒了很久，躺着发呆。这个房间的所有玻璃都是半磨砂的，盥洗台、卫生间、浴室都有遮挡，但都不如不遮。裴澈不知什么时候已经起身了，正在盥洗台边洗脸。

向斯微仍有点儿回不过神儿，侧身枕在自己的手臂上，余光看见了自己大臂内侧的两处红点。她偷偷瞪了那人的背影一眼，心道，说好了不闹脾气，刚刚分明就是故意整她，幼稚死了。

"你说……我们待会儿出去，会不会遇到你的同学？"她故意逗他，"我听说大学里最尴尬的事就是在情侣酒店遇到同学……对了，你在学校里的人设还是高岭之花吗？"

谁知裴澈根本不接这话茬儿，淡淡地回了一句："遇到谁？田峥吗？"

向斯微愣了一下才反应过来田峥是谁——在禾木遇到的那位，

拼命找话题跟她聊天儿的。

"他不是一直想选新传院的课吗？遇到了，你确实和他有话聊。"

他神经病啊！向斯微又瞪他一眼，不想讲话了。

但她贪心，没舍得错过这美好男色，仍静静地盯着他半裸着身收拾自己。裴澈洗脸、护肤都不算细致，没那么多程序，刮个胡子、抹个霜而已，但这副皮囊卓越，简单的动作也让人赏心悦目。

向斯微看见他做完一切后，取了隐形眼镜出来戴上，忽然愣了愣。

想起来，自重逢后，她再也没有见过他戴眼镜。

她也很快就明白过来了这是为什么。虽然她分手时解释得很清楚，也始终自认问心无愧，但她无法否认，第一次见到他戴眼镜的样子时，她想起了一个人。

那年情人节在湖城民宿，她听到他在跟人说收到高速超速的罚单，走进去第一眼看见的，就是他戴着眼镜的侧脸。

那一秒，她的脑海里是游川。

向斯微垂下眼帘，罕见地陷入一种犹豫。她记得裴澈的近视程度很轻，以前也并不常戴眼镜。可现在他起床后就习惯地戴上隐形眼镜，说明他的度数加深了，有更高频率的戴眼镜的需求。可她再也没见他戴过框架眼镜。

她想直接问的，比如问问他是不是近视加深了，然后再问问他为什么不戴以前的眼镜，顶多铺垫一句，两个问题而已。可她现在居然很犹豫。说不清为什么，她清晰地认识到，她和裴澈之间可以谈李舒乔，却最好不要提及游川。

这个认知让她很烦躁。

"发什么呆？"她垂着眼举棋不定时，裴澈已经洗漱好转身出来。

向斯微回过神儿，抬头看他。

裴潋指指床头柜："刚买的。换好了你回家再洗澡吧，这里的水压不行，浴室也不太干净。"他说着，不自觉地皱了皱眉，环顾这个旅馆房间，越发觉得卫生条件堪忧，后悔自己毫无定力——当然，他也知道，就算再来一次，他也还是会毫无定力，于是又在心里多给自己加一条了"虚伪"的罪名。

向斯微看着床头柜上的一次性内裤，知道是他出门去买来的。

她点点头，心头仍觉得不痛快，想了想，试探性地问："除了田峥……你在学校还有什么比较熟的朋友吗？"她记得，他一直与游川有交情，游川也一直在东大做研究。

裴潋看着她："怎么问这个？"

向斯微的心脏一紧："随便问问嘛。"说完，她安静了几秒，抬头扬起笑脸，"如果你有比较熟的朋友，今天可以叫上一起吃饭啊。刚好就在东大嘛，而且今天是你的生日。"

裴潋一颗紧缩的戒备心仿佛猝不及防地被浇上一盆温水，他愣了足有五六秒才问："你记得？"

向斯微哭笑不得："为什么不记得？"他的生日，4月12日，她以前给他过过一次的。

裴潋原本是默认她不记得的，想着这也没什么不能接受的，他们上一次在一起，也是过了很久才知道彼此的生日的。唯一一次她给他过生日，还是异国的时候，她给他订了蛋糕，隔着视频催他吹蜡烛。

更何况他们中间分开了一年，她的工作也很忙，这次出差的行程早就定了下来，撞上了他的生日。于是他根本没提。

刚刚在实验室收到她的消息时,他也以为她是特地赶回来的。可见了面,她没提,他也就没再抱有期待。

可原来,她记得。

"不是要出差?"他又问。原计划里她不是今天回来,所以他才安排了走不开的实验。

"回来了呗。"向斯微笑眯眯地说,没好意思说自己是特地回来的——因为的确不是,只是她发现事情的确不多,于是就提早处理完了。如果没处理完,她大概也不会提前回来。

裴澈看着她,也浅浅带出一个笑容来。他颔首想了想,问:"你想叫我的朋友一起吃饭?"

"我想给你过生日。"向斯微大方地笑着,"所以看你啊,你想不想热闹一点儿,叫朋友一起?刚好我们就在东大嘛,我记得这附近有一家很好吃的……"

"不想。"裴澈很快回答。

向斯微愣了一下。

"你说有一家很好吃的什么?"他又问。

"烤肉……"向斯微接上话,"我本科的时候很喜欢吃,他们家有特别美味的柚子醋。"

"那走吧,换衣服。"裴澈起身。

向斯微还没反应过来。

裴澈笑了,伸手给她:"就我们俩去吃,不行?"

向斯微展颜,借着他的力坐起来:"当然,你说了算。"

几年时间过去,东城的诸多餐饮店早已大变样。向斯微起先照记忆领着裴澈去找那家烤肉店,还摆起了学姐的架子,头头是道地给他介绍哪家店好吃、哪家店便宜大碗、哪家店的老板是当年东大新传院的风云人物，结果到了地方，却看见街景大变样，险些找不到，只好换导航去搜，才发现那家店换了地方，两个人又走了十几分钟才终于找到。

向斯微为了挽尊，进店后又很"熟门熟路"地开始点菜，告诉他什么肉该配什么酱，以及店里自制的米酒和土豆泥配方神秘，味道绝佳。

裴澈很"受教"地静静听着。

点好菜，向斯微又忙上忙下地去领各种小菜，土豆泥拿了三碟，萝卜泡菜比黄瓜泡菜更好吃，酱料的话，柚子醋最好再加上一点儿紫苏叶碎……她忙碌得像只囤食的仓鼠，生怕裴澈不相信她真的是熟客。

裴澈笑着看她做这些，又起身去拿她进门便提却忘了拿的米酒，请服务员去加热。

向斯微终于屁股落回凳子上，看着一桌琳琅满目的菜和调料，刚要得意一下，忽然一拍手："我订了蛋糕！"

"下午的时候送到家，我让他放在门口来着。会不会坏啊？！"她懊恼起来。

裴澈夹了一块腹肋肉到放她的碗里，颇不在意地说："不着急，回去再看。"

向斯微却觉得自己真是……色令智昏。那家蛋糕不容易订到，她原本想着快点儿回家冷藏起来，晚上吃口感刚刚好，偏偏眼睛那么邪门儿，就看见那家酒店了！

裴澈很少看到她这样懊恼自责的模样，见她不自觉地鼓着嘴，像一只河豚一样，很不厚道地笑出了声，忽然听见有人叫他——

"舅舅。"

裴砚不知从哪儿冒了出来，穿着一件格子裙，跑到桌边好奇地看着出现在烤肉店的她的舅舅。这一年多，小姑娘倒是和他亲近了不少——裴澜忙的时候，裴砚会自己叫司机送她去望江公馆和发财玩，也常常跑来东大，让他请她吃裴澜不给她吃的垃圾食品。

裴澈以为这次她也是自己跑来的，正要说话，没想到高跟鞋的"嗒嗒"声紧跟其后，干练的声音传来："你们在庆生？"

裴澈看见裴澜，第一反应是扭头去看向斯微的反应。

而向斯微只是愣了一下，面对裴澜友好但充满内涵的眼神微笑点头："裴董。"

"裴砚来这边做田野调查，吵着要吃烤肉。网上说这家店好吃，没想到碰上了，真巧。"裴澜简单解释了一句。

向斯微却没忍住惊讶："田野调查？"眼前这个小姑娘看着机灵极了，但也就10岁左右，玩iPad的年纪呢，做的哪门子田野调查？

"嗯。"裴澜说，"她在准备申请，要自己做个小研究。"

向斯微内心震惊极了，但没表露出来，微微点了个头。

倒是裴砚机灵地看了看裴澈，又看了看向斯微，微微一笑，叫了句："舅妈好。"

向斯微登时僵住了，裴澈也表情一凛。唯有裴澜高高兴兴地看了二人一眼，自己坐下了："一起吃吧，我们也给你过个生日。"

裴砚和裴澜有一脉相承的机灵心眼儿，但早慧的小姑娘比上了一天班还要陪孩子的总裁妈妈更多一重眼力见儿，见妈妈就这么大刺刺地坐下了，她好笑地提醒："妈妈，我的采访对象都快到了！"

裴澜这才揉一揉太阳穴，反应过来："对不起啊，妈妈又忘了。"她到这里来吃烤肉，就是为了让裴砚和筛选好的采访对象先熟悉熟悉的。

裴砚眨眨眼："妈妈，我自己也可以的。你两个小时后让司机来接我就好了。"

"来都来了。"裴澜摆摆手，起身前刚好看见服务员拿热好的米酒来，很不客气地先给自己倒了一碗干了，然后用空碗往裴澈的杯子上碰了碰："生日快乐啊！不打扰你们的二人世界。"

他这个向来严肃干练的姐姐自从全面接管培安后，私下里就变得很不着调，鬼知道这是不是一种副作用。

向斯微默默看着这一家人，心情有些复杂。

"舅舅拜拜。"裴砚过去扶妈妈，然后很乖巧地和裴澈告别。

裴澈见她笑得甜美无害，心道"不好"。果然，小姑娘又转头笑着对向斯微道："舅妈拜拜。"

裴澈："……"

向斯微也不是吃第二遍亏的人，笑眯眯地对裴砚道："能不能叫'姐姐'？叫'姐姐'更好听。"

裴砚眨眨眼，装无辜："那辈分就不对了呀。"

"那你叫我名字吧。我叫向……"

向斯微很有耐心，却被裴砚打断了："向斯微！我知道，发财每天都说你的名字！"

向斯微愕然，怔住了。

裴砚带着一种胜利的微笑冲裴澈摆摆手，挽着妈妈走了。

席间静默了半晌，裴澈拎起酒壶，给向斯微倒了满杯醇香的米酒："不是说这里的酒最好喝？"

向斯微回过神儿，愤愤地道："这个小姑娘有点儿东西。"

裴澈好笑，避重就轻地道："这么怕被喊老？"

向斯微吸吸鼻子。她不知道裴砚为什么刻意叫她"舅妈"，又刻意提起发财，这大概是小孩子的八卦欲。可她知道裴澈在刻意避重就轻，他不提他们共同养过的鹦鹉，也不回应小孩子叫她"舅妈"的事，也许是怕尴尬，也许是因为别的。

总之，她莫名其妙地有点儿不爽。

裴澈兀自道："过完今晚我虚岁就32岁了，你也不远了。向斯微，人要诚实地面对年龄的增长。"

"闭嘴吧你……"向斯微闷头喝了口酒，懒得理他。

裴澈倒开怀，笑出了声。

餐厅另一边，从被装饰隔板和围墙挡住的半独立空间走过来五六个女生，她们背着书包、抱着电脑，还有穿白大褂的，一看就是从实验室里匆匆赶来的，大概都是东大的学生，看起来朴实又疲惫。

向斯微看见裴砚大方地邀请她们坐下，然后服务员有序地呈上早已点好的菜。裴砚在说着什么，10岁孩子在一群大学生中也毫不露怯，侃侃而谈的模样，主导的姿态。

向斯微难以克制好奇心，不住地往那边望。直到裴澈将烤好的肉又夹过来，揶揄她："偷看可不是好习惯。"

向斯微看了看他，忍不住问："你的小外甥女真的在做田野调查？"

"好像是。"裴澈也不大清楚，"她最近对人类学和社会学很感兴趣。申请文书里写了这些，需要相应地提供一个相关的 writing sample（写作样）。"

向斯微惊讶地说："这么正式吗？"她当年申请博士时，阵仗也不过如此了。

"她想去的那两所公学都比较严格。"裴澈简略地道。

"她做的什么研究？"向斯微又问。

"不清楚，好像是女性学业发展？"裴澈模糊地回答。事实上，他看过裴砚的研究方案，里头的用词是"disadvantaged women in the largest city（大城市中的弱势女性）"。他知道向斯微不会喜欢裴砚这样生来就享有特权的孩子做这种"何不食肉糜"的研究，连他自己都不喜欢。但这个问题太大又太尖锐，不是个体的责任，他们俩也不必为此讨论。

果然，向斯微诧异地出声："研究这么大的议题吗……"

裴澈四两拨千斤地道："也许现在欧美学术界就喜欢这些问题吧。"

向斯微不无讽意地笑了笑："确实。我记得以前读博的时候，隔壁房间一个女生在公寓楼里搞圆桌会议，二十几个人在开16℃空调的冷死人的教室里群情激奋地讨论该如何应对全球变暖。"她说着，没忍住翻了个白眼，"我听到一半就溜了，一群脑袋长在嘴巴上的大话精。"

裴澈听着她犀利的点评，淡淡一笑。

"笑什么？"向斯微在他面前袒露"恶样"，没有丝毫赧然，但吐槽完就平和下来，自然地问。

"我在想，如果一万个大话精里有一个能提出影响百年的思想或理论，可能就是社会科学存在的意义了。挺值的。"他轻描淡写地说，像是闲谈，又耸耸肩，"不过我也不是学这个的，也许没有发言权。"

向斯微微怔，看着他一如既往的平和神色，映在烤肉店暖黄的灯光里，仍是疏淡漠然的气质，但好像从雪山变成了夏夜里巨大的月亮，可爱极了。

她不禁笑了起来："有道理。"

裴澈夹菜的动作顿了顿，没应声，低头吃了块黄瓜。

向斯微的笑意却更深了，忽然问他："你的番茄怎么样了？"上一次恋爱，她听这人说过，在英国培育番茄失败了三次，可以排进他人生最受挫事件的前三名。这次复合，她也听他提起正在做的项目仍然是每天"阅读"作物。

裴澈没想到她会问这个，向来谨慎、不讲大话的人顿了顿，很"冒险"地预言："我想应该不会再有失败三次的事了？"

向斯微展颜，举起酒杯："那就祝你生日快乐，心想事成！"

裴澈轻笑，拿着水杯和她碰，见她"咕咚咕咚"地灌酒，低声道："慢点儿喝。"

"反正你在这儿嘛。"向斯微又喊服务员再热一壶新酒，毫无顾忌地继续喝。

裴澈看了看她，没有说话。

两个人有一搭没一搭地聊天儿，慢慢地将一桌子酒、肉都解决了。那边裴砚还聊得热火朝天，他们没去打招呼，先行离开。

向斯微没醉，但有点儿困。她挽着裴澈静静地走在小弄堂里，忽然又问："裴澈，我能吃到你的第一个番茄吗？"

她的声音十分低沉，像小孩子的呓语。

裴澈心中微颤，但回答得很诚实："第一个可能不行。前五个应该可以。"

他沉默了好一会儿，听见长长的一声"哦"。她"哦"得裴澈心上像长了只小兔子,还没学会蹬腿,但毛茸茸的,蹭得他心痒。

"前五个也很好,我很荣幸。"向斯微声音迟缓,尤添一分郑重。

她仰起头,看了看弄堂两侧屋顶上夹着的大月亮,又近又亮,好看极了。

她不知怎么的,想起了高中时代,裴澈很受欢迎,她们说他是高岭之花啦,岭上雪啦,天边月啦,各种各样的肉麻的词,也不知道是谁想出来的。

她想着想着就笑出声来。

"怎么了?"裴澈轻声问她。

"想到高中的时候,我超烦你们几个的。"向斯微乐呵呵地讲大实话,"这个跩王,那个高岭之花,我觉得你们好装,而且一出场就兴师动众,真的好麻烦,大家都不学习的吗?"

裴澈也笑了,想到当年她那个总是遭殃的窗台,以及江何、沈趋庭总是被她怼得体无完肤,回来心有戚戚地说"她的嘴怎么那么毒"。

"那现在呢?"他问。

"现在……也还是会烦所谓的'风云人物'吧,跟光污染一样。"向斯微愤愤地道,"比如刚刚你的那个小外甥女,说实话,她拿普通女生的人生道路去做研究,我就觉得挺烦的。但是她长得可爱,嗯……讨厌不起来。"

"嗯。"裴澈的声音沉了一分。

向斯微还没说完,吸了吸鼻子:"但这其实都不关我的事,对不对?我喜欢一个种番茄的裴澈就好啦。"

向斯微少年时很激烈地愤世嫉俗,厌烦所有剥削了众人目光还要摆高姿态做清高状的强者、上位者、支配者。这点儿心理说好听点儿是朴素的平权意识,说难听点儿也掺着阴暗扭曲的仇富心态,总之,她有过很偏激的时候,心里的"讨贼檄文"如果能被记录下来,恐怕洋洋洒洒十几万字也打不住。

到如今,她这种心理当然没有完全消失,做大人的这些年,漂浮于波动的生活中,她仍然在努力抗拒那道媚富慕强的浪潮,坚持靠自己锚定自己的尊严。

她只是不再那么愤怒,也不再无差别地将这种厌烦倾倒在具体的人身上。譬如,裴家有个把人当工具摆放的裴爷爷,有个10岁就学会拿其他人的人生给自己当点缀的裴砚,还有个喜欢种番茄的裴澈,她喜欢最后的那个就好。

搂着她的那条胳膊明显一僵,向斯微全当没感觉到,继续赖着他,大半个身体都栽在他的身上,借着力拖拖拉拉地走着。

裴澈气笑了,扶正她,声音很正经:"好好走路。"

向斯微站定,眨眨眼看他。

裴澈对上她的眼神,明白了:"我背你。"

向斯微咧开嘴角,方才还脚步不稳的人轻轻一跃就爬上了他的背,钩住他的脖颈,趴得稳稳当当。

月光将这条弄堂照得很亮,他们的影子叠在一块儿,被拉得很长很长。

我其实爱你

统共不过千米的小巷,裴澈背着向斯微慢悠悠的,硬是走了20多分钟才到车上。裴澈将她抱进副驾驶室,系好安全带,见这人睡沉了的样子真是乖得前所未见,笑了一下,轻轻地合上车门,要绕去驾驶座。

乖了没两秒的人忽然幽幽出声:"你走那么慢,是在内涵我重吗?"

裴澈一回眸,这人风雨不动,还是一副安稳的睡颜。他心里觉得好笑:"我是怕你睡不安稳。"向斯微可真是个喜欢倒打一耙的健儿。

健儿绷了半秒,没绷住,嘴角勾起来,睫毛微颤,颊侧的两个梨涡若隐若现。

裴澈又道:"早知道你不睡,我可不会背你。"

向斯微气定神闲:"谁背了谁知道。"她终于睁开眼,一双眸子亮晶晶的,趴到车窗边问他,"发财还在望江公馆吗?我现在可以去看它吗?"

裴澈一愣,然后淡淡地道:"很晚了,怎么忽然想去看它?"

他们复合一个月有余,她没有去过望江公馆,也没有提过发财。她说上一次恋爱没尽兴,重新再来,就真的彻彻底底"重新"来了一次。除了人还是上一段恋爱中的人,其他东西,她都刷新了。

她家里,他的痕迹也全都是新的,从前的东西一件也看不到,可见她清理得有多么干净。

裴澈知道这无可非议，也没什么不能接受的。他不过是有些好奇而已：为什么她突然想起要去看发财？是因为裴砚提到了，她也就顺便想起来了吗？

向斯微抿抿嘴："就是……想看呗。"她没好意思说自己其实一直都挺想去看看发财的。不知道一只鹦鹉一年多能长成什么样，会有变化吗？之前多少还在复合的尴尬期，她就没说。今晚她觉得他们之间的氛围很好，于是顺理成章地提了。

裴澈了然，淡淡地笑了一下。

"不方便？"向斯微居然有点儿心里没底了。

裴澈不答，伸手屈指，轻轻地抵在她的额头上，将她摁回车里："坐好。"

他绕去驾驶座，系上安全带。向斯微便知道这是要去了，得了便宜还要卖乖："啊，回家是左拐的呀。"

裴澈八风不动："我猜，'不方便'三个字是无论如何都不能对女朋友说的。"

向斯微乐了，忍不住倾身过去在他脸上亲了一口："你猜对了！"

车子轻微飘了一下，裴澈迅速攥紧方向盘，将其回正，严肃地道："开车时别闹！"

向斯微看着他通红的耳郭，"嗯嗯"地应道："不闹不闹。"

裴澈忍无可忍地分出一只手将她的脑袋转回去："坐好。"

向斯微"啪"地打了一下他的手，义正词严："开车时别闹！"

裴澈："……"

他们到达望江公馆时，快 12 点了。这个高档小区好像经过了一番整饬，环境变得有些陌生，无端让向斯微生出一点儿紧张感。

跟着裴澈走进小花园，他输密码开门时，她愣了一下，而后将眼神瞥向别处。

熟悉的白灯亮起，向斯微还没反应过来，听见一声尖脆的——

"向斯微！"

弯腰脱鞋的动作僵住，裴澈将新的女式拖鞋放到她的脚边，自然地解释："它至今也只会这两句。"

"哦。"向斯微穿好鞋，看见他已经走过去，给发财换了新的饮用水。

她走到面前仔细看，才发觉这只鹦鹉好似没什么变化，还是那个头，还是那种毛色，连看着她时不大聪明的眼神都和之前一模一样——一看就是她亲手养大的那只，绝对假不了。

她的目光向下，却顿住了——

发财的腿上系着一根细细的红绳，一看就不是什么好材料，也没有几分美感可言。

她瞬间想了起来：这该不会是当时裴澈在七塔寺买的红绳吧？

话在嘴边，她没问出来，因为想到自己的那根早被打包丢进了垃圾桶。

裴澈好像知道她在想什么，淡淡地道："它自己不知道从哪里叼出来的，打扫的阿姨顺手就绑在它的腿上了。我懒得管。"

"哦……"向斯微顿了顿，道，"还……挺好看的。"

裴澈轻笑一声。

向斯微也想笑，因为想到自己之前两度不愿违心夸裴澈的微信头像好看，现在倒是为一只鹦鹉腿上的丑绳子折腰了，真是……长大了。

她心里涌上一股难言的情绪，不上不下的，强作无事，摸了摸发财的羽毛，转身去拉冰箱门："我来切点儿草莓给它吃吧。"

冰箱里果然还是琳琅满目，向斯微取出一盒草莓，保鲜膜上贴的标签仍然是从前那家进口超市的。

草莓个头儿很大，向斯微一个个仔细地洗净了，放在案板上正要切，忽然想到了什么，拿起最大的那个，伸手喂给了裴澈。

裴澈一直在看她，猝不及防地被她喂了个草莓到嘴边，张开嘴咬掉了一半，很甜。

向斯微笑出两枚灿烂的梨涡："草莓尖尖，给你吃。"

裴澈不自觉地滚了滚喉结："这么好？"

"对啊。"向斯微说完，忽然低下头去继续认真地切丁，声音变小了些，"我一直对你挺好的吧。"

裴澈愣怔了一下，正要笑，听见她又低声说了一句："以后会更好的。"

"嗯。"

裴澈没再忍，倾身越过岛台，伸手抬起她的脸，深深地吻了下去。

过了12点，向斯微催裴澈先上楼洗澡，自己要再跟发财玩一会儿。裴澈将岛台上的案板和两个碟子洗干净，收拾好，上了楼。

向斯微跟发财叽叽咕咕地"聊"了一大堆，半个多小时后才上楼。

二楼的灯光更柔和，向斯微走上去，看见裴澈半靠在床边看书，床头柜上搁着隐形眼镜盒，空的。

她顿了顿，走过去问他要衣服："我借一件你的衬衫当睡衣啊。"

"衣柜里有。"裴澈很专注,没有抬头。

向斯微走过去,以为他说的是有衬衫,没想到衣柜里挂着两件睡裙,新的。她再拉开抽屉,有两盒新的内裤。

她回头看了一眼,没有说什么,取了新的衣物进去洗澡。

她洗完澡出来,正好看见裴澈摘眼镜。他似乎很累,仰着头闭目调整了一会儿。

向斯微走过去,从背后环住他,明显感觉他的身体条件反射地僵了一下,然后他才覆住她的手,笑道:"干吗,你不累?"

向斯微松开他,一转身,挤进他和盥洗台之间的位置。两手扶在他的腰上,抬头与他四目相对:"你全天都戴隐形眼镜吗?"

裴澈一怔,脸上的笑意不觉间便淡了,他低声道:"也没有,忙的……"

"你之前戴眼镜也很好看。"向斯微直接打断他,见他的眸光瞬间变黯,又补充,"虽然好像比不戴眼镜时差一点儿……但还是很好看的。"

裴澈目不转睛地看着她,好像要从她笑盈盈的脸上看出什么隐藏的东西。

而向斯微回应他的眼神,坦然地笑着说:"你的偶像包袱不要那么重好不好?戴眼镜颜值真的没有降很多!"她说着,伸手戳戳他的脸颊,从他的嘴角提起一点儿笑来。

裴澈看了她很久,最终轻轻笑了一声:"知道了。"

向斯微高兴起来,两只手更放肆地在他的脸上揉来搓去:"就是嘛,一直戴隐形眼镜对眼睛伤害很大的!"

她作乱的两只手被他一把拎住,他抓着她的手腕,扣到一起,低头说:"我的问题你还没回答。"

向斯微蒙了："啊？"

她的手被反剪到身后，吻已经落了下来，裴澈用不清晰的喘息声问："你不累？"

"嗯……"向斯微挣开手，紧紧地搂住他的脖子，在接吻的间隙也笑起来，"来吧。"

今年东城入夏尤其早，春风好似只在发梢拂过一刹那就悄无声息地溜走了。

向斯微不喜欢夏天，尤其讨厌出一趟门全身就湿漉漉、黏腻腻的感觉。气温和她的精力几乎成反比，她恨不得每天赖在空调房里维持生命体征。

除了必要的见客户和盯厂，她将出门的频次降到最低。之前裴澈忙的时候，她还会去东大找他玩，现在则有心无力，离不开空调一步。

这天午睡醒来后，已经3点多了，向斯微昏昏沉沉地下楼，打算给自己弄一杯果茶。虽然身体已经基本调理正常，但她还是没敢加冰。一大杯茶咕咚咕咚地灌进去，依然不怎么得劲儿，她眼巴巴地看着冰箱冷冻层，内心摇摆，最终还是咬咬牙，转身上楼。

近来工作清闲，她随心画了几幅稿，没什么灵感，干脆抱着iPad窝回床上看剧。

这时她收到了裴澈的微信消息，是一篇音乐剧首演的推文，东大学生团队排演的。裴澈问她："今晚要不要看这个？"

向斯微对剧目很喜欢，但对这个阵容不太心动，内心又摇摆几番，最终还是犯懒："不想出门，好热。"

但又想到好几天没见他，她又问："你今天忙不忙？晚上过来吗?"

几分钟后,裴澈回复:"嗯,过不去了。"

向斯微有些失望,回了个可怜巴巴的表情包过去,但还是说"好"。她又去翻天气预报,看见后天气温低一些,且阴转多云,决定后天出门,采购,开会,去东大找男朋友,将事情一次性做完。

东大生科实验室里,裴澈走到更衣室里放下手机,确定向斯微没有第二条消息发来后,脱掉了身上的白大褂,在柜子里挂好。

田峥举着手机跟过来:"欸,我集够赞了!截图给你,你赶紧兑票去!"两个小时前,裴澈请他帮忙集赞拿票,他自己只能拿到一张。

裴澈转身,看见他热心的傻大个儿模样,有点儿过意不去:"抱歉,向斯微说她有事来不了。"

自从知道他的女朋友是在禾木遇上的那位校友,田峥并没多尴尬,只是骂裴澈不老实,兄弟之间啐两句,关系反而还更好了。田峥总贱兮兮地问他怎么和向斯微认识的,看不出来啊,木头一块还能谈恋爱呢!

裴澈每次都淡淡一笑,不搭理他,又被他联合组内同门齐骂一句"闷骚"。

田峥一愣,也没说什么。恋爱嘛,总是要彼此放几次鸽子的。但他瞧见裴澈脸色不太好,很是操心地问:"吵架啦?"

他身体前倾,语气小心,配上他这圆润的模样,俨然一个慈祥老伯。

裴澈失笑:"没。"他只是在想,向斯微不知道又几天没关过空调了,她在这方面真的尤其不自律。他勒令她空调不能低于26℃,

她还会跟小孩子一样，一听到他开门的声音就立刻把温度调回去，然而他一进门就感觉到，房间里冷得像个冰窖一样。

如果不是明天早上 6 点就要到实验室收数据，时间上实在太紧张，他真的很想去秋园路抓某人一个现行。

田峥可不知道他心里在想这些，低头看着手机上的票："听说这剧还成啊，票别浪费，要不……咱们俩去看？"

裴澈皱眉："我跟你看什么看？"

田峥"嘿"了一声："你小子见色忘义吧！你刚入学那会儿，哥带你吃了多少顿饭，你自从谈了恋爱，哪顿还回来了？"

裴澈刚进东大那两个月，因为身份保密，他这张脸不算出名，所以没几个人知道他是谁。他话又少，开了两三次周会也没和同门熟悉起来。田峥傻热心，见他年纪大，又生活简单，生怕他适应不了，所以擅作主张地拉着他吃过很多顿饭。

每一顿饭裴澈都吃得很勉强，但也确实在"勉强"中和同门建立了深厚的友谊。后来他们知道他是谁后，同门之间的关系也没受到多大影响。

裴澈愣了一下，错过了最佳反驳时机，被田峥拉着直接去了剧场。

音乐剧 8 点 30 分开演，他们早到了半个小时，裴澈在手机上搜索能远程智能控温的空调，田峥则左顾右盼地找厕所，又十分操心地问他要不要喝饮料，要顺便出去买点儿。

裴澈随意地应着，忽然听见田峥扬声道——

"游老师？"

裴澈手上的动作一顿，回过头，看见游川牵着迟意涵，也在找位子。

"游老师,您也来看剧啊。"田峥起身打招呼,"迟老师好。"

游川拿着两杯冰咖啡,在座位上放好,又脱下衬衫,盖在迟意涵的腿上,才回身笑道:"是啊,好巧。"他越过田峥,看着裴澈:"稀奇,你居然也会来看这个。"

裴澈颔首微笑,没说话。田峥却嘴快,幸灾乐祸地道:"嗐,他被女朋友'放鸽子'了呗!"

裴澈冷冷地扫了他一眼。

游川见状,也没错过幸灾乐祸的机会,笑出了声,他一直觉得裴澈谈恋爱的画风很有反差感来着,又说:"我跟钟教授申请好几次了,有个项目想请你来合作,怎么钟教授就是不肯放人?裴总,你什么时候空出来了,给我半个小时?"两个人虽同校一年,却并没有直接交流过,游川习惯性地叫裴澈"裴总",整个人也还和以前一样,就是一个学痴,脑袋里只有研究、研究、研究。

裴澈淡淡一笑:"有机会的话,一定。"

裴澈并没有什么心情欣赏音乐剧,但出于礼貌,也没有一直看手机。开幕前,他将看中的空调截图发给向斯微,问:"我下单了?"

向斯微回复了一排臭狗屎的表情,另加一句话:"你是魔鬼吗?"

裴澈直接发给她已下单的截图,并补充:"后天上门安装。"

向斯微回复他两排臭狗屎的表情。

裴澈一边皱眉一边勾勾唇角,放下了手机。

散场时,他起身往左边通道离开,坐在右侧的游川却叫住他:

"等一下，裴总。"

裴潋有些无奈，淡淡地道："游老师，叫我名字就好了。"

"哦，抱歉，裴潋。"游川并不尴尬，诚恳从容地道，"我是想问，你这会儿有没有空？我们找个地方聊一聊。好不容易逮着你，我是背着钟教授也要缺德一回，挖挖墙脚了。"

他身旁的迟意涵无奈地笑了声，出声替丈夫解释："裴潋，你们见谅啊。他啊，这段时间就想着这个新项目的事呢，脑袋里没别的。"

田峥乐呵呵地说"没事"，又悄悄拿胳膊肘拱裴潋——虽然从一入学他就看出裴潋牛，但还真没想到他牛到这种程度。游川是东大现在最有声望的青年教授，他的项目组，一向是一群博士后挤破头也难进的。裴潋现在名义上只是个硕士生，居然能得到游老师"三顾茅庐"，实力可见一斑。

裴潋却语气平平地婉拒了："不好意思，我约了女朋友。"

"啊？不是说……被鸽了吗？"游川一脸蒙，但他性格单纯，不会去想裴潋是否刻意搪塞。

裴潋轻笑："是，所以只能我去找她了。"

游川无奈，心说，这人谈起恋爱果然就很不一样，真是个痴汉。但他实在觉得可惜："那……"

"下周，我联系你。"裴潋见他一脸痛惜的模样，犹豫了一下，开口道。

"好，我等你！"游川的眼睛亮了起来，几乎是振奋地看着裴潋。

裴潋敛眸："好的。"

游川得了准信，满意地牵起迟意涵准备离开，却被她在胳膊上拧了一把,痛得叫了一声:"怎么了?"

迟意涵白了他一眼,从包里拿出两封请柬,走上前递给裴澈和田峥:"下个月,我们俩办婚礼,有空的话请一定赏光。"

"对了,我怎么忘了这个?"游川一拍脑袋,才想起来。

迟意涵没好气地笑他:"你除了那个项目,还记得什么?"

游川摸摸鼻子,温和地向妻子认错,卖乖道:"记得记得,你的礼服我记得。明天10点去城西取,回来的路上买一屉杨记小笼包。"

迟意涵嗔怪地看了他一眼。

而裴澈捏着那张红红的请柬,思绪放空了几秒,抬头道:"恭喜。"

游川笑着道:"谢谢,一定要来啊!"

"肯定肯定!"田峥乐呵呵地应下。

夜里11点多,裴澈打车到了秋园路。下车,脚落地,他站在深夜静谧的弄堂里面抬头看向向斯微的小楼,忽然有点儿恍惚,不知道自己为什么会来。

小楼熄了灯,向斯微应该已经睡了。

他输密码开门,脚步轻轻地上楼去了卧室。他一打开门,寒气袭人,壁挂空调上赫然显示22℃,床上的人盖着厚厚的真丝被,将自己裹成一个茧。

他气极反笑,向斯微总说她夏天最舒服的状态就是开最低的空调,裹最厚的被子,歪理!

他抬手将温度调高,又弯腰,轻轻地将向斯微的脑袋从被子里捞出来,她这个可以憋死人的睡姿看得他胆战心惊。

向斯微迷迷糊糊地醒过来,还没睁眼,但闻到了熟悉的味道,咕哝道:"……裴澈?"

"嗯。"裴澈将她的脑袋平放到枕头上,"睡吧。"

"你不是说不来吗?"向斯微嘀咕道。

裴澈没回答,将她蹬出被子外的脚放回去,起身打算去洗澡。

向斯微却无意识地伸手抓住他的手腕:"冷……"

裴澈冷哼一声:"冷你开22℃的空调?"

某人也不知道是没听明白还是借着睡意装没听明白,抱着他的手耍无赖:"冷,你快上来。"

裴澈半边身子都已经被她拉得压在床上,他无奈地低头,嗅了嗅自己身上——还好,一天都待在实验室里,没怎么出汗。他只能保持这个诡异的姿势,脱掉衬衫,掀被躺进被窝。

向斯微顺理成章地钻进他的怀里,手脚都卡在她最习惯的位置,很快又陷入沉睡,呼吸均匀。

裴澈却全无睡意,低眸看着脑袋抵在自己颈窝里的人,交代道:"我明天要很早去实验室收数据。"

向斯微似有似无地"嗯"了一声,也不知听没听见。

夜里很静,空调发出低低的运转声。

裴澈始终没睡着,良久后,自言自语般地说了一句:"向斯微,我今天突然很想你。"

第二天有事情要做的话,无论多早,裴澈脑中的生物钟都会自动叫醒他。然而他一睁眼,竟看到向斯微也醒了,呆愣愣地坐在床边。

她看一眼表,才4点50分。

他担心地坐起来:"怎么这么早就醒了?"

向斯微扭头看着他，一脸蒙："我睡着睡着忽然想起来，好像听到家里进了人。"

裴澈哂笑："是，你还邀请那个人跟你一起睡。"

向斯微瞪他："你不是说不来吗？"

看来昨晚她什么也没听见，裴澈随口解释："想了想，有时间就还是来了。"

"哦，"向斯微不疑有他，"那你怎么醒这么早？"

"要去实验室收数据。"裴澈说着，下了床。

"那你有的哪门子时间？"向斯微匪夷所思。

裴澈不接话茬儿，只对她说："还早，你再睡会儿。想不想吃炸油条？我去买。"

向斯微一早起来，头脑也不清明，只觉得他有点儿怪怪的，想了想，摇头道："我昨天睡得早，不睡了。"

"那我直接打车走了？"

"嗯。"向斯微蹦下床，看见他这个讲究人居然把衬衫脱在床脚的地毯上，纳闷儿地拾起来，"你怎么会把衬衫脱到地上？"

裴澈已经走到卫生间开始洗漱，凉凉的声音传来："那要问是谁耍无赖，抱着我的胳膊不撒手了。"

向斯微明白了，没再问，替他掸了掸衬衫，正要挂好，一个红色的信封从宽敞的口袋里飘下来。

"请柬吗？你有同学要结婚……"向斯微一边说一边弯腰去捡，声音却在看到新人姓名时霎时止住。

裴澈隐约听到"请柬"二字，脑袋里便忽然像绷起了一根弦，来不及刷完牙，嘴角还挂着泡沫就从卫生间里走出来，便看见向斯微已经打开那张请柬在细细地看。

脑袋里的弦越绷越紧,他却不知道自己能不能在那根弦断裂之前说出一句像样的话来。

向斯微将那张请柬上下浏览了一遍,抬头看着他,轻松地笑道:"你是不是要封红包?年初我们给客户送伴手礼的时候定制过一批红包,很好看的,你要不要用?"说着,她自然地将那张请柬塞回衬衫口袋里,又将衬衫递给他。

那根弦被人轻轻地拨动了一下,声音沉闷滞涩。

裴澈接过衬衫,沉默地穿上了,想要说些什么。他想到了,讨论红包的金额也许是个适宜的话题。

可向斯微似乎比他更怕此时出现任何一点儿尴尬的缝隙,又笑吟吟地开口:"你不热吗?"她指他在T恤外总是再罩一件衬衫的穿搭,虽然很好看,但对于现在的天气来说,好像有点儿过了。

裴澈也跟着笑了一声:"我觉得比在T恤里穿一件背心好。"

向斯微思索了一下才明白过来,哈哈大笑:"裴澈,你好守男德啊!"

裴澈淡淡地看过去,显然并不明白"男德"是什么。

向斯微则走近他,伸手替他抹掉嘴角的一点儿干掉的泡沫,解释道:"反正是夸你的好话。"

裴澈露出不太相信的表情,她莞尔,没再继续解释,但凑上前,轻轻地在他的嘴角啄了一下:"我又想吃炸油条了,你还有时间去吃个早饭吗?"

裴澈点点头:"走吧。"

吃完早餐,裴澈卡着点打车去学校,向斯微独自散步回了家。她原本打算睡个回笼觉的,可躺了十几分钟,一丝睡意也没有。

她有些坐不住了。

她确定裴澈仍然在意,虽然他们这一次恋爱显然比上一次好太多,他们都进一步地融入了彼此的生活,而向斯微觉得这个过程并没有她此前想象的那么让人厌烦,一切都自然而然地发生了。

可裴澈仍然在意游川——从裴澈早上的表情就能看出来。

而她发觉,这个问题比她想象中棘手得多。她喜欢过游川,这是事实;可她老早就不喜欢了,男朋友都谈过了好几个,这也是事实,她从来都不是会为难自己,让自己在一棵树上吊死的人。但她没有办法证明这一点,她本来也不想证明这一点。刚刚看到游川的请柬,她其实只是有点儿意外而已——一来,她以为他们早就结婚了;二来,那个红色请柬的设计,以她的眼光来看……有点儿丑。可她越是想要表现得平静轻松,气氛似乎就越奇怪。

外头烈日炎炎,向斯微隔着窗看一眼那刺眼的阳光都要皱眉。可独自在房间里待了一上午,心烦气躁地画了两笔画,她最终还是站起了身,决定出门。

到了东大门口,她坐在车里给裴澈发了条微信消息:"我来找你了,你在实验室吗?"

等了十几分钟,没见到回复,她便知道是了。他在实验室里就没法儿带手机,其他时候,他回消息一向很及时。

她之前去过一次他们学院的实验楼,于是打算直接去等他。找位子将车子停好,她戴着墨镜、遮阳帽、防晒冰袖,全副武装地下了车。

她到实验楼大厅时,裴澈仍然没回消息,她则在大厅的人员详情栏里看到了他的照片,他穿白大褂的样子好看得超出她的预期了。

她又慢慢地浏览那几行密密麻麻的小字，介绍他的研究，大半是看不懂的专业名词，她心头那股毛毛的躁气却莫名其妙地平息下来，也不急了，发了消息，告诉裴澈她在楼下等着，就在长椅上坐下了。

反正她的包里随时带着 iPad，她也能顺手干活儿。她正低头检查邮箱，忽然听见一道陌生的声音——

"向斯微？"

向斯微抬头，猝不及防地看见一张熟悉的脸。

游川站在楼梯的最后几级上，有些意外地看着这位总出现在各种"传说"里却很少能见到面的裴澈女朋友，微笑着道："来找裴澈的吗？"

"游……"向斯微起身，拿不准该叫他什么，眯眼看清了他胸前的名牌，微笑道，"游教授，好巧。"

游川笑道："是啊，感觉很久没见到你了。"

向斯微说："之前有点儿忙。"她又问，"裴澈今天是在这里，对吧？我给他发消息，他还没回。"

"哦，在的。"游川说，"估计钟教授又拉着他磨实验呢，我跟你说，钟教授剥削他的劳动力可不手软，老是让他加班，你可得管管。"游川心里还想着要挖墙脚，因此不怕缺德地在人家女朋友面前说老钟的坏话。

向斯微听出一点儿弦外之音，但不接茬儿，四两拨千斤地道："是吗？我看他每天挺开心的啊。"

游川无奈地摇摇头："你们两口子是真的难聊。"

向斯微莞尔。

游川正要去城西娶妻子的礼服，寒暄过就要走，走出两步却忽然又折回，笑着问："突然想问你一件事，城西文艺市集那边你熟吗?"

向斯微不明所以地点点头——她常去那边扫街找灵感。

"啊,太好了,那能不能麻烦你给我推荐一个花店?"游川见到了曙光似的,"我这段时间忙着立项,爽约了我太太一次,我想给她买束花赔罪。"

向斯微一愣,了然地笑出来:"当然。"她拿出手机,点开自己收藏的几家花店,"这三家都在那边,花材和审美都不错。"

游川忙拿出手机:"能发我一下吗?"

向斯微一顿。

游川这才想起两个人没加过微信:"哦,我们是不是还没加……"

"你记下名字就好。"向斯微在他惊讶的眼神里意识到自己行为的突兀和无礼。但她没解释,不想多添麻烦,于是微笑着将手机递过去,便于他记名字。

好在游川也不是多事的人,快速在备忘录里记下了几家花店的名字,然后诚恳道谢:"感谢感谢,帮了我大忙了。"

向斯微微笑:"不用客气。"

游川离开后,向斯微无端地松了口气,刚转身,看见了楼梯上站着的人。他穿着白大褂,没有戴眼镜,比照片上更好看,不知在那里站了多久。

向斯微愣了一下,很快走过去,打趣道:"听说你被导师剥削得很惨?"

裴澈神情无异,走下楼梯,看见她铺在长椅上的iPad和书:"等很久了?"

向斯微将东西一一收进包里,如实道:"是啊,等了很久。你又不回微信消息。"她的语气里难得有一丝幽怨的撒娇意味。

裴潋伸手接过她那个巨大的托特包，另一只手过来牵她，解释道："不知道你会突然过来，在实验室里我一般不带手机。"

向斯微轻哼，想了想，她来得确实突然。何况她自己也说不好怎么就在家里坐不住，顶着大太阳跑来了，来了之后，却又觉得没什么特别要说的话。

裴潋却又问了一遍："怎么突然过来了？我以为你会在家补觉。"

他语气平和，向斯微却察觉到了一股压迫感，好像这个问题很重要似的。她沉默了两秒，搪塞道："睡不着……而且，我又想吃那家烤肉了。"

"哦。"

她偏头看他，刻意地将语气变得轻快："你有空的吧？陪我去吃？"

裴潋"嗯"了一声："4点前都有空。"

裴潋仍如常地牵着她，走出实验室大门的时候，一辆自行车驶过，他也一如既往，敏捷而贴心地将她护在身后。向斯微偏头观察了好几次他的表情，没看出什么异常，便不再纠结，一路贴在他背后，借着高个子挡太阳，玩玩闹闹地到了烤肉店。

一进门，老板居然先认出来裴潋，热情地说了句："来啦，上次你说好吃，我还纳闷儿你怎么这么久没来呢！"

向斯微疑惑，本科时她算是熟客，这个老板原本就认识她的，但因为自己好几年没来过，老板就忘了。可是——为什么裴潋才来第二次，这个老板就这么热情？！

她嘀咕了一句："不会是老板取向……"

裴潋捏着她的手，警告她别瞎说。

向斯微看着40多的老板对着裴澈笑成了一朵菊花,很不服气,凑到裴澈耳边小声道:"他对你也太热情了,就因为你长得好看吗?"

裴澈不动声色地接过老板递来的菜单,道了谢,牵她到窗边坐下,才淡淡地开口:"有没有可能是因为,我上次办了金卡?"大学边的门店,办卡的顾客本就不多,何况是直接存了五位数的VIP,老板当然得当佛捧着。

向斯微恍然,颇为尴尬地"哦"了一声,又纳闷儿地问:"金卡?你充那么多钱干什么?"

"你不是说喜欢吃?"裴澈随口道,递给她菜单时又叮嘱,"你这两天生理期吧,别喝酒了。"

向斯微接过菜单,嘀咕道:"喜欢吃也不用充五位数吧……我得吃到什么时候?"

裴澈云淡风轻地说:"所以你多来,多吃,省得我两边跑。"他的语气虽然淡淡的,但直指她最近犯懒不肯挪窝的行为,破天荒地埋怨累。

向斯微听明白了,原来他在这儿等着呢,愤愤地道:"你怎么在象牙塔里还是这副奸商嘴脸?"

裴澈漠然地耸耸肩:"没办法,让你失望了。"

向斯微愣了愣神,总觉得他意有所指。裴澈却又接着问她这次分别要几碟泡菜和土豆泥,得到答案后,起身任劳任怨地给她当传菜工。

午餐过程中,他也一如往常地照顾她,对她兴起之时聊到的各种话题照单全收且反应合适,也主动谈到她好奇的"老钟",说钟教授是个很有匠心、沉迷种菜的生物大拿,最近在研究怎么改良黄豆。

吃完饭,裴澈见还有时间,便提出先送向斯微回去,怕她吃饱了发饭晕,不好好开车。两个人坐进车里,向斯微忍不住又去看他的表情。

裴澈系安全带的动作忽然顿住,他沉默了几秒,沉声道:"向斯微,你今天一直在看我。"

向斯微猝不及防地被点名:"我……"

"你想看什么,想确定什么?"裴澈平稳了一路的语气终于压不住,流露出一丝焦躁。

果然,裴澈还是过不去。向斯微冷静了两秒,出声道:"裴澈,我刚刚只是碰巧遇到游川,他想给迟意涵买花,问我有没有花店推荐。我们连微信都没有加。"

"我知道。"他听得清楚,也看得清楚,游川只是把向斯微当作同事的女朋友在打招呼,向斯微更加分寸合宜。

"所以你在别扭什么?"向斯微皱眉,语气也按捺不住地焦躁起来。她还是那个脾气,不喜欢男朋友因为清清楚楚的事情闹别扭,更不喜欢他明明在生气却一直装作平静。

"你的性格,其实不会拒绝普通朋友加微信的,对吧?"在那个场景下,加微信是再自然不过的社交举动,更何况向斯微是那么大方好相处的人。可她拒绝了,那么突兀,那么无礼,那么不"向斯微"的举动。

向斯微听明白了他的意思,十分荒唐地看着他:"什么意思?所以你是想说,如果我跟游川加微信了,你反而不会多想是吗?裴澈,你不觉得这很荒谬吗?我跟游川本来就不熟,我不想多添麻烦,所以没必要加他。退一万步讲,我是什么性格?以我的性格,我不想加自己暗恋未遂的对象回顾失败的青春时代,这是不是更合理?"

话音刚落,向斯微就意识到自己说错了话——这个时候提到游川是"暗恋未遂的对象",实在是很不明智。她头疼地咬了咬牙,正要往回找补,裴澈哑声道:"是,你说得对。对不起。"

"我不是这个意思……"

"没有,我说真的,是我的问题。"裴澈打断她。

向斯微无奈地看着他,感到束手无策。

而裴澈沉默着,被一股巨大的挫败感吞没。向斯微说得没错,无论向斯微有没有解释,无论她和游川说了什么,加没加微信,他看到了那个画面,就会忍不住回想当年向斯微说的他们俩长得很像;就会不断地去猜,向斯微真的不喜欢游川了吗?如果不是因为游川和迟意涵感情稳定,向斯微还会在他的身边吗?

是他的问题。

从独自去凤城,到去秋园路找她那天起,他就在回避这个问题。他说服自己不去想,就可以不在意,但这个问题总有一天会出现,像今天这样。

他没有自己想的那么豁达,也远不如向斯微坦荡又聪明。

裴澈握着方向盘,试图保持平静,又不敢攥得太紧,怕她觉得自己情绪失控而被吓到。半分钟后,他冷静地开口:"是我的问题,我可能需要自己冷静一下。"

向斯微不同意:"你不能……"

"真的,斯微,没事的,我会自己冷静下来。"裴澈扭头看她,"我先送你回去。晚上我结束实验后去找你,好吗?"

向斯微看着他的眼睛,犹豫之下,还是点了头。

裴澈发动车子,放了点儿音乐。车子一路平稳开到秋园路,在她下车时还叮嘱她不要再开低温空调。

而后他又平稳地开走了,好像真的如他所说,他在让自己冷静。

向斯微本来心烦极了,刚好这时候姜南发来新的 case,要她看完后明天给反馈。她盯着电脑上不断弹出的姜南的消息,"砸了这该死的电脑"和"现在去找裴澈"两股冲动在脑海里打架,最终她抓狂地跑下楼给自己倒了杯果汁,加满冰块,一口气灌下去,强行恢复冷静,上楼工作。

工作结束的时候已经是晚上 11 点,向斯微抬起头看向大门,裴澈没有来,而她居然没有感到愤怒。一种堪称陌生的、迷茫与胆怯交杂的情绪侵袭了她,她窝在沙发里,攥着手机,居然迟迟不敢发出一条信息。

她不自觉地猜测裴澈是不是做了什么决定,并且对那个结果感到抗拒。

这时,门口解锁声响起。向斯微腾地坐起身来,绷直着背看向玄关处,熟悉的身影出现在暖黄色的灯光下。

她还没来得及说话,他看见她坐在沙发上,意外道:"你一直在等我?"他换上拖鞋,解释道,"对不起,我路上去买了束花。手机没电了,没提前跟你说。"

向斯微看见了,他怀里抱着两捧巨大的花束。那一刻她居然莫名其妙地想哭,忍住了,笑他:"大晚上的,你买什么花?"

"给女朋友赔礼道歉,送花应该是不会错的吧。"他笑得宽和又腼腆,又从手指上钩下一杯奶茶,"还有这个。虽然是热的,但你喜欢这个口味,应该也还可以。"

向斯微感觉自己的眼眶热了起来,希望笑的时候没有挤出眼泪让他发现。但她顾不上这些了,走过去如实交代:"没用,我晚上已经喝了一大杯冰果汁。"

裴澈蹙眉:"你不是生理期?"

"是,但我很烦,还要工作,只有冰的管用。"向斯微理直气壮,直直地看着他"兴师问罪"。

裴澈垂眸:"对不——"

"打住!"向斯微不想听他道歉,伸手制止他,"我先检查你的诚意,你再说话!"

她接过那两捧花,真是好茂盛的两束花,茂盛得她这辈子头一次想用"肥美"这个词来形容花。且两束花还很不一样,一束是清淡飘逸的剑兰,中间缀着几丛颇有雅趣的风铃和黄色六出;另一束则绮丽灿烂,粉白色的香雪兰搭配大团锦簇的蓝色绣球,饱满蓬勃。

她内心赞叹裴澈审美绝佳,心情不知不觉地好了许多,却不免好奇:"这两束花都是你搭的?风格还差挺多的。"

裴澈很"钢铁直男"地回答:"店员搭了几种,我选了这两束。"

向斯微白他一眼——真是不会说话。

"好吧,看在花的分儿上。那你现在冷静了吗?"

裴澈回视她一贯直白的眼神:"嗯,对不起,向斯微。虽然我绝对没有误会你什么,从来没有,但我确实对游川的事有情绪,这也是对你的不信任。我想……"

"停!"向斯微却又打断他,然后走近了一步,认真地看着他的眼睛,"我不要你道歉,这本来也不是什么需要道歉的事。其实很简单,你就是吃醋而已。"

"我……"

"我不介意你吃醋,只要你不是真的怀疑什么。"向斯微说,"我要你好好地、普普通通地、原原本本地跟我谈恋爱。不要想别人,只有你和我,我们。"

"你和我""我们"……这两个词是有什么魔力,还是花香让人沉醉?有那么一瞬间,裴澈脑海里什么也没有,只有她一贯坦荡的、坚毅的、美丽的脸庞。

他别无选择,只能点头:"好。"

向斯微满意了,压了一天的心事终于清干净,欢欢喜喜地转身去找瓶子插花。

"花店老板没觉得你奇怪吗?大晚上买这么大两束花,谁这样买花啊?副驾驶座放得下吗?"她不自觉地嘟囔着,抱怨声里也尽是欢欣,是裴澈从未见过的模样。他以前也见识过她撒娇的架势,但都没有这么……媚,媚骨天成。

他没再想下去,一一回答向斯微的问题:"没有,我说哄女朋友,她表示很理解。副驾驶座放不下,放在后座上带来的。"

向斯微抬头白他一眼,嫌他一板一眼,AI答题似的。拆花时又见包装纸陌生,她问:"这是哪家店?风格和城西那家还挺像的。"

"路上看到的一家,忘了名字,待会儿去看一下付款信息。"裴澈淡淡地回答。

向斯微"嗯"了一声,继续忙碌地插花。两大捧花足足插满了三个花瓶,还有一小半在水池里醒着。她抱起装在流线玻璃瓶里的香雪兰,笑吟吟地问裴澈:"这枝就放在卧室里好不好?"

裴澈问:"你更喜欢这束?"

"没有啊,都喜欢。花嘛,当然是多多益善,美美与共,不准比美!"向斯微俏皮道,"只是这束比较香呀,我喜欢卧室里香香的。"

裴澈颔首:"都好。这只花瓶选得很好。"

向斯微得意扬扬,欢快地捧着花上楼摆放,又喊裴澈来一起选位置。

裴澈看了一眼岛台上铺着的未处理的剑兰，应声上了楼。

向斯微先去洗漱，裴澈靠在床边发呆，搁在靠窗书桌上的香雪兰在他的视线中构成一幅绝佳的景色，吸引了他的视线。

手机忽然响了一声，夜猫子田峥深夜来问："怎么样，送花是不是有奇效？"

裴澈懒得回，这个母胎单身哪来那么多的热情关心他怎么哄女朋友？

可田峥锲而不舍，又问："她更喜欢哪束？"

裴澈的视线停在屏幕上，很久后，他一个字一个字地敲过去："游教授那束。"

晚上实验结束后，他被田峥问烦了，说起自己惹女朋友生气，不知道该怎么道歉。田峥胸脯一拍，信誓旦旦地说："送花呀！就没有女生不喜欢花的！"

他居然真的听进去了，还问田峥该买什么花。田峥十分热情地翻朋友圈给他看，让他学学人家游老师，看看，那个审美，那个觉悟，怪不得人家能从校服到婚纱，十几年感情不变呢。

裴澈不知道自己为什么就真的去了那家花店，也不知道自己为什么真的拿走了那束摆在橱窗里的一模一样的花，然后车开到一半又折返，自己再搭了一束剑兰。

开往秋园路的路上，他产生过无数次把那束香雪兰丢出窗外的冲动，可最终都没有。他觉得自己像个可怜又变态的小丑，他在干什么蠢事？他为什么要这样？可他最终还是将那束香雪兰抱下了车，抱到她的面前——万一她喜欢呢？

而事实证明，她确实更喜欢那束香雪兰。

田峥的消息回过来："我就知道，女生都抗拒不了粉色。"

裴澈没有回复。他记得的，向斯微并不钟情于粉色，"女生都喜欢粉色"则更是毫无道理的刻板印象。她向来更喜欢白色、青色、灰色一类的颜色，所以他选择了剑兰。可香雪兰香气袭人，毫不费力地被她喜欢上了。

浴室门"咔嗒"一声，一股热气往外逸散。向斯微裹着浴巾出来，没有如往常般被冷到身子一缩，她抬头一看，空调果然被关掉了，连电扇都没开。

"你不热吗？"她一边擦头发一边咕哝。

裴澈不答，催她："快把水擦干。"

她包好头发，还要慢悠悠地擦脸、搽身体乳、搽护发精油，裴澈看得眉头直皱，索性掀被下床，拿了吹风机，把她摁在梳妆台前。

向斯微抗议："我没擦脸你就吹，脸会被吹得很干！"

裴澈隔着镜子看她："需要我提醒你，你现在在生理期吗，小姐？"

向斯微略有一点儿心虚，但仍小声反驳："生理期我的皮肤也是很脆弱的……"

裴澈不再和她争，拆了她的头发，拿毛巾垫在肩后："我先吹发尾，你赶紧把那些膏药抹好。"

向斯微笑了起来："什么膏药啊……都很贵的好吗？"

裴澈说："以你说的严重程度，你往脸上抹的那些东西如果没有膏药的效果，那它们贵得很没道理。"

向斯微："……"她怎么觉得这人自从回了校园，就变得十分直男？他以前还算解风情呢。

啧啧，看来解风情与否跟经济实力果然有很大关系。她被自己的脑回路逗笑了，故意喟叹两声："唉，鱼和熊掌不可兼得啊……"

"熊掌"本人在吹风机的声音掩盖下，专心致志地给她吹头发，似乎并没有听到她这句挑事的喟叹。

睡前，向斯微习惯性地往裴澈怀里钻，找了个合适的位置卡住自己。然后在裴澈道完晚安，要去关灯的时候，她忽然又捧着他的脸，确认式地问最后一遍："你真的没事了，对吧？"

裴澈微怔："嗯。"

向斯微笑了，凑上前亲亲他的眉心："我很喜欢今晚的花，谢谢你。"

"不客气。"

向斯微躺回他的怀里，很快就产生了睡意，声音沉沉地计划着："明天我要把那些剑兰全部插好，分两束吧，一束挂在门前好不好？这样我们每次回家心情都会很好。另外一束我觉得放在餐厅很合适，感觉吃饭都会更开心……"

7月，姜南没和客户谈拢新项目，又考虑到这一年多大家都没有休息过，索性给所有人放了长假，还大方地请客，组织大家去莫干山团建。工作室的女孩们都美滋滋地买衣服、做攻略，准备度假，向斯微却婉拒了，为表歉意，她还自掏腰包加了一笔经费，请姑娘们跳伞。

几年来，头一次没有学业和工作的压力，向斯微终于有时间调整作息，收拾家里，买了一只新的烤箱"轰炸"出各种奇形怪状的甜品，大半祸祸了裴澈；豆瓣攒了一长串的电影也终于开始看；隔三岔五，她就会克服"恐热症"，开车去东大找裴澈，两个人在傍晚的校园里慢悠悠地晃荡,夜市摊儿上一家家吃过去。

他们偶尔还会遇见裴砚,带她去吃烤肉。向斯微所向披靡的吵架史里终于出现了劲敌——裴砚这个鬼精灵居然连续几次把向斯微说得哑口无言。

向斯微度过了一个悠闲漫长的夏天,像回到了学生时代。准确地说,是她年少时憧憬过的那样的学生时代。而她真正的学生时代简单忙碌,步履匆匆地上课、实习,昂扬激烈地表达爱恨,也充实痛快,却少了一份松弛和平和。

比较起来,还是如今更好。

自从她上次说了喜欢花,裴澈养成了回家路上给她带花的习惯。不再像那晚夸张地带两大束,偶尔是花店里的随意之作,偶尔是路边摊儿遇到的一小枝;但每每要换卧室里的花时,他都精心挑选,全是香气好闻的品种,向斯微连香水都用得慢了。

她每周的惊喜条目也多了一项,猜测裴澈会带回来什么样的花。

有一次她不知不觉地说了这样的话:"以后我们要是退休了,一起开个花店好不好?我们俩一个选花,一个插花,生意肯定很好。"

她说这些话时并没有意识到什么,还不满裴澈反应迟钝,在晚上洗澡的时候才后知后觉地意识到这话里深长的意味。

她在花洒下愣了很久,有一点儿微妙的羞耻感,最后拿水扑了自己好几次,忍不住笑了。

期待更远更远的未来,好像没有她从前想的那么不切实际了。

暑热消退的时节,孟杳和江何终于结束了他们的非洲旅行婚礼回到东城,在子曰冲浪店举办一个小型派对,算作答谢亲友的宴席。

向斯微起了个大早，开车去郊外的鲜花市场，挑了两大桶还挂着露水的新鲜花材，回到家马不停蹄地开始修剪、挑选，当作给孟杳的新婚礼物。

她忙到 9 点多才终于满意，小心翼翼地将那一大捧鲜花搁到副驾驶座上，往回走时，看见门前挂着的花篮里头搁了两枝饱满的金桂。她愣了一下，扭头看弄堂外那棵高大的桂花树，反应过来，是裴澈昨天离开时摘的。

她笑起来，掏出手机给裴澈发信息："裴同学，随便摘路边的花是不文明的行为。"信息后还附带一个贱兮兮的"鄙视"表情包。

裴澈很快回复："有没有可能是掉在路边，我捡起来了而已？"

第二句："你要不要看看那棵桂花树有多高？"她是怎么会觉得他大晚上爬上树去摘花？

向斯微一愣——对啊！她最近恐怕是心情太好，缺心眼儿似的急着嘲笑他，怎么忘了这茬儿？

裴澈学她，把那个贱兮兮的表情包丢了回来。

向斯微："……"

裴澈又问："什么时候来接我？"

向斯微戳屏幕："还要很久！我会一直磨磨蹭蹭、拖拖拉拉！你等着吧！"

裴澈回过来极为乖巧的两个字："好的。"

向斯微气笑了。

吃完早饭，她不仅没有拖拖拉拉，还很"高风亮节"地给裴澈带了一个三明治，然后开车去了东大接上他，两个人再一起去孤山岛。

他们到达时正好是饭点，江何和孟杳布置了丰盛的户外自助餐，三三两两的朋友们在沙滩各处一边吃一边聊。江何则再次被父母左右夹击，一个训斥他不懂事，居然连个正儿八经的婚礼都不办，亏得人家杳杳不嫌弃，另一个则紧张兮兮地问他江序临和小嘉穗是不是吵架了，怎么就小嘉穗一个人来，还提都不提江序临。

江何被父母吵得头大，手机那端还有一个被父母抓回了伦敦，失去人身自由的雷卡在哀号，他扭头看见幸灾乐祸的两个人，满脸写着"想杀人"。

向斯微笑得更放肆了，装模作样地往裴澈身后躲，裴澈这半年学到了她那套故作无辜的气人表情，很平淡地冲江何摇了摇头，嘴角微微下撇："深表遗憾。"

江何气得拔腿要过来找人算账，结果又被父母一把拎回去，继续听训。

向斯微快笑死了，把包包往裴澈怀里一丢，自己抱着花先去找孟杳了。

"我一直以为我唯一能当伴娘的机会就是你结婚呢。"向斯微笑着把花送给孟杳，"没想到你连婚礼都不办。"

"又累又费钱，办它干吗？"孟杳刚应付完一通祝福问候，这会儿和向斯微拿了三碟长桌上颇受欢迎的草莓蛋糕，猫去角落里闲聊，"你敢信吗？我算了算，我们在非洲玩了快两个月，加上途中拍婚纱照我买的十几套礼服，统共花费还不到江何原本婚礼预算的三分之一。"

向斯微故意气她："你是在隐形'凡尔赛'，想说你们的婚礼预算很高吧？"

孟杳直接上手掐她："别放屁了！"

向斯微咯咯笑，又听她得意扬扬地说："这一趟全程可是我出钱！"

向斯微惊讶："孟导现在发达了啊？"

孟杳眨眨眼："上一部片子的所有奖金，都花在这儿了。"

向斯微由衷地给她比了个大拇指："为了江何，你可真舍得。"

孟杳哈哈大笑，同样想到两人大学时很敢"做梦"地计划过以后要如何如何挣钱，如何如何恋爱："真的，梦想成真，感觉不赖。"

向斯微接茬儿："那我也算梦想成真了！"

孟杳见她眉间有喜色，整个人平和愉悦，还多了点儿从前没有的、贱兮兮的松弛感，便知道她这次恋爱不同于以往，终于好奇前情："还一直没问过你，你跟裴澈……是怎么又走到一起的？去年你们俩那架势，简直老死不相往来，我跟江何都怕什么时候没注意，在你们俩面前提到对方了。"

向斯微回想那段不体面的分手，两个人都冷心冷眼地讲了许多难听的话，竟有一种"前尘往事"的隔世感，笑了笑道："就是……在北疆碰到了，又在凤城碰到了，很巧。"

孟杳洞若观火："巧？现代社会可没这么巧的事，总有一个人是故意的。"

向斯微大方点头："是啊，也许我们两个都是故意的。"所以裴澈去了凤城，她也去了——在都非必要的情况下。

在孟杳揶揄的眼神中，她很不害臊地说："我就是没尽兴嘛！上一次恋爱谈得也不尽兴，分得也不体面，就重新来一次呗，有什么不可以？"

孟杳阴阳怪气地学她："哟哟！不尽兴嘛，不知道是谁说永远不吃回头草的？"也是在她们大学时期，向斯微曾有过豪言壮语——

前男友这种生物，就应该和死了没两样。她固然对"死者"保持友好和敬意，但绝对不可能搞破镜重圆那一套。

向斯微多少有点儿被揭发黑历史且当面打脸的尴尬，正措辞想要反击呢，忽见孟杳脸色微变，嘴角带起一个尴尬的笑，越过她对谁说了句——

"我们闲聊呢。"

她回过头，看见裴澈平静地站在身后，只有几步远的距离。

如果可以，裴澈很希望自己没有看到餐桌上摆着的向斯微喜欢的草莓慕斯蛋糕只剩最后一块，也很希望自己不要操那个多余的心，担心她没有吃到。这样，他就不会找到她，也不会听到向斯微那几句话，他们的恋爱也许就还是甜蜜又舒心的。她更喜欢香雪兰又怎样？她又不知道那是游川挑的花；她不告诉她父亲他们复合又怎样？恋爱本来就是两个人的事情；她不喜欢住在望江公馆又怎样？秋园路确实比东郊更宜居……这些都不是大问题，他反复告诉过自己的。

可他明明白白地听到向斯微如何兴致盎然地讲述自己为什么和他复合。"尽兴"，同样的词，他也面对面听她讲过的。

可她对他说，是"恋爱"没有尽兴。不当着他的面时，就是"恋爱"和"分手"都没有尽兴，不体面。

就像从前，她当面说喜欢他，是真的，可更真的是，喜欢他因为喜欢过游川；喜欢他，是退而求其次。

她没有骗过他，可也没有说过真话——总是这样。

她讲一半真话，他再自欺欺人地补全另一半，多么和谐美满——这样想想，他们是不是也算天生一对？

那么这次呢？这一次从头再来，向斯微打算什么时候和他"体面"地、"尽兴"地分手？

裴澈彻底意识到了，自己和一年前一样，重蹈覆辙毫无长进。他真是疯了，才会一而再，再而三地走进这场必输的游戏里。

他站在离她几步远的地方，从她破天荒地露出一丝惊慌的眼神中确定自己所想的一切都没有偏颇。

向斯微似乎打算解释，可他已经不需要第二个自取其辱后又恶语相向的夜晚。

他平静地看了她一眼，笑了笑，转身离开。

向斯微下意识地想追出去，可脚步刚一挪动，又停下了，用小叉子戳着碟子里的蛋糕，久久地沉默着。

"他好像误会了，不去哄一下？"孟杳问。

向斯微居然感觉到了一股陌生的彷徨，看见裴澈留在桌边的草莓蛋糕，心里涌起一股陌生的情绪，分不清是迷茫还是慌乱，好像更深层的情绪被撬动了。她打不定主意，问孟杳："他生气了吗？"

孟杳从没见过她这副模样，新鲜地笑了声，反问："我怎么知道？"

"我们刚刚说了什么吗？也没有说什么吧，他为什么要生气？"她说着说着，像是自言自语，又像是在这样的自言自语中宽慰自己——他明明说他都好了的，连游川的事情他们也早就说清楚了的，他到今天，还要为她的一句玩笑话而生气吗？

孟杳了然地开解她："你知道吗？我从来不给江何看我的手机，虽然主要是因为没必要，他也没兴趣。但其实，如果给他看到我们俩每天聊的那些内容，我还是会挺头疼的。"

向斯微若有所思地看着她。

孟杳轻笑着道："男人矫情起来真的很难哄。江何还会哭。"

向斯微听懂了，与孟杳默默无语地对视了几秒，正要说话，江何找到她们，走过来插了一句——

"谁会哭？"

孟杳："……"

向斯微："……"

江何一脸看好戏地等着答案，孟杳笑眯眯地扯谎："江序临，听说嘉穗最近不理他。"

江何嗤笑一声，很认同地点头，还不忘揭自己弟弟的老底："那确实，他从小就爱哭。"

向斯微忍着翻白眼的冲动，环顾四周，寻找裴澈的身影，没找到。过了一会儿，她又听见江何问了一句："你们今天没开车来？刚才裴澈问我借车钥匙。"

向斯微顿住了："什么？"

"他刚刚说有事，问我借车，先走了。"江何觉得莫名其妙，"我以为你知道。"

"什么时候？"

"就刚刚，也就十多分钟前吧。"江何察觉到不对劲，表情也严肃起来，"怎么了？"

向斯微没回答，转身往停车场去了。

跨海大桥上，裴澈将车开得飞快。手机铃声不断地响起，他在等红灯的间隙将它彻底关机。

他几乎只用了一半的时间就开回了望江公馆，然而一进门听见发财的叫声，看见厨房处的管道垃圾桶，又转身出去了。

他知道向斯微会怎么做，她当然会做得很好，而他不确定自己能不能接受第二次看到她发来整理物品的照片，问他是要寄回去还是要丢掉。他也不想再那样没风度地删掉她。

于是他又开回了秋园路。

可东西怎么会这么多？明明才几个月，为什么他在她的家里留下了那么多东西？他甚至不知道该从何收起。向斯微之前是怎么做的？她所说的"体面地分手""有始有终"，要怎么做到？他一直都没有学会。

他试图冷静下来，茶几上散落的书如有千斤重，他一本一本地分辨出哪本是他的，然后搁进纸盒里。

这时，玄关处响起解锁声，熟悉的脚步声落在门前。

向斯微看见裴澈在收东西，震惊得愣在原地。她知道裴澈生气了，一路上她也反复回想孟杳的话，试图理解这种事，也许种种"道理"都是最没道理的，彼此的感受才是真正重要的。

可她没有想到，他居然已经在收自己的东西了。

一瞬间，什么冷静、换位思考都没有了，一股难以消解的匪夷所思之感冲上头顶，她走到他身边："你在干什么？"

裴澈淡淡地看了她一眼，竭力压制着内心的种种痛苦和郁愤："我先尽量把我的东西收拾出来。"

向斯微的脑袋里嗡嗡作响，裴澈越平静，她越觉得不可理喻。她深深地呼出一口气，冷笑道："你这是在闹脾气，还是想跟我分手？裴澈，你是小孩子吗？你这样……"

拇指用力地扣紧书脊才能保持冷静，眼眶的红热却无法控制，他不想失态，看着她愤怒不解的眼睛沉沉道："我不想吵架，上一次分手，我对你说了很多难听的话，我很抱歉，我不想再失控说那种话。"

对话开始之后,似乎也没有那么难。裴澈舒了一口气,嘴角挤出一点儿笑:"我是不是从来没有跟你道过歉?对不起,那一次我说的话……全都不是真心的。我只是……失控了。这次不会了,像你说的,我们可以体面一点儿。"

向斯微的视线一瞬间变得模糊,陌生的感觉席卷了整颗心,她下意识地上前半步:"你……就因为我跟孟杳说的话吗?你都不听我解释一下吗?我们女生之间聊天儿本来就是这样的,就是会……孟杳都说她从来不给江何看她和我的消息记录的,这样说你能懂吗?我不是你想的那个意思,这一次我没有想过……"

向斯微从来不知道自己也有这么语无伦次的时候。而裴澈上前一步,轻轻地扶住她的肩,温和地冲她摇摇头。

"不是因为这个。"只是他原本以为自己有长进,原本以为自己不在意,可原来不是,是他重蹈覆辙。

可此时他的温和平静在向斯微看来是那么不可忍受,一路上铺垫的那些相互理解、相互感受,全都成了狗屁。她只觉得不可理喻,匪夷所思——哪有人因为女朋友和闺密的一句玩笑话就要分手的?!

她目光如炬地盯住裴澈:"所以是为什么?说到底,你是不是从来都没有放下游川的事情?"

裴澈目光一黯,抠在书面上的指尖已经泛白。他无力反驳,他从一开始就不想提及这个名字。

拜托你,不要再提他,我希望你尽兴,希望你满意……只要不提他,我也许能做到,像你一样,有始有终。

向斯微等了许久,见裴澈不语,那种无力感与愤怒感再度席卷而来。她看着裴澈蓄满眼泪的通红眼睛,抹了一把面颊,冷笑道:"我不明白,你为什么总是这样?我已经说过很多次,我不喜欢他了,我也没有把你当作他的替身,所以你从来没有相信过,是吧?既然不相信,又为什么要装作相信!这段时间装得毫无芥蒂,装得和我欢欢喜喜地恋爱吗?这样做又有什么意义?!你能不能把话说清——"

"向斯微!"裴澈骤然打断她。

他极力忍耐的一切就快要决堤了,"装"这个字眼太难堪,好像把他们复合后的所有都否认了。向斯微总有这个本事,冷心冷眼,冷言冷语,非要将一切都戳穿。可不是她要体面,要尽兴吗?

胸腔里的愤怒如同原上草般燎起来就不可收拾,他的眼睛已经红透,浸着湿寒的凉意,阴郁地盯着她,如同一头蛰伏已久的猛兽将要反击。

然而四目相对的那一刻,她一贯灵动的、明亮的眼睛里蓦地滚下两行泪来。她就那么泪盈盈地看着他,眼眶是红的,鼻头是红的,死死咬着牙。

如同一盆冷水兜头,猛兽失去斗志。他在模糊的视线里变得颓然,几乎无知无觉、自言自语般轻轻说了一句:"向斯微,我其实爱你。"

如果有什么需要说清楚的话,如果有一句确凿无疑的话,也许,他只有这句话能够对她说了。

"爱"这个字对他而言有多陌生呢?很长一段时间里,他都只是觉得向斯微很好——这个人很好,和她谈恋爱很好,那么和她一起过下去,共享全部的人生,应该也很好。

甚至到上一次分手,在那种切齿扪心的羞辱与痛苦中,裴澈都不知道,他对于向斯微的感情称不称得上是"爱"。直到裴德安过世的那个除夕夜,直到他稀里糊涂地放过了他在这个世界上最后一个应该爱而没有爱、应该恨也没有恨的亲人,如同他少年时稀里糊涂地放过远走的母亲和父亲一样,他拨出去一个无声的电话。

她的声音携着海风传来时,他意识到他爱她。

世界任何东西,于他而言,似乎都是唾手可得的,可这是他拥有的万事万物中,唯一一件确凿无疑的东西。

可向斯微不是的。

她或许不再喜欢游川,也或许喜欢他,可她为什么会"爱"他?

微渺的溪流不能祈求磅礴大海倾其所有。她也不是生来就很好的,她很辛苦地重新养育自己,才有了充沛的爱,有了许许多多确凿的喜欢,凭什么对他情有独钟?

这些话,他该怎么对向斯微"说清楚"?如果他也想保留最后的体面。

向斯微愣在原地,久久没有出声。

而裴澈等了她很久,最终轻轻伸手,擦干她脸颊上的眼泪。他从来没有见过她哭,他好像又一次把事情搞砸了。

他的视线始终模糊,而她抬头,直直地、没有表情地看着他。

他垂眸,看着自己"收拾"得一塌糊涂的东西:"我先走了。"

向斯微什么都没说,退后一步,他触在她脸颊上的手垂落,如同在两个人之间拉开新的距离。

第十一章

失而复得

晚上9点，关机大半天的向斯微被着急的姜南找上门，直接拉上飞机去了北城谈新客户。她没有解释，也没有拒绝，在飞机上兜头睡了两个小时，落地后灌了一杯加浓冰美式，就和姜南风风火火地上了会议。

三天后回到东城，天气已经变凉，向斯微穿长袖单衫走在秋园路的弄堂里，居然冷得身体微颤。

孟杳发来消息，问她什么情况，没得到回复；又说东城连着下了三天的雨，让她注意添衣。

挂在门口的两枝金桂已经只剩枝干，萎缩的小粒桂花堆在盒底，向斯微把盒子从挂钩上取下来，走到垃圾桶旁边倒干净。

垂眼瞥到下水井盖上堵着的落叶时，她愣了愣——夏天确实已经过去了。

她没有联系裴澈，裴澈也没有联系她。除了孟杳和江何，共同好友还没察觉到不对，她的生活似乎并没发生多大变化。

家里还有许多裴澈的东西，她都没管。偶尔看到一件，觉得心烦，就顺手扔了，这么东一件西一件地扔，居然也清掉了不少。

又过了几天，一直神龙见首不见尾的房东太太忽然回国，说打算落叶归根，回家养老了，房子不能再租给她，付了双倍的违约金，请她半个月内搬走。

住了两年多，突然就要被扫地出门，向斯微简直怀疑最近是临近30岁的终极"水逆"。大为光火之下,她当即决定买房,盘了盘手头的存款,发现离秋园路的一众老院子还差着十万八千里,顶多能在几个非中心区的住宅区挑一套100平方米以内的普通房子。

那天她看了一天的房,最后累得不想开车,喊了孟杳来接,两个人一起去喝酒,向斯微莫名其妙地抱着女友大哭一场。孟杳也忍不住问是不是和裴澈有关,她却破天荒地闭嘴不谈,一个字也不想提。

第二天睡醒了,她面对现实,重新联系以前认识的那位中介小吴,想看看能不能再租到类似的老院子。

9月末,一场接一场的雨,一阵又一阵的风累积着凉意。向斯微迎来了她最喜欢的季节,十分讲究地考虑穿搭,每天起个大早,穿各种式样的风衣、皮衣、长靴,约中介在秋园路的各个小弄堂里穿梭,希望能找到一套让她满意的小院子;10点多再去工作室,新谈下来的客户十分难搞,但因为行业地位高且给钱多,姜南和她都十分重视,两个人又开始加班。

工作室里的小姑娘偶尔八卦兮兮地问她,斯微姐这么加班,"9分男大"是独守空闺了吗?姜南总是比她还热心,抢先揶揄道,人家的男朋友很体贴的,而且自己的学业也很忙啦。

她也只是笑笑,默认这种说法。

向斯微成年后头一次拖延、躲避,将一件重要且悬而未决的事情搁置着。她不知道自己"想要"怎么处理和裴澈的感情,也不知道"应该"怎么处理这件事。她是要不了了之,等它自然地变成一段往事吗?照她的脾气秉性,难道不应该一如既往地快刀斩乱麻吗?

她居然不知道。

那天看见裴澈径直回家收拾东西时的匪夷所思，加上那句"我爱你"给她带来的迷茫不解，仿佛在她的心上起了一场大雾，她什么也看不清了。她并不是羞于说爱的人，这些年恋爱谈了，朋友交了，"喜欢"和"爱"，她说过也听过。可裴澈那句"我爱你"一说出口，她就知道，那是不一样的。

那是他们，甚至如今大部分人都不期待也不储备的三个字。

她甚至因此觉得这次不得不搬家是件好事，向斯微在工作的间隙开解自己：也许换个环境，多给自己一点儿时间，一切都会明朗的。

可惜，找房子并不顺利。秋园路的老房子向来有价无市，她有看中的，房租太贵；而房租合适的就那么两三套，还都年久失修，朝向、采光也差。

向斯微看了一个多星期的房子，连个意向房都没找到。中介屡次劝她扩大选房范围，也不是非得住这种老院子，以她的预算，高档住宅区的性价比才是最高的。

向斯微却有点儿执念，在秋园路住了两年，她太喜欢老弄堂里有历史、有生气的一草一木和闹中取静的氛围，总觉得离开这里，连创作灵感和工作效率都会变低。

眼见退租日期就要到了，她仍没放弃，只是抽了更多时间出来，早晚都和中介一起去看房。

那天傍晚，开完会的向斯微又挤出时间去找房子，却在刚到路口时看见了一个熟悉的身影。

那人从一处老院子里走出，步履匆匆，正要上车，偏偏也看见了她。

向斯微走上前，微笑道："裴董，好巧。"

裴澜苦笑道："咱们一家人，就不用这么客气了吧？裴董听起来真的是太老了，我感觉我的精气就要被叫没了。"

向斯微一愣——原来裴澜也什么都不知道。向斯微下意识地想解释一下，却没有第一时间开口，就这么错过了最佳的时机。

裴澜自从接管培安便满世界地飞，忙得脚不沾地，好不容易闲下来的时候，根本不想留意别人的脸色，因此没看出向斯微的异常。她赶着回家陪裴砚面试，便笑着寒暄了句："你来看奶奶的老房子是吧？真不巧，我刚出来。下回再一起吃饭！"

她说着就要上车。

向斯微却没听明白，问她："什么？奶奶的……老房子？"

裴澜往身后的老洋房一指："就这个呀，裴澈不是老早就签了赠予协议吗？"

向斯微愣在原地。

"这是我们奶奶的房产，她过世前留给裴澈了。他前两年就签了赠予协议……"裴澜说着说着才发觉不对劲，看着向斯微苍白的脸色，"你还不知道？"

向斯微茫然地看了她一眼。

"怪不得律师一直说还没完成赠予呢……裴澈怎么还不告诉你，该不会是想在这里求婚吧？"裴澜每每忙极之后闲下来，就有种大脑放空的自在感，也不太关注身边人的状态，只自顾地猜测着，又好笑地冲向斯微眨眨眼，"那我可是说漏嘴了，万一他真的这么打算，你到时候帮个忙，别拆穿他，行不？不然他要找我算账了。"

"我有点儿急事，得先走了。下回叫裴澈带你一起回家吃饭啊，拜拜！"她风风火火地说完，再不耽搁，径直坐进了车里。

向斯微愣怔着,直到那辆车子开出去老远,她才回过神儿来。

良久,她抬起头看着那扇黑色铁门后静谧的老洋房,高大法国梧桐的叶子半黄,与傍晚的阳光叠加成浓墨重彩的橙,映在拱形的老钢窗上。

这几天她其实每天都会经过这幢房子。因为太喜欢那一整排的拱形钢窗和那棵梧桐树,她还打趣地问过中介小吴:"这间房子月租多少?年租会不会便宜些?"

小吴笑着说:"这都是以前那些'老钱'的房产,估计人家现在不是移民就是过世了,一个月哪怕收十几万块钱房租,人家也不缺这个钱啊!"

向斯微怎么也没想到,这就是裴澈奶奶的房子。

她从前不了解,这次复合后倒是听裴澈提起过那位老太太。据说当年裴老爷子婚后认识了一个合作伙伴,二人志趣相投,一见如故,强强联手,做了许多大项目,目前东城最老的那家百货商场就是她们合作的手笔。那个商场竣工后是以章敬柔的名字起的名,传成一段佳话。可没多久,裴德安与那位商场知己来往渐密,有些风言风语传了出来,章敬柔起先信任丈夫,后来却亲眼看见裴德安大清早从"知己"家里走出来,自此夫妻失和。

那时章敬柔正在孕中,生下裴秉之后就提出离婚,裴德安以一子一女的抚养权为由,拒绝离婚,章敬柔抗争无果,最终决绝地孤身离开裴家,只带走了一套老房子。她回到东城一所普通中学继续教英文,直至退休,与裴德安老死不相往来。

虽然裴德安始终坚称和那位只是志趣相投的生意伙伴,离婚后这些年也再没有和谁缔结姻缘。可章敬柔一朝出走,再也没有回过头,只有一次,是为了将裴澈领到身边。

裴澈和她说过的，小时候他在奶奶身边长大。她每次吭哧吭哧地往回淘东西装饰她的小院子时，他也说过，他从前也住在这种老院子里。

可她从来不知道，他说的"小时候""老院子"，居然就在秋园路。

刚刚裴澜说什么……赠予？向斯微的脑子里一团混沌，几乎不敢将裴澜的话贸然理解为它字面体现出的意思，茫然地拿出手机搜索——

"房屋赠予中被赠予人可以不知情吗？"

第一条结果赫然写着"不可以"，她松了一口气，反复告诉自己，大概是裴澜说错了，或者她理解错了，心里却仍然惴惴不安，像有什么东西跳动着，呼之欲出。正好中介小吴赶到，将她唤回神儿，她把手机放回口袋里，强行摁下思绪，继续去看房。

可这一天她仍然无功而返。

回家时又路过那幢老房子，她不自觉地停下脚步。那一排老钢窗在一天里的每个时刻都有不一样的光彩，她抬头看着一道折射的阳光，其中细密的尘埃飞舞，心底的种种直觉与猜测越发强烈。

她拿出手机，找到之前工作时认识的一个律师朋友，问他房屋赠予是否可以在被赠予人不知情的情况下完成。

对方很快回复："不行，被赠予人不签字，赠予协议就无法生效。"

向斯微眉心一皱，手心里居然无端地沁出汗来，又问："所以意思是，就算被赠予人不知情，赠予人也是可以有这个想法，并且先拟好赠予协议的吗？"

对方好笑地回复："当然，人家想送东西，还有谁能拦着吗？天上要掉馅儿饼,地心引力也拦不住啊!"

"天上掉馅儿饼"的说法放在这个情景里,她总觉得有些刺耳,搁以往,她一定会觉得被冒犯,也一定会找准始作俑者进行反击。可现在,她只是怔怔地道了谢,立在那个静谧的老洋房前,久久沉思。

天渐渐暗了,向斯微缓慢地踱步回家。

家门口的花篮里搁了两枝蔷薇,是她前几天顺手从花店买来的。她养成了插花的习惯,哪怕送花的人走了,也一直没有中断。目光不聚焦地落在那两枝蔷薇上,她呆呆的,脑袋却逐渐清明。

她拿出手机,找到裴澈——如果他已经把她删了,她也不再拖延。她这样想。

她发了句话:"我想去望江公馆拿我的东西。"

消息顺利发出。

半分钟后,裴澈回复:"什么东西?我可以寄给你。"

向斯微的心气又躁了起来,戳屏幕的手指不自觉地用力:"我自己的东西自己找,你该不会把我的东西全扔了吧?"

裴澈回复:"没有。我现在在家。"

向斯微没再回复他,转身上了车。

前往望江公馆的路开了无数次,向斯微第一次感到紧张,下车时松开方向盘,居然看到了两手汗渍。

下车后,她犹豫了一下,没有告诉裴澈她到了,而后走到门口,想了想,径直开始输密码。

6月份第一次回到这里的时候,她看见过,裴澈的密码和两年前一样。

然而她只输了三位数，房门忽地从里面打开，裴澈面无表情地站着。

向斯微有点儿尴尬，也不知该如何解释自己不请自来并且输密码的无礼行为。然而看着他这张冷漠的脸，她也不想解释了，就那么站着，坦然地回视他，理直气壮的样子。

裴澈很快垂眸，转身给她拿了拖鞋："进来吧。"

她低头换上。拖鞋是全新的，尺码也大了些，并不合脚。

进门，她没有如往常一般听见发财的声音，不自觉地望向岛台，看见它缩在一个全新的笼子里，远不如平时有活力。

"它怎么了？"她担忧地皱了皱眉。

"病了，已经看过医生了，没事。"裴澈答得简单且完整，"过两天就会好。"

向斯微忽然止住脚步，没有走得更近，就站在岛台边。她看见发财脚腕上的红绳已经被取下了。

裴澈给她倒水，她道谢后接过，喝了一口，抬眸问："我的东西你都扔了？"

裴澈回避她锐利的眼神，但语气是平缓的，公事公办地回答问题："没有，你要找什么，应该都在楼上……"

向斯微没听他客套地讲完，打断道："但你的东西我都丢了。"

裴澈哑然："嗯……"

向斯微继续道："我本来想打包寄给你，但想了想，被你退回来后我还是要丢，就别浪费快递钱了。"她语气尖锐，找碴儿的意思明显，眼神也如刀，谈判场上，她一贯是知道如何扼住对方气势的。

可裴澈好似从一开始就缴械的对手，只看了她一眼，嘴角抿出一点儿笑意，然后又"嗯"了一声。他今天穿得有些正式，虽然没有西服、领带，但穿着一丝不苟的衬衫和笔挺的西裤，向斯微静静地盯着他，居然产生了一种奇异的感觉，好像他既是如今的他，也是三年前的他。复合时，她一度认为这两个时间段的他是全然不一样的，可时隔近一月后再见，她忽然觉得他从来没变过。

良久，她喝了口水，把杯子不轻不重地搁在大理石台面上，发出清脆的一声响。

裴澈终于在这一声响中回了神儿，问她："你要拿什么东西？"

向斯微不答，转而盯着他问："裴澈，你在秋园路有没有房产？"

裴澈一愣，很快神色如常："有。怎么了？"

向斯微扯出一个笑，官方地回答："我的房东要我退租，我正在找房子。"

裴澈不自觉地蹙眉，看着她，企图从她的眼睛里找到她故意隐藏的部分。

"我还是想住秋园路，如果你有合适的房产，方便租给我吗？既然你说我们之间可以好聚好散，那这个忙应该能帮？"向斯微也用公事公办的语气说。

裴澈的手握着透明玻璃杯壁，沉默了几秒，似是终于思考完毕，想起自己的某处房产似的："好像有一套老洋房……你需要的话，我让人联系你。"

向斯微笑了笑："那再好不过。房租怎么算？太贵的话我可能租不起。"

裴澈回答的速度显然变慢了，他又沉默了一会儿，说："我不太了解，但应该与你现在的房租差不多。没关系，经理人会联系你，你们照常沟通就好。"

"是吗？我还以为你会给我打个折。"向斯微灿烂一笑。

裴澈看着她："如果你愿意接受的话……也可以。那套房子我本来也不会住的，只要你没有心理负担。"

向斯微莞尔，用轻松极了的语气说："我能有什么心理负担？你白送给我最好了。"

裴澈脸色骤变。

向斯微保持微笑，将最后一张底牌揭开："裴澈，你不是打算把那个房子送给我吗？赠予协议都签好了，不是吗？"

她的笑容让裴澈捉摸不定，然而越无措，他越直白地盯着她的眼睛，好像这样就能看出她到底是不是生气了，又或者愿意接受。

"我今天遇到了裴澜，她不小心说漏了嘴。"向斯微敛了笑，缓缓道，"她说你前两年就签了赠予协议。是真的吗？"

裴澈垂眸："是……"

他的语气里竟然有一种颓然，一种无可奈何的挫败感。向斯微觉得荒唐———幢有价无市的老洋房，他是那个一掷千金的施与者，他居然感到挫败？

她无端地感到鼻酸，冷笑了一声："干吗，一早就准备好的分手费？那怎么上次不给我，这次好像也没打算给我，又后悔了？"

裴澈猛地抬头，看见她微红的眼睛，终于知道她这一次的冷言冷语是口是心非。然而他仍揣着一种不确定，最终只是摇了摇头。

"那是为什么？"向斯微追问，"裴澈，你能不能明白地告诉我一次，为什么？"

"没什么……就是觉得，你很喜欢秋园路。"裴澈措辞良久，最终声音低沉地说道。

他记得很清楚，就是向斯微回国后，从凤城回到东城的那天。

向斯微很喜欢自己千挑万选的小房子,从视野绝佳的客厅到新买的投影仪,都兴致勃勃地向他介绍,而他最关心的是怎么克服那道狭窄的楼梯。那天他抱着她差点儿摔倒,问她要不要换个房子,她毫不犹豫地说不要,他就没再提。但第二天,他找了律师拟定赠予协议。

后来他们分手,又复合,又再次走不下去,那份协议始终没有更改,却也始终没有被受赠予人知晓。他知道她不会接受,也从来没有等到一个她也许会接受的好时机。

他原本打算找机会,又或者等着,哪怕等到赠予协议被归入遗嘱的时候也未尝不可。

反正他再也没有办法独自回到秋园路。

裴家的遗产分割流程烦琐漫长,他一律交给裴澜处理,连看也懒得看。唯独秋园路那幢老房子,从头到尾与裴家无关,在他的名下。以前和向斯微在一起时,他想过,如果结婚,他们搬去那里应该是最合适的。后来他知道从未有过这种可能,却没有想出还有谁比向斯微更合适那里。

即使他们不在一起,知道世界上有一个充满斗士精神的向斯微住在秋园路,仍然把自己当作艺术家照顾,仍然有一棵梧桐树陪她度过春夏秋冬,仍然有很多朋友会和她一起在摆着鲜花的窗边吃饭聊天儿,他就会很开心。

这对他来说,十分重要。

向斯微听了他的回答,眼眶发热,但别开脸,张了张口,微微舒了口气:"你不是说,那是你小时候和你奶奶住的地方吗?裴澜说,那是你奶奶留给你的唯一的东西,你就这样赠给我?你不想回去住吗?"

她红红的眼眶让他将原本想说的话咽了回去，他沉默良久后，平静无波地回答："如果没有你，我没有办法回到秋园路。"

如果这个世界上还有他的家，那一定是她在的地方。

向斯微心上一阵钝痛，然而她稳住心绪，又冷心冷眼、公事公办地问了一句："为什么？"

裴澈蹙眉，终于忍不住，语气略重地反问她："你一定要明知故问吗？"

向斯微眼眶一热，脱口而出："你为什么总是自作主张？！"他自作主张地认为她还喜欢着游川，自作主张地认为她又在游戏。她已经觉得一切都在变好，他又要缩回去，又要自以为是地赠予这个，准备那个！

她明明最烦这样的事情！可她偏偏又舍不得，舍不得快刀斩乱麻，也舍不得眼前这个总是不和她说实话，总是让她又气又急的王八蛋。

裴澈狠狠一怔，眉头紧皱地看着她，似是疑惑，又似是思量。

四目相对，很久都没有人说话。向斯微抹了把脸，吸吸鼻子，声音齆齆但不带情绪地问："我之前看的那两本书在哪里？"

裴澈怔怔地看着她，一时反应不过来似的，没答话。

"楼上是吧？"向斯微不搭理他，自顾自地往楼上走，"我自己去拿。"

她的书没在床头，但她拉开抽屉，就看见两本书整齐地摆在里头。她顿了一下，起身去打开衣柜，她的衣服一件一件地挂在其中一格。她又走到卫生间，她那些护肤品、牙膏、牙刷已不在台面上，打开镜后柜，它们也依序排列，一样不少。

拇指不自觉地扣紧食指关节，向斯微平复了几次心情，然后拿上书，面无表情地下楼。

她察觉到裴澈的目光紧跟着她，然而没有任何回应，举起手中的书示意，然后就往玄关处走："拿到了，我就先……"

"向斯微。"她的胳膊被人牵住，另一只手不自觉地抓紧了书壳。

她转身，面对他。

"我后悔了。"

"裴澈，我们……"

两个人异口同声，而她的话没有说完。

裴澈无措地张了张嘴，哑声请她说下去："你说，我们什么？"

向斯微不回答，反问他："你后悔什么？"

裴澈不敢想却不得不去想：她想说的是什么？"我们"怎么样？她的行为一贯利落，这样的主语后面，是不是很适合加上"分手吧""到这里""算了吧"类似的三个字？他是不是没有必要讲下去？

可向斯微要他先说。

他紧紧地攥着她纤细的手腕，而她也不挣脱。就这样，他最后还是缴械了，低声道："就算今天你不来，我也忍不住要去找你。一个月……太久了。"

两行清泪落下，向斯微别过脸。

"向斯微，我后悔了。我做不到，我不想要什么狗屁的体面、混蛋的尽兴，就算最后还是糟糕收场，我也想和你走到走不下去为止。"

"我……舍不得。"

他的声音始终是很好听的，哪怕沙哑着，哪怕带着难以调整的低沉。这道声音落下后，他沉默着等待宣判。

几秒钟后，向斯微挣开他的手。

裴澈心中像有什么东西砸下来，他抬起头看着她，泪流满面。

"什么样的收场算糟糕？什么时候算走不下去？"向斯微冷冷地问他，"等你哪一天又莫名其妙地觉得我还是喜欢游川的时候吗？还是哪天我和哪位朋友聊天儿，忘了加括号备注我爱你，我没打算和你分手呢？"

裴澈对上她瞪过来的眼神，深沉的眼眸里有些东西在不可思议中松动。

向斯微继续说："裴澈，我理解，上一次谈恋爱，我始终没把我们俩放到更长远的可能性里去。我一开始就设定了界限，觉得你最终不会选择我，也告诉我自己，只把你当个不谈白不谈的男朋友……这一点我没有办法否认。"

裴澈沉沉地"嗯"了一声。

"但这次是不一样的，我不信你感受不到。"向斯微抬头看他，才发觉他也在认真地看着自己，不自觉地笑起来，"我承认，那天听到你说……你爱我，我是有点儿吃惊，但并不是无法接受的那种意思，只是……我的确没有想过，会从你嘴里听到这句话。你知道的，这句话其实很重，并不是那么常见，对吧？"

裴澈又"嗯"了一声，却不再那么沉重。

"我可能现在还没办法很认真很认真地对你说同样的话。"向斯微斟酌着，"但有一句，我很确定，我想讲给你听。"

裴澈没有发出声响，灼灼的眼神却胜过一切。

向斯微看着他，缓缓道："我也，舍不得的。"

空气凝滞，一切落针可闻。

向斯微被猛地拉进一个怀抱里，紧贴着他，颈窝被炙热的气息填满，他的眼泪滑进她的心口。

仿佛她错过的最后三日夏天失而复得,那连续不断的三场雨,也终于在她心里酣畅淋漓地落下。

向斯微在玄关处的鞋柜里找到自己的白色拖鞋,立刻甩了脚上那双肥大的拖鞋,出一口气似的将自己的脚丫子塞进去,还故意跺了跺脚。

裴澈在岛台切水果,看着她,笑了笑。

"笑什么笑?你有病!"方才久久地拥抱时她有多心软,这会儿嗤他就有多不客气,向斯微走过去瞪他,"都快一个月了。裴澈,要是今天我没有来,你打算抱着你的破房子哭吗?"

裴澈终于学会语气平淡地坦白:"我会去找你,我忍不到一个月。"

向斯微冷哼,戳穿他:"你就那么自信,觉得我一定会理你?"

裴澈把洗好的蓝莓递给她:"我不知道……"

事实上,他甚至没有抱百分之一的希望。他讨厌自己反反复复,更不愿意将这副反反复复的讨厌样子呈现给向斯微,可所有的纠结、反复、怀疑、放弃,最后都落到了舍不得的境地里。

真正叫人无可奈何、丢盔弃甲的,就是这份舍不得。

而刚刚,向斯微对他说,她也舍不得。

裴澈意识到他需要的,也只是一句"舍不得"——只要她也舍不得。

他说"我不知道"的时候,眼里仍流露出一点儿挫败感,苦笑了一声。二人四目相对,最终向斯微轻轻叹了口气,不再用"兴师问罪"的语气质问他,低头丢了几颗蓝莓到嘴里,又挑一颗喂给他。

两个人立在岛台两边,一个冲洗着水果,一个静静陪着,谁都没有说话。

良久，向斯微轻声提起："那个房子……我不能要。"

裴澈动作一顿，虽然并不意外，但仍不可避免地感到失望。他沉默了几秒，继续手上的动作，没有想好该怎么回答。

向斯微又说："但我觉得你奶奶的审美好好啊……那一整排的钢窗设计，我每次路过都忍不住看。"

裴澈抬头静静地看着她，嘴角不知不觉地浮起一点儿笑意。

他的这点儿笑意鼓励了她，她又变得如平常那么顽劣狡黠，眨眨眼："所以，你能搬到那里去住吗？"

裴澈学习她的明知故问："为什么？"

"这样……你就可以邀请你的女朋友同居了呀！"向斯微一本正经。

裴澈差点儿笑出声来，不回答，将她吃光蓝莓的小碟子拿走，洗干净后放回碗架上。

向斯微原本不急的，但这人故意不说话，她等了好一会儿，见他又不疾不徐地开始给发财换水，终于出声："你难道不愿意？"

裴澈缓缓瞥她一眼，然后道："我在想，如果同时还邀请我的女朋友贡献她的劳动力，装饰一下那座旧院子，会不会有点儿得寸进尺？"

向斯微一愣，反应过来后笑出声，很大方地表示："不会！你的女朋友非常乐意！"

裴澈看着她，终于忍不住，伸手抚上她的侧脸，将人拉到眼前，深深地吻下去。

周末，向斯微终于有空搬家，裴澈来接她。她在这小楼里住了两年多，全无"租客"的自觉，各种家具和小物件儿淘了不少，裴澈和几个搬家师傅进进出出地搬，她则在楼上收拾自己的衣物。

等家具终于搬空，裴澈上楼来拿她的行李箱，却见她的书桌上还有一大堆东西没有整理，无奈地笑了声："你这房间倒比楼下的客厅还难收拾。"

向斯微气喘吁吁地将两个大箱子往他那儿一推，又撸起袖子去书桌旁边，各种各样的小文具，还有她自己设计的文创样品，墙边的毛毡板上用图钉挂满了照片和明信片，她说都要小心翼翼地摘下来放进收纳盒里，到新家再原封不动地重新上墙。

裴澈笑着摇摇头，也挽起衬衫袖子，帮她一个一个地揭下毛毡板上的宝贝。

每揭下一张，他都忍不住仔细去看是什么，有的是她随手画的简笔画，有的是她旅游时的照片，有的则是朋友寄来的明信片。他啰啰唆唆的，一边看，还要一边问，向斯微忙着低头拣书，虽然忍不住说他很烦，倒也都细细地回答了，想起有意思的事，还很得意地分享给他。

这么絮絮叨叨地两边忙着，直到裴澈忽然沉默了好一会儿没出声。

向斯微站起身，看见他手里拿着一张拍立得，目光定格在毛毡板上最后一张没揭下的东西，也是一愣——那是他当时送给她的报纸。

她完成创业的第一个项目后，他给她"登报"祝贺。那天回家后，她就把那一小栏内容剪下来，钉在这块毛毡板上。

后来分手，她利落地将所有与他有关的东西收拾干净，寄给他，被退回后又直接扔进了垃圾桶，只有这张剪报被她揭下，被压在抽屉底层,最终出于说不清道不明的原因,还是没扔,又被钉回墙上,用一张拍立得遮住。

几乎是两年前的事情了,薄薄的报纸边泛起了黄。

向斯微张了张口,想说些什么,裴澈却冲她一笑,然后伸手轻轻地将图钉取下,把报纸揭下来。

他正在犹豫该如何保存——这纸张都有点儿脆了,和其他照片一起放进收纳盒里不太保险。

向斯微接过来,薄薄的纸片躺在手心里,她想了想,把它夹进一本厚重的硬壳书,又将书放进随身背的托特包里。

"这样就不会丢啦。"她冲他笑。

窗外的树影和斑驳的阳光打在她的脸上,明亮璀璨。裴澈忍不住上前将她搂进怀里,沉沉地说:"丢了也没关系,我们还有很多机会。"

向斯微闷在他的怀里,吸了吸鼻子,成心破坏他煽情的氛围,开口道:"谁说没关系?又不是你的名字登报了,可不是谁都能上报纸的!"

裴澈哑然,笑得胸腔都在颤:"好吧,对不起。我重说——丢了很有关系,千万不能丢。"

向斯微哼了一声,又轻轻地掐了一下他的腰:"放开我,我要收拾东西!"

裴澈无奈,将她摁在怀里狠狠地搂紧了一下,才松开。

秋意正浓的时节,向斯微搬进新的院子,正式和裴澈开始同居生活——虽然之前也和同居大差不差,但这次好像有什么地方不一样了。

原本向斯微以为自己住进裴澈的房子会很不自在,她此前执拗地认为这类似于一种"寄居",甚至是"寄人篱下"。这次她是做好了心理准备要自行克服这一点的,可没想到,预想中的"寄居"感并没有出现。

裴澈对这幢房子表现得比她还要陌生。了解他家里的事后,向斯微一度以为这间老院子对他来说会是少年时期难得的美好回忆,可裴澈并没有表现出多特别的喜欢。这次向斯微没猜,也没理所当然地将这理解成"金贵小孩多少有点儿毛病",而是直接问了。

裴澈正在看论文,听见她认真而直白的问题,笑了笑,摘下眼镜:"没有特别的原因。"

"啊?"向斯微不懂。

"那几年在这里住……是比在裴家清净。但我奶奶的性格很淡漠,我也是,我们的感情很好,但可能并不像你想象中那种'相依为命'的祖孙那么亲密。"她听得很认真,好像还在跟着思考要怎么安慰他,裴澈忍不住伸手捏捏她的脸,"奶奶去世前对我说的最后一句话,是祝我幸运一点儿,开心一点儿。"

向斯微没说话,不知道该说什么。最亲的人临终的话,用"祝"字,总觉得太客套了。

裴澈知道向斯微在想什么,轻笑道:"她是真心希望我好,也是真的在保佑我。"她只是性格使然,习惯了采用这样的表达,因此哪怕面对最放心不下的孙子,也选择了界限分明的祝福。她一贯如此,裴澈也很受影响。

但如果不是足够幸运,他怎么能和向斯微回到这里?

向斯微点点头:"嗯……"

"我对这个房子没有很具象的期待,奶奶已经不在了,比起其他地方，这里也只是一处熟悉的住所而已。"裴澈又说，"所以，你把它变成什么样，我都会喜欢。"

向斯微瞥向他被"挤"到只能开辟在客厅边的开放式书房，书柜脚下还搁着她前两天淘来的没来得及改造的旧斗柜，灰扑扑的。她多少有点儿心虚，抿抿唇道："嗯……所以二楼书房归我，客卧改成衣帽间，你也都喜欢，对吧？"

"是的。"裴澈一本正经，有理有据，"我非常喜欢互不打扰的书房，以及取缔客卧的设计，向老师——当然，衣帽间也可以承担客卧的部分功能。"

向斯微脸一红，瞪着他。搬家后，他重新戴起了眼镜，前天晚上就一直戴着，让她发疯。但她现在发现，这人不需要戴眼镜就很像狐狸精了。

"狐狸精"似笑非笑地看着她。

向斯微从沙发上跳开，顺走他的眼镜："你以后还是别戴这个了！"

裴澈哂笑，摊手道："不知是谁说过我戴眼镜也不赖，这该叫什么，人心善变？"

向斯微回头笑眯眯地说："要不你不戴几天看看我是不是真的就不喜欢你了，那才是人心善变呢。"

裴澈无奈地摇头，取出另一副备用的戴上，继续看论文。

他们不再刻意避开这个话题，无论是眼镜还是游川。向斯微说这叫脱敏训练，她就得多在他面前提提和游川相关的事，甚至几天后游川的婚礼，她还主动提出要和他一起去。

裴澈一般不反驳她，也随她说，但到了某些时候，他必定要"小肚鸡肠"地报复回来。他会在那些时候问她一些平时问不出口的问题——"喜欢吗""好看吗""变心吗"。向斯微往往在"身不由己"的时候——应承,结束了之后又憋着一口气骂他——"小学生""敏感肌""你都30岁了你知道吗"。

裴澈学她,冷哼一声:"那就当你也有脱敏训练。我多问这些,你也就不奇怪了。"

向斯微嘲笑他:"你要是真喜欢问,换个地方问啊,别总在床上问。"

裴澈是永远说不赢她的。

向斯微听见他叹气,眼睛滴溜一转,好笑道:"你这不能叫脱敏训练。"

"嗯?"

向斯微从他的臂上抬起头,凑到他的耳边:"更像情趣游戏。"

裴澈咬牙:"你还睡不睡?"

向斯微一头扎进他的怀里:"睡着了!睡着了!"

到了深秋,东城的雨就少了。秋园路铺满落叶,整座小院被黄透的梧桐与赭色的枫叶包裹,静静地矗立在街边,像一团烧着的火。

裴澈仍习惯在回家时带一束花,到了这个季节,却察觉到花的逊色。譬如,他某一次回家,在院子里听到她叫他,一抬头,向斯微披着宽松的铁锈红绞花毛衣开衫趴在窗里的书桌边,那扇窗被满墙黄叶包围,她在丛中笑,他怀里的花便黯然失色。

周末,姜南办庆功宴,庆祝她们工作室成立两年接到的一笔最大订单。向斯微欢欢喜喜地在镜前精心搭配,棕色皮衣配同色长筒靴，拎了一只迷你包。她出门前，裴澈提醒她："今天可能会下雨，记得带伞。"

这个月几乎没怎么下雨，向斯微不信那个大惊小怪的天气预报，更不满他没有第一时间夸她好看，故意问："你不来接我吗？"

裴澈抬头："我下午去学校，可能来不及……"话没说完，因为他看见了她飒爽明丽的模样，他顿了顿，继续道，"我可能来不及接你——衣服很好看。"

向斯微撇撇嘴，这人的训练还是不到位——诚然，她很满意他对她的审美的认可，但"你很好看"显然是更让人开心的直白夸奖。

包里装不下伞，她也不想揣把伞影响整体造型，想了想，说："那也有人接我。"

裴澈侧头看她，用眼神询问她什么意思。

向斯微才不回答，喷了点儿香水就出门了。

入夜，雨竟然真的落下来了，且不小。工作室里全是女生，能喝酒的都喝了不少，不能喝的两个刚好负责把所有人送回家。

向斯微住得近，小姑娘说先送她。

向斯微站在屋檐下，看着没动静的手机，心中不快。

没听见她的回复，小姑娘以为她喝蒙了，又出声："斯微姐？"

向斯微回神，正要说话，抬眸看见马路对面撑伞而来的人，笑起来："不用，你们先回吧。"

小姑娘顺着她的目光看过去，斯微姐这位"9分男大"真是百闻不如一见的惊艳，忍不住偷笑一声，十分有眼力见儿地先走了。

向斯微就站在原地，等他走过来将伞倾斜时，才走出屋檐下。

"我说了会下雨吧。"裴澈看着她微醺的脸庞,淡淡地道。

向斯微歪头一笑:"我说了会有人来接我吧。"

他无奈地笑起来,屈指叩了叩她的额头,再揽住她。

秋风渐起,地上的雨洼如同灯光,昏黄的街道变成一卷电影胶片。他们在新的时间里,缓缓走回家去。

番外一

收番茄

游川的婚礼定在11月,裴澈确定要去的时候,将请柬给了向斯微,问她要不要一起去。

向斯微正在剪花,从一捧雪塔山茶里分来一眼,扫到请柬上的姓名,先扬了扬眉,然后才抬头——裴老师好正气凛然的一张脸。

她忍不住笑了:"我可以去?"

裴澈"嗯"了一声,继续正气凛然地说:"为什么不可以?"

"你不会生气?"

裴澈波澜不惊:"当然不会。"

"我可能会忍不住一直看新郎的,如果他妆发不错,气质也不赖的话,还会夸他很帅,还会犯花痴。"向斯微说得正经极了。

裴澈沉默了一会儿。

向斯微准备笑了,却听见裴澈虚怀若谷地问:"出于什么心态犯花痴呢?"

向斯微也正气凛然地说:"当然是出于欣赏美的心态了。"

"你前几天看陈奕迅演唱会都不犯花痴。"裴澈严谨推导,冷笑一声,"看来是陈奕迅还不够美。"

"不许说肥陈!"向斯微炸毛,戴着手套就要去掐他。

裴总如今熟能生巧,闪身就走了,将请柬搁在水池边。

他请游川重新写过一份了,现在这份的抬头加了向斯微的名字——裴澈、向斯微,钢笔字遒劲利落,是她曾经在十三中宣传栏里偷偷看过很多次的那个笔迹，称呼是"亲爱的老同学"。

向斯微笑了，扭头冲在沙发上看书的人道："我们送一份红包就可以了，是不是？"

裴澈头都不抬："不然呢？"

向斯微笑眯眯地说："那你出礼金，我出红包，是不是很完美？"这里的"红包"，当然只是物理意义上的那个包装，向斯微此前送客户伴手礼时设计过一批，是她的得意之作。

裴澈好笑："向总，生意越大，人越抠了？"不知是跟谁学的，他现在时不时就揶揄地喊她"向总"。

向斯微不甘示弱："我们是小本买卖啦，比不上裴老师高风亮节！"这学期期中后，裴澈再度被他的那位导师"剥削"，兼任生科学院的助教。向斯微有一次去东大找他，正好撞见课间他被学生们围住，女孩子们齐齐喊他"裴老师"，有几个不住地抬头看他，几眼便红了脸。

回家后她有样学样，动不动也喊他"裴老师"。

对于彼此的新称呼，两个人都适应良好。

结果到了婚礼当天，居然是裴澈"放鸽子"。向斯微在家里换好衣服等他，却等到一个电话，说实验室里临时有一个数据响起异常警报，需要处理，让她先去。

这种事情并不是第一次发生，他们俩都有因为临时工作而爽约的时候。向斯微能理解，虽然多少有点儿不爽，也应了声"好"。

她正要挂电话，那头儿忽然传来一声："不要对新郎犯花痴。"

向斯微顿时笑出了声："你是不是二百五啊裴澈？"哪个正常人会在别人的婚礼上对着新郎犯花痴？

裴澈："……"

游川的婚礼在城郊的一个欧式庄园里举行,向斯微起先担心裴澈不在,自己没有熟人,会感到尴尬,谁知刚下车她就被一个眼熟的姑娘叫住了,扭头一看,是以前十三中学生会认识的同学,两个人进了东大后,还一起参加过摄影社。

她们大一后没怎么联系,现在一见面,因为都是大方爽快的个性,很快就聊起来,倒也不尴尬。

赠了红包,签了名,婚礼还没开始,二人便一起在庄园里闲逛。这处庄园历来是办婚礼的圣地,几乎每周都有一两场婚礼在这里举办,因此一应布置虽然浪漫完备,但多少有点儿"套路",唯有草坪处那一排照片墙别具一格。

游川和迟意涵的婚纱照是在十三中和东大拍的。在东大场景的照片里,二人演绎了从校服到婚纱的全部过程。十三中的照片则很特别,镜头里只有一个人,有时甚至是空镜。那时他们是校友,却互不相识,照片都是以一个人的视角去拍另一个人的高中时代,譬如坐在前桌的背影、食堂小馄饨窗口的忠实顾客、广播站厚厚一沓演讲稿的同一个署名……设计的巧思,镜头的真挚,让每个观者都能感受到用心。

这是什么感觉呢?这些被定格的时刻流露出一种庆幸、一种惊喜,以及一种"本该如此"的尘埃落定之感。是没有遇见你时,我也在好好感受这个世界;是我们相遇后,我借另一双眼睛重新丈量过这个世界。

挽着向斯微肩膀的女同学是个大大咧咧的人,方才聊天儿还有些咋呼,这几张照片看得她沉默下来,眼眶都快红了,半晌,她憋出一句:"这种男的都是谁在谈……"

向斯微笑出声来。

女生立刻看了她一眼:"哦,你也在谈!我看到你的朋友圈了!"

半个小时前刚加上的,这个女生看得还真快。向斯微的朋友圈半年可见,里头发了一张她和裴澈的合照。

是中秋时,月光太好,向斯微便喊裴澈在院子里的梧桐树下拍了一张合照。三脚架她很久没用了,机位摆得有点儿低,两个人也没什么肢体接触,只并肩站着,表情也平淡,微微笑着。

拍出来后向斯微却很喜欢,于是发了朋友圈。

后来裴澈把这张照片换成了他的朋友圈封面。

那条朋友圈发了之后,熟悉的和不熟悉的同学朋友都知道她的男朋友是谁了,她的微信十足热闹过一阵。

身边的女生却略去了"裴"这个吸引力十足的姓氏,钩着她的手叹道:"说起来,你男朋友和游川高中的时候就形影不离……"说到这儿,女生忽然发现了什么,"你们高中就认识了?!"

向斯微笑着摇头:"不是,大学毕业才认识的。"

女生乐呵呵地笑:"那你们可以借鉴一下游川这个创意,看看你们不认识的时候,在十三中有没有什么交集,拍出来肯定也特别有意思。"

向斯微愣了愣,目光落回那些照片上。

她记得向志杰送她到东城,那位满脸嫌弃的表姑替她四处奔走,办好入学,却错过了宿舍报名时间。她骗向志杰说已经联系老师补了宿舍床位,向志杰给她的书包里塞了整整1万块钱,佝偻着背走了,不让她送。

8月的东城,她脸上晒脱了皮,在十三中周边租房子。一连几个房东都笑眯眯的，对学生很和气，然而房租是一分不少的，听到讲价是要变脸色，再阴阳怪气地"哦哟"几句的。

向斯微已经忘记当时自己脸上发烫，是因为夏天太热，还是少年人的自尊心经不起磋磨。

那一天傍晚，在游荔店里吃到的小馄饨帮她忍住了快要决堤的眼泪。和游荔讲价前，她已经在心里"中二"地发誓：如果这个女的也不好好讲话，那我就回凤城去，不读书了也要回凤城去。

游荔没有说什么，但也犹豫了一会儿。小本生意，这么多年支撑着家里，她也不是傻大姐。

可最后她还是同意了，笑着帮向斯微收拾了床铺，第二天开学报到，还叫住了一个男生，让他带向斯微找教室。

戴眼镜的男生高且瘦，看起来很文静，还有点儿害羞，和向斯微打了个招呼，一路默默地拎着她那个装满书的袋子，送她到教室后就走了。

后来她也默默地看过他很多次——

阶梯教室第十三排最右侧有个风水宝座，不冷不热，离后门近，开无聊的大讲座时，他常带着书坐在那里，却从不趁机开溜；

食堂的馄饨档口没有游荔店里的好吃，但他很喜欢去，后来她知道了是为什么；

广播里时常出现他的名字，她曾想过要匿名投稿，可是因为忙着刷题，舍不得时间，没写完的半封信最终被撕碎后丢进了垃圾桶。

…………

在十三中的那三年，对她来说像一个很大却不甜的西瓜，没有味道，但足够解渴，而那些匆忙的、默默投注的目光，是她给自己的勺子上蘸过的糖。

可西瓜当然不是唯一的水果。向斯微后来尝过许许多多的滋味，少女时代那一点儿望梅止渴的甜味，她不再试图追回。

裴澈是在婚礼快结束时才赶到的。向斯微正坐在宾客长椅上津津有味地看着迟意涵的好友团录的VCR，游川在台上频频擦汗，观众们笑得肚子痛。

裴澈坐到她身边，幽幽地看了她一眼——的确没对新郎犯花痴，对着新娘冒星星眼了，不愧是她。

他递过去一瓶水，向斯微才发觉他来了："你错过了最精彩的环节。"

裴澈不置可否。

向斯微问："你以前认识迟意涵吗？"

裴澈摇头。

"可惜了。"向斯微颇为遗憾似的，"她好有梗。"

裴澈："……"

仪式结束后，两个人当面去向新人道过喜，向斯微拉着裴澈去拿点心吃。他早上出门很早，中途又说实验室有状况，肯定没吃饭。

他们边吃边聊，就这么晃到了那片照片墙前。她看见裴澈的目光也落在那些与十三中有关的照片上，不知在想什么。

她习惯性地抱着他的胳膊，忽然笑了，问："裴澈，你高中的时候在学校多吗？"

"不多。"裴澈说，"大部分时间在竞赛楼。"

"你知道综合楼那个大阶梯教室吗？"她忽然生出蓬勃的分享欲，"第十三排有一个位子……"

"最右边，靠近空调，讲台的视野死角，离后门很近。"裴澈接过她的话,话里也带了一点儿笑意,"江何跟我说过。他们每次碰到大讲座就占那个位子,一放 PPT 就溜。"

向斯微问:"你也溜过吗?"她的声音带着自己也察觉不到的温柔。

"当然,好几次。"

向斯微莞尔,又问:"那你去过食堂吗?"

"没有。"裴澈诚实地回答,"不过我听说食堂的麻辣香锅很好吃。"

向斯微眼睛一亮:"真的很好吃!我以前每个月都会去打一大份。"

裴澈微顿,听到"每个月"这个频率,有些心疼。然而他没问,扭头看她:"下次你请我吃。"

"没问题。"向斯微阔气地应下,"那广播站呢,你肯定也没去过吧?"

裴澈似在回想,某一刻,目光忽然变得辽远,嘴角的笑意渐深:"还真的去过一次。"

"真的假的?!"向斯微诧异,兴奋地追问。

"真的,有一次运动会,被沈趋庭拖去看学姐——他当时的女神,在广播站负责播报。"裴澈温柔地注视着她,"顺便听到了一篇播报,有一个很厉害的女同学,在田径比赛中勇夺银牌,因为她虽然没跨过每一道栏,但顽强地把每一道栏都带倒了,并且跑到了终点。"

那时他没注意听那个女同学的名字,但深深地记住了沈趋庭在他耳边打趣地说的"斗士"。

向斯微听出那人是自己,原本有些害臊的,然而面对他柔和的目光,最终很厚脸皮地拍拍胸脯承认:"正是在下!"

裴澈一直笑着看她:"嗯,厉害的向斯微。"

向斯微回望他的目光,心中一片柔软。

十三中是个多么小的地方呢,她曾将目光投注在谁的身上,或许也有谁或长久或不经意地注视过她。

而这些目光的交错中,人来人往,每一次相遇都没有被辜负。

这就已经很好。

回家时,裴澈在车上递给她一个番茄。

坐在驾驶座上的人忽然从挺括的大衣口袋里掏出一个番茄,那画面还挺离谱儿的。

向斯微好笑道:"这是……"没问完,她就自己反应过来了。

裴澈点头:"嗯,第一个番茄。说好了要给你。"

向斯微手心里躺着一个看起来很普通的番茄,她忽然有点儿说不出话来,半晌才问:"不是说第一个不一定能给我吗?"

裴澈很科学地解释:"第一株长了十多个,不用每个都留下来测算。这颗是我摘下来的第一个,可以给你。"

向斯微笑出声:"好吧,谢谢。"

裴澈"嗯"了一声,似乎没觉得这是很大的事:"晚上吃什么?"

"番茄炒蛋?"

"你可以把它多留一天表达你的喜爱吗?"裴澈幽幽道。

"好吧。"向斯微说,"那你定吧,我不知道要吃什么了。"

"我想想。"

十多分钟后,向斯微问:"你想好了吗,晚上吃什么?"

裴澈:"番茄炒蛋……"

向斯微"咯咯"地笑起来。

番外二

尽兴

这年春节，向斯微和裴澈照旧各回各家。唯一的不同是，向斯微将机票买在大年三十上午，以往都是年二十八、二十九就回了，今年却踩点回去。

也说不清为什么，只是她得知裴家过年就是三个人吃顿晚饭，想到其余时间裴澈都独自待在家里，就有点儿不忍心。

她自认为这做法实在是太感人了，简直是高风亮节——而为了更高风亮节一点儿，她没告诉裴澈。

耐不住裴澈得知她的机票时间就立刻猜到了缘由，十分严肃地跟她说："能不能改签？"

"啊？"向斯微实在觉得不至于。她又不是不回去。总归她们家最看重的就是除夕夜那餐饭，她下午就到凤城了，时间绰绰有余。

"早点儿回去，我又不是小孩子，还不能自己在家待两天了？"裴澈好笑地说。

向斯微却察觉到有什么不对劲，盯着他看了一会儿，恍然大悟："你怕我爸生气是吧？"

裴澈以为自己表现得云淡风轻，没想到她一眼看破。他有点儿懊丧，也觉得这点儿心理挺丢人的，一时没说话。

向斯微乐了："欸，你现在能告诉我了吗，当时你去动物园，到底说了什么让我爸给你一棍子啊？还有，你为什么突然去凤城了？"

这个问题她玩笑地、认真地问过好几遍了，裴澈没一次认真回答。

这次也一样，他扫了她一眼，闭口不谈。

向斯微知道没戏，但很不服气，故意拿手机出来，说要给向志杰发微信："我爸一直催我早点儿回，我现在就跟他说是裴澈舍不得我，非要我多待两天……"

她的话没说完，一贯稳重的裴老师从沙发上弹射起来，扑过来夺走她的手机。

向斯微足足惊了十几秒没缓过神儿，只看见一个残影带着她的手机掠上了楼，随着一句："晚饭前你不要用手机！"

晚饭后，向斯微终于获得上楼自由，打开手机，界面还停留在她打开的和向志杰的对话框上，但多了两句话："机票售罄，只能买到大年三十早上的了。"

"我这两天再关注一下有没有退票，您不用担心。"

向斯微笑得倒在床上不能自已。

裴澈按捺着心中的慌张，站在床边等她解释。

向斯微好半晌才匀了口气，说："我爸老花眼，我从来不给他发文字，都是直接打视频。"

"而且，我跟他说话不会用'售罄'和'您'这些词。裴澈，你是不是大脑退化了啊哈哈哈哈哈！"向斯微又笑得停不下来。

裴澈面如菜色。

大年二十九，裴澜叫他们一起去给裴德安扫墓。向斯微和这位老爷子没见过面，唯一的交集就是他派人送来的那条李舒乔设计的裙子。

想必就算他们见过，也是相看两相厌的状态。

因此裴潋说，如果她不愿意，不去也行。斯人已逝，与他有关的种种仪式如果还给活着的人添堵，那就没有存在的必要。

向斯微很赞同这个观点，但想了想，还是耸耸肩："我去上炷香。"

裴潋有点儿意外，看了她半晌，最后无声地说"谢谢"。

他的那句话，也可以换另一种说法——斯人已逝，种种仪式只是为了给活着的人宽慰。

而他其实并不确定，与裴德安的祖孙缘分对他来说到底能不能成为一种宽慰。裴德安直至去世，已有几个月拒绝见他，却又在遗嘱上将一切都留给他。

可如果有向斯微，他愿意将一切理解成好的。

向斯微对裴德安没有也不必有任何感情，她愿意去上一炷香，那是因为他。对他来说，没有比这更好的事。

微阴的天，裴潋和向斯微、裴澜带着裴砚，一家人两部车，一切从简地上了山。

向斯微上了一炷香就离开了，先上车等待。

裴潋和裴澜也没有说太多，尽完礼数后就沉默地让到一边。只有裴砚大咧咧地往墓前一坐，盘着腿叽里呱啦，有一肚子故事要和太爷爷分享，还拿出一个 iPad，一张一张地滑过自己近半年拿过的奖、写过的小论文。

裴潋远远地看着，有些不解："裴砚现在话这么多吗？"这两年，小姑娘虽然开朗了很多，但显然不是眼前这个话痨的架势，话多得看起来都不聪明了。

裴澜淡淡一笑："我跟她说，陪太爷爷聊够一个小时，明年我就允许她独自去非洲看动物大迁徙。"

裴澈沉默了一会儿,还是说:"会不会稍微有点儿……不诚心?"

裴澜满不在乎:"她说的都是自己的事情,一件不作假,一个小时聊满,一秒不放水,哪里不诚心?"

裴澈耸耸肩,心悦诚服,又想了想,说:"那你跟裴砚讲,非洲的一应费用小舅舅出。我还有个大学同学在非洲做动物保护很多年,可以做她的朋友和导游。"

裴澜应了:"那敢情好。"

他们看着不远处认真"聊天儿"的小姑娘,谁都没有再说什么。

姐弟俩默契地承认,这是他们的软弱之处,也是他们的私心。那些家人之间的龃龉、恩怨、痛苦、酸楚,就到这里为止吧。让他们"滥用"一次作为大人的权力,由小孩子赤诚懵懂地结束一切的不体面。

待裴砚聊完,三人一起走出去,才发现裴澜的车前多了个人。而裴砚已经迫不及待地冲了过去:"爸爸!"

裴澈走到向斯微身边揽住她,二人默契地开始看戏。

谁知裴澜只淡淡地叮嘱了一句"晚上不要吃太多",就对苏杭说:"走吧,初四我去接她。"

苏杭将女儿抱进车里系好安全带,却没有上车,似乎还有什么话想说,却听见裴澜干净利落的这一句叮嘱。

苏杭看着她,犹豫了几秒,最终点点头:"嗯,放心。"

他坐进车里,裴澜也跟到车边,手搭在窗沿道了句"新年快乐"。

"嗯,你也是。晚上别……少……少喝点儿酒。"苏杭顿了一下,说。

裴澜笑了笑，没答话，又凑近了点儿对后座的裴砚说："宝贝，新年快乐，妈妈明年才能见你啦。"

裴砚说："妈妈新年快乐！爸爸说得对，你晚上别喝酒！"

裴澜笑了笑："好。"而后她径自退开，目送苏杭将车子开远。

向斯微小声在裴澈耳边说了句："我怎么觉得你姐和你前姐夫……暗流涌动呢。"

裴澈是"正人君子"，不接她八卦的茬儿，朗声问裴澜："送你回去？"

话音刚落，不远处传来摩托车的轰鸣声，且越来越近。向斯微一回头，一辆有点儿破旧的摩托车风驰电掣地开上了山。

但穿飞行员夹克的驾驶者摘下头盔后露出的那张年轻的脸，轻而易举地让人忽略了摩托车本身的不尽如人意。

向斯微没忍住，稍稍"哇"了一声。

裴澜径直走上前，接过年轻人递来的粉色头盔，很嫌弃地皱眉："就这个颜色？"

"你西装能穿粉的，头盔不能？"他的嗓音有点儿粗，有种和脸不符的年龄感。

裴澜冷哼一声："它们唯一的共同点就是学名带个'粉'字。"

"上不上？"年轻人看起来不太耐烦，"不上就去坐你前夫的车，他还没开远。"

裴澈听不下去了，上前问："你不回家过年了？"

裴澜最终还是戴上了头盔——至少是新的，而且晒过，很干净。

听见裴澈这么问，她似觉得荒唐，好笑道："除了向小姐，谁愿意跟你一起过年？半天憋不出个屁的人，看春晚都没法儿一起吐槽。"

裴澈："……"

裴澜朝向斯微摆了摆手，告了别，抬腿跨上摩托车后座，很快没了影儿。

向斯微看着一脸麻木的裴澈，忽然一拍手："哈！你跟我回凤城吧！你跟我爸当面对质，我就能知道他为啥打你一棍子了！"

裴澈："……"

反抗无果，第二天下午四点，裴澈还是跟着向斯微落地凤城机场。从下飞机那刻起他就一言不发地推着行李走在向斯微身边，直到在出口看见来接机的陈港生，他忽然顿住脚步。

"向斯微。"

"嗯？"

"你爸爸平时喜欢做什么？"他顿了顿，问。

向斯微抿着嘴，忍住笑，回答："喝酒。"

"嗯，还有呢？"

"抽烟。"

"还有呢？"

"吃海鲜。"

裴澈垂眸看了她一眼。

向斯微"咯咯"笑，挽住他的胳膊："放心吧。酒我喝，烟我抽，海鲜我吃，你这次绝不可能再被打一棍子！"

问题不在一棍子那儿……

他叹了口气，忽然觉得哪里不对，一抬眸："烟你抽？你什么时候有抽烟的习惯了？"

向斯微暗骂自己嘴快,又笑眯眯地解释:"没有!我没有这个习惯!只是,可以,抽,懂吧?"

"你最好是。"裴澈淡淡地道。

回到家,向志杰照例等在路口。向斯微明显感觉到,这俩人看见对方的那一刻,空气都凝固了。

裴澈先倾了倾身,礼貌地道:"伯父好,打扰了。"

向志杰讷讷地点了个头,没说话,习惯性地将向斯微的大包大箱揽过,要扛在自己的肩上。

裴澈忙摁着不让:"我来就行了,伯父。"

然而向志杰在海上开了一辈子的船,撒网收网的手劲儿不是一般人能想象的,他沉默而强硬地将向斯微的箱子扛走了:"哪能让你干这种活儿?"

这话一说出口,向斯微和裴澈都顿了顿,气氛微僵。向斯微勉强笑了笑,挽住裴澈,追着向志杰沉默而快速的脚步跟上。

晚饭很丰盛,向志杰请来蔺婉帮忙,桌上凤城的传统海鲜菜与东城家常菜各占一半,十分用心。因为前一晚向斯微就和向志杰沟通了很久,她和裴澈的恋爱谈得如何,裴澈现在的工作和家庭情况,包括她自己对未来生活的期许和规划,她很久没有和向志杰说这么多了。

她之前说什么要让裴澈和向志杰"对线",保证裴澈不会再挨一棍子,不过是逗他罢了。

可事情仍然没有像向斯微想象中的那样发展。

整顿饭,向志杰都讷讷的,他恢复了一贯的木讷怯懦的模样,对裴澈甚至有些不合宜的"恭敬"。好几次,他主动敬裴澈酒,而裴澈这个滴酒不沾的人被尴尬地架在"高位",不得不喝下好几杯。

一顿饭吃得和谐有余,尴尬更多。最后向志杰微醺,自言自语般对裴澈嘀咕着:"裴先生,麻烦你了……裴先生,你以后就多担待,她有什么不会的,你多教教……"

向斯微的心中又恼又酸楚,几度想摞筷子,最终都没有。她明白,向志杰一辈子就这个个性,她对他说她认定了,他就开始低姿态地求别人"收容"他的女儿了。如同当年求那位表姑"收容"她去东城上学。

而这一次,她终究学会了忍耐这一点儿窝囊的温馨。也许因为这份温馨的另一方是裴澈,她相信裴澈懂的。

临近10点,向志杰彻底喝醉了,向斯微将他扶去房间休息,出来后看见裴澈站在小院里发呆。

"你还好吗?"她走过去问。她很清楚,他是真的不喝酒。

借着月色,她果然看见他脸颊绯红,眼神也是迷蒙的。

"没事。"他冲她笑了一笑,然后又垂眸,牵住她的手,声音有点儿哑,"你呢?"晚餐时他都看见了她几度攥紧的手和差一点儿就摔在桌上的筷子。

本来已经忍下来了,他这么一问,向斯微的情绪又涌上来,有点儿想哭。

她抿了抿嘴,没能成功,最后一脑袋闷进他的怀里,哭了一鼻子。而裴澈只是沉默地揽着她,一下一下地抚着她的背。

等她平复好了,他轻轻笑了一声,语气故意放得轻松:"我知道,你爸爸还是不认可我做他女婿的。"

向斯微冷哼:"一口一个'裴先生',就差给您鞠躬了,还不认可?"

"你知道我不会当真。"裴澈无奈地笑，伸手揉了揉她的发顶，"我指的'认可'，也许更是一种祝福，就是，他开心地、乐意地看到我们在一起，不过这好像永远也不可能。"

他的语气里有难以遮掩的失意，夹杂着一点点无可奈何的自嘲。

向斯微沉默了一会儿，吸吸鼻子，仰头看着他："那我呢？我连给你爷爷扫墓都只摆炷香就走人，祝福或认可对我来说更不可能吧。"

裴澈一时语塞，想说这不一样，却没说出来，最终无奈地笑了——跟她辩论真是没有赢的可能。

向斯微的情绪过去了，此刻她已经想通，认真地对他说："你只对我负责，我也只对你负责。其他人，无论是我爸，还是你爷爷，都不用管。"

裴澈闻言，笑了，轻轻环着她的腰，垂眸道："好。"

"我负责让向小姐一辈子尽兴。"

番外三

亏欠

裴澈说他答辩通过的时候，向斯微有一种恍如隔世的感觉。

裴澈自己反倒对"终于毕业"这件事没有多大反应，也许是因为他早就被学院和导师当正式劳动力用了很久，久到毕不毕业都好像无关紧要；又或者是因为这几年的生活足够平静美满，实在不需要一件"里程碑"式事件来提供什么刺激。

倒是向斯微拿着画笔在他的毕业袍上DIY，看起来忙极了，也不看他，却忽然低声咕哝了一句："五年了……"

裴澈起先没听清："什么？"

向斯微的动作顿了一下，她好像随意地抚了抚毕业袍袖口的褶皱，然后抬头仓促地冲他笑了一下："我说，我们都恋爱五年啦！"

她不自然的神态逃不过裴澈的眼睛，他愣了一下，很快明白这是为什么，没有点破，只是逗她："哦，之前那次彻底不算了是吧？"

向斯微："……"

裴澈伸手揉她的头发，又指了指那件毕业袍的袖口，很不客气地"点单"："这儿，给我画一只番茄。"

向斯微："裴澈，你现在就拿我当免费劳动力了是吧？"

裴澈自我批判："男人嘛。"

入夜，向斯微趁着护肤的时间，在卫生间里待了很久，一泵身体乳磨磨蹭蹭地在胳膊上抹了半天。

她在想清明节回凤城时爸爸说的话。向志杰已经住进了她老早买好的楼房，在裴澈以退为进的"怀柔"劝说下——他们俩如今的关系好得很，她发现，在跟自己亲爹沟通这方面，裴澈居然比她擅长得多。

那会儿向志杰神秘又严肃地把她拉到一边，问她："小裴都快毕业了，你们还没有结婚的打算？"

向斯微一愣，她从来没有想过这个问题，非要想的话，结婚目前不在她的人生规划内。

向志杰看她那个样子就急了，问道："你哪里能一直这样耽误呢？"

向斯微已经年过三十，是名声在外的女创业者，还被东城市政府邀请过去做过青年论坛呢，这会儿脾气还是一点就着，理直气壮地反问："我耽误谁了？不结婚就是耽误吗？！"

没想到向志杰竟一点儿也不退让，答道："就算不耽误你自己，也耽误人家小裴！你不想结婚，有没有问过人家的意见？你们不管是谈恋爱还是过日子，总是两个人的事吧，哪能是你的'一言堂'？你不要仗着小裴喜欢你就欺负人家！"

向斯微竟真被他说得哑然，从来不知道自己亲爹有脑子这么清明的时候。

第二天，她又旁敲侧击地去"请教"陈港生。他四年前和来动物园玩的一个年轻姑娘认识，恋爱一年后结了婚，现在女儿刚满周岁，正是老婆孩子热炕头的时候。

陈港生是何其机灵的人，听了两句就明白了她的意思，贱兮兮地笑道:"问我没用,因为我想结婚,我老婆也想结婚,我们俩一见钟情,一拍即合,天生一对,没有那么多哲学思考可以跟你分享。"

向斯微:"……"

"你还是直接去问问人家裴澈,这种事每个人的想法不一样。"陈港生穿着人字拖,坐在小板凳上,怀里搂着女儿,正在给她喂奶,说了很俗套的一句话,"但是要我说啊,真碰上了喜欢的,哪个男人不想结婚?你也确实该考虑考虑对方的感受了。"

向斯微当即就不爽了,她烦婚姻,烦家庭,烦的也许就是这种话。结婚证是一刷子糨糊,钢戳一盖,把人糊得眼睛耳聋,往后想掰扯清楚任何是非道理,就再也不可能了——毕竟,你得"考虑对方的感受"。

她看着陈港生日渐圆润的中年男子模样,越看越气不过,伸手把他女儿的奶嘴拔了,惹得小朋友哇哇大哭,然后撂挑子就走。

陈港生"啧"了一声:"欺负小娃娃,信不信我在网上曝光你?"

眼下,陈港生那句"哪个男人不想结婚"在她的脑海里反复播放,愈演愈烈。向斯微是很少在感情里责怪自己的那种人,这会儿却忍不住"扪心自问"——她是不是真的在欺负裴澈?她扪不明白。

她又想,她是不是真的该和裴澈认真聊聊?

可她竟无端地有些害怕。她怕裴澈真的说他很想结婚,那她该怎么办?难道他们又要分手不成?她真舍不得。

大概是她在卫生间待了太久,裴澈觉得不对劲,敲了敲门,得到回应后就直接进去了。

"怎么这么久？"裴澈问。

向斯微随口扯道："没事，这个身体乳不太好推开。"

裴澈往盥洗台上扫了一眼就了然——她一直都用同一个牌子的身体乳，怎么就突然不好推开了？

但他没说什么，拉着她到凳子上坐下："我给你抹。"

向斯微习惯了，抬腿就把脚跟搁在他的膝盖上，享受服务。

裴澈认真地给她抹身体乳，也察觉到她一直在看他，搁在平时，再这么看下去，是要出大事的。但这次他只是微微一笑，仍低着头："你暑假有空吗？"

"有。"她的工作室如今已经很稳定了，不需要她一直坐镇，她的时间十分自由，"怎么了？"

"要不要一起去加州看看 Verna？"

Verna 就是裴澈的妈妈沈毓，当年被裴德安要求出国后，她不能再以原名示人。后来裴德安过世，这条荒唐的规矩可以不用再遵守了，但沈毓也不愿意改回来，她说她挺喜欢别人叫她 Verna 的——她自己起的名字。

这几年向斯微见过 Verna 两次，她们俩性格差异很大，Verna 又习惯讲英文，她们谈不上有多亲密，但也算合拍。有时候，Verna 和她说的话，甚至比和裴澈说的多些。

向斯微没有异议，想来裴澈终于毕业，确实该去和 Verna 一起庆祝一下。

"好啊。"她笑道。

"那我来安排，顺便去秘鲁旅行怎么样？"裴澈说。

"喜欢！支持！"向斯微雀跃道。

裴澈给她抹完了身体乳，还剩一点儿，顺势招呼在自己的胳膊上,然后习惯性地倾身吻了吻她的额头,将她抱回了卧室。

一个月后,向斯微和裴澈一起飞到加州。

Verna 在家里招待他们,裴澈却说临时要去见一个在加州理工学院的教授,让向斯微和 Verna 先吃饭,不用等他。

她们俩本来也没打算等。两个人开了瓶酒,相视一笑,一边喝一边有一搭没一搭地聊。

直到 Verna 分享完自己上一轮巡演的小插曲,忽然问她:"你们什么时候结婚?"

向斯微诧异,心也凉了一截——原以为 Verna 不一样,没想到催婚是全世界父母的共同爱好。如果连 Verna 都会在意这件事的话,那裴澈呢?

她顿时有点儿慌了,甚至有点儿生气。觉得裴澈把她撂在这里,让她单独面对他母亲突如其来的不讲道理的催婚。

沉默了半分钟,她冲 Verna 笑了笑,很直接地道:"我暂时没有结婚的打算。"

本以为这句干巴巴的话会引起血雨腥风,没想到 Verna 连个恍神儿也没有,点点头:"原来是这样。"

然后她就将话题揭过,十分自然地问向斯微的工作怎么样。

向斯微愣了几秒,反问:"你没有意见吗?"

Verna 不解:"什么意见?"

这个话题就这样被正式摆在了台面上。

向斯微干脆挑得更明:"如果我不打算和裴澈结婚,你不会觉得,我……亏欠了他吗?"她本来想说"耽误",或者"欺负"——用向志杰和陈港生的词汇,但一时找不到合适的英文对应,最后说出口的居然是"亏欠"这个词。

也许，潜意识里，她害怕的就是这变成一种亏欠。

Verna 闻言，很认真地看了她一会儿，眼神里似乎还有点儿心疼。

好一会儿后，她换了中文，说道："如果说'亏欠'，我和他爸爸对他才是亏欠。因为我们没有尽到父母该尽的义务，没有做身为父母该做的事。"

向斯微眨了眨眼，听得认真。

"你怎么会亏欠他呢？"Verna 牵住了她的手，"你是他的爱人，给了他前所未有的快乐，成为他理想生活的一部分，你无论如何都不会亏欠他的呀。你怎么会这么想？"

向斯微鼻头一酸，居然有点儿想哭。这么简单的道理，她竟然说服不了她自己，还要漂洋过海来听另一个人说。

"你已经是这个世界上最了解、最亲近裴澈的人了，他是什么样的人、会怎么想，你其实知道的，不是吗？"Verna 似是看出她的失态，拍拍她的手背便移开视线，转移话题地抱怨了句，"这家伙，怎么还没来？"

不知是巧合还是"心有灵犀"，她的话音刚落，裴澈就推门而入，夏天的加州，他穿着白衣白裤，清爽澄澈地站在阳光里。

他带了酒，送给 Verna："迟到了，赔罪。"

他也带了花，送给向斯微："回去咱们把花店开起来怎么样？"

向斯微抿了抿嘴唇，没忍住，终究还是在这阳光正好的夏日里哭了莫名其妙的一鼻子。裴澈也不问，只是哭笑不得地将她搂在怀里，抱了很久很久。